天涯海角 熱蘭遮

一個荷裔福爾摩沙人的追憶

林克明——著

真正發生的事情，總是比小說還離奇。——拜倫勳爵

"'Tis strange — but true; for truth is always strange; Stranger than fiction." Lord Byron (1819)

小說比史料更真實。——多麗絲・萊辛

"Fiction is better at 'the truth' than a factual record." Doris Lessing (1993)

日暮鄉關何處是？煙波江上使人愁。

——唐・崔顥〈黃鶴樓〉

"Looking towards home, twilight grows dark. And a mist of grief hangs over the river waves."

THE YELLOW CRANE TERRACE, Cui Hao, Tang Dynasty (704-754)

目次

第三部——前進島國

楔子

愛上鬱金香

1

一個人的一生裡，到底能有幾次那一種脫胎換骨的感覺，覺得自己忽然變成了一個新的自己，周遭的世界也同時就變得更有色彩、更有生機？每當我問自己這樣的問題，就馬上會想到我初到萊頓的那一年，尤其是那永生難忘的一個早晨。那一年起初對我來說其實是非常辛苦的；一整個冬季，暴風雪一波一波來襲，連續好幾個月不見天日。除了上課，我幾乎把自己完全困在臨時租來的地下斗室裡，沒有想到費盡心思才得來的獎學金，竟把自己帶到這天寒地凍、昏天暗地的地方。

也許正因為如此，那一個清晨，當我終於整裝就緒，爬出那地窖也似的住處，預備去迎接又一個沒有色彩的一天，迎面而來的卻是明亮耀眼的陽光和萬里無雲的藍天時，我真的是驚訝得說不出話來。不僅如此，路旁、運河兩旁高大的椴樹，也忽然都冒出了新芽。再走過幾條街，原來空曠荒蕪，被厚厚的積雪層層覆蓋的空地，不知道在什麼時候竟然幻化成一片花海，紅白紫黃，五顏六色，一行一行，整整齊齊地排列著，彷彿要一直延伸到天邊。鬱金香！全部都是鬱金香！後來我才聽說。

然後就是瑪琳娜，那健步如飛、笑容燦然、滿頭火紅長髮的瑪琳娜。那一天早晨，她彷彿就從那花叢裡蹦出來，直直地走入我的心坎裡、走入我生命的底層。看到她的那一刻，陽光灑在她那一頭飄逸的長髮上，宛如一把烈火，燒得我心慌。更讓我心慌意亂的，是她那燦然的笑容。我呆呆地看著她擦身而過，忘了呼吸。我轉身癡癡地望著，直到她消逝在街角。

那一整天，她的身影不停地在我腦海裡翻騰，胸腔裡空蕩蕩的，好像掉了什麼東西。那頭長髮、那個笑靨、那鮮豔的花圃、那溫煦的陽光，完完全全交融在一起，占據了我分分秒秒的思緒。多年來我常懷疑小說裡提到的一見鍾情是否真有可能，那一天我霍然發現，不管你信不信，不管你覺得有多荒謬，愛戀之情說來就來，擋也別想擋住。

所幸那些鬱金香不是海市蜃樓，瑪琳娜也不是我心裡的幻影。她是個轉學生，剛到萊頓不久。我們很快就認識，成了朋友、好朋友，後來就不只是朋友了。

2

那一年我為什麼會在萊頓？說來也許難以置信，但是我去萊頓，的的確確是為了要尋找我自己。我來自台南新化，在那個小鎮長大，媽媽在附近的高中教英文。印象中她總是那麼溫柔、漂亮，但是她少言寡語，也總是讓人摸不定她的心裡在想些什麼。她是小鎮裡知名醫生的獨生女，而我又是她唯一的小孩。我沒有父親，從來不知道他是誰；到了我十歲的時候，媽媽得了白血病，竟然沒多久也就過世了。幸好阿公阿嬤從小照顧我，無微不至，家裡經濟又寬裕、衣食無憂，所以我對我的童年似乎也沒有什麼特別可以抱怨的。

我的問題在學校——我的長相、性格，從來就跟其他的同學很不一樣。我又高又瘦、內向畏縮、笨手笨腳、運動神經不好，難以跟人打成一片。我的一頭鬈髮、深陷的眼眶、黝黑的皮膚，又不免讓人側目。小學、中學，年復一年，同學們取笑我，叫我「番仔」。我有時不免想像，也許他們說得沒錯——我真的完全不知道我的父親是誰，他是什麼樣的一個人。媽媽還在的時候，從來不曾提到他，而我大概也從小就知道這是個禁忌，是個不能碰的問題。

這個天大的疑問，一直到了我高中畢業，才開始有了一點眉目。那天阿公難得休診，和阿嬤一起，帶我到台南市區一家新開的日本餐廳，去慶祝我的長大成人。飯後天色還亮，我們慢慢地走到附近的赤崁樓。到達的時候，夏日向晚火紅的太陽正緩緩地沉入大海，映照出滿天絢麗的彩霞。平常滴酒不沾的阿公，那天破例連喝了兩杯，眼睛開始有些迷茫，話也多了起來。閒談著市區市容的變化，他忽然說，「你能想像嗎？從前這裡的海岸線並不是在那麼遠的地方，而恰恰就在這裡，就在這赤崁樓的邊緣。」阿嬤笑著說，「別聽他胡扯了，不都是老掉牙的事了嗎？快四百年了吧！」但是微醺的外公自顧自地繼續說下去。

「從這裡一直到安平，直徑差不多五公里，整個是一片汪洋大海，那時就叫做台江（大港）內海、大員內海。現在全都填平了，到處都是樓房，滄海的確會變成桑田。我們管它叫番仔城的安平古堡本來叫做熱蘭遮堡，我們市中心的赤崁樓，本地人稱之為番仔樓，那時則是荷蘭人的普羅民遮城堡，『普羅文西亞』，就是省的意思；兩個城堡的名字和在一起，就是熱蘭遮省。熱蘭遮的意思是海中之地，這『熱蘭遮省』位於荷蘭的最南邊，正是由許多海島組成的。如果不知道這兩個城堡間隔著這麼大的一片內海，就很難瞭解它們為什麼會建在那裡。」

「你能想像當荷蘭人初到這裡時，他們看到的是什麼嗎？」阿公繼續說，「從這裡往東，一直到中央山脈山腳下，綿延七、八十公里，就是一整片的樹林，中間稀稀疏疏住的是不同部落的原住民，當初就被荷蘭人叫做福爾摩沙人。其中最早與荷蘭人接觸的，就是住在這大員內海四周的『四大社』——新港社、蔴荳社、蕭壠社和目加溜灣社。這其中新港社受到的衝擊最深。他們原本住在現在我們面前的赤崁城附近，後來被迫往東遷移到新市，二、三百年來又逐漸被擠了出去，繼續往東，搬到山腳下。他們的後代，有些還住在那裡，你的父親就是從那裡來的。你可以說他就正是個道道地地的福爾摩沙人。可惜他沒有那個福分看著你長大，他可真是個男子漢大丈夫啊！家裡那麼窮，整個村子那麼窮，大部分的小孩從小念的就是放牛班，他居然一路成績優秀，進了我們全島最頂尖的醫學院，還彈著一手好吉他！你的媽媽在大學裡認識他，他們可真是愛得轟轟烈烈！我滿心期望他畢業後到新化來，接我這個診所，可是他卻選擇到他家鄉附近的衛生所。你一歲的那個夏天，颱風之後山溪暴漲，土石流切斷了他的村子和外界唯一的道路，斷水斷糧。你爸爸不知道從哪裡找來一條小船，載滿了藥物米糧，衝進去救援，從此就消逝得無影無蹤。」等了那麼多年，我心裡最大的疑惑終於有了答案，這也許就是阿公特地要給我的畢業禮物吧！原來我的確是個雜種，我父系的祖先在荷蘭人和漢人還沒來到這個島嶼之前，早就已在這一片肥沃的平原闖蕩。難怪我長得有點像菲律賓人、薩摩亞人、大溪地人、夏威夷人。

我後來特地到父親的村子去探望了好幾次，但是每一趟行程都只有更增加我心裡的悵惘。那真是個貧窮得無以想像的地方。每家都只有那麼小小的一塊農地；庭院內外豬、鵝、雞、火雞，四處亂竄；幾乎每一個人，不分男女老少，嘴裡都一直不停地嚼著檳榔，還不時隨地噴吐猩紅的檳榔汁。酗酒又是另一個不小的問題，常常一大早就會看到好幾個喝到掛的人，躺在馬路旁，不省人事。也許我的出現勾引起太多傷心往事的記憶吧，父親的爸爸媽媽，雖然對我客

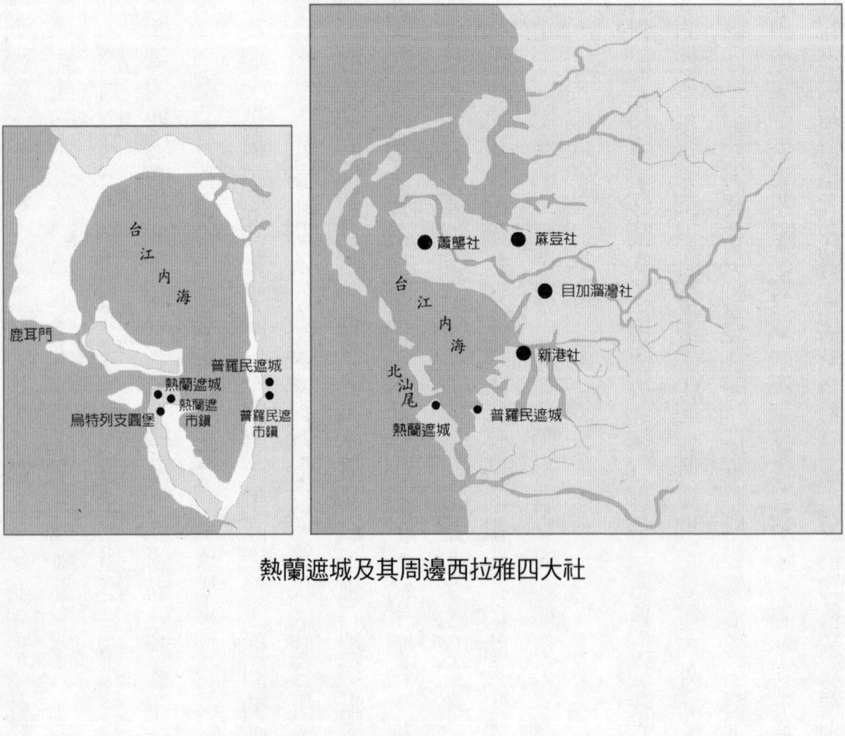

熱蘭遮城及其周邊西拉雅四大社

客氣氣的，但是總還是有點防備、有點疏遠。我試著要去接近他們、瞭解他們，可是我們之間，始終有那麼一條無形的，跨不過去的鴻溝。

就這樣，我變得越來越著迷於我父系先人的歷史，以及十七世紀的福爾摩沙。我大概覺得，既然無法接近父親的族人，我只好從書本及古老的文件下手。雖然讓阿公傷心失望，大學醫預科讀了一年之後，我還是硬著心腸轉到歷史系就讀。又過了六年，我意外得到萊頓大學的獎學金，去研究荷蘭殖民時代的福爾摩沙。就這個題目而言，萊頓無疑是研究者的天堂。在荷蘭人統治台灣的那三十九年間，荷蘭東印度公司和荷蘭改革派教會留下來的資料汗牛充棟：日誌、報告、書信等等，事事物物，記載得鉅細靡遺，而且大半被完整地保存了下來，供學者挖掘、研究。可笑的是，為了尋根，我竟來到了地球的另一面。

3

瑪琳娜也是個尋根的孤兒，她家裡很多代都與荷屬東印度關係密切，有的任職殖民政府，有的在荷蘭與爪哇之間往來經商。瑪琳娜的雙親其實都出生於當時還叫做巴達維亞的雅加達。太平洋戰爭期間，日本人侵占整個東南亞，四處設立關禁歐美人士的戰俘營，在爪哇島的四萬多人，大多是荷蘭人，包括了瑪琳娜的雙親及其家人。因為飢餓、虐待及勞役，這些「人犯」死亡率極高，其中就包括了她的許多親人。戰後荷蘭企圖重建殖民統治，遭到印尼獨立運動的極力反抗，戰火更是綿延不絕。瑪琳娜的祖父母審時度勢，搬回位於熱蘭遮省的米德爾堡。瑪琳娜當時已是醫生護士的父母親，因為民眾的需要，繼續留在巴達維亞，印尼獨立後又搬到當時仍屬荷蘭的西新幾內亞。一九六二年，印尼與荷蘭為爭奪這塊土地戰火再起，瑪琳娜的父母雙雙罹難。那時候才兩歲的她，被送去米德爾堡年事已高的祖父母家，就在那裡長大成人。兩年前祖父母又相繼過世，瑪琳娜從此舉目無親。她之所以轉學到萊頓，主要也是希望在學校保存的浩瀚檔案裡，尋找她的家族與東南亞之間那麼多代糾纏不清的歷史淵源。

4

那一年聖誕節假期，瑪琳娜第一次帶我去米德爾堡，去看那伴著她成長、數百年代代相傳的祖居。我們本來只想在那裡逗留一兩天，就再一路南行，到普羅旺斯甚或義大利去追逐陽光。火車從萊頓中央車站到米德爾堡，不到兩個小時裡，跨過了不計其數，大半已經結冰的溪流、運河。高大的椴樹，枝葉盡落，光禿禿地挺立於河岸兩旁。一路上天空烏雲密布，越是往西，雲層越厚，天色也就更加昏暗了。我們到達目的地時，已是夜晚；所幸瑪琳娜的家離車站不遠，就在市中心廣場附近，沒走幾步路也就到了。那三層樓房面對著街道，背後是一條窄窄的運河。樓房一邊有烘焙坊、巧克力專賣店、花店、雜貨店，另一邊則是一家腳踏車店和一間酒吧。

這樓房外面看來平實無華，但是一進屋裡，馬上就會覺得像是進入了一個不同時空的世界。日本屏風、明式家具、山水畫、浮世繪；各式各樣大小不等的雕像，象牙刻的、銅鑄的、木雕的，琳瑯滿目。我們在這「迷你博物館」裡流連，從一個樓層到另一個樓層，每個房間都帶給人不同的驚喜。許久之後，我們才注意到，外面開始下起雪來了。此時萬籟俱寂，在這溫暖的屋子裡，我們不覺間開始有一點與世隔絕的靜寂感，卻也為了在這人生的旅途上有人結伴同行而感覺溫馨。

第二天早晨，一覺醒來，外面街上的雪已經積到將近一個人高了，而且還一直在下，似乎一點都沒有要停歇的意思。我們好不容易擠出了門，到隔壁的雜貨店買了一些新鮮的蔬果後，繼續躲回我們的東方世界裡。那一天傍晚，在一聲巨響之後，沒想到電竟然就斷了。後來我們才知道，那一天一夜的積雪，壓斷了附近一棵大樹的枝幹，枝幹又壓斷了電線。少了電，暖氣沒了，整個房子越來越冷。我們好不容易清理了許久沒用過的壁爐，四處尋找可燃之物。到了閣樓，才終於找到了一些廢棄已久的桌椅、相框、箱子，把它們一一拆下來，權充柴薪應急。這其中一個特別老舊的箱子，一拆就散，裡面塞滿了的是一整捆發黃了的紙張，每一頁都寫得密密麻麻。瑪琳娜正要把這整個箱子拿到樓下充當燃料，無意間看到其中的一頁用特別大的字體寫著：「從熱蘭遮堡到熱蘭遮省：一個荷裔福爾摩沙人的回憶錄。」作者署名「彼得・鐃文。」荷裔福爾摩沙人？我們忘了寒冷，開始一頁一頁唸了起來。這些文字雖然筆畫清晰，用的卻是草書體，又是幾百年前的荷蘭文，與現代的荷語有相當的差距，讀起來自然吃力，許多地方也只是一知半解。但是我們大概可以猜想得到，這是瑪琳娜的某一位祖先寫的，很可能就正是她那據說出生於亞洲，到了中年才搬來荷蘭的始祖的自傳。

第二天供電恢復正常，火車也已通車。但是我們已經不在乎天氣陰晴了，整個假期都窩在那個屋子裡，靠著幾本荷語辭典，一字一句地試圖去拼湊出整個故事的輪廓。其後我們用了一整年的時間，才真正對這整本書的內容有了基本的掌握。又過了整整三年，我們好不容易終於完成了翻譯的工作，先是從近代初期的荷語到現代荷語，再轉換成英文、華文。

瑪琳娜與我何幸而有此機緣，發現這樣的一本書，現在就要將之呈現於此。再下來的十六章，我們將之分為三部：第一部共四章，叫做「紅毛小鬼」；第二部共七章，叫做「國姓爺」；第三部共五章，叫做「前進島國」。最後我們再加上短篇的尾聲，交代這本書對瑪琳娜和我的影響。

第一部

紅毛小鬼

彼得・鐃文

第一章 秦淮河畔年少輕狂

1

夏天的米德爾堡，的確是人間天堂。我在這人間天堂，轉眼就已經住了五十多年了。這些年來，夏天的傍晚，我常常一個人漫步走到城門邊，爬上城牆，極目遠眺，讓向晚暖暖的陽光盡情灑落在我的身上。光是看著落日的餘暉染紅了天邊的雲彩、看著金黃色的粼粼波光輕巧地在水面上不住跳躍、聽著潮水無休無止地拍打城牆下的磚石，我就覺得人生已了無遺憾。如果再加上這幾年又再度流行起來，無處不在的鬱金香花圃所帶來的驚豔美景，這裡就何止是人間天堂了。

但是在這生命幾乎快要走到盡頭的時候，我腦海裡常常浮現的，卻是那許多來到米德爾堡之前的如煙往事。那些記憶歷歷在目，又是生疏，又是熟悉。我應該從哪裡說起？我應該怎麼開頭？「沒有人還會在乎這些事情了。」我對自己說。可是那個念頭還是留在那裡、塞在我的喉嚨裡、悶在我的胸口裡，像一個多年不癒的傷口，不時在那裡隱隱作痛，讓我不得安寧。

那麼，我應該從哪裡開始？那麼多的人，那麼多的地方，那麼多糾纏不清的是是非非。安海、泉州、廈門、金門、舟山、南京、南寧、下龍灣、長崎、澎湖、熱蘭遮城。那些地方，真的存在嗎？那麼多的事情，真的都發生過嗎？

但是海水卻就是最實在的見證！海水把我從那個世界帶到這個世界，海水也割裂了我的兩個世界。海水聯繫了長崎與安海、廈門和澎湖、舟山與南京、太武與大員，最後又把我從福爾摩沙島帶到米德爾堡。十萬里的汪洋大海，數十年驚風巨浪的人生，癘疫、飢寒、征戰、刀光血影，那些九死一生的日子啊！但是那不也是充滿冒險與刺激的美好時光嗎？青春是多麼的美好啊！還有那刻骨銘心的愛情，那生死不渝的友情。

從哪裡開始？

當然是從愛情與友情開始，從青春開始，從那個永遠銘刻在我腦海裡的初夏開始。

那個初夏，我們來到了這世界上最輝煌、最迷人、最奢華、也最令人心碎的城市——南京，金陵，明皇朝的紙醉金迷之地；小橋流水、煙柳繁華、才子佳人的江南；人間天堂的江南。那年夏天，福仔與我來到了天堂。

2

福仔是我從小最要好的朋友，華人所謂的「生死至交」。我的荷蘭同胞管他叫「國姓爺」，把他形容得比撒旦還可怕。

我們第一次看到金陵這個美麗又悲哀的城市，是初夏的一個大晴之日，崇禎十七年，主後一六四四年。那一整年，明皇朝持續以驚人的速度崩解。我們跟著鴻逵叔，帶著艦隊從福建的老家安海一路趕來「共赴國難」。從許多滿天飛的謠言裡，我們大概知道北京在四月中已為「闖王」流寇李自成所破，皇帝在紫禁城外的煤山上吊自殺。過不了多久，自封為大順皇帝的李闖王竟又被滿清八旗與吳三桂的聯軍所敗，逃離京城。

我們的艦隊逆著北風出發，日夜兼程，居然在五月中就到了長江口，又過了幾天，就順利抵達目的地南京，明皇朝的南都。鴻逵叔比我們還要興奮，他說，我們再也不是見不得人的江洋大盜了，現在我們搖身一變，已經是大明帝國的皇家水師，南疆半壁的擎天大柱。那些一向不把我們看在眼裡的達官顯要、那些世世代代以剿滅「海寇」為職志的將官統領，現在都得與我們平起平坐，甚至得向我們阿諛奉承了！想當年福仔的尊大人，鴻逵叔的大哥，被西洋人通稱為尼古拉斯・一官的鄭芝龍，赤手空拳打出一片天下，在短短的二十年間就一躍而成為整個東亞海面的霸主。在他的領導下，鄭家艦隊打敗官兵一次又一次的圍剿、兼併一股又一股窮凶極惡的海上亡命之徒、還輕易地玩弄荷蘭人與西班牙人於股掌之間，逼得他們俯首聽命。相較之下，滿洲八旗又算什麼？他們也許馬上功夫了得，但是他們行得了船麼？他們過得了長江天甚麼？鴻逵叔這麼說。

到達南京的那一天，我永生難忘。午時剛過不久，我們的旗艦就從長江寬廣的江面緩緩駛入龍江寶船塢。這船塢是兩百多年前鄭和為了建造下西洋所需的大型戰艦而設置的，百尺寬的溝渠，總共七條，東接秦淮河、西通長江。儘管船塢廢棄已久、無人照料，有不少地方也已經坍塌，它的規模還是令人驚嘆，現在正好拿來做為我們艦隊的基地。福仔與我從這裡換乘輕巧的烏篷船，在河道裡左彎右拐，不一時便到了秦淮河。這條河緊貼著拔地而起，約莫十來人高的南京城牆，可以說是它的護城河。在斜照的夕陽下，城牆散發著暖暖的橘黃色澤，與對岸成排的嫩綠垂柳一同倒映在水面上，讓人看得眼花撩亂。不久天色漸暗，城牆倒影的顏色也就隨著不住地改變：朱、橙、珊瑚紅、暗紅、暗灰，看得我們出神。

我們正開始擔心天黑前進不了城，忽然間船一左轉，居然直直地就鑽到了城牆裡頭，這才發現，原來我們進入了一個專為水道而設的城門，因為位於城的西邊，所以就叫做水西門。這城門裡燈火通明，正中央有一個哨站，把水道中分成進出兩條。哨站及水道兩旁，站滿了數十名全副武裝的士兵，配備了大刀、長戟、火繩槍，盤查往來船隻，戒備森嚴。我們拿出文件準備好接受檢查，哨站帶頭的校尉看了一眼船上懸掛的旗幟，臉上馬上堆起笑容，喝令敬禮、打開閘門。這之後我們又通過了三個龐大的甕城和閘門，才真正出了城門，進到南京城裡。由此繼續順著內秦淮河前行，約莫一炷香的工夫後，過了聚寶門不久，我們忽然就置身在南都最繁華的所在了。

狹窄如小運河的秦淮河兩旁樓閣櫛比鱗次、燈火通明；穿梭往來的是各式各樣大小不等的遊船，雕梁畫棟、張燈結彩。人們高談闊論、划拳賽酒、開懷大笑；店家遞送菜餚，小販叫賣奇珍異品；二胡、琵琶與歌女清脆婉約的歌聲，此起彼落。整條河如此地繁華熱鬧，哪裡看得出一點戰亂的跡象！我們的烏篷船在這擁擠的河道上東碰西撞，屢屢被擠到岸邊，動彈不得，疲於應付店家殷勤的招呼、如雲美女的引誘。

好不容易過了名滿天下的「十里秦淮」，來到了著名的桃花渡。就在渡口不遠的左岸，船靠上了一個小小的船塢。上了岸眼前就是一棟兩層樓的小房子，樓上兩間臥房，樓下則是寬敞的起居室。屋子四周環繞著花草果樹，安靜恬適。在這裡我們住了整整一年，了無牽掛，盡情揮灑我們的青春。

3

那一年我們宛如兩個無意間闖入糖果店的小孩，貪婪地汲取著明皇朝文化的精華。宴會、朋友，才華橫溢、知識淵博的士人學者，才藝雙全、善解人意的名妓，奢華、品味，無盡的美好。

當然，我們來南京的目的不是為了享樂。我們的使命，是要去認真讀書、學習，建構人脈，成為知名的學者，為「學而優則仕」的終生事業鋪路，為將來的功成名就、富貴騰達打基礎。我們是南京國子監的太學生，而這國子監就是通往權力、名聲、財富的終南捷徑；至少對福仔而言，的確是如此。南京國子監坐落於市區西北，方圓數里，四周運河環繞。它的西側是

明南京城

鐘樓與鼓樓，東北則是雞籠山與南京城的東牆，而緊接著城牆之外的，就是浩瀚的玄武湖。園區內除了祭酒公所、五廳六堂之外，又有牌坊、亭台、假山、池塘，以及不計其數的號舍（學生宿舍）。這些建築物大半隱蔽於參天古樹之間，由四通八達的迴廊聯繫著，宛如迷宮，沒有內行人指點，還真分不出北南西東。

學生的作息，粗看還真是輕鬆。每個月的望朔日，全體師生由國子監祭酒（校長）帶領，祭拜孔子。之後，我們恭聽祭酒、司業（教務主任）等人講課，其內容不外修身養性、忠君愛國。課後散會之前，監承（總務主任）總不忘反覆叮囑，不可以縱酒遨遊、聚眾喧譁等等。除此之外，我們這些太學生似乎就無拘無束、自在逍遙了。不過其實我們的日子也並不真的那麼輕鬆。我們每天要臨帖習字，繳交一整頁至少還看得過去的細楷書法，每個月還要交六篇八股文的習作。我們也得忙著準備月考、季考、年終大試，功課不好的被開除退學，成績優秀的畢業後如果還沒「功名」（中舉），也會被安排到政府部門去工作。當然這些密集考試的最終目的，就是要讓我們對每三年一次的「鄉試」有充分的準備，順利去邁向舉人、進士、庶吉士、大學士的坦途。為了讓我們心無旁騖，專心讀書，皇朝的待遇十分優渥：免費住宿、紙張文具、餐費、治裝費、交通費，等等等等，一應俱全。我們享受免稅的特權，政府官員也都對我們十分禮遇，見面時毋需跪拜，平起平坐。「萬般皆下品，唯有讀書高」，這句話至少對國子監的太學生來說倒是蠻貼切的。

4

但是我們在南京一年裡最主要的學習對象和管道，其實是老李，一位名叫李奏的閩南同鄉。老李大我們兩歲，生於離安海不遠的同安，但是從小在南京長大，官話、吳語都很流利。他的父親原也是個讀書人，因為多年考場不利，改行從商，做絲綢與茶葉的出口貿易，撈了一大筆財富，把全家搬到南京來，讓他的兩個兒子從小有機會接受江南文化的薰陶。老李和他的哥哥果然不負所望。我們初識的時候，他的哥哥剛中進士不久，年方二十二的老李也已鄉試告捷，成了舉人；如果明皇朝沒有覆滅，老李一家可能很快就會有兩個進士了。

老李並不是個書呆子，他博覽群書，詩詞、音律、書法、繪畫，樣樣精通，是個很懂得生活情趣的人。「物以類聚」，他身邊的朋友自然也都才高八斗、熱情洋溢。這麼多來自全國各地的俊傑之士，齊聚一堂，是多麼地難得啊！可是不到一年，他們就各奔西東了。有的堅持抗清，四處奔走，死於非命；有的見風轉舵，搖身一變，成了新朝權貴；更多的人則終其一生猶疑不決，不情願依附滿清，又不敢明目張膽地反抗，深陷於不斷自怨自責的泥沼裡。每個人的遭遇，想起來就讓人心疼，但那都是後事了。當時的我，只是單純地覺得，我生何幸，能有那麼多的時間，與這百年難遇的一群人為伍。

那一年，儘管八旗勁旅已逐步逼近，帝國正在土崩瓦解，南京卻反而更加繁華了。許多北方的高官巨賈、地主富豪，挾帶巨資倉皇南逃，齊聚南都金陵。湧入的資金帶動市場，房價、物價高漲，造成南京表面上的更加繁華。社會大眾乃至意見領袖，包括老李和他的朋友們，當然對時局憂心忡忡，對「流寇」與「建州虜」（滿清人）的殘暴蠻橫及明皇朝軍隊、官僚的怯懦無能義憤填膺。但是大部分的時候這些「書生」的議論，不管如何地引經據典，說得如何慷慨激昂，總還是不免流於空談。所以，儘管時局堪憂，我們的日子還是過得蠻愜意的。雖然說不上是夜夜笙歌，好玩的事情的確是無可勝數：吟詩作樂、登高踏青、泛舟游湖、閒逛廟會、玩賞骨董、淺唱低吟。剛滿二十歲的福仔和我，精力充沛、勇於嘗試。我們認真學習、也拚命享樂。

5

因為老李，我們很快就進入了南都的文化圈，結識明皇朝最受人景仰的大儒、名士、詩人、畫家，最享盛名的劇作家、音樂家、說書人。夜復一夜，我們徘徊於秦淮河畔的茶坊，高談闊論、通宵達旦。更奇妙的是，竟夜的縱酒狂歡之後，清晨迎接我們的，竟是更加美好的享受：忽然之間，各式各樣難得一見的高山珍品茶葉，用遠從無錫運來的惠泉水沖泡，茶香滿室。此時，你不經意地抬頭望向窗外，沒有想到在那白牆烏瓦之前的，竟就是一株盡情盛開著的花樹；樹旁一叢叢翠竹，細長的葉子上沾滿了晨露，在朝陽的映照之下，閃閃發亮，宛如一串串的珍珠。多少年了，每想起那些良辰美景，我的眼角就不由得濕潤起來。如果那不是天堂，我真不知道天堂是什麼樣子。

在那人間天堂裡，我平生第一次覺得自在，不需要提防、不怕被歧視。我們所來自的安海，當然絕不是與世隔絕的窮鄉僻壤。安海的市區、海港，到處都是來自五湖四海的水手、軍士。外地人裡人數最多的自然是那些好勇鬥狠、視死如歸的日本浪人。但是此外也還有許多馬來人、錫蘭人、緬甸人、非洲黑人、「佛朗機人」、「紅毛人」。但是我的紅頭髮加上黑褐色的皮膚，讓人分不清我到底來自何方，也讓我贏得了「紅毛小鬼」的綽號。從小到大，除了福仔，周遭的人對我不是視若無睹，就是嘲笑我、揶揄我。

在南京，我特殊的長相竟然成了我的優點。人們對我的好奇，沒有惡意，沒有排斥。我們飽學的朋友們，以及他們那些或許更加飽學的女伴們，看到我的時候，常會引用一些著名的唐詩，諸如「碧眼胡姬」、「碧眼胡僧」。他們告訴我，在那個開放的朝代，許多著名的將軍，例如哥舒翰、安祿山，正都是高鼻深目、滿臉鬍鬚的西域人。到了元朝，「色目人」更是絡繹東來，與蒙古人同屬統治階級，控制被征服的「漢人」（北方漢人）與「南人」（「蠻子」、南方漢人）。雖然在明皇朝立國之後，色目人之間因為不准自相婚嫁，而逐漸被同化，前朝的烙痕，並沒有完全從文人的集體記憶中消逝。他們拿我來印證書上描述的資料，於是紅頭髮也就只是紅頭髮，沒有什麼值得大驚小怪的了。他們那些聰慧明麗的女伴，更不在乎我的滿臉雀斑、一頭紅髮，以及和她們比起來高上兩個頭的身材。她們倒是常常會好心地提醒我，穿堂過戶的時候，要特別小心，不要敲壞了頭。

6

多年之後我常常會回想起那年初夏，在老李那寬敞豪華有如皇宮的畫舫裡的那一場宴會。許多情節，依然歷歷在目，恍如昨日。三十多位應邀而來的客人，個個名滿天下。當年所謂的「復社四公子」，除了方以智在朝為官，北京淪陷後下落不明之外，侯方域、冒辟疆、陳貞慧都早早就到了。名詩人吳偉業、吳應箕，散文詞曲大家張岱、余懷，名畫家楊龍友，乃至平常道貌岸然、不喜應酬的黃宗羲，也都在場。他們的女伴包括了名列秦淮八豔的李香君、寇白門、卞玉京、董小宛。但是於我來說，比這些聲名遠播的才子佳人還引人注目的，則是一位中等身材，膚色黝黑，年約三十餘歲的精壯漢子。上船稍作寒暄之後，他就一直靜靜地站在一旁，不發一語。儘管如此，當你偶然接觸到他銳利的眼神時，還是難免心裡一震，彷彿他正在凝視著你的靈魂。他原來就是陳子龍，當代頂尖的詩人、文豪。作為徐光啟的及門弟子，他同時也精通兵法、火器、農事、經濟，又從其師那裡學習到許多由利瑪竇等早期耶穌會傳教士傳下來的「西學」：天文、曆算、炮法、世界地理等等。

那一晚陳子龍為什麼特別安靜？一部分原因可能是他幾天前才因為好友許都冤死，憤而辭去兵部侍郎的職位，此後不知何去何從，心情鬱悶。不過當老李把福仔介紹給他時，他的眼睛登時為之一亮。關於福仔的父親鄭芝龍、鄭家船艦的實力，乃至鄭家與日本、荷蘭之間的競合關係，他有問不完的問題。許久之後，他才把注意力轉到我身上。我是「紅毛人」嗎？為什麼我的官話講得這麼好？紅毛人也是基督徒嗎？他說，他和他的徐門師兄弟們關注這個海上新興的軍事力量已經很多年了，他們無法瞭解這些自稱也是基督徒的「紅毛番」為什麼處處與利瑪竇的耶穌會作對、與天主教為敵。「紅毛人真的只想與我們貿易往來嗎？聽說他們這些年一路東來，到處侵城掠地，他們的話靠得住嗎？」他對福仔語重心長地說：「雖然他們是令尊鄭大帥的手下敗將，到底還是船堅炮利，實力可觀。聽說他們最近曾提議要助朝廷一臂之力，從海上攻打滿虜。這聽起來蠻吸引人的，但是我們怎能確信這樣做不會引狼入室？」他當然也知道，既然鄭家的艦隊足以制衡「紅毛番」，這並不必然是個大問題。所以我想他藏在心裡沒有說出來的疑問可能正是：我們這些由倭寇與漢人海賊結合而成，最近才搖身一變，成為明皇朝水師的「化外之民」，到底牢靠不牢靠？

7

擠滿了三十幾個男男女女的大廳，原本喧譁之聲不絕於耳，霎時間居然就完全安靜了下來。跟著眾人的眼光，我轉過身望向門口，現在眼前的赫然是一老一少、兩位儒士打扮的客人。那位老者乾癟瘦小、又有點駝背、皮膚暗黑、鬚髮盡白，但是兩眼炯炯有神；站在他旁邊的則是一位二十出頭的年輕人，面容姣好、淨白無鬚、嘴角似笑非笑，大大的雙眼水汪汪地、透著幾分英氣。看到我有點迷惑的表情，老李說：「那位長者就是大名鼎鼎，人稱大宗伯的錢謙益，錢大師。他學富五車、才思敏捷、立筆千言，可以說是當今天下文壇的盟主，也是公認的東林黨領袖。十六年前他差一點就被崇禎皇帝欽點為首輔，卻在最後一刻被他的對手周延儒、溫體仁聯手誣陷，削職為民，之後還兩度被羅織罪名，鋃鐺入獄。他的書法了得，一字千金，又常為人寫行狀（傳記）、神道碑（墓誌銘），收入更是可觀。有人還謠傳他投資海外走私貿易，因此富可敵國。」

老李頓了一下，又繼續說：「那位士人打扮的年輕人，其實是他新娶的妻子，名叫柳如是。男裝都這麼引人注目了，你能想像她回復到本來的面目，盛裝起來，會如何顛倒眾生嗎？她不僅天生麗質、聰明絕頂，也十分自負。她給自己取名如是，不僅宣示了我就是我、麗質天生，同時也是要誇顯她的佛學造詣，因為佛經總是以「如是我聞」來開頭。正統的衛道之士當然瞭解這名字背後的挑釁意味，可是也拿她無可奈何。嫁入錢府之後，人們不便直呼其名，就因著她的姓，尊稱她為柳夫人。柳夫人出身卑微，本來只是一個四處流浪的歌妓，十三、四歲起就駕著自己的小遊船漂徙於上海、松江、蘇州、南京之間，經常應邀參與文人名士的聚會。她才思敏捷，常常即席賦詩，文句優雅、意境高遠，與當代名家互相唱和，毫無遜色。不僅如此，她於書畫音律也無所不精，因此出道沒幾年就名滿天下。高官巨賈、文人騷客，一擲千金，爭相以能成為她的入幕之賓為榮。不少人還處心積慮，想要納她為妾，金屋藏嬌。」

「我也不知道她最後為什麼決定要嫁給大她近四十歲，已經有妻有妾的錢大師。她四處宣揚，非錢大師不嫁，然後就用像今天這樣的儒士打扮，公開去造訪錢大師。等到錢老如癡如醉，不能一天沒有她的時候，她卻堅持錢老必須以正妻規格的禮儀來迎娶，錢大師居然也很爽快地就答應了。他們幾年前的婚禮成了轟動士林的一件大事：他帶了一大隊豪華的畫舫，浩浩蕩蕩地到松江去接柳夫人，途經許多城鎮，大搖大擺地迎回他的老家常熟。這場婚禮引起了衛道之士的強烈不滿，沿途士紳競相詬罵，圍觀百姓對準了他們的主艙丟擲泥巴、磚石。他們幸而毫髮無傷，但是船身滿目瘡痍，差點沉沒。那劇烈的反應，一部分應該是出於嫉妒吧！今天在場的賓客裡，其實有許多都是她以前的恩客，這其中她真正動過情的可能就只有陳子龍一人。他們兩人唱和的詩詞，迤邐旖旎，哀婉動人，誰又敢說那份情真的能說斷就斷呢？」

的確，柳夫人一走進這大廳，陳子龍整個臉登時就暗了下來，眼睛也不再有原先的光芒。但是我那時並沒有什麼時間再繼續觀察陳子龍的心情起伏，因為就在這時候，一個更讓人震驚，讓人意想不到的事情發生了。德高望重的錢大師在與眾人稍作寒暄後，清了清喉嚨，臉上浮現出略帶歉意的笑容，說他必須先向大家，尤其是宴席的主人老李和他的父親，表達歉意。他說：「我今天沒有事先跟各位商量，就自作主張，帶來了一位稀客，真不好意思。我答應過李兄，要為今晚的盛會找來一團出色的崑曲劇團，想來想去，再沒有任何劇團可以比得上阮氏家班，所以就去與圓海兄商量，沒有想到他很爽快地就答應了，還興沖沖地親自率團前來，一下子就會到了。」此話一出，整個屋子的人滿臉錯愕，鴉雀無聲。

表字圓海，五十多歲的阮大鋮，也是一位在官場上一直不得意的人；不過他因為在東林黨與閹黨之間的鬥爭中首鼠兩端，而被自認為是正人君子的東林後代視為奸險小人。因為他長相特殊，滿臉濃密的鬍鬚，所以就常被蔑稱為阮鬍子。辭官歸里後，他移居南京，埋首於詩文、詞曲的創作，十數種崑曲傳奇，如《春燈謎》、《燕子箋》等，故事曲折、音律優雅，部部轟動。阮氏家班的戲子個個精挑細選、如花似玉，阮大鋮親自嚴訓調教之外，又延聘了崑曲大師蘇崑生、說書天才柳敬亭等人助陣；所以就如錢大師所說的，阮氏家班無疑是當時崑曲劇團中的翹楚。以家班的演出為媒介，阮鬍子廣結海內名士、英雄豪傑，時常聚眾在他豪華的庭園裡高談闊論，吹噓自己的文韜武略。但是老李的朋友們不是與閹黨有深仇大恨的東林子弟，就是同東林淵源極深的「復社」巨頭。他們受不了阮鬍子在金陵聚黨營私、張狂逍遙，在六年前撰寫了一篇文情並茂的〈留都防亂公揭〉，由全國最知名的文人署名，在南京城裡大街小巷四處張貼。其後他們又在國子監祭孔大典後圍著阮鬍子聚眾群毆、拳打腳踢，甚至還把他的鬍子扯得一乾二淨。經過這一番打擊，阮鬍子這幾年一直避居城外牛首山，銷聲匿跡，但是他的戲曲創作卻越來越精純了。

因為這樣的背景，眾人一時都被錢大師搞糊塗了。錢大師是東林黨的領袖，阮鬍子是東林黨的頭號敵人，他們怎麼湊在一起了？觀賞阮氏家班的演出，自然是求之不得的事，但是我們為什麼要欠阮鬍子這個情？他這一出現，我們難道還要向他道謝不成？

眾人的沉默讓錢大師有點尷尬；他望了柳夫人一眼，繼續說道：「其實圓海兄今天本來就很忙，他只能停留一下子，為他的新劇本說幾句話。」一聽錢大師這麼說，大家似乎都鬆了一口氣，室內的空氣也就又開始流動了起來。

8

阮鬍子果然名不虛傳：他中等身材、骨架粗壯、稍顯發福、濃密的黑鬍子遮住了不止一半的臉，光是這副長相就夠引人注目了，他竟還穿了一件色彩繽紛的道袍，上面繡著一隻躍然欲出的花豹。快步走入大廳後，他在正中央站定，全身充滿了活力，環視大家，一臉盈盈的笑意。整個大廳安靜得難以想像，安靜到讓我可以聽到河水緩緩沖擊船舷的聲音，以及遠處飄來的琴聲、歌聲、笑聲。我們僵在那裡，也許不過就那麼幾秒鐘，不過那可真是漫長的幾秒鐘。好不容易脾氣火爆的吳應箕終於領頭發言了，「你來這裡做什麼？」許多人跟著點頭附和。阮鬍子眼睛眨都不眨，輕輕鬆鬆地說，「您們不會不喜歡我的戲曲吧？時勢艱難，我們需要同舟共濟，不能再分派系、自相殘殺。我今天來這裡，實在是出於一片好意，希望我們能捐棄前嫌，不要再分彼此。我的戲班為您們帶來一齣新作，相信可以給諸位帶來一點調劑、一點歡笑。抱歉我沒有辦法久留，與各位共賞，我必須趕去赴馬世英相國和韓贇周老公的飯局。這齣《燕子箋》可是我耗時三年、嘔心瀝血才完成的，如蒙指教，感激不盡。」說完抱拳致禮，轉身就走。有人輕聲地說，「那還用說嗎？他總是跟太監混在一起。」

但是大部分的人早已忘了阮鬍子，一心期待著劇團的現身。阮鬍子果然是崑曲的曠世奇才，那一晚，他寄望藉由這劇團來與復社這些年輕的小伙子們和解，收為己用。錢大師與柳夫人居中拉線，希望這些才高氣傲的學子們不要再繼續與阮鬍子作對，因為被孤立、被激怒的阮鬍子，破壞力難以想像。

那的確是難以忘懷的一晚，戲班的妙齡女子，個個美若天仙；舉手投足，一顰一笑，無不中規中舉。阮鬍子的新劇情節曲折離奇、扣人心弦，蘇崑生的曲譜悠揚清脆、沁人心脾，讓大家看得、聽得如癡如醉。列子說「餘音繞梁，三日不絕」，孔夫子說「三月不知肉味」；後來我有機會聽到那些與春秋戰國時代相近的古樂，呆板沉悶，真不知道古代聖賢的標準為什麼那麼低？他們如果聽到阮鬍子的音樂，不是一輩子都要吃素了嗎？

9

幾天後一個大早，福仔和我還沒吃完早餐，老李和陳子龍就忽然出現了。老李率先衝進來，嚷著：「日上三竿啦！再不走，就望不到彌撒了！」我們如墜五里霧中。「老李你是天主教徒嗎？」老李說：「只有教徒才能望彌撒嗎？我當然不是。但是這幾年和子龍兄在一起，耳濡目染，如果我真的信了教，也沒有什麼值得大驚小怪的吧！」陳子龍急忙澄清：「別聽他胡扯，我也沒有入教。先師徐閣老，聖名保羅，倒真是位無比虔誠的天主教徒。如果不是他，我們這大明江山老早就傾覆了。但是言歸正傳，我們今天之所以起了個大早，打攪你們清眠，是因為要請各位一起去見畢方濟神父和衛匡國神父。今天正好是他們的禮拜日，做完彌撒之後，他們應該有時間跟我們聊聊。」

我們趕緊換了外出服，上了他們的船，在運河間快速前行，左彎右拐，不久就到了老皇城的南門外。下了船沿著蜿蜒的小路，爬上運河與皇城之間的那座小山，到了山腰，沒想到前面就是一片寬廣的平地，其間矗立著一棟用磚石砌成，外觀與一般習見的廟宇迥異的建築物，看起來和父親那本珍藏的《聖經》裡的小教堂插圖有點類似。那時彌撒已經開始，我們躡手躡腳地從邊門走進去。這教堂雖然不大，卻也布置得富麗堂皇，兩邊牆上掛滿了主耶穌從降生、受難到復活種種神蹟的圖畫。教堂裡大約有五十來位信眾，坐滿了一半的座位。前方祭壇上一位高鼻深目的長者，灰褐色的長鬚及胸，身上披著一件質料上乘、做工精細、以瑪瑙紅及寶石藍鑲邊的及地白袍，散發著慈和與威儀。他的詠唱或祈禱想必用的是拉丁文，聲音宏亮渾厚，如潮水般不斷地洗滌著你的心靈。過了很長的一陣子，彌撒剛一結束，我的眼前忽然出現了一位長相與祭壇上的神父幾乎一模一樣，不過年輕許多的臉龐。掛著滿臉善意的微笑，他講了一連串如連珠炮響的話，既不像葡萄牙話，也不是荷蘭話，我一句都聽不懂。老李好不容易打斷了他，說我在福建長大，習慣講的是福佬話，官話也可以通。於是年輕的神父改口用還是很生硬的口音說起官話來；我們這才知道，他原來就是剛到不久的衛匡國神父，來自義大利北方阿爾卑斯山腳下的特雷諾城。

衛神父帶我們到他的書房，裡頭堆著滿坑滿谷、大小不等的地圖。原來自從利瑪竇來華，傳教士們很快就發現歐洲帶來的世界地圖，因為色彩鮮豔、插圖生動，廣受大明國官吏與士大夫歡迎。做為禮品的地圖，就如鐘錶及三稜鏡，從此成為耶穌會士打入官宦、菁英社會的敲門磚。衛匡國神父正好對繪製地圖有特殊的興趣與才能，來到大明國可以說是如魚得水。他後來繪製的十七幅大中華及遠東的詳圖，在阿姆斯特丹刊行，十分暢銷，不過這是多年以後的事了。

那一天陳子龍全神貫注，盯著一幀詳細的大明國地圖，反覆端詳。他特別注目的是黃河兩岸清兵可能進擊的路徑、範圍。我們跟著討論中原各處的山河地貌，完全不知道那位剛才還在講道的老神父也已走進了書房，幸好衛匡國眼尖，才沒有冷落他太久。衛神父說：「諸君，這位就是大名鼎鼎的畢方濟神父！你們眼前這些地圖的資料其實大部分都是畢神父提供的。我來

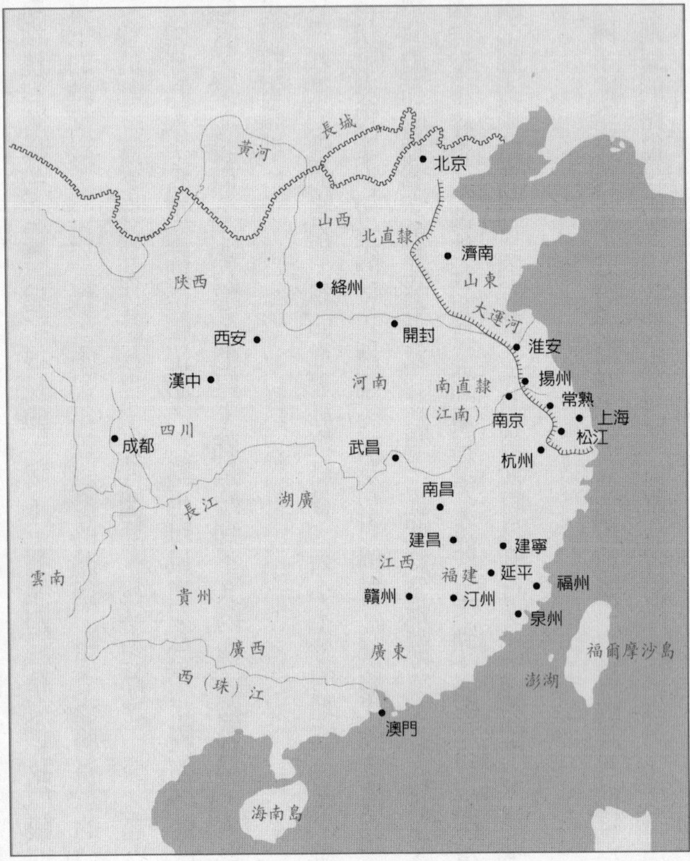

明末清初天主教耶穌會在華據點

華不過一年，孤陋寡聞、沒見過世面。畢神父已經來了三十年，大江南北不知闖蕩了多少回。北京、南京、杭州、嘉定、松江、上海、河南、山西、山東……目前他統轄江南地區的教務，在蘇州、揚州、寧波各處，僕僕風塵、來回奔波，今天正好在這裡，實在很難得。」

畢神父看來跟陳子龍很熟；原來二十多年前，南京發生第一次大規模的排教事件，當初建在這附近的老教堂被破壞之後，神父們紛紛走避，畢神父就在松江、上海一帶四處藏匿，因受徐光啟、孫元化及其他當地奉教仕紳的保護，在那十三年受迫害的期間得以相安無事。徐光啟的學生孫元化在這期間扎下了算學、火器應用的紮實基礎，後來協助袁崇煥死守寧遠，用紅衣大炮重創努爾哈赤，立下大功。他因此升任登萊巡撫，帶著澳門來的葡人炮兵部隊及許多重炮，方圖大舉，不幸卻因糧草不足，引發吳橋兵變。炮兵隊長公沙的西勞等十二名葡軍被俘，叛軍首領孔有德、耿仲明等最後帶著三百多門大小西洋炮及葡人傳授的炮戰技術投奔滿清，後來竟成為滿人入關前後攻城略地的利器。這麼多錯綜複雜的歷史事件，在陳子龍和畢方濟老神父的口裡，變得條理分明，讓我有如上了一堂非常重要的歷史課。

此後我們幾乎每個星期天都去教堂，很快就與衛匡國神父成了好朋友。大我們十歲左右的衛神父精力充沛、熱情洋溢。從他口裡，我終於對我父親所來自的地方，荷蘭、歐洲，有一點比較清楚的概念，對葡萄牙人、西班牙人、荷蘭人百年間競相東來的動力，及他們之間的恩恩怨怨，也多了一點基本的瞭解。我這也才知道，為什麼父親是個天主教徒，為什麼他會離開荷蘭。

福仔的父親也可以算是個天主教徒，但是在安海他很少上教堂，反倒是常去媽祖廟上香，所以福仔當然也就不曾受洗，不過在安海時他倒是常常與我一起去禮拜。在南京，他教堂上得更勤了，但是他的目的是知識，不是救贖。從神父那裡，他如飢似渴地探問有關日本的種種。日本，他的出生之地，他的母親因為鎖國政策，也因為被當成「奇貨可居」的人質，而無法陪他一起離開的地方。說來也許有點不可思議，我們兩人因為不同的緣由，竟然在這他人看來光怪陸離的地方，找到了那一絲絲踏實的、回到家的感覺。那著實是一種讓人心安的感覺。

第二章　同是天涯淪落人

1

初識福仔的時候，我們都還是虛歲七歲的小孩。那時我隨著父親，剛從福爾摩沙搬到安海，住入那宛如城堡的鄭家莊園。安海當時是一個非常繁榮的海港，商船、艦隊來來往往，絡繹不絕；港岸到處都是醉眼惺忪的水手、兵丁，他們操著各地方言、不同的口音，往往雞同鴨講，一言不合就大打出手；那一群日本浪人，更是危險，經常不知何故，就在碼頭上真槍實刀決鬥了起來；安息、天方、泰西之人，大街小巷隨處亂撞，嘰哩呱啦，大聲喧鬧，講著沒有人聽得懂的話。

鄭家莊園隔著鬧區的酒家、妓院、客棧有蠻長的一段距離，倒是相當安靜。莊園四周，每天十二時辰，不分晝夜，總是有成隊的衛士巡迴守衛。這些衛士個個身材魁梧、身手矯捷，黝黑的皮膚閃閃發亮。他們有些滿臉黑鬍鬚，深陷的眼睛一眨都不眨，大得嚇人，看起來就像佛寺牆壁上常見的達摩祖師像；有些則臉部線條比較柔和，鬍鬚也較少，但是皮膚更黑，頭髮難以想像地鬈曲，一小叢一小叢地，有如佛陀頭上那些為他遮陽的小蝸牛。他們火器精良、武藝高超，日夜巡邏，沒有人敢越雷池一步，鄭家莊園因此可謂固若金湯。莊園牆裡牆外，安靜與喧鬧，仿如兩個世界。

父親的醫院則是唯一的例外。醫院位於莊園邊上，面對通往海港的小河，二十四小時沒日沒夜，隨時有水手、軍士，載著斷腿斷手、血流如注、生命垂危的傷患，溯游而上、直抵醫院。父親有如魔術師，拿出冒著一縷奇香的煙管，給他們抽上幾口，那些哀嚎慘叫的傷患竟然登時就安靜了下來，助手們隨即將之牢牢按在手術桌上。此時父親從炙熱的火爐裡抽出一支火紅的鐵棍，迅速燙上傷口。隨著傷患的聲聲慘叫，烤肉般的焦味瀰漫滿屋，噴灑的血流登時打住。有時面對著支離破碎、血肉模糊的肢體，他從牆上拿下一把大鋸子，用烈酒澆灑抹拭後，毫不遲疑地，三兩下就把該鋸的地方齊根截掉，對病人的哀號充耳不聞。福仔父親的商船、艦隊，在海上經常與海賊、「倭寇」、「佛朗機人」、「紅毛番」戰鬥，傷亡慘重，父親的生意自然也就「門庭若市」。不止如此，他還常常需要隨艦出海，在海戰的現場就近醫治。他的確就這樣子每天從早忙到晚，分身乏術，幾乎連吃飯的時間都沒有。

父親是我唯一的親人，父親的忙碌，更加深了我的寂寞。剛到安海不久的我，時時刻刻思念著我那福爾摩沙的村莊，以及我在那裡度過的，快樂的童年。父親在福爾摩沙的時候當然也很忙碌：福爾摩沙人打獵或「出草」時常常受傷，漢人們伐林闢地，也都是高危險的工作，在在都需要他的診療。做為島內技術最好的外科醫師，他又常常被請到熱蘭遮城堡，去照顧那裡的長官、兵士、商人們。所以在那裡他實在也沒有什麼時間理我，但是我有我的阿姆。我從來不知道我的媽媽是誰，只聽說她是個年輕貌美的女孩，偶然在海灘上發現被沖上岸的父親，細心照料，讓他起死回生；不幸因我的出生，她竟難產過世。

所以我差不多可以說一出生就是個孤兒，但是在福爾摩沙島的時候，我從來沒有身為孤兒的感覺。阿姆照顧我、呵護我，無微不至；她生性爽朗快樂、渾身是勁、整天總是忙個不停，不是做飯就是洗衣，跟鄰居東家長西家短的，背後卻像又長了一隻眼睛似地，總是知道我在哪裡、在做什麼。她是村子裡的尪姨，知道什麼草藥可以治療哪種病痛，也熟知如何念誦代代相傳的咒語，來驅趕邪靈，祈求豐收及狩獵出草順利。

阿姆的另一個重要的工作，是主持每隔幾個月就要舉行一次的夜祭。夜祭都是在月圓的夜晚舉行，到時她帶領村內老少婦女，身披及地白袍，聚集於公廨前的廣場，圍成一圈，唱起古老哀婉的牽曲。隨著那周而復始的歌聲，她們緩緩起舞，徹夜不休，直至精疲力竭。這時往往就會有兩三位舞者被神明附身，忽然倒下，進入恍惚出神的狀態，開始喃喃自語。她們說的話除了阿姆，沒人聽得懂，所以阿姆就是神明的代言人。但是神明說什麼我們小孩子們並不在意，在那些涼爽的月圓之夜，我們就在舞者圍成的圓圈內，跟著隨興而舞。重複的鼓聲，渾厚悠揚的鼻笛音樂，漸漸讓我們也都感覺到神靈的存在；浸浴在明亮的月光下，我們居然就開始有了那麼一種感覺，覺得那輪明月一直在向我們靠近，我們就消融在月亮娘娘溫柔的擁抱裡。

我們的村莊四周用密不透風的刺竹林圍著；在這裡面，雞鵝豬狗，和我們這群小孩們，無憂無慮、無拘無束、四處奔跑。村裡的小孩親如兄弟姊妹，大人們不是姑姨伯叔，就是阿嬤阿公，他們呵護所有的小孩，有如己出。那是個人間樂園，至少在我的記憶裡就是如此。

2

那個人間樂園在我五、六歲的時候消失了。那一年甘治士牧師進駐我們的村莊；他是個勇猛精進、不苟言笑的人，一心一意要改造我們，拯救我們的靈魂。他自己從來不笑，大概也努力要把我們變成不知歡笑的人。來到福爾摩沙島的最初幾年他四處碰壁，但是那一年他忽然走運，大家爭相入教，一村接著一村，集體受洗。在寫給阿姆斯特丹中會的報告裡，他不無得意地說，這正是真神的旨意、恩典，他自己不過是至高無上的神一個卑微的工具。但是更實在的原因應該是，那一年荷蘭東印度公司的軍隊終於讓福爾摩沙人見識到槍炮的威力，許多部落紛紛前來輸誠議和，「心甘情願」地付稅，也「乖乖」地攜家帶眷前來聽道。

甘治士牧師痛恨阿姆，叫她巫婆，誣控她為年輕女孩墮胎，好讓她們繼續縱慾。他懷疑她施放法術，讓四十歲以下的婦女不能懷孕。月光下的夜祭不再能舉行了，阿姆不再與人閒聊，她臉上也不再有笑容。沒多久她的臉就整個垮了下來，雙眼無神、茶飯不思、日漸消瘦，後來竟就起不了床了。她相信甘治士施法詛咒，早晚會要了她的命。失去了笑容的阿姆，竟變得越來越像甘治士了。

父親眼看著阿姆奄奄一息，十分焦急，跑去熱蘭遮堡找長官朴特曼；他們兩人都來自米德爾堡，交情不薄。朴特曼也不喜歡甘治士，但是他愛莫能助；東印度公司急著要將福爾摩沙人全數教化成基督徒，與阿姆斯特丹中會關係深厚的甘治士牧師，自然就成了巴達維亞總督眼中的紅人。朴特曼又說，即使想出辦法把甘治士調到別的村莊，他也不能保證，新來的牧師不會更激進、更不擇手段、更不近人情。

幾個月後阿姆在夜晚酣睡中過世，父親悲哀莫名，幾乎失去理智。他衝到甘治士的屋子裡，把他連拖帶拉，帶到公廨前，拳打腳踢，眼看就要出命案。幸好在最後一刻他克制住自己，垂頭喪氣地離開。他後來提起這件事時說，何必讓甘治士博得殉教的美名？他這一死，也許只會引來十個更狂熱的傳教士。

阿姆葬禮過後沒幾天，父親在半夜把我從睡夢中叫醒。我們帶著簡單的行李，悄悄地走到海邊，搭上一艘小漁船，渡海先到金門，再轉安海。後來我常聽人說，橫渡那當時被叫做黑水溝的海峽有多危險。但是我們的整個航程風平浪靜；深藍色的海水四面八方無盡延伸，平靜得像一面鏡子。天上時時飄浮著幾朵潔白的雲朵，輕盈盈地，一副灑脫的模樣。阿姆常說，人死後會變成小小的雲朵，自由自在，愛去哪裡就去哪裡。渡海的那三天，我不時仰望天空，尋找阿姆的身影。到了晚上，看著滿天閃爍，數也數不清的星斗，我想像阿姆和村裡穿白袍的老少婦孺，就在那裡歌舞，盡情狂歡。

3

許多年後，我才終於對父親的生平、來歷比較有一點瞭解。記憶裡那是個炎熱的夏夜，大概是我十一、二歲的時候。葛雷果理，一位曾在福爾摩沙島北部住過多年的日本道明會修士，來找父親喝酒聊天。他帶來一大瓶他在長崎的哥哥剛寄來的日本清酒。極品的純米阿蘇之酒，他說。這酒的原料是九州最上等的米，每一粒都磨到只剩下不到原來一半大的純白「米心」，用這米心配上阿蘇山上最清純的泉水釀成的。父親啜了一小口，眼睛登時亮了起來。他平常不喝酒，偶爾與人對飲時也很有節制。但是那一晚他卻豁出去了，兩人一起回想他們在福爾摩沙的日子，一杯接著一杯，話也越講越大聲，福佬話、葡萄牙話、荷蘭話、西班牙話，一一出籠。我在旁半懂不懂地聽著，幾乎就要睡著了。忽然間，葛雷果理不知道說了什麼，竟讓父親完全靜了下來。

那寂靜也許就只持續了那麼一、二分鐘，可是卻已經叫人憋得喘不過氣來。終於，那寂靜被隱隱約約的飲泣聲打斷；隨之而來的，居然就是嚎啕大哭。那是我生平第一次知道，父親原來也是有眼淚的。良久以後，當他終於又開口說話時，他的聲音卻更讓我心酸。他說：「葛雷，你問我怎樣從荷蘭跑去福爾摩沙。萬里海程，無緣無故地就從地球的那一頭跑到這一頭來，難以瞭解，不是嗎？不過你一個人從日本輾轉經由雞籠來到這裡，有緣來跟我共享你老家這罐瓊漿玉液，不也是同樣地不可思議嗎？」

「仔細想來，我們的境遇其實還蠻像的。你因為身為天主教徒而被迫害，只好離開家鄉。

你能想像我離開荷蘭也是同樣的緣故嗎？我出生的地方大多數居民信的是天主教，可是統治者卻是喀爾文派的改革教會信徒。他們是一群勇往直前、刻苦耐勞、執著頑固，沒有一絲幽默感的人。不錯，他們比不上日本人的凶狠，他們並沒有把我們釘在十字架上放火燒，也沒有逼迫我們踐踏聖母像。但是我們的教堂，那麼多華麗壯觀的聖殿，不是被破壞就是被沒收；神父們都被驅逐出城，我們只能在家裡偷偷摸摸做禮拜。我們沒學校可讀，長大後男的只好去做粗工，女的就只有當女傭的份。」

「那是二十多年前的事了，我那時還不到十三歲，自己一個人偷偷溜進一艘遠洋商船，被發現時船已啟航好幾天。船長氣壞了，起先威脅要把我丟下海，後來決定把我當奴工使喚：刷甲板、搬運貨物、潛水修補船身縫隙，什麼辛苦危險的事都有我的份，但是我甘之若飴。在船上我不但能填飽肚子，還能夠到世界各處見世面，我還有什麼可抱怨的呢？」

「那你又怎麼變成外科醫生？」葛雷果理問。

「因為我遇上了彼得•凡金。」父親繼續說：「他毫無疑問是好望角以東最棒的外科醫生！我們那時一起在一艘名叫度以金號的三桅船上工作。在一個狂風暴雨的夜晚，有個水手從桅桿頂摔下來，跌斷了大腿骨。凡金醫生找不到他的助手，看到我正好在身邊，就叫我幫他清理傷口，我從此就成了凡金醫生的學徒。他竭盡所能，傾囊相授：使用鴉片、縫合傷口、接骨正骨、灼燒止血……。不止如此，他還教我閱讀、書寫荷蘭文與葡萄牙文。他自己沒有兒子，把我當成他的兒子來教導，可以說是我的再造父母，我今天所有的一切都是拜他所賜。」

「那你怎麼來到福爾摩沙島？」葛雷果理有點遲疑地問。

父親的整張臉登時暗淡了下來，淚珠從他疲憊的眼眶裡不斷湧出，流過他那雜亂的紅鬍鬚，掉落在他的胸前。他低著頭飲泣良久，再抬起頭的時候，那迷茫的醉眼依然掛滿淚珠，但是他終於又找回了他的聲音：「真難相信，時間一晃就是十五年了。那一年我們跟著大名鼎鼎的班德固船長來到華南海岸，從珠江口到長江口，一路尋找與大明的商人、官吏接觸的機會。他們避不見面，消失得無影無蹤；整個千里長的華南海岸，任憑我們縱橫往來、進進出出，竟沒有任何人來阻擋、來交涉。班德固以為文的不行，只有訴諸武力，於是就放任手下四處燒殺劫掠，想用這樣粗暴的方法把他們逼出來，但是他還是徹頭徹尾地失敗了，不但官吏不見蹤影，連要作戰的對手都找不到。班德固不甘心兩手空空回巴達維亞，把注意力轉向澳門。荷蘭東印度公司那十幾年從非洲到亞洲，侵奪、鯨吞一個又一個葡萄牙人建立的海港、城堡。相較之下，躊躇滿志的班德固認為，占領區區一個澳門，應該易如反掌。沒想到我們在那裡居然吃了一個大敗仗，傷亡慘重，讓彼得與我日以繼夜，忙得不可開交。」

「我聽說那是因為初到的湯若望和幾位耶穌會神父在山頂上架設了炮臺，一陣轟炸後，又領著一群非洲黑奴衝下山來……」

「不管對手是誰，我們這東印度公司的無敵艦隊竟然三兩下就被打敗了！班德固氣急敗壞，再回到華南海岸，四處抓人，逮到了一千多名倒楣的壯丁當奴工。聽說他們後來不是在建造熱蘭遮城堡時過勞而死，就是被運到爪哇，死於擴建巴達維亞城的工程中。生逢亂世，一般百姓真是說有多可憐就多可憐。」

父親說到這時，已經是涕泗縱橫，大概也醉得快要語無倫次了。差不多就要醉昏之前，他

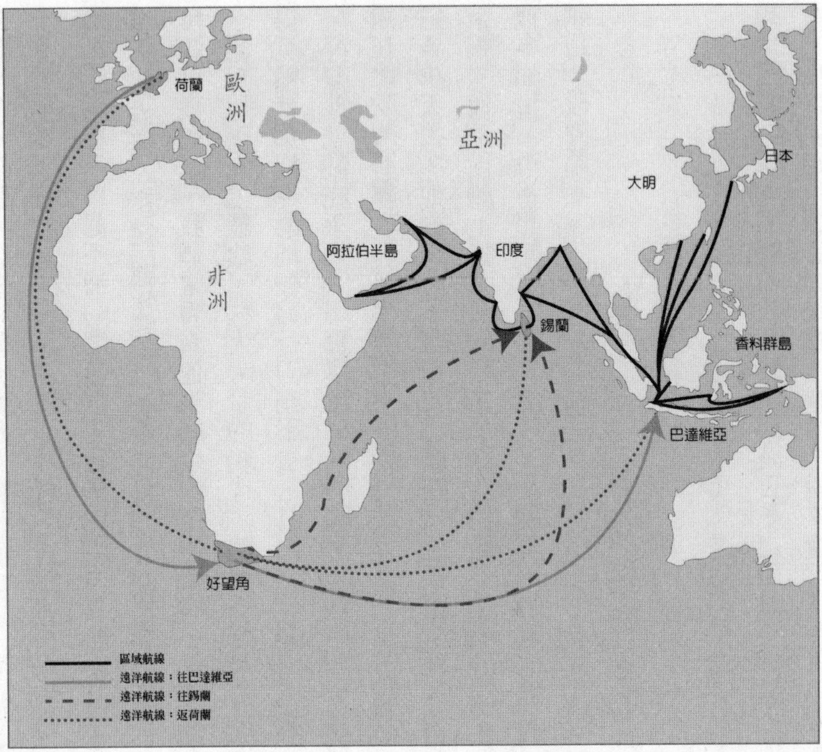

十七世紀荷蘭東印度公司貿易航線

又說：「葛雷，有一件事我從來沒有跟別人說過。正就是那件事，讓我覺得做為一個荷蘭人真是丟臉。」

從他那斷斷續續、口齒不清的呢喃裡，我拼湊出的情節大概是這個樣子：在那些被抓來的華人裡，有一個大概二十歲的年輕人，不知何故，已經病得奄奄一息。有一天凡金醫生忽然說：「他反正就要死了，我們來看看他到底生的是什麼病。」父親萬沒想到，彼得就這麼做起解剖來了。雖然他事先已經給了病人大量的鴉片，讓他昏睡過去，但是那到底還是個活生生的人哪！彼得竟然就那樣冷酷地一刀一刀割下去，肌肉、骨頭、五臟六腑，一樣一樣仔細檢驗，詳加解說，好像他就站在萊頓大學那舉世聞名的圓形講堂中間，在做教學示範！到了最後，當彼得捧出還在跳動的心臟，為父親講解威廉・哈維新近提出的血液循環理論時，父親昏倒了。

不知道多少天後，他醒來時，發現自己躺在一位美麗少女的懷裡。那少女對他微笑，繼續餵他喝小米粥。他是從船上掉下海的嗎？那之前他是不是喝醉了？他存心要自殺嗎？父親跟葛雷果里說他不知道，也不想知道。那天之後，我就再不曾聽他提起這整件事情，也不敢讓他知道自己聽到這一段對話。

4

除了想念阿姆、想念家鄉，我初到安海時日子之所以不好過，還有另一個重要的原因：抵達安海不久，我就開始到鄭家的學堂上課。一般孩童都是在五、六歲時就學，所以我那時才開始，已經有點晚了。但是更糟糕的是，我對「念書」這件事其實從來都一無準備。父親教過我的任何東西，用的不是荷蘭文就是葡萄牙文，在那學堂裡根本一點用處都沒有。我從阿姆那裡學到的，包括唱歌、跳舞、古老的神話傳說、哪裡可以找到治什麼病的草藥等等，在安海也都是一文不值。

學堂的塾師姓張，是一位將近六十歲的好好先生，對我這初來乍到、奇形怪狀的異鄉小孩特別關心，不厭其煩地反覆改正我的發音，傳授寫毛筆字的訣竅。我很快就發現，背誦三字經、千家詩並不困難，因為我一直是阿姆的好學生，祭歌、口傳史詩，朗朗上口。但是我當時對漢文的閱讀、書寫，真的是一點概念也沒有。父親自已本來就是門外漢，對中文一竅不通，當然也幫不上忙。不過幸好勤能補拙，不久我也就能夠駕輕就熟、遊刃有餘了。張先生發現我這「化外之民」，居然孺子可教，欣慰之情，溢於言表。

課外的時間，才是我真正的困難所在。這塾堂裡除了我，就是七個鄭家的小孩，年紀從八歲到十三歲不等，個個都是大塊頭。他們對我不是視而不見，就是排斥我、嘲笑我。「小雜種、小混混、番崽子，紅毛小鬼，你是從哪裡鑽出來的？誰是你的親娘？你為什麼會有那一團紅髮？你父親是隻白鬼，那你是隻黑鬼嗎？」

最凶惡的要數聯舍——鄭聯。舍是閩南人對有錢人家少爺的尊稱。雖然大我沒幾歲，他已經長得快要跟大人一樣高了，粗粗壯壯地，渾身都是用不完的精力。他對讀書一點興趣也沒有，成天滿腦子想的是胡鬧、找樂子，整人的花樣層出不窮：把釘子撒在我的椅子上，把蟾蜍放在我的抽屜裡，把寫滿髒話的紙偷偷貼在我的背後。他身手矯捷，常常趁老師閉著眼睛吟誦唐詩的時候打我一拳。偶爾我忍不住回擊，聯舍馬上就告起狀來，挨罵挨罰的當然還都是我。有一天聯舍忽然對我非常友好，送我一片難得一見的金門貢糖。我滿心感激，不是因為貪吃貢糖，而是因為我天真地以為，時來運轉，我不再被當成局外人了。但是糖果一放入嘴裡，聯舍登時開懷大笑、樂不可支，問我可喜歡他臭腳丫子的味道；其他的孩子也跟著起鬨。

5

三個月後，福仔的出現，改變了我的一生。福仔不但與我同樣年紀，竟然還是同月同日生。他來自九州平戶，當時日本最大的對外通商海港。在他出生之前，他那還籍籍無名的父親，人稱尼古拉斯・一官的鄭芝龍，就因走私罪嫌匆忙逃逸出海，把即將臨盆的太太田川松丟在平戶。之後短短六年間，鄭芝龍居然就變成了整個東亞海域航運、貿易、走私集團的霸主。他透過關係，要求當局放他的家人出國與他團圓。不過當時日本的鎖國令正在雷厲風行，日本人，尤其是女人，嚴禁出國。迫不得已，福仔的母親只好讓福仔一個人遠渡重洋，來到安海。

這期間，鄭芝龍早已妻妾成群，也又有了好幾個子女。但是做為長子，福仔被他那時已成為明皇朝水師統帥的父親寄以厚望，希望他走正途，努力讀書，考取功名。所以到達安海還沒幾天，福仔就開始到學塾來上學了。福仔的到來，改變了整個學塾的氣氛。那時還不太會講福佬話的福仔，竟然已經認得許多漢字，會讀會寫。我當時佩服得五體投地，直認為他是個天才。福仔無疑是個不世出的天才，不過他當時的讀寫能力並不見得就是他天才的表現。後來我才知道，原來日本人也用漢字、讀漢文書，福仔兩三歲的時候，他的母親和外公早就已經開始教他認字了。

6

雖然在學堂裡福仔最年輕也最矮小，他那不言而喻的「世子」地位對其他的小孩已頗有相當大的鎮嚇作用。不同於大部分的漢人和日本人，他的眼睛大得出奇；他定定的眼神常讓人不自在，覺得五臟六腑都被他看得一清二楚。所以也就難怪他那幾個年紀比他大許多的堂兄們，包括愛鬧事的鄭聯和更年長的鄭彩，在他面前都不自覺地手足無措了起來。

有一天下午張先生不知道為什麼沒有來上課，福仔也不在教室裡。那天天氣炎熱，大夥兒跑到教室外池塘邊戲水，正玩得高興，聯舍冷不防從身後把我的頭按到水裡，大聲叫道：「你這紅頭髮的小海怪，你從海的那邊來，一定很會潛水吧，何不讓我們看看你的潛水功夫？」我拚命掙扎，可是聯舍的力氣大得很，我動彈不得，一直嗆水，幾乎就要窒息了。忽然間福仔不知道從哪裡冒了出來，用他那渾厚的聲音說：「放開他！聯舍！你這樣欺負弱小，不會覺得丟臉嗎？」聯舍轉過身來，更加暴怒，幾個星期來一直隱忍下來的怨氣一下子忽然全都爆發了出來。他大聲嚷著：「哇！原來是你這個小倭寇，小矮子，海上撿來的小雜種。你以為你真的姓鄭？你配姓鄭？你媽就只是個爛貨，不知被哪個鬼子姦汙了，卻把你賴到我大伯身上。他們根本沒有真的結婚，所以你又算什麼？不就是個沒爹沒娘的小可憐嗎？」聯舍話一說完，整個蓮池周遭，寂靜無聲，每個人都張大了眼睛，等著看好戲。福仔瞪著聯舍，滿臉憤怒與鄙夷。他慢慢地用他那咬音還不很準的福佬話說：「道歉！話收回去！說你根本沒有說你剛才講的話！」聯舍全身抖動、發出一陣又一陣狂放的大笑。其他的小孩把他們圍成一圈，有的幸災樂禍，有的面露憂色，我則開始擔心福仔吃虧。

忽然一瞬間，神不知鬼不覺地，聯舍就已經被放倒在地上。福仔壓在他身上，扭轉他的手腕，痛得他呀呀叫。鄭聯比福仔大好幾歲，也高出許多，沒有人知道福仔如何能那麼疾如迅雷，一下子就將他制伏。他們就那樣僵在那裡，大夥兒一時都不知所措。幸好這時候，鄭彩上前一步輕輕拉了一下福仔的袖子，求他放手。然後彩舍慢慢地把聯舍扶了起來，回過頭對福仔說：「讓我來替我弟弟道歉。他脾氣不好，愛亂說話，一激動就口齒不清，他說什麼沒有人聽得懂，你就當他在放屁吧！聯啊，快來跟森舍賠不是。」鄭森是福仔正式的漢名，森舍就是對他的尊稱。鄭彩用力把鄭聯的頭往下按，鄭聯含含糊糊地講了一句沒有人聽得懂的話。鄭彩說：「這不就都沒事了嗎！我們有機會真應該多跟森舍學習武術。他剛才露的這一手實在太棒了。大伯不是常說日本人不但劍術高超，徒手打鬥也很厲害嗎？這是空手道還是柔道？森舍，可以教教我們嗎？」

7

那一天晚飯後，福仔邀我跟他一起去海邊散步。我們後來坐在堤防上，望著逐漸由藍轉黑的大海，各自想著自己的心事，周遭除了海濤之外，寂靜無聲。良久之後，福仔才終於開口。他的福佬話夾雜著葡萄牙話、荷蘭話。他說：「我知道你也剛到這裡不久，大概還很不習慣吧？我也是。沒多久之前我還跟阿娘在一起，跟我從小熟悉的許多人在一起。沒想到忽然間我就被丟在一艘大船上，糊裡糊塗地被帶到這裡來。每個人都說這是為我好，說我父親不論在大明國還是在日本都很有影響力，海上的船差不多都歸他管，我跟著他前程遠大。但是我在這裡真的好嗎？我為什麼需要跟這些小鬼瞎混？他們說多笨就有多笨！……卡絳和歐巴桑在平戶把我騙上船。卡絳還跟我一起上了船呢！到了快開船的時候，她忽然說她忘了一件重要的東西，需要下去，馬上就回來。她這一走，船就即刻起錨，開離碼頭。卡絳站在碼頭上，含著眼淚，微笑揮手。那一天天氣真是好，萬里無雲。我還在高興地想著，這真是個好兆頭，不久卡絳和我就要跟阿爸團聚了。說來還真可笑，不是嗎？」卡絳和歐巴桑是什麼意思，我當時並不瞭解，不過我猜想他是在說他的媽媽和外婆。福仔說完之後，靜了下來，身體不停地顫抖著。隔了好一陣子，我才忽然發覺，他是在努力控制自己，不要哭出聲來。我一時不知所措，不知道該怎麼去安慰他。幾經躊躇，我才終於輕輕地把手伸過去，拍著他的肩膀。良久良久，他終於才漸漸止住了那無聲的哭泣。

福仔的全名本來是田川福松。福是福氣的意思，同時也代表福建，他父親鄭芝龍所來自的地方；松則承襲他母親的名字。同時，松樹是高聳入雲的長青樹，顧名思義，田川夫人寄望她的兒子的一生頂天立地、充滿生機。但是她之所以叫他福仔，恐怕也是因為她縈縈於心的，是那風流瀟灑、善解人意，來自福建的美男子，以及他們之間旖旎絢麗的一段情。雖然福仔從小沒見過他的父親，卻常常從他母親那裡聽到有關父親的事情。在她的眼裡，鄭芝龍是全天下最英俊、最溫柔的人，靈活、聰明、充滿機智。他的日語講得字正腔圓，葡語與荷語也十分順口。他可以在前一分鐘還斯斯文文地跟高官巨賈打交道，一轉頭就和滿嘴髒話的水手、兵丁稱兄道弟起來了。所以她常常跟福仔說，他父親會這麼快就稱霸海上，她一點都不覺得意外。看著母親如此死心塌地地崇拜父親，毫無怨言，福仔其實心裡有很多的疑惑和不滿。他不能瞭解，父親當年為什麼那麼容易就把他母親，連同還未出生的他，一起遺棄了？父親為什麼從此就不再回去看他們？父親既然橫行四海，為什麼沒有辦法在日本打通關節，讓他的卡絳與他一起離開平戶？

「但是你在平戶的童年好像過得蠻幸福的，不是嗎？」我實在想不出怎樣來安慰他，只好說了這樣一句無關痛癢的話。這一問好像又揭開了他那尚未癒合的傷疤，反而讓他更加哀傷了。我無法想像失去自己的媽媽是什麼樣的感覺，但是他那苦楚的樣子勾引起我努力要埋藏於心底深處的失落與思慕。我的阿姆是永遠也不會回來了，我那如世外桃源的村社，也早已消逝得無影無蹤。我沒有福仔那內斂克制的能耐，想著想著，就嚎啕大哭了起來。還好那一晚的海港十分安靜，空蕩蕩地沒有一個人，我就索性盡情地痛哭，把泉湧的熱淚統統交付給輕柔的海風，慢慢地由它去擦拭。

8

從那一天起，福仔就成了我最要好的朋友、學堂裡的保鑣。聯舍再也不敢惹我們，我們也與他保持距離，「井水不犯河水」，大家相安無事。我漸漸發現，其實福仔這些堂兄堂叔們，也並不是沒有他們的好處的。他們常常跟著大人們出海，絲毫無懼於風浪，游泳、潛水，樣樣在行，似乎在水裡比在陸地上還自在。他們也最知道哪裡可以抓到最上等的鮑魚、龍蝦，哪裡可以挖到最肥的牡蠣，什麼地方可以吃到最新鮮的海產。隨著年歲增長，我們從他們以及族裡眾多的叔叔伯伯那裡學習到許多海戰的技巧訣竅，諸如預測潮流風向、搶占上風、誘敵深入、放火燒船等等。就是憑藉這些代代傳承的經驗知識，鄭家艦隊才有可能常常以小博大，多次打敗船堅炮利的荷蘭巨艟。

當然，在大人們的眼裡，福仔和我才是最優秀的「少年家」。你也許很難想像，像鄭芝龍兄弟和他的堂表親人們那樣縱橫四海、躍威江湖的英雄好漢，會去尊重讀書人，會那麼在意仕途功名，但是實情確是如此。福仔的父親緊緊地逼著我們，要我們努力學習，背誦四書五經，熟記唐宋詩詞，勤練「時文」（八股文），一刻都不准放鬆，百尺竿頭，還要更上一步。許久以後，我才真正瞭解，大明國人真的那麼相信「萬般皆下品，唯有讀書高。」不管你多有錢、多有成就，你在那些「學而優則仕」的「讀書人」面前，總還是自慚形穢。就如許多暴發戶，鄭芝龍那時的一心嚮往的，就是要善用他的財富和影響力，竭盡所能地把鄭家的子弟推往那個方向。福仔就是他的試金石，也正是他達成這個願望的最佳人選，因為福仔的確是個如假包換的「讀書種子」。

福仔和他的父親一樣有特異的語言天分，來到安海不久，他的福佬話就已經講得呱呱叫了；他的官話也進步神速，惹來許多福建老鄉們的羨慕、嫉妒。與此同時，他居然也沒有把他從小在平戶學來的葡語忘掉，一有機會還要來找我練習荷語。當然，他從來就沒有放下過他的母語，日本話。

我們在十五歲那一年交了好運。福仔和我在一年之內一口氣通過了縣考、府考、院考的三大關卡，一起成了俗稱秀才的生員。不但如此，福仔還名列前茅，中選成為南安縣縣學的廩膳生，每月可以拿到廩銀一兩，廩米六斗，外加油鹽魚肉的補貼。這點津貼對鄭家來說，當然無足掛齒。但是廩膳生這樣的名銜，人人聽了都會肅然起敬，鄭府上下無不歡欣鼓舞，福仔的父親更是樂翻了天。我雖然不是廩膳生，拿不到津貼，到底也連過三關，成了一個正經八百的「讀書人」。父親欣喜之餘，脫口說：「大明國就快要有歷史上第一個紅頭髮的朝廷大官了！」我們那時哪裡知道，湯若望，那個一頭紅髮的德國耶穌會神父，早就拔得頭籌了。他那時已在明朝廷的欽天監工作，他所編的「崇禎曆書」後來為清廷採納，更名「時憲曆」頒行全國。他也因此被迫接受大清欽天監監正的職位，晉一品、封贈三代，連他那早在歐洲過世的祖父母也都成了堂堂大清帝國的朝廷命官。

三年後幸運之神再度降臨，我們成了南京國子監的太學生。我們真的那麼「品學兼優」嗎？還是因為大廈將傾的明皇朝急需討好海上霸主鄭芝龍，透過我們來巴結他？對這樣的問題，我們不可能找到答案，也不在乎真正的答案是什麼。重要的是，我們終於來到了這十里繁華的文化古都，兩個初出茅廬的小夥子，意氣風發，無牽無掛，四海為家。

第三章　風流教主薄命紅顏

1

在老李的畫舫裡那永生難忘的盛宴之後不久，鴻逵叔請一位南京最知名的命理師，挑了個黃道吉日，帶我們到錢大師家去拜師。拜師是人生的一件大事，禮儀隆重。鴻逵叔穿上他那緋紅色的正二品官服，前後各一大塊補服，上繡色彩斑斕、威武雄猛的雄獅。福仔與我穿的則是漿燙筆挺、寬袍大袖的儒士襴衫，純白的色澤因墨黑色的袖、領及下襬而更為顯眼。雖然錢府與我們住的地方只隔著一條窄窄的運河，幾乎可以一躍而過，我們還是遵照禮儀，乖乖地坐上轎子，在市區裡繞了一大圈，才終於來到錢府早已洞開的大門。進門後首先看到的是一片太湖石砌成的假山，上植奇卉異草，還有銅鑄的麋鹿、仙鶴，意趣盎然。路的盡頭又是一道藍瓦白牆，我們在那裡下轎，還來不及敲門，它呀的一聲就全開了。錢大師站在門口，盛裝以待；

站在他旁邊的柳夫人一身朝廷命婦的典雅打扮，不再是英俊瀟灑的書生了。鴻逵叔趨前寒暄，順手遞上一個紅色的信封。錢大師在一番推辭之後，打開了信封，看了一眼裡頭的銀票，滿意地微微一笑，將之放入衣袖裡，這才專注地讀起芝龍伯和鴻逵叔共同具名的信來。在一長段恭維、仰慕的客套話之後，這信進入主題，懇求錢大師收容福仔和我，做為他的及門弟子。這信的結尾說，我們如果有幸進入錢門，不但要認真學習文章詞句，更重要的當然是要努力向錢大師學習做人的道理。

錢大師滿臉笑容，一面謙讓，一面把我們引進大廳，稍事推辭之後，終於端坐在大廳正中央的太師椅上，受了我們的三叩首大禮。禮成之後，我們已是如假包換的錢門子弟，不但能尊當世的文壇領袖為師，還有了秦淮八豔之首的柳夫人這樣的一位師母。不僅如此，錢大師三、四十年來所收過的、許多早已功成名就的學生，這一下子就都成了我們的同門師兄。

正事辦完之後，我們換到大師舒適涼爽的書房，與他的幾位朋友一邊喝茶一邊閒聊，話題自然還是圍繞著鄭家水軍。鴻逵叔這次從安海帶來的許多大小戰艦，在西至蕪湖、東達鎮江的江面上來回巡弋，十分壯觀。錢大師問了許多關於我們的艦隊十多年前如何把「紅毛番」打得七零八落的英勇事跡，一面讚嘆，一面說有鴻逵兄在，建虜——滿州人——絕對連長江都不敢靠近。如果他們萬一真的那麼不知輕重，妄想強行渡江，在鄭軍面前，就只有落水餵魚的份。鴻逵叔點頭微笑，謙稱當年打敗紅毛，全靠皇上及老天的保佑。但是他同時也自信滿滿地保證，如果滿洲八旗真的膽敢圖謀江南，他一定會給他們好看。

一直靜靜旁聽的三位陪客中，有一位忽然發言：「鄭大帥，您覺得鄭家水軍有沒有可能揮師向北，從天津登陸，直擊北京，或者更往北去，攻上遼東，直搗黃龍？」鴻逵叔臉上堆起一團笑容，帶著一絲似有似無的嘲訕的表情，說：「這主意實在太好了。可惜的是，我們的水軍習於水戰，深入陸地恐非所長。再者，我們對北方，尤其渤海灣附近的水路航程也不很熟。當然，早些年在朝鮮還沒有降服於滿清的時候，我們也許還是可以冒險一試。現在他們整個長城內外都已連成一線，我們還是堅守長江比較實際。」此話一出，錢大師整個臉驟然暗了下來，不過他隨即說：「這只是式耜兄和我的一個餿主意。現在一聽行家的話，茅塞頓開，此議確不可行。」我們這時才知道，先前問話的人，原來就是大名鼎鼎的瞿式耜瞿大師，錢大師的大弟子，也是他的兒女親家。瞿家與錢家同是常熟的大姓，瞿太素——瞿大師的一個叔叔——正是當年將利瑪竇引介到中國士大夫世界的那個人。因為這層關係，瞿家許多人都是天主教徒。瞿式耜本人一出生就受洗，聖名多默。他後來雖因娶妾而不再奉教，還是一直與耶穌會教士多有往來，與畢方濟神父關係尤其密切。因為這樣的背景，他的「西學」根柢深厚，熟習槍枝火炮的應用，以及西方傳來的戰略、戰術。這樣的專長，當他幾年後在桂林成為南明永曆政權的柱石時，終於能盡情發揮，使他得以抵擋滿清的攻勢好幾年。但是講到海戰，他終究還只是個門外漢。

著女裝的柳夫人少了先前那英氣逼人的氣勢，完全是一副溫柔賢惠的主婦模樣。她對書房裡每一個人體貼殷勤，無微不至，卻同時還有餘裕與我們閒話家常，關心我們在南京的生活起居。當她發現福仔小小年紀就不得不離開他平戶的母親，隻身漂洋過海，又聽到我在同樣的年歲因阿姆過世而離開福爾摩沙時，看來似乎泫然欲泣，卻強忍住了眼淚，一瞬間又再綻放出笑容來。那真是一張多麼燦爛的笑顏啊！書上所說的，能夠傾國傾城、顛倒眾生的笑容，大概就是這個樣子吧，我那時候心裡這麼想著。

「可憐的孩子啊！你們需要一個溫暖的家。我們還真是有緣，剛好住得這麼近，就隔著一條小水溝！現在我們已經是一家人了，以後隨時想來就來，這裡就是你們的家。」她雖然大我們沒幾歲，說這話的時候，看起來竟有點像是一個慈愛的母親。看著她那一副誠摯的樣子，我的第一個念頭是，妳實在真會演戲啊，說得就好像是真的一樣，難怪妳會是整個江南，也許是整個明皇朝裡，最人見人愛的藝妓。但是後來我對她的身世比較有瞭解，才開始相信她那時的確是在為我們的身世悲哀。那強忍住的淚，並不是裝出來的，因為她也在為自己的身世悲哀。

拜師順利結束，我們終於鬆了一口氣，一到家就趕快換上便服，到院子裡去乘涼。休息一陣子後，鴻逵叔忽然說：「她的確是名不虛傳啊，真是耳聞不如一見！難怪錢老頭為了娶她可以把自家的名聲、性命都豁了出去。現在終於看到她本人，才知道老錢真的是得到了一位紅粉知己。不要說相貌，既使只論聰明才智，恐怕老錢都還配不上她。」我們在那院子裡繼續閒聊了蠻長的一段時間，不久夜幕低垂，一輪明月緩緩上昇。我們慢慢地啜飲著陳年紹興，聽著秦淮河水不住地拍打河堤的聲音，鴻逵叔又說：「這不用說你們也都早已知道，但我還是要再說一次。今天無疑是你們一生中非常重要的一個日子。年輕人需要名師指引，需要楷模，需要高人來激發你的想像力，鼓舞你的志氣。不止讀書、做學問如此，各行各業，都是這樣。福仔，你的父親當然不是讀書人，我們兄弟都不是讀書的料子。但是他今天之所以能夠獨霸海疆，我們鄭氏家族之所以能發展出這麼大的事業，絕對不是沒有淵源的。他年輕的時候在平戶如果不是遇到老一官李旦，知才惜才、傾囊相授，恐怕到現在也還只是個在各個口岸間往來奔波的小商人，哪裡有可能這樣地飛黃騰達？所以古人說的沒有錯，『天地君親師』，一個好的老師，跟爹娘天地一樣重要，也許更重要。老錢看起來其貌不揚，可是滿肚子的墨水。你們不知幾生修來的福，能拜他為師。『強將手下無弱兵』，你們的前程，實在是無可限量。更何況你們可以學習的對象，還不就只是老錢，今天在場的那些人，哪個不是才高八斗，舉世聞名？他們也都可以是很好的老師，包括柳夫人。」他頓了頓，又加上一句，「特別是柳夫人。」

2

我們拜師不久，錢大師就被任命為禮部尚書，進入南京新政權的權力中心。鴻逵叔帶著一絲幸災樂禍的笑容說：「他本來以為自己就要拜相了，可惜卻又押錯了寶。論文章學問，他天下第一，所以他就以為他哪一方面都比人強。其實在政治權謀方面，他哪裡鬥得過那些政壇老手？偏偏他又沒有自知之明，機關算盡，到頭來灰頭土臉、一敗塗地。你說，他不早就已是公認的文壇領袖了嗎，又何苦去爭做宰相？」

從鴻逵叔及國子監同學的口中，我們漸漸對錢大師的政治生涯有一點瞭解：他二十八歲殿試高中一甲探花（許多人相信他原該是狀元）時，早已文名遠播。當時的朝廷掌權者多是東林黨人，欣賞錢謙益的文采，破格提拔。不幸一年後他的父親忽然過世，他依制回鄉守喪二十七個月，期滿回京時東林氣勢已衰，「閹黨」漸成氣候。錢謙益被閒置十多年，其間又銜冤下獄，革職為民。到了四十五歲時，崇禎即位，東林復起；他應召回朝，迅速晉升，差點當上首輔，卻再度被坑陷；終崇禎一朝十七年間，他不但始終與權力中心無緣，還因好評時政，博得了「清流領袖」的名聲，而屢遭誣告，又在監牢裡蹲了好幾年。

南京籌釀成立新政權，宦海沉浮將近四十年，始終沉多於浮的錢大師覺得他躍居「一人之下，萬人之上」的機會終於來了。他主張在這非常時期，大臣們應該「選君以賢」，跳過依序理應接班，但是與東林有隙的福王，去迎立大行皇帝的遠親潞王。錢大師為此寫了一封措辭犀利、十分惡毒的密信給他的盟友們，把福王的人格品性說得一文不值。不幸這信竟落到對手馬士英、阮大鋮一班人手裡。如今福王成了弘光皇帝，錢大師把柄落在人家手裡，搞不好不止做不成官，腦袋都有可能搬家。所以他現在只好一方面使出渾身解數去巴結新歡，同時又要拚命向他的「清流」同志們解釋他的苦衷。這也就難怪他那時候那麼地忙，忙得幾乎都沒有時間回家了。

但是不管錢大師在不在家，我們每次到錢府總是如入寶地。書房、書庫裡滿山滿谷的珍稀古籍，宋版、元版，就在眼前。字畫、印刻、古玩、文物，消失了千百年的奇珍異品，觸手可及。這些柳夫人如數家珍的寶物，我們光是看就夠累了。但是在這樣的地方，真的要累也還不是那麼容易的一回事。出了書房，屋後花是花、草是草，曲徑通幽，處處景色怡人。坐在清澈的池塘旁，你看著朵朵白雲的倒影，看著垂柳輕輕地撫摸水面，激起微微的漣漪。池塘邊的假山，怪石嶙峋。假山之後又有一座小丘，上有涼亭。假山、小丘之間，翠竹、勁松、叢花、果樹參雜其間，小徑穿梭，有如迷魂陣；小丘的背面，有一個通道，進去之後，豁然開朗，竟是一個寬敞如起居室的洞穴，上有空隙，明亮透風。這洞穴收拾整潔，裡面除了舒適的躺椅、石凳，竟然還有一架鞦韆！在天氣溽熱的盛夏，這裡依舊涼爽舒適，正宜消暑。

因為能在錢府登門入室、出出入入，我們也才有機會接近那個時代的許多碩學巨儒。他們成熟沉穩、鋒芒內斂，與秦淮河邊那些趾高氣昂、放浪形骸的公子哥兒們，又是完全不同的類型。這些人中我們最常見到的是只比錢大師小七歲的瞿式耜，也是進士出身，幾十年來在官場上與錢大師患難與共、同進同退。弘光政府成立，他獲任右僉都御史，巡撫廣西，當時正在準備赴任。其他的常客，雖然比較年輕，能與大師們賦詩唱和，暢談國事，也自都是俊傑之士。

但是如果和柳夫人一比，他們就都黯然失色了。她看起來是那麼嬌小、那麼地弱不禁風，讓你無從想像，她那無比淵博的學識、藝文才華，都是從哪裡冒出來的。四書五經、諸子百家，她倒背如流；唐詩宋詞、元曲小令，典故出處，她朗朗上口。聽她彈琵琶、吹長笛、清唱崑曲，不管是牡丹亭還是燕子箋，都會讓你心盪神迷、恍恍然如入仙境。她可以荒誕風流，可以孤傲冷峻，也可以那麼讓人舒坦地溫柔、善體人意。難怪這些年來會有那麼多老老少少的「眾生」，為她神魂顛倒，不是鍥而不捨、苦苦追求，就是到頭來老羞成怒，罵她是九尾狐狸精，把她形容得比妲己、褒姒還要可怕。

雖然只大我們六歲，她對我們這兩個大師的「關門弟子」關懷、照顧得無微不至，真的就是一位完美的「師母」。她讓我感受多年來一直渴求的母愛，我想福仔亦復如此。但是有一天我忽然查覺，柳夫人之於福仔，恐怕不僅於此。不管他是否自知，願不願意承認，他對柳夫人的眷戀與渴望，若隱若現。至於這情感有多少源自男女情欲，又有多少源自他對離別多年的母親的眷戀，我無從知道，恐怕福仔自己也搞不清楚。

3

其實那時候我早已「自顧不暇」了，哪裡還有餘裕去管福仔心裡在想什麼呢！那個讓我神魂顛倒的人，粗看起來與柳夫人要說多不同就有多不同。她身材高挑，足足比柳夫人高出一個頭，大大的眼睛、淡淡的眉毛，一頭飄逸的長髮，襯托出仍帶著稍稍稚氣的笑顏。二十歲不到的素音，從小跟柳夫人長大，形影不離、親如姊妹，也跟著柳夫人一起進入錢府。她步態輕盈，一點都沒有其他的女人走起路來那種搖搖晃晃，似乎隨時都會跌倒的樣子。許久以後我才恍然大悟，她原來是「天足」。我當然本來就知道有些婦人是「大腳婆」，但是她們都是做粗工的女婢，所以我一開始沒有想到，像她這樣身分、背景的人，居然不曾纏足。看著她那輕巧婀娜、敏捷俐落的步姿，我越來越難想像，是什麼樣扭曲變樣的審美標準，會讓男人去那麼地崇拜所謂的「三寸金蓮」。

而她的確就是「素音」，她的聲音宛轉悠揚，如出谷黃鶯，讓人聯想到在深山幽谷裡漂浮著落花的溪水，在那裡緩緩地輕撫著石塊。但是最讓我沉醉、著迷的，則是她遇到意外的驚喜時那情不自禁的笑聲，銀鈴般地清脆，真如「大珠小珠落玉盤」。在那樣的青春年華，我何幸而常能聽到這樣可以媲美於「天籟」的笑聲！而同樣有如天籟的，則是她時時勤練的古琴。許多個下午，我就坐在她身旁，聽著、看著她彈琴，悠然神往。她的專注、認真，常使人覺得她與琴已融為一體，也因而更讓人感動。但是音樂之外，更讓我神迷的，則是她那纖長細白的十指。隨著音樂節奏的抑揚頓挫，它們如行雲流水般地在琴弦間舞動。不久，一抹淡淡的紅暈開始浮現在她那本來已然鮮麗的顏容；微微冒出的汗珠，隱約浮現在她那瓷玉般的頸項上。我迷失於其間，渾然忘我。

柳夫人日漸變成了福仔名副其實的老師，我與素音相處的時間也就越來越多了。素音教我吟詩作文、書法訣竅、琴藝技法、下棋取勝之道。但是更多的時候，我們只是耗在錢大師雅致的書房裡閒聊。炎炎夏日、溽熱難當的時候，我們常常就漫步到池塘邊假山上的涼亭。不覺間黃昏將近，向晚暖暖的陽光染紅了環繞庭園邊的秦淮河面。天色全黑之後，萬家燈火，閃爍不停。月明之時，夜涼如水，我們彷彿置身仙境。

4

從素音那裡，我幾乎天天都可以聽到關於南京政權的許多消息。這些來自錢大師與柳夫人之間的枕邊細語，雖然片段零落，卻絕非道聽塗說。它們補足、佐證了老李和他的朋友茶餘飯後時時談到的「國事、天下事」，讓我對明皇朝末年的制度、人事及政治鬥爭的來龍去脈漸漸有比較通盤的瞭解。簡單來說，明皇朝中晚期政治的敗壞有兩個重要的淵源：其一是官僚及士人菁英集團內的黨爭，其二是宦官勢力的興起。這兩個趨勢發展到後來，硬生生地把全國的政治人物、知識菁英劃分歸類為涇渭分明的兩派：「東林黨」和「閹黨」。前者源自群聚於宜興

「東林書院」講學的在野士人。他們自命清高，「以天下為己任」，自許為「帝王師」，相信經由教導與勸諫（甚至「死諫」），他們可以將大權在握的帝王改造為「聖主」，由是而「天下大治」。另一方面，明太祖朱元璋雖然嚴令禁止宦官干政，其後兩百多年，閹人的人數與影響力卻與時俱增。藉著與皇帝日夜長期相處的關係，他們的勢力日益膨大，逐漸控制了令人談虎色變的錦衣衛及東廠等特務機關。許多被東林黨人排斥的官僚，為求自保，遂多與宦官結盟，「為虎作倀」，被歸類為「閹黨」。在明皇朝的最後幾十年裡，這兩黨的鬥爭越演越烈，手段血腥殘酷，許多一時人傑因此冤死，可謂兩敗俱傷。就此而言，錢大師與阮鬍子雖然所屬陣營不同，可以說同是傷痕累累的倖存者。

北京淪陷的消息傳到南京時，東林黨元老級的錢大師正忙著鼓動南京兵部尚書史可法等黨人另立南京政權。既然皇帝已自殺身亡，太子、王子都下落不明，南都大臣們自然急需尋找一位皇裔來繼承大統。錢大師認為他自己成為首輔的機會終於來了，積極奔走擁立親東林黨的潞王，雖然同時避難南來的福王倫序較親。他沒有想到阮鬍子在背後慫恿擁重兵的鳳陽總督馬世英及高傑、劉澤清等由北方「不戰而逃」的將領們，再加上世勳如南京守備徐弘基與操江提督劉孔昭，以及大太監如韓贊周等的支持，帶著福王直奔南京，迅即即位，是為弘光皇帝。在這過程中黨爭復起，越演越烈，史可法被逼出南都，東林黨人紛紛中箭落馬，不是掛冠而去或被迫致仕，就是被以羅織的通敵罪名鋃鐺入獄。沒有人想到的是，不久前還在極力詆毀福王的錢大師態度驟變，巴結拉攏馬、阮等人，勉強謀得了一個禮部尚書的名銜。

5

那個夏日炙熱午後發生的事，我永生難忘。那一天從一大早就烏雲滿布，屋裡屋外，沒有一絲涼風，空氣就像凝固了的膠膜，罩著你全身上下，悶得你透不過氣，連汗也流不出來。我們各自拿著扇子，拚命地搖著，越搧越是燥熱。福仔和我用的是舊式的團扇，柳夫人和素音手持的則是新近從日本進口、精工細雕的摺扇。這些摺扇打開時，一幅幅色彩鮮豔的畫就迎面而來，有的繁花盛開，有的則滿是飛禽猛獸。素音那天手上拿的那把，上面畫的是一對色彩繽紛、振翼欲飛、幾可亂真的鸚鵡。做為一個盡責的老師，柳夫人鉅細靡遺地說明這種繪畫的技巧、源流及意境。但是那一天她看來心不在焉，雖然努力地打起精神，卻還是難以掩飾她的疲累。本來心神不屬的我，滿腦子揮之不去的，都是素音拿著摺扇，宛如端坐蓮花台上的觀音瓷像之手姿的纖纖玉指，更不知道她到底在說什麼。儘管如此，我還是隱約感覺得出柳夫人心中的煩躁與極力掩飾的慍怒。果然過不多久，她就說她頭很痛，回房休息去了。看著她和素音離去，福仔想了一下，說：「一定發生了什麼不對勁的事，或許朝廷有什麼變故也說不定。我回去找鴻逵叔，看他怎麼說。不告而別，煩你跟她們道歉。也許你也可以跟素音打聽，到底出了什麼事。」

這時遠處傳來一陣緊似一陣的雷聲，窗外的天色又更加昏暗了。不知從何處來的風，終於讓室內的空氣又流通了起來，讓我的精神為之一振。不久大雨果然傾盆而下，好像老天爺憋了許久的眼淚一時間全部宣洩了出來。這場大雨，來得快去得也快，還不到一盞茶的工夫就停了。雨後徐徐的涼風繼續吹拂著，讓整個屋子清爽了不少。屋簷外一排湘竹輕輕地搖擺著，青翠細長的葉子上沾滿著的雨珠，隨風飄灑，掉落在在石板上、水窪上，敲擊出悅耳的聲音。稍遠處池塘邊的垂柳，輕悄悄地撫摸水面，打亂了藍天白雲的倒影。我怔怔地看著這樣的美景，竟然不知道素音已經回到我的身旁。她小聲地說：「我們去池塘後假山下的岩洞那裡好嗎？那裡比較涼爽，也沒有旁人。」我的心跳一下子快了起來，但是馬上會過意來，她是要防隔牆有耳。但是無論如何，能與她獨處一室，總已是喜不自勝的事情了。

帶著一壺新沏的茶、少許甜點，素音領路走在前頭。我們繞過池塘、穿過彎曲隱蔽的小徑，來到了那從此將成為我們兩人一起度過許多美好時光的地方。那一天我們安頓下來後，慢慢地細啜茗茶。過了好一陣子，素音才終於放鬆下來，說：「你大概也看得出來，柳夫人心情不好已經好一陣子了。她之所以會嫁給錢大師，就是因為欣賞他才高八斗、學識淵博，以為婚後兩人可以一起過安靜的生活，互相欣賞、互相激勵，成為為學問而學問的好搭檔。她哪裡料得到，一個六十多歲的老頭子，還是那麼不死心，還繼續在做他那一人之下、萬人之上的宰相夢！他也居然還是那麼地好色成性，三番兩次騷擾她的姊妹淘，害得她們都不太敢來串門子了。每次她們來，他就興沖沖地炫耀他的字畫、詩詞、骨董、珍玩。千年的古物，一失手不知道要損失多少錢，他卻毫不在意的拿出來讓她們把玩。每次提起這事，他總是說那才是待友之道。今年開春以來，他們的爭執越來越嚴重了。錢大師不自量力，一步一步越來越陷入那血腥殘酷、荒唐絕倫的宮廷鬥爭裡。柳夫人真替他擔心，錢大師就是個文人，哪裡鬥得過那些成天在官場裡混的政客？他這次又被夾在那些自命清高、不食人間煙火的東林黨人，和那些寡廉鮮恥、為惡無所不用其極的閹黨之間，左右不是人了。」

「今天早上她發現，原來禮部尚書最重要的任務，就是要去替皇帝選淑女。柳夫人氣壞了，她責問錢大師：『你真的淪落到要做皇帝的皮條客了嗎？人家是不是因為知道你好色成性，甚至還因此被稱為風流教主，才讓你做禮部尚書？國家眼看著就要垮了，你們還在選什麼淑女？現在市面上已經有那麼多關於弘光帝夜夜折磨摧殘童女致死的謠言，有誰還願意讓他們的女兒選進宮裡呢？這一來不就天下大亂了嗎？』錢大師滿臉惱怒委屈，不發一語就上朝去了。柳夫人越想越氣，頭痛欲裂、暈眩欲嘔。醫生問過診，開了藥方，燉了好一陣子，現在剛喝過。她每次這樣氣急攻心，總是要拖上好幾天才能起床。這一來你和森舍倒是可以放好幾天假了。」

那一天下午，我終於對柳夫人的生平有比較深入的瞭解。原來素音與柳如是相識已經十五年了。那時素音剛被人口販子賣給住在吳江震澤鎮的江南名妓徐佛；這地方因為就在太湖南岸大運河旁，是南北商旅往來的必經之地，市面的繁華不下於揚州，富豪顯貴一擲千金，酒家妓館林立，徐佛正是那一代當地眾多歌妓裡的翹楚。她收養原名楊愛的柳如是，本意是要訓練、栽培她成為「衣缽傳人」。但是本心良善的徐佛對聰明伶俐、楚楚可人的楊愛漸漸起了慈母般的憐愛之情，不忍心讓她像自己一樣，也淪為男人的玩物。徐佛因此把她送到致仕首輔周道登府上，做為周老太夫人的貼身侍女。沒想到那七老八十的周老頭色膽包天，竟想方設法把她調了出來，占為己有，從此「三千寵愛在一身」，在書房裡成天把她抱在懷裡，細心調教她詩詞書畫。這一來不僅周老頭成群的妻妾，就連整個府第裡的大小婢女僕役，都憤憤不平，羅織編造出她與一個俊美的書僮私通的罪名，要把她活活打死。懦弱無能的周老頭躲得遠遠的，不敢迴護，最後幸虧驚動了老太夫人，出面干涉，楊愛才撿回了一條命。但是她被打得奄奄一息之後，又被「掃地出門」，走投無路，只好再回到徐佛那裡。

徐佛眼看一番好意，竟落得如此的下場，自是悲憤莫名，但也無可奈何。幸好這時素音剛到，就負起了照顧楊愛的責任。幾個月後楊愛恢復了健康，改名柳如是，決心自立自強。這時徐佛已看破紅塵，遁入空門，把家產與素音一起交託給如是。如是用這筆積蓄買了一艘小畫舫，從此一步一步踏上成為「秦淮八豔」之首的路程。

柳如是的畫舫「麻雀雖小，五臟俱全」，前艙是一間布置素雅的客廳，其後還有大小兩間臥室和一個小廚房。她們的船徘徊於上海與南京之間，在運河之間穿梭，停靠松江、蘇州、無錫、丹陽等地，有時還經吳江、嘉興遠到杭州。靠著徐佛及其姊妹淘的關係，她得以廣交達官巨賈，參與他們的宴會，詩詞唱和、勸酒度曲、喧笑戲謔。她的聰慧機敏、風流倜儻，讓她很快地竄紅；名士聞人，爭相結納。她原來已經有了徐佛、周道登留給她的底子，現在又日日夜夜周旋於這麼多不世出的文壇領袖之間，學問文章、琴棋書畫，突飛猛進。隨著豔名的逐漸遠播，她等閒不留人在畫舫裡過夜，這種難得的機緣竟成了許多人競逐的目標。

然後有一天，她忽然就陷入了情網，不能自拔。宋軒文是個與她同齡的世家子弟，聰慧早熟，小小年紀就已經文名滿天下。他初見面就迷上了她，緊追不捨，像條狗一樣跟在她的腳後跟。有一天他看到她的畫舫停在河中間，竟然一躍而入，險遭沒頂，被撈上船時已無呼吸。她把他安置在自己的臥室裡，細心照料，救回了他一命，兩人從此形影不離。明明知道自己的高堂老母及家族長輩不可能同意，宋軒文還是信誓旦旦，一定要與她結為連理。果然不久，縣太爺忽然「發現」柳如是的船「違法」逗留，限令她離開。柳要求宋與她遠走高飛，沒想到他竟然怯場。盛怒之下，柳一躍而起，拔下牆上掛著的倭刀。宋軒文面無血色，以為大限將至。但柳如是切斷的是桌上那價值連城的古箏琴弦。她隨即把宋軒文趕下船，從此一刀兩斷、恩盡情絕。

心灰意懶的柳如是繼續過著她漂泊遊蕩、放浪不拘的生活，直到有一天，她碰上了陳子龍。子龍的學識才華、浪漫情操和「先天下之憂而憂」的抱負，深深地吸引著她。可惜長如是十歲的子龍久已成婚，父母早逝、三代單傳，由祖母養大的他事親至孝，也不敢把她帶回家。子龍於是借得松江南園，藉口閉門苦讀，準備鄉試，與如是同居。從初春至夏末，他們的戀情，激發了泉湧不絕的詩歌唱和，絢爛動人，卻又總有那或多或少的哀傷之感。在子龍的薰陶下，如是作詩賦詞的功力又更上層樓，寫作自成一家，漸至「爐火純青」之境。而子龍也「獲益良多」，除了大量的創作之外，又還能專心於他的舉業，不久就連捷舉人進士，正式進入官僚系統。

失去了陳子龍之後的柳如是彷彿生活在煉獄裡，柔腸寸斷的相思令她難以承受，若非有素音的陪伴照料，恐怕早已香消玉殞。有一陣子柳如是以為她找到了避風港：年近半百、富甲天下的謝三賓精力旺盛、風度翩翩、體貼周到，他的文采與殷勤讓如是以為自己終於找到了歸宿；等到看穿他的虛偽及非法致富的劣跡時，為時已晚。謝三賓四處宣揚柳如是已是他的囊中之物，他的禁臠。

柳如是帶著素音倉皇出逃，東躲西藏。但是謝三賓神通廣大，她們如何能跳出他的魔掌？思來想去，柳如是痛下決心，主動出擊，去找錢大師做她的擋箭牌。她放出風聲，說自己不嫁則已，要嫁就只有嫁時年六十的錢大師。這一招果然有效，曾為錢老學生的謝三賓只好打退堂鼓。主意既定，她女扮男裝，穿上儒生的衣服，登門造訪。沒有想到一談之下，他們竟那麼地投緣，一時忘掉了兩人間如同祖孫的懸殊年齡。一向好色又浪漫成性、被人封為「風流教主」的錢大師，正處於官場裡連連失意、心灰意懶之時，遇到了一個自動送上門來的「紅粉知己」，欣喜若狂，對柳如是言聽計從、百依百順。柳如是沒想到耳順之齡的錢謙益還是那麼地精力旺盛、童心未泯，她同情他的崎嶇仕途，可憐他權謀不足卻又野心勃勃，到處受人暗算。他們婚後過了好幾年詩情畫意、恬淡平靜的生活。可惜好景不常，帝都南遷之後，錢大師的宰相夢又發酵了起來，太平的日子登時雲消霧散。

這個故事讓我聽得目瞪口呆，但是我更有興趣的是素音的故事。我更想知道，素音如何進入徐佛家，在那裡她是什麼身分。素音長長地嘆了一聲，微微濕潤的眼睛明媚晶瑩。「說來話長，」她說：「還是改天再慢慢談吧！」

6

那一年我還遇到了另一位深深地影響了我一生的人。那是另一個星期日的早晨，老李又邀福仔和我去衛神父的教堂望彌撒。陳子龍也一起來，特地要去向神父告別。南京的政爭越演越烈，已經到了人人自危、不可收拾的地步。子龍的好幾個摯友被指控為與闖賊勾通的東林餘孽，鋃鐺入獄；子龍藉口需要照顧年邁多病的祖母，正要離開南京回他上海松江的老家，暫避其鋒。一路上滿懷心事的他，默默無語。他當然需要「明哲保身」，但是眼看著就要國破家亡了，這場災難他又如何閃躲？

彌撒結束後我們跟著衛神父到他的書房喫茶聊天，他臉上帶著喜孜孜的笑容，說今天會給我們帶來一個意想不到的驚喜。我那時並沒有什麼在意，以為他要說的是關於畢方濟神父奉派代表弘光皇帝去澳門採購槍械大炮及徵募葡萄牙炮兵的事。這事討論已久，如今一旦拍板定案，的確對南京的防守可以有所助益。

書房裡除了畢神父之外，還有一位消瘦憔悴、衣裳襤褸的士人，似乎從遠地僕僕風塵，剛才抵達南京的樣子。這人看來三十出頭，儘管蓬頭垢面，眼神裡仍然可以看出一股英氣。老李和子龍一進屋裡，登時睜大了眼睛。子龍隨即跑了過去，一把將他拉了起來，回過頭來十分興奮地跟我們說：「這位就是那大名鼎鼎的方公子，方以智！他學貫古今中外，上通天文下知地理，還自以為是神醫，常用一些稀奇古怪的藥方拿我們做試驗。我們幸好命大，不然早就被他給毒死了。」他又回過頭仔細地端詳了方以智好一陣子，才開口問：「你是什麼時候到的？你是怎麼從北京逃出來的？那邊的情況到底是什麼樣子？你怎樣逃脫闖賊和建虜的魔掌？」

方以智名列明季四大公子之首，絕非浪得虛名。他來自道道地地的「書香世家」，祖父、父親都是進士出身的朝廷重臣、學問大家，他本人也在四年前進士及第，隨即被選入翰林院。與陳子龍及其老師徐光啟類似的是，方家一家人不止考試在行，對經世致用的實學也十分重視，又與耶穌會士多有往來，對「西學」鑽研頗深。因此，方以智在南京時就已與畢神父相交頗深，到北京後又和湯若望神父常有來往。他凡事好奇，總是要追根究柢，不止對理論有興趣，更喜歡親自動手，實地體驗。對於醫學，他更是如此，醫書、本草，無所不讀，更效法「神農嘗百草」的精神，四處搜集奇方異帖，自醫醫人，有時用藥過猛，讓人病上加病，所以他的朋友一聽到他談到醫學，就不免有一點「敬鬼神而遠之」的態度。

醫學當然不是那一天我們關心的重點，我們急著要知道的是北方的情形。一談之下才知道，情況竟比我們想像的還要糟：方以智沒有想到那應該是固若金湯的北京城，竟然不戰而降，一夕變色，正還在不知如何應變的時候，李自成的大順政府卻替他做了決定。他們早聞他的大名，脅迫他變節投靠。他的許多好友，如與錢謙益齊名，被譽為「江左三大家」之一的龔鼎孳，的確早就已成了大順朝的新貴。方以智不肯屈從，被關在大牢裡嚴刑拷打。一個月後，李闖王「無堅不摧」的大順軍被吳三桂與滿洲八旗聯軍擊潰，倉皇逃出北京城。方以智出了大牢，不願像龔鼎孳那樣又變節投清，藏身於湯若望神父的天主教堂裡。在那青黃不接、兵荒馬亂的時候，散兵游勇四處劫掠、縱火焚燒，城內大部分的房屋宅第都殘破不堪，唯獨這宣武門內的天主堂完整無缺。這大半是因為新奉教的教徒們向心力強，團結一致，輪流守護，但是同時湯神父的坐鎮領導，也功不可沒。好幾次入侵者已經越過圍牆，正待進入教堂，沒想到教堂的大門全開，等著迎接他們的竟是那身高六尺五，及胸的火紅色長鬚隨風飄逸，手上揮舞著一把日本武士刀的湯若望神父！那些盜賊一看之下，登時嚇得魂飛魄散，四散奔逃。

「湯神父還可以嗎？」子龍關心地問。

「他好得很吶！我幫他起草寫奏書啟呈攝政王多爾袞，詳述天文、星象、制曆的重要性，以及湯神父在這方面深刻的造詣。沒想到多爾袞隨即宣召湯神父入覲，應對稱旨，當場任命他為新皇朝的欽天監監正。你能想像嗎？兩個月前他還在努力為大明皇朝製造大炮，訓練炮兵；大順軍進城，他馬上求見闖王，得到保護。現在他已經剃掉了頭髮，留起長辮子來，儼然是個滿清的大官了。」方以智並不是在抱怨；他知道神父們效忠的對象是教廷，而要在中國傳教，他們一定要討好當權的人。

講到這裡，方以智的整個臉孔一下子又暗淡了起來。他繼續說：「滿洲人大概是趕不走了。當他們剛進北京城的時候，人們夾道歡迎，以為他們是跟著吳三桂大將軍，要來撥亂反正，扶助明皇朝的。哪裡想到他們喧賓奪主，牢牢控制住北京，把吳三桂和其他明朝降將派出去追擊闖王的軍隊。八旗勁旅緊隨在後監視著，投降了的明軍部隊只好任憑宰制、努力賣命。」不甘心為滿清效勞的方以智偷偷逃離北京，徒步南行，穿過強盜土匪橫行的重重戰區，身無分文，一路乞討為生。好不容易到了南京，沒想到他的宿敵阮鬍子已然掌權，正在開始推動所謂的「順案」，羅織滯留在京的東林黨後裔及復社分子投靠「大順皇帝」李自成的罪狀。方以智自然早已在那越來越長的「順案名單」裡名列前茅，成了通緝在案的「賣國賊」了。

走投無路的方以智只好前來投靠畢方濟神父，藏身於教會裡，思考下一步要走的方向。此後兩個月，我因此有機會常常去找他，跟他學習中西醫術醫理。他對我的外科醫師父親的手術技巧十分有興趣，要我仔細描述父親如何截肢、如何止血、手術的成功率大概多少等等。他則教了我許多中醫的診斷、治療原則。哪種藥治哪種病、針灸的訣竅何在，他娓娓道來、如數家珍。我這才瞭解，比起歐洲有限的草藥來，中藥成千上百，材料之豐富，實在令人驚奇。但是他也並不以為中醫、中藥就是最好的。我記得他有一次說：「我親眼見證最有奇效的草藥其實是舶來品：那是某一種樹的樹皮，來自由日本往東跨海數千里外一個叫做祕魯的地方。我有幾個朋友常為打擺子所苦，發作時寒熱交加，痛苦無比。湯神父給了我一些一點都不起眼的樹皮，煮出來的汁奇苦無比，讓他們喝了下去，居然真的就藥到病除，著實神奇。」那種藥在歐洲其實早已被稱為「耶穌會士的樹皮」，因為它的用途最早就是由深入祕魯叢林的耶穌會士從土著那裡學來的。據說方以智用來試驗此物之療效的病人裡有一位用藥過量，差點一命嗚呼。所幸這人因為上吐下瀉，沒有把所有的藥都吸收進入體內，才沒被送入枉死城。好在這位病人「藥到病除」，從此就不再打擺子了。

方以智試圖透過友人關說，去澄清他投降闖王的謠言，但是四處碰壁。到了那年的冬天，阮鬍子整肅「東林餘孽」的工程越演越烈，方以智終於絕望了，化身為一名四處遷徙的走方郎中，再度逃難。出發的前一天，我們坐在畢神父教堂門口的階梯上，兩人喝著悶酒，良久無語。後來，以智終於打破了沉默，帶著哽咽的聲音低聲吟唱了起來：「國破山河在，城春草木深。感時花濺淚，恨別鳥驚心……」又過了一陣子，他的情緒才慢慢平穩了些，說：「誰知道這亂世會有什麼結局！明朝看樣子氣數已盡了，再下來又會是誰家的天下？滿清目前的確是所向無敵，但是蒙古人的例子殷鑑不遠，他們能夠馬上得天下，有可能馬上治天下嗎？我那些投降了的朋友說滿人豪邁直爽，心胸開闊，而且還真識貨，只要你有好的東西，他就認真學習；有用的想法，一點就通。可惜我就是沒有辦法想像自己剃掉頭髮的樣子。但是放眼看這些爭奪皇位的明朝王爺們，又有哪一個不是貪逸惡勞、儒弱無能之輩？所以我現在就真的是一隻喪家之犬了。孔老夫子說沽之哉，沽之哉，我這時決計是找不到買主了，只好繼續往南，遁入深山，走一步算一步吧！我想不久你和福仔也會動身南行，離開這是非之地，那麼我們就後會有期。但是無論如何，現在就是我們要分開的時候了，我想給你一項臨別的禮物，記念我們這一段情誼。」言畢他隨即把身旁一大箱整整五十三巨冊的《李時珍本草綱目》鄭重地交給了我。這圖文並茂的鉅著，詳細解說將近兩千種草藥的產地、藥性、療效，以及不下一萬種複方的調配方法。這部書從此與我寸步不離，成了我一生醫療工作的萬寶箱。

第二天一大早方以智就摸黑潛行出城了。此後多年，除了有一次在路途上的巧遇之外，我們就再也沒有機會相處了；但是從種種反清復明的地下管道裡，我還是可以常常聽到有關他的消息：他後來有一陣子和瞿式耜一起在廣西擁立桂王為永曆帝，但是他被李闖王封官（儘管他那時在牢裡）的傳聞一直陰魂不散，每每被政敵拿來當作攻擊的藉口；後來他被逼得遁入禪寺，沒幾年居然搖身一變，成了舉國聞名的禪宗大師。但是也許他的「逃禪」只是為了掩護他繼續抗清的活動，因為他最後還是逃不過新朝的羅網，喪生異地。

7

那一年的冬天格外地寒冷，暴風雪接二連三來襲，偶爾一轉晴，融雪隔夜結成薄薄的冰，不止行人頻頻滑倒，車輛也經常弄得人仰馬翻；人人足不出戶，整個秦淮河冷冷清清。但是問題還不止是天氣，更嚴重的是政局的陰霾。排除了層層阻難，阮鬍子終於如願以償，當上了兵部尚書；看準了弘光皇帝是個十足的戲迷、戲癡，阮鬍子每天在皇宮裡排演一齣又一齣精采的梨園戲曲，弘光對他自然越來越言聽計從。他掌權之後的首要之務，不是積極備戰，而是去清算、坑陷那些多年來一直在排擠他、羞辱他的「正人君子」們。東林後裔與復社黨人不是被捉就是東躲西藏，整個國子監像個廢墟，難以想像不久之前的那種蓬勃朝氣。

柳夫人受不了這樣寒冷的嚴冬，咳個不停，有時痰中還帶著血絲。素音日夜陪著她，細心照料，有時整天都不見蹤影。這時我才赫然發現，不知道從什麼時候開始，素音已經成了我生命中不可或缺的一部分。我滿腦子都是她的身影，她的音容笑貌，她那水汪汪、攝人心魂的雙眼，她那時時撫觸著細瓷般純白後頸的飄逸長髮。沒有她在身旁，我心神不屬，時刻難熬。沒有她在身旁，我的胸膛空蕩蕩地，好像掉了所有的東西。

福仔似乎也與我一樣地六神無主；他焦躁不安，在屋子裡、庭園間來回不停地走動；他說他的心情被天氣所影響，他擔憂時局，為朝政的日益敗壞煩惱。也許這都有道理，可是有一天我忽然想到，福仔是不是也在害相思病？儘管因為他是那麼地英俊偉岸，常常得到女性的垂青，我從來不曾見過他動過真情。現在看著他那樣地惶惑不安，那樣地關心柳夫人的健康、心境，實在大出我的意料。不過，即使他真的愛上了柳夫人，他一定抵死也不會承認。他會說敬愛、關心老師，是學生的本分，「愛屋及烏」，關心師母也是天經地義的一件事，更何況柳夫人其實才是他真正的老師呢！但是不管他有沒有自知之明，不管他承不承認，我猜想他在戀愛了！果真如此，這可以說是他人生中第一次陷入情網！我為他擔心，也不免為他高興。

8

一連好幾個月的嚴冬終於過去了，太陽露出臉來的那一天，輕風徐拂，萬里無雲。福仔和我在我們那棟秦淮河邊的房子裡觀看著穿梭往來的船隻，各自想著自己的心事。我的一顆心繼續與素音的身影糾結在一起，「一日三秋」，分分秒秒，都是甜蜜的煎熬。福仔也一直默默無語、獨自沉思。他的思念裡痛苦的成分或許會更多吧！愛戀師母，近乎亂倫，可以被處死，或更極端地，可能被判俗稱「千刀萬剮」的凌遲極刑。可悲的是，眼睜睜地看著他如此地折磨自己，我卻什麼安慰的話都說不出口。

那天傍晚日落之時，老李與衛神父一道來訪。衛神父剛從山陝地區回來，耶穌會在那個地區傳教已有數十年的歷史，經過艾儒略與湯若望等人多年的努力，卓然有成，信徒日眾，包括許多德高望重的社會名流。當時陝西的三位神父被陷在大順軍、明軍與清軍的纏鬥之中，音信已斷絕一年多。衛神父發現李自成對天主教徒相當善待，神父們並沒有受到什麼特別的委屈。可惜在大順軍匆忙撤離西安時，一位年輕的神父被亂民所殺，其他兩位則毫髮無傷，受到清軍將領的保護，繼續推展傳教工作。

從陝西回南京的路上衛神父親眼見證了戰爭的慘烈與殘酷：數千里間，城鎮村落燒殺幾盡、殘破凋零，讓他滿懷哀傷、沮喪。這錦繡大地，禁得起如此的摧殘嗎？他不是不知道在中國幾千年的歷史裡，每幾百年就有一次的改朝換代，每一次總都是天翻地覆的血腥洗禮。他也知道歐洲羅馬帝國覆滅後，雖經過千年的「黑暗時代」，文明傳承還是不絕如縷，所以才可能有最近的逐漸復甦。然而眼前這無邊的苦難，對他的靈性信仰還是造成了難以承受的負擔；一時間他竟已不再是那充滿朝氣、樂觀開朗的衛匡國了，他甚至連能不能持續自己的信仰都沒有把握了。

局勢進一步惡化的部分原因，來自高傑意想不到的覆敗。高傑原為李自成部將，因與其妻邢氏私通曝光而叛逃歸順明朝。他本是江北四鎮中最桀驁難馴的一位，卻為督師史可法所感動而積極部署，率領二十萬大軍浩浩蕩蕩北上，要去與清軍決一雌雄，不幸在半路上被人暗算身亡。群龍無首的高家軍掉頭一路潰逃狂奔，淮河以北遂成了失守的真空地帶。衛神父聽到這消息的那一天正是正月十五元宵節，他怔怔地看著一輪圓月緩緩從東邊升起，映照在黃河寬廣的水面上，一時難以接受歷史的轉折，竟可以如此迅急、如此地出人意表。因為衛神父，我們是最早聽到這個壞消息的人；幾天後，謠言開始滿天飛，南京登時一片大亂。人們急著想出城避難，但是滔滔天下，又有哪裡真是淨土？所以過了一陣子，氣氛又平靜了下來，大家只有寄望其他三鎮的軍隊不要再出問題。

9

來自漠北的寒流終於停息了，隨著氣溫回暖，柳夫人的身體也漸漸好了起來，終於可以下樓走動、督導我們的課業。雖然素音和我沒有什麼單獨說話的機會，能夠又每天與她在一起，看到她的一顰一笑，與她「眉目傳情」，就不免常有那「心有靈犀一點通」的幸福的感覺。

冬春之交的一個晚上，錢府宴請阮鬍子，也請了鴻逵叔和大我們沒幾歲的阿彩堂兄作陪，我們有幸敬陪末座。有了弘光皇帝和馬世英首輔撐腰的阮鬍子意氣風發，議論橫生、不可一世。他現在和錢大師的關係翻轉過來了：以前是他需要奉承錢老，現在則是錢老在巴結阮鬍子。柳夫人在旁冷冷地看著，臉上掛著一絲似有若無的鄙夷的微笑。與其說是阮鬍子，我猜想她惱怒的對象更可能是錢大師——她千挑百選，以為可以託付終身的文壇盟主、清流領袖。

酒過三巡，阮鬍子聲音更大，也更加得意地自我吹噓了起來。他對他的東林、復社宿敵盡情謾罵，認為如果不是他們的陷害、阻擋，他阮鬍子二十年來就一直可以有機會報效國家，事情哪裡會搞成現在這個樣子呢！他說：「老錢啊，那些自命清高的東林黨人真是一群食古不化、坐井觀天的人，你說不是嗎？他們以為只要高喊道德、倫理的口號，就可以改造世界、拯救國家。他們對任何想認真做事的人仇視、攻擊，無所不用其極。偽君子！一群道貌岸然的偽君子！動不動就指責別人貪汙腐敗，那他們為什麼那麼富裕？難道都是天上掉下來的嗎？整天只會說什麼『只要善養浩然之氣，能行仁道，流寇就會心悅誠服地歸降，萬邦來朝，永無干戈。』他們勸人克己復禮、清心寡欲，自己卻妻妾成群，這不都是自欺欺人嗎？這三十年來他們一直想方設法要趕我、消滅我，就只因為我心直口快，不免時常揭穿他們的假面具。老錢啊，論文化、論才情，這世界上還有誰比得上我們兩個？現在那些年輕的東林餘孽，乳臭未乾，不知天高地厚，哪一個比得上我們？他們其實只會整天整夜在秦淮河畔瞎混，那可是聲名狼藉的秦淮河喔……」他忽然打住，知道自己犯了一個大忌；柳夫人從前不就正是秦淮八豔之首嗎？果然此話一出，柳夫人猛然抬起頭來，兩隻大大的杏眼直直瞪著阮鬍子，臉上浮現出燦然的、甜蜜的笑容。她說：「阮大司馬，您太客氣了！秦淮河的名聲不都是靠您的音樂、戲曲撐出來的嗎？您其實就是秦淮河，沒有您就沒有秦淮河；您難道不知道嗎？」錢大師看著柳夫人，又轉過頭望了望阮鬍子，手足無措，氣氛就這樣僵著。鴻逵叔知道柳夫人和阮鬍子都是厲害角色，恐怕再這樣子唇槍舌劍地鬥下去會兩敗俱傷，搶著說：「阮大司馬，清軍好像真的就要來了，您可有什麼錦囊妙計？」阮鬍子於是就順著這個問題做起文章來，大談他的江防計畫。他說真正的滿洲八旗多半在關中地區被大順餘部纏住了，能夠南來的頂多不過兩三萬，更何況為他們打先鋒的都是新近投降的明軍，很可能隨時順風轉舵，再回到我們這邊來。而且，不管滿軍或新降的漢兵，都是北人，不習水性，越不過長江天塹。「所以，我們什麼事都不必做，只需要以逸待勞、靜觀其變。他們勞師動眾，曠日持久、糧草不繼，必然生變。淝水之戰不就是這樣子嗎？南宋能夠偏安，也不是沒有他的道理的。」

柳夫人翻了翻白眼，錢大師低頭不語，善於察言觀色的鴻逵叔連忙說：「那是當然！尤其是在我們神機妙算的大司馬親自領導之下，絕對萬無一失！」鄭彩跟著附和：「沒錯！滿洲那些旱鴨子只有溺死的份！」大家都沒有想到，一直安安靜靜的福仔這時候竟然開口了：「長江那麼長，誰知道清兵會在哪一個地點渡河？他們這些年已經擄獲了不少佛朗機炮和紅衣大炮，也知道如何仿製，又訓練了許多炮兵，一旦過了河，攻城略地，勢如破竹。也許與其被動，我們更應該考慮主動出擊，過河去與他們決一死戰！」阮鬍子狠狠地瞪了福仔一眼，似乎就要大發雷霆。但是他大概隨即想到福仔的父親是誰，陰霾的臉一剎那間綻放出溫暖的笑容。他說：「說得真好！這才是個有為的青年，聰明博學、勇敢進取、又忠心耿耿。老錢啊，我可真羨慕你，有這樣優秀的學生！有他來擔當，明皇朝絕對不會倒！」

回家的路上，坐在烏篷船舒適的船艙裡，鴻逵叔若有所思地對我們兩個人說：「你們對阮鬍子需要小心防備。他就像一條蛇，一條非常聰明狡猾的蛇，不幸又精力充沛，異於常人。他一心一意就是要報復，要證明他的敵人都是偽君子、假道學。他的朋友馬相國耳根子軟，愛人奉承，被阮鬍子玩弄於股掌之間。弘光帝則被大臣間的爾虞我詐、明爭暗鬥搞得頭昏眼花、無所適從，乾脆不聞不問，聽天由命，終日縱酒尋樂，過一日算一日。如今的朝廷，實質上已經就是阮鬍子的朝廷。」福仔問：「那我們該怎麼辦呢？」鴻逵叔沉思許久，終於說：「沒想到朝政的靡爛已經到了這樣的地步，我們想來也無法力挽狂瀾了。我看清軍一到，所有的抵抗馬上就要土崩瓦解。我們倒無所謂啦，我們拍拍屁股一走了之，還是可以自由自在，縱橫四海。」

10

那年春天也特別地寒冷，放晴不過幾天竟又下起雪來了。雪停之後，一整個月一直春雨綿綿，灰沉沉的天空，壓得人透不過氣來。因為潮濕的關係，似乎任何觸手可及的東西都變得黏黏的，到處長黴。但是不管如何，春天終於還是來了：前一天還在與殘雪掙扎的、光禿禿的梅樹枝幹，隔夜忽然就冒出新芽來；之後梅花就盛開了起來，纖小的花瓣隨風飄落，蓋滿一地，遮掩了連月淫雨遺留下來的水窪；梅花謝後櫻花上場，再下來就是更為豔麗的桃花李花。所以春天到底還是來了，南京好像又復甦了，一時間似乎一切又有了希望。

有一天下午，陽光終於驅散了層層雲霧，把滿院子的花紅柳綠照映得春意盎然。福仔和我各自躺在桃花樹下的椅子上，懶洋洋地享受這難得的良辰美景，沒想到老李忽然就衝了進來，十分激動地嚷著：「真是天大的消息！」原來一位自稱是明太子的人忽然冒了出來。

「太子」說他千辛萬苦逃離北京，四處流浪，東躲西藏，本來根本不想暴露身分，最近卻偶然被人認了出來，帶到南京。老李很高興地說，如果他是真太子，弘光就該讓位，馬相國和阮鬍子就不再掌權。那樣的話，東林黨人、復社分子就可以復出，我們的許多朋友就可以脫離牢獄之災，「正人君子」一旦掌權，國家就中興有望。

據說這「太子」一被帶到宮內，兩位在北京時長年服侍太子的太監一看到馬上泣不成聲，但是太子昔日的經筵講師則唯唯諾諾、不置可否。這自稱為太子的青年於是被打入大牢，但是礙於輿情，阮鬍子和弘光帝也不敢將他處死，只是把他關禁起來。

因為這位「真假太子」長得英俊瀟灑，又聰明伶俐、能言善道，朝野上下，許多人就相信他的確是崇禎親生的兒子，而為他的遭遇憤憤不平。我們那些東林復社的朋友更是如此，沒日沒夜地討論要如何去把「太子」救出來。他們不敢在秦淮河畔的茶坊酒樓公開聚會，選中了我們的住所做為大本營，在那裡激昂慷慨、侃侃而談，但是書生之見，總是天馬行空、不切實際，提不出什麼具體的方案來。福仔對他們越來越不耐煩，又不好下逐客令，於是自己一個人也喝起悶酒來，而且越喝越多，大有欲罷不能之勢。

三月的最後一天，老李和衛神父帶來了更讓人震驚的消息：藉口要「清君側」，鎮守武漢的左良玉竟然帶著他號稱百萬的水陸大軍，直奔南京而來。阮鬍子與馬相國手足無措，驚慌之餘，竟下令史可法將江北諸鎮調離防區，往西溯長江而上，去截堵左軍。南京謠言紛紛，大家都認為左良玉此舉是受到東林黨人的鼓動，矛頭就是阮鬍子。而阮鬍子則竟然宣稱寧可把南京送給滿清，也不能與左良玉妥協。不論如何，阮鬍子是更被激怒了，緹騎四出，撒下天羅地網，務求斬草除根。整個南京城風聲鶴唳，人人自危。

就在那紛紛擾擾的晚春，我們在畢神父的教堂第一次見到唐王朱聿鍵——未來的隆武皇帝。那是一個明亮溫暖的早晨，院子裡色彩紛繽的牡丹花、杜鵑花四處盛開。我們望完彌撒，穿過院子，直奔衛神父的書房。福仔一如往常，繼續研究衛神父繪製的中國詳圖。他沒有想到，這些圖集的最後一張，畫的居然是日本。這圖顯然是最近日本鎖國政策全面施行後，被驅逐出境的耶穌會神父帶回來的。福仔對著這地圖仔細端詳了許久，忽然驚叫一聲，臉上浮現了燦爛的笑容。他指著九州島的西北方說：「就是這裡！這就是平戶，我出生的地方！」但是他的笑容瞬時就消失了，好一陣子低著頭默默不語。不久，畢神父換了便裝進來，跟在他後面的是一位與他幾乎一樣高大的中年男子。他雖然穿著隨便，舉手投足間卻自然地流露出沒有做作的高貴氣派。我們隨著衛神父，連忙起立致禮迎接。畢神父招手叫我們往前，說：「福仔、彼得，過來參見唐王，我的老朋友。他是個飽學之士，也是個愛國唯恐人後的王爺。」就像朱元璋一代又一代的貴胄皇裔，這唐王方頭大臉、下巴微凸、體格魁梧粗壯。他果然博學多聞、閱歷豐富，又風趣健談。他的人生大起大落，很多轉折實在光怪離奇、匪夷所思。四十三歲的他，有二十四年被關在牢裡。他的祖父老唐王因寵幸孌妾，欲立幼子，將其世子一家人長年囚禁，後來並將他毒死。做為老唐王的長孫，朱聿鍵從小跟著父母在監獄裡長大，直到三十歲，祖父過世前，才被放出來，不久接任王位。四年後清兵第二次繞道蒙古入塞，直逼京師，朱聿鍵不顧王爺不准擅離封地的祖訓，率王府禁衛軍北上勤王，事後被廢為庶人，幽禁於鳳陽，受盡凌辱。他對這些遭遇倒是毫無怨尤，還說：「年輕的時候，被祖父關在牢裡，一關十六年，對我幫助實在太大了！不能縱酒、沒有女人、不必送往迎來、參加無聊的宴會，每天就是心無旁鶩地念書、念書，除了念書還是念書，多麼愜意啊！」他這話一說完，開懷大笑，那洪亮的聲音，幾乎讓整個房子都要震動了起來。

他接著又笑著說：「我為什麼又被關呢？也許正是因為我年輕的時候被關得太久，太想要出去闖蕩，一顯身手吧！我實在不是當王爺的料子，雖然住在那麼富麗堂皇的王宮裡，錦衣玉食，我卻整日坐立不安，覺得那也還只是個監獄罷了。更何況眼看著烽火四起、舉國沸騰，我又哪裡能袖手旁觀呢？『天下興亡，匹夫有責』，王爺也是人哪！清兵隨意入關，燒殺擄掠，差不多就要攻入京城了。在這危急存亡的關頭，我想，兩百多年前傳下來的，王爺不准離開封地的祖訓已經過時了。但是我實在是太天真了，危機一過，皇上馬上譴責我私自起兵，懷疑我圖謀不軌。在鳳陽皇居的大牢裡，我受盡太監的折磨：飲食有一頓沒一頓地，生病的時候不准醫生入監治療，巴不得我活活餓死、病死。還好畢神父每次經過鳳陽時都會來看我。他跟北京、南京以及鄰近地方的官員都很熟；各地仕紳喜歡他對天文地理的豐富知識，將官們急著要向他請教槍炮火器的使用方法，宦官們向他需索三稜鏡、自鳴鐘。所以他交遊廣闊、一言九鼎，如果不是他的關照，我早就死無葬身之所了。」

其實，他去年初之所以能脫牢獄之災，還恢復了王爵封號，也是託畢神父之功。當然，他得到的只是個徒有其表的名號，他那位於豫陝鄂交界的南陽封地早已因戰亂而蕩然無存。「不過，」畢神父調皮地眨了眨眼：「他在我眼裡還是這世上最富有的人，遭遇過這麼多的變亂，他居然還擁有十牛車的書籍。帶著這麼多書還能逃難，我還真服了他。」畢神父說完就縱聲大笑起來。他的聲音渾厚洪亮，一點都不輸於唐王。

依照規矩，唐王當然不能在南京久留。他的新封地遠在廣西平樂，但是他手頭拮据，連自己一個人的旅費都成問題了，更何況那十輛牛車的書呢！唐王說：「我決定走海路，由長江出海，沿岸而行，到澳門再走陸路。吏部官員催促上路的公文急如星火，戶部卻拿不出經費來，一拖就是幾個月；我看再等也等不到一分錢吧！不如就自己想辦法把家人和藏書先送到上海，再看有沒有機會搭個順風船到澳門，由那裡北上廣州，再溯西江而行，經肇慶、桂林，才會到達我那窮鄉僻壤的新封地。這一路奔波，說不定還要沿途行乞，到達的時候恐怕各地的土著語言都可以講得呱呱叫了。」然後又是一陣爽朗的大笑。

「哇！你的地理還真行！監獄的確是專心讀書的好地方。」畢神父接著說，「可惜我不能跟你同行。弘光皇帝幾天前才召見了我，要我去澳門招兵買馬。此馬非彼馬，這馬指的是槍炮。他的大臣們命令我走陸路，他們怕倭寇。真可笑啊！到這個時候還在擔心倭寇來襲。我據理力爭，告訴他們日本已經被豐臣關白和德川大將軍統一，浪人不再能出海。我說陸路才更危險，土匪山賊多如牛毛；沒想到他們竟因此派了幾百個全副武裝、耀武揚威的精兵護送。這一來我可真的要揚名立萬了！澳門的葡萄牙總督一定嚇得屁滾尿流，再也不敢輕視我們耶穌會會士了。而且，我又可以吃到睽違多年的葡萄牙菜了！雖然那跟義大利菜根本不能比，不過也勉強可以算數了。」

那天之後不久，唐王和畢神父分別起程，各奔西東。做為皇帝的特使，畢神父冠冕堂皇、聲勢浩大。唐王則悄悄出發，除了衛神父、福仔和我之外，沒有任何其他的人送行。

12

梅雨季節過後，福仔與我在南京的第二個夏天悄悄來臨；氣溫日漸回升，可是還沒有盛暑的炙熱與濕悶。自從那個初春午後，素音為了告訴我柳夫人的身世而帶我到花園後假山下的穴洞密室，那裡就成了我們倆常去的地方。我們常常在那裡有一搭沒一搭地閒聊，不管做些什麼，只要能在一起，我就心滿意足。她的身影、她的笑容、她的聲音，日日夜夜、分分秒秒占據了我的思緒。她的名字，無時無刻不在我的腦海裡盤旋。這就是許多詩歌、戲曲裡所描述的，刻骨銘心的戀情嗎？杜麗娘與柳夢梅，梁山伯和祝英台。人的感情，是那麼地不可思議，又那麼地真實。

我知道，我不用問就知道，我打從心底明白，素音也一樣渴望著時時刻刻和我在一起，但是很多時候她分身乏術；她需要在柳夫人身邊，陪伴她、看著她、保護她。我當然瞭解，即便我們已經互相占據了彼此的心，也不可能占據彼此全部的時間。但是在戀愛中的人，對時間是多麼地貪得無厭啊！因為貪，所以總是覺得不夠。可是這不足的感覺，也讓我們更珍惜每一個的當下。

我一向就不是喜歡講話的人，可是跟素音在一起，我就覺得那麼地被接受，那麼地安全，不需要任何隱藏，任何遮掩。我告訴她我的紅頭髮藍眼睛來自我的父親，而我的深棕色皮膚則來自我從沒見過面的母親。我也向她形容撫養我的阿姆、福爾摩沙的鹿群、碧藍的大海、安海的船艦及繁盛的海外貿易。我跟她說我想像中的荷蘭、葡萄牙、西班牙，以及歐洲人為什麼千里迢迢、不畏風浪，來到我們這裡。但是千言萬語，我最想說，又不知道怎麼說的，是我對「我是誰」這個問題的困惑、我的漂泊無依的感覺、不知道何處為家的沉重的不安。

事後想來，那個假山下的洞穴密室，可以說就是我們的家了。我們藏身其間，無人打擾、無拘無束、輕鬆自在。某一天的下午，我們躺在藤椅上，我又再一次問起她的來歷。她也來自閩南，但是她的族人住在丘陵起伏的山區，講的是非常不同的方言。他們自認是最純種的漢人，可是卻被住在海邊和河谷平原上的「本地人」叫做「客家人」。素音這客家女孩，為什麼自己一個人流落到江南來？

素音對她童年的家，並沒有什麼清楚的印象。她模模糊糊記得全村子的人都住在一個大圓堡裡。圓堡的外牆足有四、五層樓高，牆上每隔幾尺就有一個內寬外窄的洞口。素音小時候常常爬上高樓，趴在牆邊從洞口外望，在那裡等她的媽媽、阿姨們從田裡放工回來。後來回想起來，她忽然發現，村子裡幾乎所有的工作，都只有女人在做。種田、養豬、餵雞、採茶、養蠶、摘桑葉、種果樹；回到家還要做所有的家事：煮飯、洗衣、打掃、管教小孩。她們整天從早忙到晚，卻總是精神飽滿、充滿歡樂。素音喜歡看她們傍晚成群結隊，從稻田工作回來，從山上採完茶葉回來，一路上引吭高歌、嘻嘻笑笑的樣子。為了防曬，她們把全身包得緊緊的，只露出半張臉。她們的衣服大紅大紫、五顏六色，遠遠望去就像一群彩蝶，在花叢間飛舞。

那麼，村子裡的男人都在哪裡，都做什麼呢？素音知道她爸爸在哪裡、做什麼。她爸爸是私塾老師，除了教書、讀書，也幫村子裡的人讀信、寫信。他對醫術也頗在行，有時還為村民看病抓藥。村子裡差不多所有的壯年男子都長年在外，不是經商、遊幕就是應考。素音的父親在村裡扮演一個重要的角色：教小孩讀書、做人，為他們醫病、寫信，也幫他們應付官差稅吏。

素音描述的這個寧靜悠閒的人間樂園讓我聯想起阿姆的村社，當然素音的圓堡式「土樓」比起福爾摩沙人的竹籬圍牆要堅固許多。多年後我搬到歐洲定居，在那裡看到的一些城堡，比較小型的其實與這些客家人的「土樓」頗為類似，不過前者保護的是貴族，後者則是村民。但是就如歐洲的城堡，這些「土樓」也不是固若金湯的。在一個月黑風高的晚上，一股盜匪不知如何混進了土樓裡，燒殺劫掠，全村無一倖免。素音的父母親被拉到村子的廣場，身首異處。素音和小她一歲的弟弟被拉出去，與其他的小孩綁在一起。當那場浩劫將近尾聲的時候，這群土匪的頭子，一個矮矮壯壯，滿面橫肉，臉上掛著一條深深的刀痕的中年男子，看了這群小孩一眼，很不耐煩地下令：「統統殺掉，留著只會礙手礙腳。」但是當他的部下就要開始動手的時候，他忽然看到了素音，大吼一聲：「留下這個，她可以賣個好價錢。」當他們要把她拉開的時候，本來一直安安靜靜的素音忽然發狂起來。她緊緊抓著弟弟的手不放，全身發抖、大哭大叫、聲嘶力竭地吼著：「放開我！放開我！我不要走，我要跟他們在一起！」但是她還是被拉開了，用麻繩捆成一團，掛在匪首的馬後座，就這樣顛簸前行。

好不容易終於到了一個比較像樣的城鎮，他們化整為零，次第入城，設法將贓物脫手。素音的新主人，一個唯利是圖的人口販子，大概花了不少錢在她身上，當她是奇貨可居的一筆投資，把她看得緊緊的，深怕一不小心，就血本無歸。在揚州她果然賣了一個好價錢，買主是個穿著樸素但氣質高雅，看來三、四十歲的女人。她和善的眼神，隱約流露出一絲淡淡的憂傷。

她的這位新主人就是當時的江南名妓徐佛。在徐佛家裡，素音第一次見到那時才十一歲、還叫做楊愛的柳如是。她們倆一見如故，楊愛照顧她、教導她，如同自己親生的妹妹。楊愛也保護她，不讓她受管家、僕役的氣，又想盡辦法不讓她閒著，不讓她有太多的時間去回想她那慘絕人寰的遭遇。她在那裡專心認真讀書、習藝，期望有一天長成為一個才藝雙全、知書達理、善體人意的少女，能夠與文人吟詩作賦，和商賈說笑戲謔。

雖然有楊愛如此細心體貼的照料，她內心深處無時不在的陰影，那深沉的恐懼與哀傷，還是如影隨形、躲在暗處，隨時就會奔躍而出，啃咬她、吞吃她。許多個夜晚，她忽然被自己的驚叫聲喚醒，渾身冷汗、顫抖不休，眼前一幅又一幅父母親被斬首、姑姨姊弟穿腸破肚，滿街血流如河的景象。許多的時候，她夢見整個村莊烽火連天、四處都是坍塌的農舍，腐敗的屍首遺散路旁、無主的野狗爭奪骨塊，也虎視眈眈地等著要把她撕成片片。無數這樣的夜晚，楊愛就在她身旁，抱著她，輕柔地撫摸她的臉頰、頭髮，喃喃地哄著她，直到她漸漸安靜下來，直到那些邪惡的影像離她遠去。

但是人生的苦難都已經過去了嗎？有一天晚上，徐媽媽把她和楊愛叫到她的房裡去。她們慢慢地品茶，吃著甜點，過了好一陣子，徐媽媽長長地嘆了一口氣，臉上浮現了她那慣常有的、無可奈何的、淒美歉然的淺笑。她說：「我想了很久，一直猶疑著要不要這麼做。但是我們現在如果不開始，很快就要來不及了，而且越晚開始就越痛苦。」素音當然知道她在說的是什麼。「不纏足的話，妳就沒有前途。我並不想妳和愛兒過我這樣的生活，歡場裡的人，不管怎樣地豔名四播，到頭來都是一場空。不，我不要妳們跟我走同樣的路。我希望妳們將來嫁個老實本分的人家，過平常的日子。但是即便如此，也還是沒有大腳婆的份。說起來很可笑，不是嗎？一個女人沒有把腳綁起來，還真是寸步難行。」她看著素音的腳，繼續說：「我知道，妳過世的母親並沒有纏足，妳的祖母也是天足。我想她們應該比我們無拘無束、自由自在。但是妳的村子已經不在了，妳已經回不去了，所以我們就來開始吧！」素音用力地猛點頭，她早就料想到這一刻了，急著要讓自己跟楊姊姊一樣、跟徐媽媽一樣，能夠有一對令人豔羨的三寸金蓮，讓人人來讚美她們走起路來的儀態萬千：她們像走鋼索的藝女，看似驚心動魄，卻又步步踏實；她們像凌波仙子，行走在水面上，一步一步開出朵朵蓮花來。

但是她完全沒想到的是，纏足這幾乎每個女人都要面對的事，會是那麼地痛苦。徐媽媽請來城裡最有名、最有經驗的纏足婆來指導。這幹練俐落的中年婦人，一步一步細心地教導楊愛如何進行。他們首先用熱水將素音的腳泡軟，將大拇趾之外的其他四趾朝腳心拗扭，用明礬粉灑在趾縫間，再用長布條層層包裹，用針線縫合。如此日日包裹，越收越緊。素音無分晝夜，忍受著徹骨銘心的疼痛，咬緊牙根，一聲不響，淚水直往肚裡吞。她好強，她要像楊姊姊、徐媽媽看齊。因為疼痛，她幾乎都沒什麼睡，可是每天晚上卻更是噩夢連連。夢裡的她，被盜匪追逐，可是更慘的是，現在她的腳被綁了，哪裡還跑得動。直到有一天清晨，她居然又能跑了，而且跑得比匪徒還要快。她於是拚命地跑，跑到後來終於醒了，發現自己氣喘如牛、滿身是汗、不住地號哭，一下子把睡在身旁的楊愛給吵醒了。

原來素音在夢裡也跑得動，是因為楊姊在夜間偷偷地把她的纏腳布解開了。從那天起，她們倆晚間假裝纏足，一上床就把它解開了，這個共同的祕密讓她們更加親近。一個多月後，纏足婆回來查看進度，才發現她們的弊端。徐媽媽怔怔地望著這兩個小鬼，滿臉失望哀傷。她說：「現在可怎麼辦？」楊姊挺身而出，說：「媽，不用擔心，她可以一直和我在一起，我有什麼也都是她的。」徐媽媽看著她們好長的一段時間，滿臉疼惜、憂愁和無奈，最後終於說：「那就這樣吧！其實我也從來都不明白我們女人為什麼要承受這樣的苦刑。」說完她眼角漸漸潮濕了起來，她們三個人淚眼相望，一起哭了不知多久的時間。

幾個月後，楊姊的身體開始起了微妙的變化。她還是一樣的纖細苗條，可是整個人卻一天天比以前更豐潤了起來，原本就細緻滑嫩的皮膚變得更柔軟、更光滑，給人一種幾乎「吹彈可破」的感覺。她就像一顆剛剛成熟的蜜桃，鮮亮、多汁、甜美，讓人看了就恨不得一口把她吞下去。以前喜歡聽她唱歌彈琴，欣賞她的聰慧機敏的客人們，現在開始用有色的眼光看著她、想入非非。按捺不住的人，已經在悄悄打聽「梳攏」的行情。面對這樣的壓力，徐媽媽越來越擔心。她多年前收養楊愛，是為了「養兒防老」，可是她們已經是情同母女，徐佛不忍心將她推入火坑。一番苦思之後，她終於想到一個看來萬無一失的辦法：讓她去致仕首輔周道登府上，做周老太夫人的貼身婢女，卻沒想到悲劇就這樣發生了。

楊姊的離去對素音是個難以承受的打擊，她的噩夢變本加厲，越演越烈，有時甚至大白天都會再看到、聽到那些無可描述的恐怖場景。難得沒有噩夢與幻象的日子，她精神恍惚、麻木不仁，有時甚至感覺自己脫離了身體，飄浮在空中，獃獃地從天花板上往下看著動彈不得、無法呼吸的身軀。這似乎像「靈魂出竅」的經驗讓她更為恐懼，而恐懼又招來更多的噩夢與幻象，如此循環不已。楊姊離開的那兩年，素音默默地忍受這有如生活在煉獄裡的痛苦。事後想來，她居然沒有被這無邊無際的煎熬所擊倒，實在已是一大奇蹟。對素音而言，幸好楊姊適時回來了。身心俱疲、傷痕累累的楊姊更加能瞭解體會素音的掙扎；她們同病相憐、相濡以沫，從此情逾姊妹，再也不曾有須臾的分離。

素音講到這裡，停頓了下來，寂靜無聲；我聽得心痛如絞，不知道如何去安慰她。忽然間她開始發抖，好似一個人在天寒地凍的雪地裡已經走了不知多少天，冷透骨髓。她全身蜷成一團，像個胎兒，在那裡默默飲泣。我不知道怎麼安慰她，只好慢慢地、輕輕地抱住她，把她抱在懷裡、拍著她的背。忽然間，她的髮髻散開了，烏黑的長髮垂肩而下，我情不自禁地開始用手輕撫她的頭髮。她的遭遇讓我想起我失去的阿姆、我的童年、我的福爾摩沙。於是我也跟著悲從中來，泫然欲泣。但是我同時又有了一種不知如何形容的滿足，幾乎可以說是高興的感覺。

能夠在她身旁，感受她的喜怒哀樂、感覺她的體溫、與她同在，讓我在哀傷中又覺得幸福。良久之後，她終於不再發抖，她的身體漸漸放鬆，更加柔若無骨。她鑽進我的懷裡，把頭靠在我的肩膀上，緊緊地抱著我。然後，她抬起頭來，雙眼依然掛著淚珠，卻微微地笑了起來。那是多麼甜美的笑顏啊！她說：「謝謝。」

那個帶淚的笑容融化了我的整顆心、整個身體。我忽然感覺到，她輕巧的身體躺在我的懷裡，是那麼地自然，那麼地安穩，好似我們隨時都可以融為一體。我聞到從她那一頭秀髮散發出來的、似有似無的清香。她的呼吸，有如蘭花的氣息；我陶醉其間，忘掉了自己。忽然之間，我身體的一部分膨脹了起來，頂著了她的大腿。我嚇了一跳，不知所措。素音的臉紅了起來，她低下了頭，細聲地說：「沒有關係，這裡就是我們倆。」

13

那是個兵荒馬亂的夏天；左良玉的數十萬水陸大軍沿著長江順流而下，南京草木驚心。史可法及江北諸鎮奉命西行去抵擋左軍，左良玉這位沙場老將在進退維谷之中，憂病而亡；其子左夢庚率軍繼續東進，為鄭軍水師所敗，遂降於清。在這混亂之中，江淮之間成了真空地帶，清軍趁虛而入，逼近揚州，殘餘的守軍不戰即潰；史可法此時方寸已亂，決心以身殉城。滿清豫親王多鐸勸降未果，運來紅衣大炮，瞬即破城。十日之內，城中八十餘萬軍民屠殺殆盡，積屍遍野、血流成河。

揚州失陷及十日屠城的消息傳到南京，全城錯愕恐慌、無所適從。多鐸再度重申，任何地方，只要稍有抵抗，必定屠城，南京也不例外。於是有錢有勢，或稍有辦法的人家，都拚命想辦法出逃；不法之徒趁機而起，打家劫舍，渾水摸魚。阮鬍子與馬相國一面擁兵自衛，一面繼續唱那「長江天塹」及「南京城牆固若金湯」的神話，但是再也沒有人相信他們的任何口號了，南京的淪陷，已是宿命難逃。

14

但是那卻也正是我一生中最快樂、最幸福的時日。自從那一天下午我知道了素音的身世之後，那假山下的密室就變成了我們的家了，這也才注意到，這密室的一旁還有一個平常鎖著的小門，裡面竟是一間雅致的臥房。雖然隱蔽，這臥房上方卻開了幾個弦月形的半圓窗，明亮透風、涼爽舒適，我們在那裡肆無忌憚地享受生命的盛宴。沒有錯，我們笨手笨腳，什麼經驗都沒有。但是能夠去撫摸那滑嫩、柔軟的肌膚，嗅聞她的髮香、體香，看著她顫動的睫毛、水汪汪含情脈脈的眼神，每一分每一秒可都是令人銷魂的體驗啊！她的身體，是個充滿神奇、充滿驚喜、充滿神祕的殿堂。那一對小巧、柔軟而又堅挺的乳房、那一頭烏黑閃亮的長髮、那白玉般的頸項、那款款細腰、那白如雪、柔軟如絲綢的大腿、那小腿肚和腳踝美麗的線條，還有，更重要的是，那纖細自然的天足。跟她在一起，我所有的感官都活躍了起來，一起讚頌天地的美妙、造物的神奇。她像夏日的涼風、像幽徑的溪水；她第一次讓我領會，父親的宗教裡所說的「神的完美」的確存在；眼前的素音，就正是那完美的造物者存在的證據。因為她，我終於可以瞥見那造物者的神奇、智慧，以及祂那柔軟的心。

而我們之間竟然就有那麼多講不完的話：我對福爾摩沙的思念、對安海的思念；我對她所形容的客家土樓滿心的好奇，對不能見到她那些充滿活力的姑姨們的遺憾。我們對周遭的人品頭論足：哪個人真有學問、哪個人是天才、誰附庸風雅、誰是假道學……我們一起想像我們的將來：生逢亂世，而且是天崩地裂的亂世，又有誰能預測未來呢？但是我們總是相信，我們會在一起，長長久久。也許不久我們會有機會南行：也許，靠著從父親那裡學來的外科技術，加上這一年來朋友們，尤其是方以智，教我的中醫理論及本草知識，我可以成為一個好醫師，就像素音的爸爸，在某一個小村莊裡懸壺濟世，減少人們的苦痛，給他們一些關懷、一點溫暖。與素音同在，好像就沒有什麼不可能的事。

但是我們靈肉的結合，可還真是大費周章哪！色情小說、房中術的書籍不知讀過幾十部，本地的、舶來的春宮畫看過不知幾百幅的我，自以為是識途老馬，但是到了真正面對面的時候，竟還是只有手足無措的份。亞當當年採摘禁果的時候，也是這麼辛苦的嗎？一邊是無來由又難以抗拒的渴望，另一邊是對傷害素音的恐懼，我不知如何平衡。我受不了她哭泣、哆嗦、皺眉頭。到了第七天晚上，素音解決了這個難題。她把我捉得緊緊地，往上力挺，不讓我有後退的機會。我不知道我們怎麼做到的，可是我們做到了。我進入了她身體裡面，溫暖、濕潤、深深地被接納，不再孤單。我消融在她裡面，她消融在我裡面，我們合為一體。

第四章　別矣天堂

1

南京不久就淪陷了，投降了！這淪陷之快出乎任何人的意料。沒幾天之前，阮鬍子還在那裡大言不慚，說我們有的是時間，我們就把他們擋在江北；時日一長，他們糧餉不濟，餓肚皮的兵士一定士氣低落，我們到時候再好整以暇過江突擊，必然把他們打得落花流水，一蹶不振。聽起來還蠻有道理的樣子，但是事實上飢餓潰散的是那些從前線敗逃的明兵。這些散兵游勇一群又一群往南直來，四處搜刮、燒殺淫虐，無所不用其極。到了長江北岸，他們又霸占民船，爭著渡江。江南士紳唯恐這無數的蝗蟲鋪天蓋地而至，要求鄭家水軍橫江阻攔。鴻逵叔和鄭彩堂兄的槍炮的確發揮了功效，可是那些逃命的、不要命的敗兵實在太多了，沒幾天就消耗掉我們大部分的炮彈、火藥。更不幸的是，那些無路可逃的明軍殘兵，只好回過頭去，心甘情願地剃掉頭髮、投降滿清，去做清軍的炮灰。

幾天後的一個夜晚，整個江面被濃霧籠罩住，幾乎伸手不見五指。忽然間幾百艘船從上游直衝過來，鄭軍匆忙應戰，炮火猛轟、萬箭齊發，等到天明霧散，才發現這些「敵艦」原來都是無人駕駛的竹筏、草船。這時清軍正靜悄悄地從上游渡河，迅速西行，逼近南京。

弘光帝這戲迷看完最後一場戲，半夜自己一個人祕密出逃。沒有人知道他為什麼做這樣的決定，因為過沒幾天他就被清軍逮到，送往北京，不知所終。皇帝棄城的消息一曝光，全城一片混亂。城裡的人害怕被困在城裡，想盡辦法出城逃命；城外的人拚命要擠進城裡，希望那堅厚的城牆能夠保護他們。這中間多少人被壓擠、踐踏而死，沒有人知道。

2

第二天早上，錢府的一個家僕衝進我們的屋子，滿頭大汗、上氣不接下氣、語無倫次。我們好不容易才弄清楚，一群暴民正在攻擊錢府，他們已經跳過圍牆，轉眼就會打破大門。福仔和我帶著兩個僕人跳上小船直衝錢家後院的的船塢，趕到時暴徒已打破大門，進入內庭。我們找到了柳夫人和素音，一顆心才放了下來。福仔說：「我們現在就趕快走，不然就要來不及了。」這時暴徒已到內院門口，眼看就要衝進來了。我們從邊門出去，越過花園直奔船塢。我沒想到三寸金蓮的柳夫人不但能跑，而且還跑得蠻穩的。不過眼看著暴徒越來越接近，她一慌之下，跌了一跤。福仔一把將她抱了起來，腳步一點也沒有慢下來，繼續往前衝，很快地就跳上了船。素音和我眼看著就要靠近船塢，可是前面隔著越來越多的、怒氣沖天的暴民，揮舞著菜刀、棍子，大聲叫囂、詛咒，什麼骯髒的話都罵了出來。他們把所有的怒氣都出在柳夫人身上，當她是南京政權靡爛腐敗的罪魁禍首。

我們穿不過人群，又怕他們回過頭來把氣出到我們頭上，只好悄悄地躲到假山下的密室裡。不久之後暴徒們果然失望回轉，一路咒罵柳夫人，對那個把她救上船、一下子消逝得無影無蹤的年輕人更是憤怒。他們把怒氣發洩在房屋、家具擺設上，四處破壞，足足鬧了一個時辰。好不容易等到他們都走了之後，樓房亭臺早已滿目瘡痍、面目全非；僕人有好幾個死於非命，其他的人都不見了，不知道是暫時躲了起來，還是跟著渾水摸魚、趁火打劫，逃之夭夭了。

第二天的清晨，錢大師終於回到了家，沒想到迎面而來的是這殘破的景象。原來他整天整夜與其他的王公大臣們在討論如何去收拾這殘局；阮鬍子和馬相國早已各自領著他們的衛隊「追隨皇帝」去了，只是沒有人能瞭解，他們兩人「追隨」的方向為什麼竟是那麼地天差地別。這兩位平時呼風喚雨的人都不見了，大臣們群龍無首，一致公推錢大師做頭。照那時的情勢看起來，城牆外的清兵威脅要以揚州為例，血洗南京，城內亂民四起，根本無法控制，他們已經黔驢技窮，只剩下投降一條路了。

累得只剩下半條命的錢大師一回到家，面對的不止是殘破的家園，更讓他心慌意亂的是柳夫人的消逝無蹤。他派人四處查問，竟沒有任何人知道福仔和柳夫人的行蹤。錢大師儘管心焦如焚，卻還是不得不再回朝廷。原來要投降也還不是那麼容易的一回事：重要文書需要備齊，庫存需要盤點；更重要的是，他們需要寫一篇文情並茂的降書，「懇求」壓境的的敵軍選擇一個黃道吉日進城接管，成為新的主人。

第二天我們派人到處搜尋，找遍大街小巷，柳夫人和福仔依然無蹤無影。素音與我越來越焦急，害怕他們或許已遭不測。我只有努力安慰素音，告訴她福仔的武術、劍術有多了得，告訴她福仔小時候在平戶的劍道老師就是日本最出名的劍術家宮本武藏的的嫡傳弟子。我們也知道柳夫人從小就隨身攜帶著一把叫做「懷劍」的日本短刀，那把多年前讓她的初戀情人嚇得半死的倭刀，足可防身。所以我就這樣拚命安慰素音，說沒有消息就是好消息，說這表示他們還很安全。但是在這樣兵荒馬亂的時刻，又有誰真能保證任何人的安全呢？

到了第三天，他們還是無聲無息，我們也就更加擔心了。「他們一定在什麼地方躲起來了，」我跟素音說：「如果他們遇害，我們一定早有消息了。他們不是輕易會被人暗算的那種人，遭到攻擊時必然會大打一場，所以我相信他們的安全沒有問題。」順著這個思路想下去，一個似乎荒謬的念頭忽然浮現在我的腦裡：也許他們之所以躲起來，並不完全是為了要逃避危險。他們互相心儀已經好一段時間了，現在終於有機會單獨相處，不會好好把握這寶貴的時光嗎？而這累積、壓抑快要一整年的情感一旦爆發，不知道會有多激烈……但是我不敢再這樣想下去，只有把它壓回我腦海的深處。我在乎的就只是福仔的安全，他們兩人的安全，我不在乎他們有沒有意外的驚喜。

第四天一大早，一看到他們的船出現在河面，我們即刻衝到船塢旁。福仔和柳夫人就站在船頭，看來出奇地平靜、安詳，或許還有一點神不守舍的樣子。他們一下船，錢大師即刻向前，抓住柳夫人的袖子，說：「妳到哪裡去了？我們大家這幾天可真是著急得要命！」柳夫人冷冷地看了他一眼，說：「我們需要你的時候，你又在哪裡呢？是急著要去拍新主人的馬屁吧？」錢大師那滿是皺紋，疲乏至極的臉，一下子紅了起來；他躊躇了一下，轉過身去，低著頭走開，腰彎得更厲害了。

3

就在那一刻，另一艘船忽然直衝進來，把本來停靠的船撞得七倒八歪。一位年輕的軍士跳上岸來直奔到福仔面前，跪下來遞交一封來自鴻逵叔的急信，要福仔火速前去旗艦與他會面。福仔有點吃驚地說：「我以為艦隊早已揚帆出海去了。他們是要回頭反攻嗎？」他的眼睛登時亮了起來，說：「我去看看，馬上就回來。彼得，請你好好照顧她們。」他一跳上傳訊船，那船馬上飛速前行，一下子就不見蹤影。我們在那裡等了很久，希望看到那條小船再載著他回來。但是我們徹底失望了，福仔就此一去不回。

「黃道吉日」終於到了！南京城的達官顯要們領頭在前，走出城門外，市井小民跟隨其後，夾道迎接，「懇求」滿洲人入城，「懇求」他們來接管這個城市、來做我們的主人。錢大師帶頭跪在路旁，恭敬地等著。大雨下個不停，滿地泥濘，每個人全身都濕透了，也渾身汗泥，但是沒有人敢擅自離開。二十出頭的豫親王大將軍多鐸來到錢大師面前，連看都不看他一眼，在馬上稍一彎身，拿走了他手上的降表，繼續策馬慢行；八旗勁旅尾隨其後，緩緩進入洞開的正陽門、洪武門。

錢大師及眾大臣被羞辱的消息馬上傳遍全城，成為笑柄。他們被關在皇城內接受審訊、辦理交接。終於被放回家的那天早晨，錢大師精疲力竭、舉步蹣跚。迎接他的柳夫人滿臉疼惜，輕聲地說：「投降也不是一件容易的事，不是嗎？我們總會有離開這滾滾紅塵的一天，何不就瀟瀟灑灑地離去呢？」全身上下都是明朝命婦盛裝的她，耐心地等候了好一陣子，終於牽起錢大師的手，把他從椅子上拉了起來，慢慢地一起走出屋子、走向池塘。我們在後面跟著，不知道接下來會發生什麼事。

他們就那樣子默默地站在池塘邊，也不知經過了多少時間。雨後的天空十分清朗，池面就如一面大鏡子，天光雲影，在水波上緩緩徘徊，一切都顯得那麼地清純無染、安詳篤定。柳夫人輕聲地告訴錢大師：「我實在非常感謝您，讓我有機會做我自己。我這一刻真的感覺自己有如那池裡的蓮花，出汙泥而不染，就那麼興高采烈地開著。讓我們就一起走進這池塘，去與蓮花為伴吧！」錢大師點了點頭，手牽著手，跟著她慢慢地一步一步向前走。這場面如此地莊嚴肅穆，就好似一場隆重的祭禮。我們在旁邊看得目瞪口呆，不知如何是好。

一剎那間，錢大師好似忽然清醒了過來，拉著柳夫人的手往回走，喃喃自語著：「這水太冷了。」柳夫人甩開了錢大師的手，繼續走向湖心，跪了下去，把臉放到水裡頭。素音急忙衝了過去，把她拉了起來，帶離開池塘。

4

第二天早晨，老李和衛神父帶來了新的消息：鄭家水軍正在撤離長江，返航安海；有人看到福仔在旗艦上，發覺船起錨時衝到船邊想要往下跳，但是被鴻逵叔和幾個侍衛拉住了。「所以我們決定不繼續在這裡等他了，衛神父和我要走山路去福建與他會合，你能來的話，我們就更有伴了。」我瞄了素音一眼，心裡開始在盤算如何帶素音脫離這是非之地。柳夫人大概看到了我的眼神，馬上說：「我希望素音能跟你們去，她可以穿男裝，她的天足可以讓她扮得比我還像。」她接著又說：「彼得與衛神父可能更難掩飾身分，你們得要找合適的帽子或頭巾，把頭髮好好包起來。」素音沒想到柳夫人這麼說，左右為難，不知如何是好。柳夫人知道素音猶豫的是什麼，說：「素音，不要擔心我，勇敢起來，過妳應該過的生活。我是經過大風大浪的人了，不會有問題。」我們於是決定次日四個人一起出發；我們之所以決定走陸路，是因為長江下游沿岸仍是戰區，難以通行，而且大部分船隻都已被軍隊徵調，船艙一位難求。

次晨我們三人準備就緒，一起到錢府去接素音，但是一進門就感覺到一股不祥的氣氛。僕人們神色匆忙，一個個直往後花園跑。到了花園池塘邊，首先看到的是在那裡焦急地來回踱步的錢大師，然後就看到素音和一個婢女從水裡拉出一個人來。我們走近一看，那居然又是盛裝的柳夫人！她一動不動，沒有呼吸，嘴唇泛青，手指甲都已變成紫色。我不顧禮儀，拿起她的手把脈，還好那似有似無的脈搏還在，我趕緊請素音用力壓擠她的肚子，柳夫人果然從嘴裡吐出一些液體和泡沫。我告訴她：「捏住她的鼻子，口對口用力送氣，就像在替她呼吸。」素音使盡了吃奶的力氣，拚命急救。一、兩分鐘之後，柳夫人忽然咳嗽起來，吐出更多的水，然後就開始自己呼吸了。素音讓她在池塘旁的草地上休息幾分鐘後，叫兩個婢女一起把她扶起來，攙扶到臥室去。

素音在臥室裡陪著柳夫人足足有一個時辰，出來時已經哭腫了臉，還是繼續泣不成聲。她說：「都是我的錯！昨天晚上我們說了很多話，她說她不甘心做滿洲蠻夷的子民。她如果不死，就會變成他們的玩物、奴隸，需要夜夜與他們周旋應酬、為他們輕歌曼舞、討他們歡心。但是她今天早上之所以會又去尋死，是因為我跟她說我不能放下她不管，自己遠走高飛。她以為如果她不在了，我就有更多的自由，而她真的差點就這樣子過去了。」

幾分鐘後錢大師也出來了，他看起來一夜之間又老了十歲，像一顆洩了氣的皮球，茫然不知所措。他說：「柳夫人沒問題了，她還是一直催促素音趕快啟程。她說她很抱歉，不能為各位餞行。」素音急著說：「我絕對不會離開她！我要留下來，我需要跟她在一起。」她的眼淚似乎就那麼無休無止地流著；良久之後，她才抬起頭來，掛著淚珠的雙眼定定地看著我；她那無奈的、痛心的笑容，讓我心如刀割。她走了過來，緊緊地抱住我，再也不在乎任何人的眼光了。又過了好一陣子，她終於忍住了淚，在我耳邊輕輕地說：「我真是心亂如麻，可是我不能走，我不能丟下她一個人在這裡。也許再過一陣子一切都會比較平靜下來，或許那時你就可以來接我。但是如果有什麼三長兩短，我們就來世再會，生生世世都要在一起。我想你心裡也是這麼想的吧，不是嗎？」說完，她輕輕地把我推開，慢步往回走，消逝在我模糊的視野裡。

5

從南京到黃山，我毫無印象、毫無記憶。我就是一具行屍走肉，左腳跟著右腳，日復一日，一直跟著老李和衛神父走下去。

我想我後來是被嚇醒的：那時我們剛越過一個山嶺，通路狹窄，兩旁都是高聳矗立的石壁，只容一人側身而行。山路幽暗，抬頭看時，只能在兩個山壁之間的縫隙裡看到一長條的天空，難怪會有「一線天」這樣的名稱。出了這個陰暗的「隧道」，耀眼的陽光，讓你不辨西東；陡峭的下坡路，又讓你不覺地往前直衝。沒想到那山路一下子忽然右轉，我差點就煞車不住，如果不是一股從山坳吹上來的凜冽涼風吹醒了我，一定早已掉入萬丈深淵。老李看到我差點跌倒，趕緊上前拉我一把，把我帶回到正路上去。

那就是黃山！那差點奪了我的命的黃山，最近因為徐霞客的揄揚，成了文人雅客遊山玩水的首選。他們來此體驗絕塵棄俗、優遊山林的意境，詩歌唱和，好不熱鬧。可是我們那時哪裡顧得看什麼風景呢？蜿蜒數百里，一坡高似一坡，我們只是在山路間上上下下。大部分的時候，我們走在雲海之上，山峰此起彼伏，宛如一座座的小島、小船，漂浮在雪白、鬆軟有如地毯的雲海之上。山上四處奇松怪石，令人嘆為觀止。但是我心裡滿滿的都是素音的身影，棉花一樣的雲讓我想起她的衣裳，青翠的松針就是她衣服的繡邊，晚霞就是她微紅的臉頰。每一刻的思念就像一把刀，輕輕地撩撥那無形的傷口，讓我一次又一次地掉落在那無以形容的虛空裡。沒有了素音的世界，失去了顏色、失去了形狀、失去了生趣。

6

有一天下午，我們無意間發現了一個隱藏在松林竹叢後的溫泉。溫泉的正對面是一個小瀑布，清涼的水打在大圓石上，清脆悅耳。在另一邊，溫暖的泉水不斷地從池底湧滾而出，水面上瀰漫著裊裊的煙氣。這冷暖的兩股水流交匯在一起，同一個池子裡的水在不同的位置竟就有了不同的溫度，可以讓你隨興挑選。滑潤的泉水如絲綢般包裹住你的全身，洗滌你的疲勞，撫平你的腰痠背痛，修復你心靈的創傷。也許這樣的效果不會維持多久，可是即使只是短暫的渾然忘我，也已是彌足珍貴的了。

我們正在水池裡昏昏欲睡的時候，六、七個年輕的和尚忽然出現在我們眼前。我們僵在那裡，手足無措。他們看起來更是大吃一驚，但是隨即不聲不響地垂下眼睛，雙手合十作禮。除了帶頭的一位看來三十出頭，其餘的和尚年紀都跟老李與我類似。他們等著我們穿好衣服，邀請我們去他們附近的寺廟休息。

那個荒山野外的佛寺沒想到竟是那麼地素雅潔淨、一塵不染。無為住持和那位適才帶頭經過溫泉的妙玉知客，學識淵博、機智詼諧、善體人意，讓我們覺得好像又回到了秦淮河畔。經過了大半個月的餐風飲露，寺廟簡單的素食，勝過山珍海味，我們無需醇酒助興，就已經陶然欲醉了。坐在老李旁邊的妙玉，為他殷勤倒茶，興致勃勃地聽他講南京這一年來的種種。無為長老與衛神父則入神地討論佛教與天主教的異同。長老說，從印度到中原，觀世音菩薩由男身化為女身，大概是因為受苦受難的眾生需要慈母的關照，天主教徒崇拜聖母瑪利亞，應該也有類似的緣故吧！衛神父接著說，也許不止是觀世音菩薩，媽祖之所以受人崇拜，也是這樣的吧！也許祂們都是我們有限的人類對無限的、無可捉摸的真神的想像吧！無為儘管十分投入這嚴肅的對話，眼角卻不時瞄著興高采烈、笑逐顏開的妙玉，好像又憐愛又有一點擔心的樣子。隨著方丈的眼光看去，我忽然發覺，除了沒有頭髮之外，妙玉的模樣實在與柳夫人維妙維肖。他長得真英俊，如果不是剃光的頭和那一身袈裟，看來就像是一位豔麗的少婦。為什麼這些和尚都長得這麼清秀，他們的皮膚都那麼細緻白嫩，舉止都那麼地優雅？那一天深夜，我意外地得到了解答。

那晚也許是喝了太多的茶，也或許是露地野宿太久了，不習慣棉被與枕頭帶來的舒適，我良久無眠，終於決定出去走走。夜涼如水，一輪明月高掛天空，夜來香淡淡的清香，一陣一陣地飄襲而來。我想起畢神父說過，就像番薯與玉米，夜來香也是原產美洲，不久前才被引進亞洲及其他世界各地的。如果這是事實，那這物種的傳播速度實在快得驚人！想起唐宋盛世的詩詞大家們，都無緣享受這股令人神清氣爽的氣息，就覺得現世的苦難，也不見得都沒有它的補償。但是同時，這獨特的香味又勾引起我童年在福爾摩沙和安海的記憶與鄉愁。那裡可都是處處都可以聞到夜來香的地方啊！

沿著這香味的氣息往前走，我居然不覺就又到了我們早先泡澡的溫泉。遠遠傳來持續不斷的鶯聲燕語，讓我嚇了一跳。再向前幾步，從樹叢邊看過去，七個年輕女孩就泡在池裡。其中不時有三兩個，大概因為太熱了，就站起來走到池邊圓石上坐下。在月光的照映下，她們那纖白輕巧的身軀，就如同一尊尊白玉雕刻出來的希臘女神像。她們也讓我聯想到七仙女的故事，神話中最小的仙女愛上樵夫董永，結為連理，最後卻還是天人永別。這樣淒美的故事，口耳相傳，不止千年，應該是因為人人一方面渴望體驗這種轟轟烈烈、不畏險阻的，「不應該發生，卻就是發生了」的戀情，卻同時也明知人生聚少離多，而不免有「死生契闊」的悵惘吧！

我也許在那裡只停留了幾分鐘，但是她們的身影卻重新勾引起我許多對素音的思憶，而這些思憶又讓我重新感覺自己的存在。除了沒有那一頭秀麗的長髮外，她們其實看起來很像素音，同樣地高挑苗條、亭亭玉立。她們居然也都是天足，所以大概也是從南方的客家村逃難來此的。看著她們姣好的臉龐，我恍然大悟，原來她們就是寺宇裡的年輕「和尚」。她們本來每天傍晚固定去溫泉洗澡，那一天池塘被我們霸占了，只好晚上才來。

7

明知此去又是風餐露宿，以天地為穹廬，我們第二天早晨還是依依不捨地告辭了。住持和知客，領著眾「僧」，殷勤地勸我們留下來，說即使不能久留，也不妨盤桓數日。這其中知客妙玉勸說最力，告別時也顯得最為傷心。老李道別時依依不捨、滿臉陰霾，走在最後，時時回頭看望，眼光總是停留在妙玉臉上。上了路之後，我跟他們講起前一個晚上之所見。衛神父說：「我昨天就這麼猜想過，扮作和尚應該比尼姑容易生存。」老李繼續悶聲不響好一陣子，當他終於告訴我們前晚發生的事時，我們聽得目瞪口呆。

老李很早就上床，倒頭就睡。但是他半夜忽然醒來時，感覺背後有一個溫暖的身體偎著他。他還沒轉過頭來，嘴巴就被一隻纖小柔軟的手蓋住。一個悅耳的聲音說：「別怕，我沒有惡意。我只是要跟你在一起，即使就是一下子，即使就是一個晚上。」他聽出來那是妙玉的聲音，大為放心，寺廟裡同性之間的關係，他當然早有所聞。輕輕地挪開那隻手，他悄悄地說：「妙玉，我很高興你喜歡我，可惜我並不是你想要的那種人。」

「但是你還不知道我是哪一種人，」妙玉說著就把他的手放到她的胸前。老李被搞糊塗了，轉過身來，直直地看著她，無法相信他眼前之所見。常常在秦淮酒肆晃盪的老李，可以說是情場老手了。可是那些國花名姝，沒有一個比得上妙玉，他說。他貪婪地看著她沐浴在月光下，潔白無瑕、凹凸有致的身軀。她微開的朱唇，好似在引誘他、挑逗他。她那雙杏仁大眼，含情脈脈地看著他，好像就看透了他的心坎。

感覺到老李的反應，妙玉的呼吸也跟著急促了起來。他們通力合作，七手八腳脫掉老李的內衣。似乎就那麼一瞬間，他就已經壓在她身上，然後就是他們身心的交融。妙玉喘息、呻吟和極力壓抑住的呼叫聲在老李耳裡有如天籟，老李很快就忍耐不住，完全傾瀉了，仰天躺下，滿頭大汗、氣喘如牛，有如跑了好幾里路，或勉強登上高峰。但是她的體溫、她輕柔的撫摸、她那如蘭花般的氣息，很快地就又喚醒了他的身體。這次妙玉輕巧地跨坐在他身上，讓他重新又再一次體會那完全被接受的感覺，給了他無以名狀的平靜、安全，讓他不再飄游，不再不知歸路。明亮的月光灑落在她微微笑著的臉頰、她那晃動如微風的小蠻腰、她那軟綿綿卻又十分有力地夾住他身體的雙腿。在月光的照映下，她那尖挺的乳房，有如一對在風中振翼欲飛的小白鴿。老李從來沒有想到人世可以有如此美妙的時光，但是伴隨著這無盡美好的，竟是更深沉的渴望，以及這渴望所帶來的，不知如何形容的痛楚與悲哀。他如飢似渴地要丟掉自己，把自己消融於妙玉。他越是貪得無厭地看著她，他這椎心之痛就越是強烈。他無可承受，萬不得已地把眼睛閉了起來。

騎在他身上的妙玉，全身不疾不徐、緩緩地晃動著，有如一陣一陣拍打著海岸的潮水。那潮水就流入了他的身體、他的靈魂。他把她拉了下來，感覺她的雙乳壓在他的胸口上。他用顫抖的雙手，輕輕地撫摸她的細腰，用力緊抓她那豐潤圓滑的雙臀。忽然間，她整個身體劇烈地抖動了起來，她的呻吟與半壓抑住的尖叫讓老李的興奮升高到超過了極限，一股熱流從脊椎望下直沖，進入了她的身體。在那一瞬間，老李覺得他全身融化了，他的身體輕如雲霧，被妙玉拉了起來，輕飄飄地在空中任意翱翔。

他們就如此反覆糾纏，一個高潮接著又是另一個高潮，是七次還是九次，誰還記得呢？到了天快亮的時候，他們終於真正地精疲力竭了，開始講話。老李說，這是他這一生中第一次感覺絕對的安全，可以暢所欲言，想到什麼就說什麼。他的煩惱、疑惑，他對這個天崩地解的世局的惶恐，他的不知孰是孰非、何去何從。

妙玉靜靜地聽著，輕輕地拍著他的背。他哭了起來，她撫摸他的雙頰，替他擦乾臉上的淚痕。因了妙玉，他忽然開始覺得這世界並不盡然已完全坍塌，天地山河依然壯麗，事情一定還會有轉機。他這麼想著想著，不覺間就睡著了。從南京圍城以來，這是他頭一遭能夠睡得如此地香甜。醒來時，妙玉已經離開了，但是她的體香猶在。他一起身，就看到枕頭旁的一個小盒子。打開一看，裡頭是一顆精緻的綠玉。旁邊有一張紙條，上面寫著：「我等你回來，妙玉。」

看著老李怔怔的眼神和迷惘的臉，我不禁悲從中來。老李意外的豔遇勾引起我對許多與素音同在的日日夜夜的記憶。她應該沒事吧！她應該也跟我一樣，時時思念我們在一起的美妙旖旎的時光，那洶湧而來的激情與渴望，那相會於心的滿足感。那麼多的朝朝夕夕，每一個片刻都是永恆，每一個片刻也都太短暫。

忽然間，老李狂笑了起來，笑聲震動山谷，良久不已。眼淚傾瀉而出，涕泗縱橫的老李說：「好笑的是，在這國破家亡、顛波流離的時候，因為妙玉，因為能夠抱著她、親她的眼睛、感覺她睫毛的顫動、撫摸她的臉頰、親吻她的櫻桃小口，我竟就覺得又回到了天堂，就覺得可以活下去，覺得這個悽慘的世界，還有希望。」

日復一日，我們爬過一山又是一山，一個比一個更是綠意盎然；五顏六色的野花，滿山遍谷；清澈的溪水穿過樹林，流過溪石，涓涓不絕；這整個景致，宛如世外桃源。奇怪的是，這樣的世外桃源，居然幾無人煙：殘存的房屋多已燒毀、農田無人耕作，偶然才碰上的幾個鄉民，都是骨瘦如柴、無精打采。他們自己都常空著肚子，哪裡還有什麼東西可以賣給我們呢？所以我們也就只有繼續有一頓沒一頓地，忍飢耐渴。運氣好的時候，我們偶爾可以挖到幾顆番薯、摘到幾片野菜，或甚至逮到一隻水鳥。我們越來越衣衫襤褸、瘦骨嶙峋，越來越與那些飽受盜賊與明軍的散兵游勇洗劫的村民們沒有什麼兩樣了。

好不容易我們終於到了那隱藏於深山裡，卻以經商致富的古城徽州。財富果然給這個城市帶來了文化，即便屢經戰亂，許多庭園樓房依然古色古香、精緻可觀。我們在那裡找到了一家像樣的客棧，洗淨一路積聚的塵土汙垢，換上乾淨的衣服，出去品嘗徽州出名的毛豆腐與甜酒釀。

從那裡又走了將近兩天彎彎曲曲的山路，詩情畫意、聲名遠播的婺源就在我們眼前豁然開展。茶園從山巔層層下沿，繼以一階一階的梯田。新插的秧苗整齊地排列著，稻田裡的水清澄可鑑。田邊的溝渠兩旁植滿了垂柳，又不時有蒼老的樟樹點綴其間。溪流岸邊長滿了奇花異草，水仙、鳶尾、野薑、紫玉蘭、萱草、百合……。在小鎮裡，這些鮮麗怒放的花卉，襯托著白牆烏瓦和夕照染紅的天空。婺源果然名不虛傳，美如人間仙境，卻不可能是我們的世外桃源。

又過了好幾天的翻山越嶺之後，我們來到了一條足以容舟的河流。順流蜿蜒而下，赤紅色的峭壁，宛如丹霞；不時瀰漫的煙霧，更添增了神祕的氣息。河流為龍虎山所阻，環繞而行將近一整圈；我們默默地看著那絳紅色的山岩、青鬱的松林、碧藍的河水，不知道如何來形容這當前的美景，也終於瞭解，這地方之所以成為道教的聖地，的確有它的道理。

過了分水關，我們就進入福建省了。我們原本以為，看過了那麼多的名山勝水之後，再不會有什麼能讓我們為之驚豔的景色了。但是武夷山的九曲溪和玉女峰卻證明了我們又一次低估了造化的奧妙及我們對奇觀異景永不饜足的渴求。我們在那裡也親眼見證了「船棺」，這才相信徐霞客的記載，千真萬確。這些由巨木刻成的船形棺材，被嵌入離地兩、三百尺高的懸崖峭壁上。凡事好奇、總是要追根究柢的徐霞客，不辭辛苦，攀爬了上去，發現這些看來像就要從岩壁間飛上天的木船，竟是可容兩、三人的、年代久遠的巨棺。是什麼人在那麼遠古的時代，就對船舶有這麼多的鍾愛喜好，至死不渝就是要存身於船裡？他們是不是把天空想像成另一片大洋，要由此出發，再去探索遠處的天堂？古書說閩浙的原住民是善於航海的越人，這些船棺想必是越族先民遺留下來的東西。他們留下來的，必然也不只是這些船棺吧？他們的血液一定還流在那些現在自認為是漢人的福建人身上，讓他們那麼習於航海，以海為家，也讓那裡的人，包括福仔的父輩們，變成聲名遠播的大海盜、大海商。

9

六月底我們到達了武夷山腳下的崇安城，在那裡聽到了唐王將要在福州登基的好消息。原來他在杭州遇到了鴻逵叔與鄭彩，就由他們帶路，南下福建。我們猜想福仔應該也在福州和他們在一起。那麼，從崇安買舴順流而下，朝發夕至，我們馬上就可以與福仔會合了！從那裡，我就可以送信到安海，讓父親知道我已安全歸來，並向他報告我這一年的所見所聞，諸如南京的繁華與腐敗，及文人與歌妓驚人的才華。但是對他來說，更重要的應該是耶穌會的種種成就；他一定會因為我結識畢神父與衛神父而非常引以為傲，也會因為不久就能與衛神父見面而大為興奮！也許到時候我也會靦腆地告訴他我與素音的戀情。

在崇安出發前一天的晚上吃晚餐的時候，我作夢也沒想到衛神父要告訴我們的事情：他說他想了很久，終於決定南方並不是他應該要去的地方；他應該回到中華文化的中心地帶，南京、蘇州或杭州。他說：「我們有不少文人朋友已經決定要在新的朝廷求取功名，施展他們的抱負。我知道你們倆認為他們是叛徒，甘心做夷狄的走狗。但是又有誰能說滿洲來的統治者會比不上鳳陽來的朱家皇帝呢？不論如何，為了傳教、拯救靈魂，我可以跟任何政府合作。不到三百年前，當蒙古人統治中原的時候，景教和方濟會迅速擴張，在北京、揚州、泉州都蓋了堂堂皇皇的教會，他們是被明朝的開國皇帝朱元璋消滅掉的。我想滿洲人也很有可能會像蒙古人那樣，對各種宗教採取兼容並蓄的態度。這樣的話，天主教就有機會繼續發展。」他頓了一下，接著又說：「我在那裡，也可以就近照顧你們兩人所關心的人。一旦局勢穩定下來，也許藉著耶穌會教士的來來去去，我們也可以建立起一個來回傳遞信息的網絡。」

第二部

國姓爺

彼得・鐃文

第一章　吾父明皇

1

福仔果然真的和他的父執輩及堂兄弟們一起在福州。他一見到我們，驚喜之餘，熱淚盈眶，而我則早已淚眼模糊了。愣了好一陣子，福仔才回過神來，抱住了我，拍著我的肩膀，低聲地說：「真抱歉把你們丟在那裡，讓你們受那麼多的苦。我一上了鴻逵叔的旗艦，他就命令起錨開船。等到我發現船並不是只在岸邊晃動，早已離岸全速前行時，我們已在江心。我想要跳船，可是那時連河岸也看不見了。」他越說越小聲，我拍著他的肩膀安慰他，告訴他這些我們早就料到了。

我們終於坐了下來，讓我有時間把這兩個月來所發生的種種，詳細地說給他聽。當我講到柳夫人兩度自殺，差一點就成功時，他下顎的肌肉緊繃、眉頭深鎖。默默不語好一陣子之後，他終於長長地嘆了一口氣，全身癱靠在太師椅上，說：「我答應過她，不論如何會想辦法保護她，帶她逃離那人間地獄。但是我沒做到，我對不起她。」我跟他強調，清軍遵守他們的承諾，紀律嚴明、秋毫無犯，南京很快就平靜了下來，所以柳夫人在那裡很安全。

他問：「你怎麼能確定？」我啞口無言，我當然不能確定。這樣一想，我一時覺得自己就要抓狂了，我想聲嘶力竭地大叫、打爛屋子裡所有的東西、狂奔到世界的盡頭。但是我努力壓制住自己，輕聲地說：「素音也在那裡，我們臨行前她決定要留在那裡和她在一起，互相照顧。」我忍住了我的眼淚，但是我控制不了我的呼吸，胸口像是卡著一個千斤重鼎，我開始發抖。福仔站了起來，也把我拉了起來。我們緩緩地走向花園，繞著那荷花盛開的池塘，默默無語地走著。過了許久，福仔才終於又說：「你說的沒錯，其實我們更是自身難保，她們兩個人哪裡需要我們的保護呢？」

談到他們在杭州如何與唐王不期而遇，福仔的臉色才漸漸開朗了起來。出長江後不久，趁著艦隊停靠在寧波等待順風那幾天的空檔裡，福仔跟著鴻逵叔和鄭彩去杭州觀看局勢。杭州那時已一片混亂，人們驚慌失措，謠言滿天。從南京逃出來的官員們互相指責，推諉失守的責任；將領們徘徊觀望，盡力躲開戰區，以求保存實力，做為將來與任何一方討價還價的籌碼。論序理該接位的王爺們爭相推諉，唯恐步弘光、崇禎的後塵。這其中唐王可以說是個顯著的例外：他滿懷鬱悶、義憤填胸，恨不得一馬當先、領頭去衝鋒陷陣。但是他既然無權無位，當然也就沒有人會去理會他，只有鄭家的人對他另眼相待。福仔早已認識他，本來就覺得像他這樣有學問、有原則又有膽識的人，實在是做皇帝的好材料。鴻逵叔和鄭彩雖然與他才第一次見面，也是印象深刻。初見唐王之後那天晚上，鴻逵叔自己一個人坐在一棵大樹下獨飲許久，已經有點微醺；他叫陪侍在旁的福仔坐下，繼續沉思了一陣子之後，說：「這個人除了有一點書呆子氣之外，實在是蠻不錯的，比在南京和北京的那兩個好太多了。」「他可以做什麼？」福仔問。叔叔說：「我們要不然就回頭去過我們的海盜生涯，要不就需要一個新的皇帝。還有誰比得上他呢？只可惜他與上幾任皇帝是遠親，按宗法排比起來居後。可是那也沒什麼關係啦！誰知道再過幾天，那些不成器的王爺們還會不會活著。」

就這樣，唐王被邀請上鴻逵叔的旗艦，但是過不了一天他就暈船暈得死去活來，只好被再送回寧波，改從陸路南下，一路在鄭軍衛隊保護下，平安抵達福建。雖然中原、江南戰火連天，殘破不堪，福建那時比較起來還是相當平靜的。從仙霞嶺到福州，唐王一路停停走走，民眾簞食壺漿、夾道歡迎。到了福州，群臣勸進再三，唐王依禮儀也再三謙辭，才終於在「盛情難卻」之下「勉為其難」地接受了。登基大典選在三星期後的黃道吉日，大家都興高采烈地開始準備著。福建從來不曾有過皇帝，所以人人興致勃勃地討論典禮的種種繁文縟節，一時間好像因為兩京的陷落，福建才有機會變成帝國的中心，我們倒應該感謝滿洲人似的。原已接受監國名號的唐王，暫以鄭家在福州的府第為行在。新的皇宮由原來福建布政司的庭院改建，兩者之間距離半里路。就位大典當那天，引導移駕隊伍的是福仔的父親——安南伯鄭芝龍。坐在一匹來自歐洲、專為長矛騎士比武用的高頭大馬上，穿著絳紅色、前後各繡著九條巨蟒的一品官服，英姿煥發的鄭芝龍成為萬人矚目的焦點。馬蹄踏踩在石板路上，清脆規律，猶如悅耳的打擊音樂。人們望著這前所未見的「天馬」，目瞪口呆，對騎在馬上那位才四十出頭，依然英俊壯健的馬主，也就更加仰慕了；福仔和我緊隨在他的後面，也與有榮焉。我們騎的阿拉伯馬，雖然體型較小，也引起不少注意。那一刻我非常地感動，很以做為福仔的朋友為榮，以能是鄭氏家族的一分子為榮。

在我們十步之後，一頂巨大無比的轎子，由十六位身著皇家侍衛制服的軍士抬著，緩緩前行。這轎子的四周用精緻的金黃色絲綢圍著，在陽光下閃閃發亮。一大隊身材高大、皮膚黝黑的火槍手排列於轎子兩旁，踏著整齊的步伐，保護轎子的主人。文武百官，各自穿戴與他們的品階相符的官服，尾隨於後。殿後的鴻逵叔，全副武裝、氣蓋山河。他帶領的三百壯士，個個氣宇軒昂，令人油然生出敬畏之心。

我們花了將近一整個早晨才走完這半里路，那場面可真是壯觀！那一天，唐王即位，成為我們的隆武皇帝。

2

可惜的是，這同仇敵愾、團結一致的「蜜月期」不久就結束了。隨著前朝官僚們的陸續來歸，南京與北京政權的規章體制、繁文縟節，也一一被重新建立了起來。這些官員又繼續各立門戶、黨同伐異。清流派反對務實派、主戰派嫌棄主和派、「外來幫」自外於「本地幫」。但是最糟糕的是，正因為政府在軍事上、經濟上一切仰賴鄭氏家族，朝廷上下也就不免對鄭家暗持戒心。而朝廷越來越繁複的規矩、儀式，對鄭家兄弟更是苦不堪言；他們在廷議上常不免打

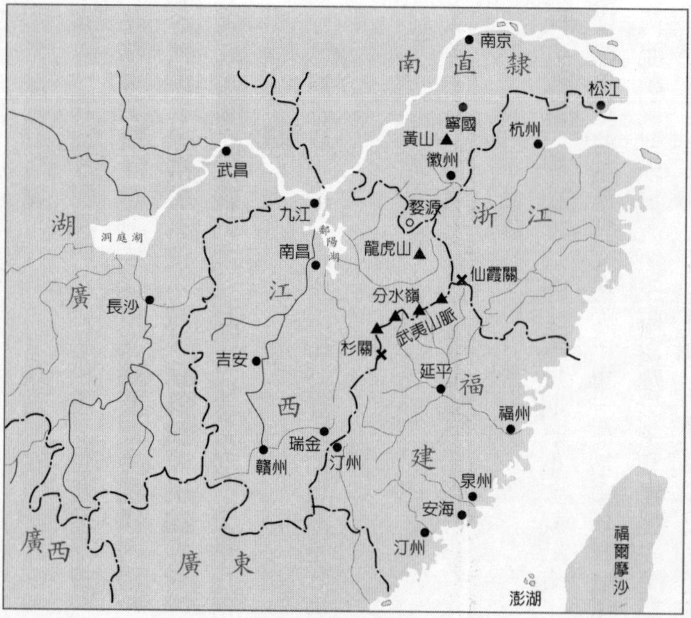
南京
南直隸
松江
寧國
黃山
杭州
武昌
徽州
九江
婺源
浙江
湖廣
洞庭湖
鄱陽湖
南昌
龍虎山
仙霞關
長沙
江西
分水嶺
武夷山脈
杉關
吉安
延平
福建
福州
瑞金
汀州
贛州
泉州
安海
汀州
廣西
廣東
澎湖
福爾摩沙

明清之際華南地圖

瞌睡，有時竟還打起鼾來。在一個分外悶熱的夏天，鴻逵叔在會議中忍不住拿出扇子來，用力揮動，希望藉此來消除睡意。不幸因為他位列前班，他的一舉一動大家看得一清二楚。重卿大臣輪番發言，討論君臣的相待之禮。雖然沒有任何人指名道姓，鄭家兄弟心知肚明，他們被羞辱了，而且就在御前。

同樣來自閩南、直諫敢言、德高望重的黃道周，七月中逃抵福州，隨即被任命為首輔。他日夜催促鄭氏家族出師北伐，相信義師一出，兩京收復指日可待。鄭芝龍為了籌措軍餉，提議增稅、賣官等等。黃道周當面疾言厲色地質疑鄭氏兄弟不顧民生疾苦，是不是意圖要發國難財。

最嚴重的衝突終於在隆武皇帝第一次的御賜宴席中發生了：在這場盛宴裡，已被封為太師的鄭芝龍自以為理所當然地應該坐在最前面，黃道周卻搬出祖制，說明皇朝的文官向來排在武官之前。隆武皇帝出來做和事佬，讓他們兩人各坐一旁，但是黃道周居左，地位還是比右邊的鄭芝龍高。第二天早朝，鄭氏兄弟忽然就一起病倒了，不能上朝。同時，本來日夜擔任皇宮護衛的黑人侍衛隊也一下子就消失得無影無蹤。

鄭氏兄弟的病一直沒有起色，朝廷的政事也就跟著停擺。隆武不斷地派人親切探問，御醫們各有不同的診斷，但是藥石罔效。鄭氏兄弟天天遞上奏摺，為自己身體的不爭氣道歉，祈求皇上寬容大量。事情就這樣僵卜去，一天拖過一天。不幸的是，福州那時的天氣越來越悶熱，卻又一直欲雨不雨，空氣都停止了流動，人人覺得連呼吸都有困難。

毫無預警地，出人預料之外的事情發生了：六十多歲、一生從來沒有動過兵戈的黃道周決定要帶他自己不知從哪裡招募來的「子弟兵」出征北伐。他只帶一個月的軍糧，相信憑他個人的道德感召力，他的軍隊與軍糧會一路增加，他也就會所向無敵。這雜牌軍一路緩緩前行，在秋末冬初時分，居然挺進到了我們不久前才路過的婺源，那如詩如畫、被認為是全天下最美麗的山中小鎮。在那裡黃道周的生命就快要走到盡頭，不過那可是又過了幾個月後的事了。

3

我沒有想到我們那麼快就收到了衛神父的來信。他一路平安無事，已經安頓在金華。據他說，與老李和我分開後沒幾天，他就遇上了一隊滿洲騎兵，被押去見他們的指揮官，沒有想到他見到的竟是佟國器，一位在南京就認識的老朋友。更沒想到的是，這佟國器原來竟是佟養性——清朝開國元勳、努爾哈赤的親密戰友——的姪孫：他的祖父佟養直原為任職遼東的明朝參將，早年攜家遷入關內；他的父親佟卜年進士出身，在明朝廷宦途順利，頗有政績，卻因遭熊廷弼案連累而死於獄中。佟國器從小與其母親避居武昌、南京，一直與文人如錢大師及耶穌會人士如畢神父、衛神父多有來往。清軍下江南後，他隨即獲得重任，活躍於東南半壁。

得到佟國器的庇護，衛神父迅即重建金華與杭州的教堂，並自由往來於上海、松江、南京各地，也就常有機會去錢府探訪。南京淪陷之初，多鐸豫親王需要錢大師寫信給江南各地士紳勸降，等到江南初定，多鐸遂將之帶回北京。柳夫人拒絕同行，留在南京。當她聽到衛神父說起我們已經順利到達福建，要去福州與福仔相會的時候，她臉上綻開了燦然的笑容，說：「那麼我們還是有希望，他們一定會再回來，回來收復南京。」她心情就此漸漸地好了起來，有時候甚至還有說有笑，看來是不會再尋短見了。素音聽衛神父詳述我們如何爬過黃山、婺源如何美麗、武夷山的船棺如何引人深思等等，樂得笑逐顏開。「她的眼睛隱約有了一點閃閃的淚光，清澈漾動如秋風中的湖波漣漪。她的整張臉，有如一朵盛開的牡丹，」衛神父在信上說：「可惜我不是畫家，不然我就會拿她當樣本，來為教堂畫一幅聖母像。」

4

到了八月中，鄭氏兄弟的健康終於漸有起色；他們說那是「因為皇恩浩蕩，靠著御醫們的妙方才終於起死回生。」不久，鴻逵叔的身體已經好到可以去晉謁皇上謝恩了，他趁這個機會帶了他十五歲的大兒子去拜見隆武皇帝。隆武親切地接見，和鴻逵叔閒話家常，慶幸他們有那樣的機緣，剛好在杭州碰面。隆武說：「如果當時我們錯身而過，就不會有今天這個局面了，那可真是大明皇朝和華夏文化道統繼絕存亡的契機啊！」鴻逵叔連連點頭稱是。按著鴻逵叔的兒子的肩膀，隆武頗具深意地說：「我們實在親如一家人哪！我真羨慕你有這樣出色的兒子，如果你不在意的話，我希望可以認他，以及福仔，來做我的義子。曾皇后不久就會到了，我們一直希望能有小孩，現在一下了就有了兩位這麼優秀的年輕人加入我們這個小家庭，她不知道會有多高興呢！」

鴻逵叔晉見皇上後不久，太師鄭芝龍的病忽然也就好了起來。幾天後他請求晉見，馬上就蒙允准。不但如此，隆武還親筆賜函，恭賀太師康復，同時也問起福仔和「那位紅頭髮的年輕人」，希望我們也能同時進宮。隆武說他在南京見過我們，對我們讚賞有加，並希望以後能常相見。陛見那一天，黑人侍衛隊再度現身，護送我們到皇宮大門前。我們從旁門進入，馬上被引進院裡的一個小涼亭，正要跪下磕頭，隆武已搶先從龍椅上站了起來，快步向前請我們免禮。在那麼一剎那，隆武與芝龍面對面站著，相視微笑；兩個人都正當壯年，英俊瀟灑、渾身是勁、各具威儀。隆武親切垂問太師的病情，也為太師公忠為國、累到病倒而道歉。他接著談到滿洲八旗的豪邁、勇敢和嗜血、殘酷，十分不解他們何能那麼迅速地就收服那許多桀驁不馴的明朝將領，又能讓那些一向眼高於頂的文人官吏們俯首聽命。然後他說：「對不起，我滿腦子都是這些不愉快的事情。我們有的是時間，今天就放輕鬆些吧！健康就是本錢，留得青山在，不怕沒柴燒。福建這裡的青山可真多啊！」看著剛端出來的茶點水果，隆武接著說：「我聽說福建出好茶已經很多年了，現在終於知道名不虛傳。這武夷山的茶清馨幽香、沁人心脾，味道苦中帶甜，喝後神清氣爽。我這茶癡，到了福建，就像上了天堂。」然後他拿起一顆剛剝好的荔枝，新鮮多汁，看了令人垂涎欲滴，說：「原來這就是那千年前毀掉了大唐帝國的水果，我終於見到了廬山真面目！」他講的是楊貴妃的故事：傳說裡的唐玄宗在寵幸楊貴妃之前，是一位雄才大略的君王，屢次派兵橫越戈壁，跨過天山，擊敗突厥，直接與安息帝國爭奪中亞霸權。寵幸楊貴妃後，他開始荒廢政務，全心全意討好這絕世美女，用快騎晝夜奔馳，從嶺南運送貴妃想念的荔枝，據說到達長安時果實上的露水都還沒乾。這個故事的主角當然是美女而不是水果，不過不到閩廣不會知道荔枝的美味，則的確是不爭的事實。

然後他又跟鄭太師說：「你實在真有福氣，有這麼一個成材的兒子！才二十一歲，就已經是文武全才。博聞強記、詩寫得好、劍道在行，又熟知中西兵法。」福仔低下了頭，表示謙虛。隆武問我如何從南京一路逃難抵閩，當他聽到我們的路徑時，有點興奮地說，「這也許就正是最好的北征之路。你們現在已經是識途老馬了，可以帶著我們打回去！」當他聽到衛神父又折回江南時，想了一想，接著說：「也許他真的可以為我們做點敵後工作吧。耶穌會的神父實在個個都是怪才。聽說畢神父現在還在澳門，買了許多槍炮軍火，正在想辦法把它們運過來。如果能成的話，這可真是弘光皇帝留給我們的一份大禮呢！」鄭太師建議不妨就用鄭家的船運送，可是隆武不置可否。在那一刻我好像看到太師的臉陰暗了一下，不過其他的人似乎都沒察覺到這臉色瞬息的變化。

隆武回過頭跟太師說：「我有一個不情之請：你知道我和皇后都很想要有小孩，卻一直沒有這個福氣。我實在很羨慕你有福仔這樣一個如此成器的兒子。可惜我沒有女兒，不然我一定要千方百計把她嫁給他！但是雖然不能讓他做駙馬爺，我倒希望他可以被人稱為『國姓爺』。你可有這樣的肚量，把你這個兒子借給我？我希望能夠正式認他為我的兒子，希望你不在意讓他也姓朱。有他在，我們一定會成功。所以我們何不也替他取一個新的名子，就叫他成功，朱成功、鄭成功；反正不管姓什麼，他一定會讓我們在這反清復明的大事業裡走向成功。」

福仔的父親當然早就在等這句話，但是他還是裝出一副受寵若驚、誠惶誠恐的樣子，說他完全不敢期望他們父子能得到這麼樣的恩寵。隆武笑著說：「是我撿到了便宜！謝謝你栽培出這麼一位優秀的國之棟梁。不管天下局勢如何發展，他的前程一定一片光明。我們就這樣說

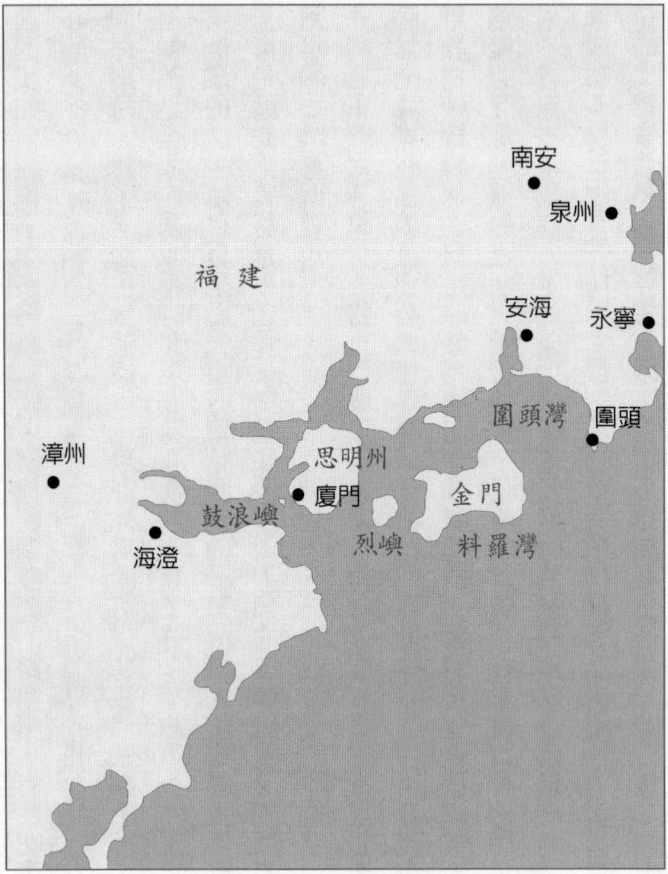

明清之際閩南地圖

定了吧！」走了過來，把手放在我們肩膀上，對福仔說：「匡亂扶正，把大明帝國從廢墟中重新建立起來，這可是個莫大的工程。但是我們一定會成功，為什麼呢？因為有你，有你的父親，」他頓了一頓，又說：「還有你的朋友，這個紅毛小鬼。」

5

那次會面不久，福仔就受命為御營中軍都督、正一品宗人府宗正，以駙馬體統行事；旋又晉封為忠孝伯及招討大將軍。我們就這樣成了隆武的核心幕僚、他的肱股、他的近臣，也因此我們對這個複雜的悲劇性人物才能有近距離的瞭解：與其做為一個政治家，他其實更適合做一個學者。他嗜書如命，無論何時，只要有人呈獻一本他還沒看過，或是在流離遷徙的途中丟掉的書，他就欣喜若狂，對獻書的人優遇有加。除了沉迷於書籍之外，他似乎沒有任何其他的嗜好或「缺點」。他律己甚嚴，不多喝酒、不愛應酬、討厭宴會、習慣吃平常人家的家常便飯。除了正式場合，他衣著樸素，衣服破了就自己動手去補。他不愛看戲，不准戲班子到皇宮裡排演，對宮裡的十多位宮女客客氣氣的，但是常常視若無睹。在曾后還沒到達的那幾個月，他安然獨寢，不要人侍候。好心的鴻逵叔怕他寂寞，精挑細選，找來了十二位及笄美女，來做他的「暖腳爐」。他客客氣氣地把她們送走，說她們讓他侷促不安。

現在回想起來，隆武最大的問題是他太認真、太嚴肅、太注意細節了。他表面上客客氣氣，其實是個很自大的人，相信他比任何人都更聰明、博學、能幹。他當然有權利這樣想，皇帝不就理所當然地應該全知全能嗎？但是就因為他的全知全能，他的臣子無論如何做都達不到他的標準。隆武因此常常陷在他自己的牢籠裡，日日夜夜不斷修改、重寫部屬擬好的公文、奏章、諭令、作戰計畫。更糟糕的是，在御前會議裡，他常常與他博學的文臣們辯論一些典章制度上的枝微末節。雖然他從來不疾言厲色，被他辯倒的大臣們總不免覺得丟了面子，怏怏不樂。

隆武對我們倒是全然信任、毫無戒意。在那多事的一年裡，不管他和福仔父親的關係有多緊張，他對我們從來沒有絲毫的懷疑，有的只是善意的關照呵護。同樣地，得到了「國姓爺」這個封號的福仔對隆武的忠誠也是至死不渝。隆武之於他，就是個最理想的君主，一位果敢又有風骨的學者，一位自反而縮、知其不可而為之的正人君子，一位頂天立地、敢與命運挑戰的悲劇英雄。這福仔心目中的明君，幾乎就是柏拉圖所說的「哲人王」的翻版。這樣難得的明君，就算有點古板、自大、自以為是，又有什麼關係呢！

我們是不是為隆武所騙？福仔之於他，是不是就是一個人質？我想也不盡然，至少我希望不是那樣。這特殊的因緣、這傳承的感覺，一直是福仔此後多年奮鬥不懈的一個動力。不管隆武起初是不是有其他的心機，我相信他的確真的欣賞福仔，喜歡福仔。在其後一年內，這感情在他們不斷的互動中繼續深化，到最後就真正變成了近乎是父親對兒子的關愛了。

受封為「國姓爺」的福仔滿心歡喜，精力充沛。他日以繼夜、不眠不休，洋洋灑灑地撰寫他的「通洋裕國」計畫。他努力要說服隆武海洋軍力的重要性，以及他以海外貿易來長期支持抗清戰爭的想法。他思緒泉湧，睡不著覺——其實不是睡不著，而是根本不需要睡覺！受了他的感染，他周遭的人也都跟著振奮起來，覺得一切大有可為，沒有什麼做不到的事。

隆武反覆詳讀福仔「通洋裕國」的奏摺，非常讚賞。他好幾次宣召我們進宮，促膝長談、通宵達旦。我們的想法，他都能瞭解，都覺得有道理，可是到頭來這一切都成了紙上談兵。為什麼呢？多年後回想起來，我終於比較能瞭解他的心態。首先，如果隆武政權要把主力放在海上事業的發展，他就得更加依靠鄭氏家族，而更完全地變成他們的傀儡了。從這個角度來看，他在位的那一年多的決策，就比較有合理的解釋。但是他之所以不願朝海洋的方向走，也許還有更根本的原因。歸根究柢，隆武到底還是個根深柢固的中原漢人。他不信任海洋，不止不信任，他從心底就是害怕海洋。這與生俱來的恐懼讓他拚命地要往內陸跑，要離開福建這被稱為是「閩在海中」的海洋國度。他對熱蘭遮城和福爾摩沙島一無概念，更不用提呂宋和巴達維亞了。但是他對日本的嫌惡和排斥卻是從他的先祖一代一代傳下來的，以至於每當我們提議要向日本借兵的時候，他就渾身不自在。「他們不是比滿洲人更可怕嗎？那兒來的倭寇幾百年來一直把東南半壁鬧得雞犬不寧，五十年前還差一點占領了朝鮮，拿它來當做進攻北京的跳板。」對日本人的恐懼，幾乎是所有文人官吏的共識，所以就連隆武這樣學識淵博的人也不能免。顯然即使是有學問的人，對國外的事物也只是一知半解，而一知半解往往比完全的無知還可怕。

忽然間，福仔就安靜了下來！他把自己完全封閉了起來，好像包裹在繭殼裡的一隻蠶蛹。他開始喝酒，拚命喝酒。鄭家的男人酒量都很好，他們（尤其是鴻逵叔和鄭彩、鄭聯兩兄弟）常常喝過了頭，所以偶爾喝醉對福仔來說並不新奇。但是每天喝，沒日沒夜地喝，就是另一回事了。喝光了好幾箱陳年紹興後，他發現了一整箱剛從澳門運到的馬德拉酒。這酒香甜濃郁，

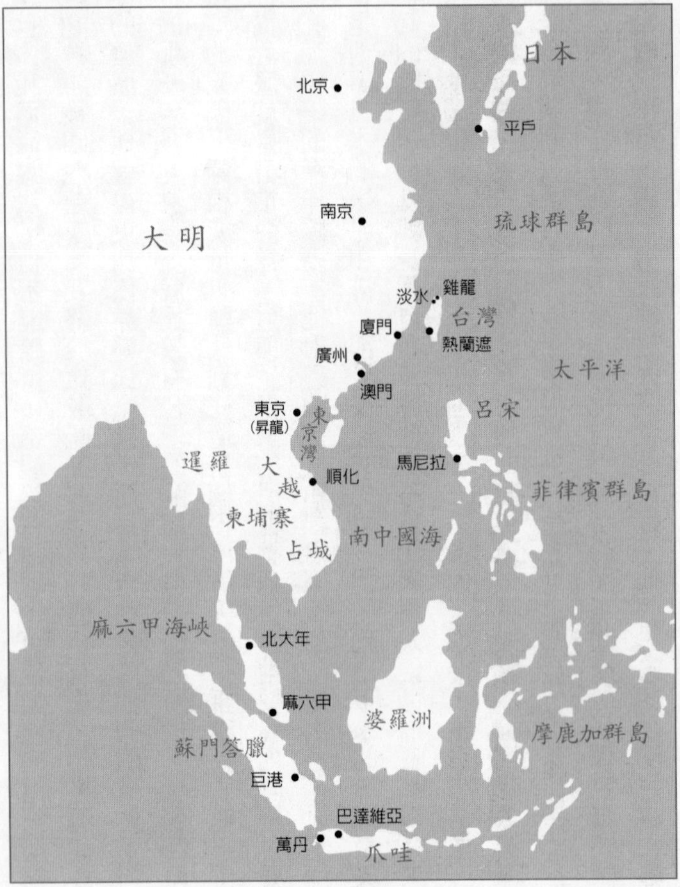
日本
北京
平戶
南京
琉球群島
大明
雞籠
淡水
台灣
廈門
熱蘭遮
廣州
澳門
太平洋
東京
(昇龍)
東京灣
呂宋
暹羅
大越
順化
馬尼拉
菲律賓群島
東埔寨
南中國海
占城
麻六甲海峽
北大年
麻六甲
婆羅洲
摩鹿加群島
蘇門答臘
巨港
巴達維亞
萬丹
爪哇

十七世紀東亞海域圖

後勁十足，卻澆不熄福仔的愁緒。在他父親的酒窖裡他找到了好幾箱杜松子酒，這種烈酒原是拿來做藥用的，後來卻變成荷蘭人的最愛。但是即使是這樣的烈酒，其強度也比不上中土各地出產的、各式各樣的「白酒」。這些一百多度的烈酒，每一小口都可以把你從嘴唇一直燙到肚臍眼，福仔卻就像喝水那樣一瓶一瓶地灌下去，直到醉倒。好不容易等到終於醒來之後，另一個循環卻又重新開始了。喝醉時細聲飲泣、大聲呼嚎、亂發脾氣。他述說他童年的記憶，他思念的平戶小城；他常常想起他在那從平戶到安海的船上一路上的悲哀和寂寞。我第一次聽到他講起他的媽媽，說她是那麼的美麗，那麼的溫柔；然後他就唱起小時候從他母親及祖父母那裡學來的日本兒歌。聽著他講他的童年，我也跟著想起我自己的童年，我的眼眶也就跟著熱了起來。

6

初秋的一個早晨，鴻逵叔如往常一樣，過來關心他的情況。但是那一天他腳步特別快，幾乎就像是飛也似地衝進房子裡來。他坐在床沿，把福仔搖醒，滿臉歡笑，大聲地說：「趕快醒來！我有一個天大的好消息！」半睡半醒的福仔，勉強睜開滿是血絲的眼睛。鴻逵叔拍著他的肩膀，硬是把他拉下床來，直直地瞪著他，說：「聽清楚喔！今天可是你的大好日子！你的母親已經從平戶出發，再過幾天就會到了。」福仔完全被搞迷糊了！他努力睜大了眼睛，以為自己是在作夢。等到回過神來，滿臉登時堆滿了燦爛的笑容，歡欣雀躍地說：「這是真的嗎？您沒聽錯吧？他們終於真的肯放她出來了？」然後他整個人忽然就軟了下來，幸虧鴻逵叔還拉著他的手臂，不然他可能就會跌到地上去了。默默地哭了許久，等到再抬起頭來時，他已經不是那個昏天暗地的醉漢了，他的雙眼炯炯有神，所有的憂愁煩惱，都已置之腦後。

也正好就是在那一刻，早晨的陽光從窗外盛開的山茶樹枝葉間灑進來，殘留在紅花綠葉之上的露珠，在陽光下閃閃發光，滿屋子竟然就那樣地明亮了起來。

7

六天之後，我們到閩江岸旁的碼頭去迎接田川松——福仔的母親。做為平國公鄭太師及隆武皇帝的代表，福仔身著朝廷正式官服，帶領一大隊全副武裝的衛士，騎著他那匹矯健的阿拉伯馬，浩浩蕩蕩地出發。一路上他若有所思，出奇地安靜，但是手指頭不斷輕輕地敲打馬鞍，隱約顯示了他心裡的緊張。

沒有想到午後風向忽然轉變，江面波濤洶湧，海船無法入港。我們在岸邊等了蠻長的一段時間，最後只好決定冒險派出一艘接駁船，到江口去從等候在外的海船接回田川夫人。又過了好一陣子，那接駁小船終於再度現身，正在艱難地逆流返回。這種有十二個人划槳的小船平常速度飛快，但是那天風浪實在太大了，小船上下擺動，忽隱忽顯，看得人膽戰心驚。為了預防萬一，幾位經驗老到的潛水夫早已裝備齊全，隨時待命救人。好不容易等到接駁船終於接近岸邊，我們才認出船上站著三位婦女，不懼風浪，遠遠地朝碼頭張望。

船漸漸靠近，她們的輪廓也就漸漸地明晰起來。三位婦女裡，中間那位比其他兩位高出好幾寸。她身穿一襲靛藍色的和服，只有在衣服的下擺有一點淡淡的，粉紅色的花紋。身材勻稱苗條的她，自自然然地站在船頭，紋風不動，只有袖口輕輕地飄著。她一眼就認出福仔來，整張臉滿是笑意，雙眼閃閃發光、隱約含著一點淚水。

福仔直往前衝，差一點就掉到水裡。他小心地扶著她上岸，嘴裡喃喃地唸著：「卡絳，卡絳……」然後他後退幾步，跪下來行那正式的三跪九叩之禮，我們也跟著行禮如儀。雖然沒有人知道她和鄭一官有沒有正式結婚，她現在的身分是國姓爺的母親、鄭太師的兩位原配夫人之一，也就是隆武朝廷裡少數幾位人人敬仰的一品太夫人了。

田川太夫人把福仔慢慢地扶起來，無比愛憐地看著他，良久良久，眼淚不斷地流過她那美麗的笑顏。她說：「這麼多年了……我朝思暮想的，就是這一刻。你還是老樣子，你還是我的小福仔。但是你已經長得這麼高大了……」他們你一句我一句地搶著說話，日語雜著福佬話，熱鬧異常。跟在後面的老李與我，儘管聽不懂他們在講什麼，還是喜孜孜地跟著分享這洋溢泉湧的歡樂喜悅。

8

隆武皇帝准了福仔半個月的假期，讓他好好地陪他的母親。他們珍惜這每一分每一秒，在花園裡散步、在窗邊品茶；看著在池塘裡的蓮葉懶懶地躺在水面上、看著池塘邊忽然間就盛開了起來，形狀顏色各不相同的秋菊，忙著在那裡爭妍鬥豔，每一刻都那麼地美好。

我也終於有時間和父親在一起；才不過五十出頭的他，頭髮已經開始花白了起來，走路也慢了下來，但是他還是整天忙個不停。雖然華南沿岸這幾年因為鄭家水師的控制，已經平靜許多，小股的山賊海盜還是出沒無常，騷擾村里；喝醉酒的軍士，打鬥滋事，也還是所在多有，讓他日夜奔忙。他又對本地的草藥發生興趣，一有空就出去到處搜集、分類整理，用來治療外科手術無法幫助的病人。當他發現我有一套方以智送給我的《本草綱目》時，欣喜異常。我們花很多時間一起討論種種藥物的屬性、療效；他也終於比較肯跟我講他在福爾摩沙與荷蘭的傷心往事。在我的一生中，那是他頭一次把我當大人看待、與我平等對話。有一天他收到一封從福爾摩沙島的來信，描述荷蘭人對福爾摩沙人日益嚴酷的治理，又說因為濫捕濫殺，島內的鹿群已瀕臨絕跡。他的聲音喑啞了起來，我為他悲哀、也為福爾摩沙悲哀。

9

歡樂的時光總是過得特別快，似乎才一轉眼，我們的假期就結束了。隆武皇帝需要福仔在他的身邊，做他的親信、參謀、耳目。皇帝的北征計畫進行得一點都不順利，大臣們對這軍事行動的策略、路徑、軍糧補給反覆辯論了許久，才終於定案，由鴻逵叔和鄭彩率領，分兩路往北、往西出福建，收復鄰省的失土，同時也去打聽首輔黃道周的消息。從隆武的角度來看，鴻逵叔和鄭彩當然是帶領這「恢復中原」大計的最佳人選，因為當初力勸他就皇帝位的就正是他們；而隆武之所以答應來到福建，就正是要用這裡做基地，來反攻復國。

鄭太師的看法卻完全兩樣：他對南京或北京沒什麼特別的興趣；隆武也許會是個好皇帝，也許在他的治理下政治會比較清明。但是不管皇帝有多好，明朝的官僚體制久已腐敗到了極點，恐怕連神仙也束手無策。冰雪聰明的他，對隆武之所以收養福仔的用意當然了然於心，他也不是不知道滿腔熱血、滿腦子理想的福仔有可能成為隆武放在他身邊的間諜。但是他所有的想法，對福仔也從來都毫無隱瞞。這是盲目的父愛呢？還是因為他太有自信了，相信不管他們父子想法如何不同，福仔絕對不會背叛他？又或者他其實也正好利用福仔做為傳遞訊息的人，間接婉轉地讓隆武知道他的意圖是什麼，他的底線在哪裡？

不論如何，夾在隆武和他父親這兩個性格剛強、想法南轅北轍的長輩之間，福仔處境艱難。在隆武朝廷的要角裡，他可能是唯一真正同時生活在那兩個完全互異的世界的人。他從小被鼓勵追求功名，學而優則仕。為了達成這樣的目標，他努力求學，學習做一個優雅博學的士人，可以與讀書人談論古今、詩酒應酬。因為這樣長年的薰陶，他也理所當然地相信華夷之辨的重要性，相信為了維持社會秩序，保護寶貴的文化，就需要忠君報國。

但是福仔同時也是鄭氏家族的成員，熟知家族裡、鄉親們世世代代好勇鬥狠、冒險犯難的傳統。他們反抗社會規範，蔑視禮教、求新求變。在閩南，這「遊俠」精神成為他們向海外拓展的原動力。對他們來說，皇朝政權正是他們的絆腳石，而不是忠誠的對象。從明中期起，他們形成了勢力龐大、亦商亦盜的海上勢力，富可敵國。但是「商」與「盜」卻都正是大明皇朝及傳統士人所深痛惡絕的現象，「士大夫」與「商／盜」這兩種勢力可以說是水火不容，可是它們就正交接在福仔身上，不斷地把他拉扯向完全不同的方向。

10

因為衛神父，我們與江南的聯繫不曾間斷。從素音的來信裡我們知道，薙髮令雖然在那裡引起許多武力抗爭，這些「叛變」都不成氣候，隨即被鎮壓了，男人們也就很快地習慣了沒有頭髮的頭頂和腦後的豬尾巴。素音說：「現在沒有人敢不戴帽子出門了，因為頭皮會涼。」不過清軍的確信守承諾，南京城沒有受到什麼破壞，不久市面又繁榮了起來，乍看幾乎與從前沒什麼兩樣。

「那麼，南京的確還在那裡，在那裡等我們去要回去。」我告訴福仔素音的信息之後，他這樣講了好幾次。他從來沒有主動問過柳夫人的情況，大概知道我早晚會告訴他吧。柳夫人的確好多了，她不再那麼樣地無精打采。她又開始寫詩，述說她內心的煎熬，對生命的失望、感嘆。靜靜地聽著這些詩詞，他的神情肅穆。良久之後，他說：「沒有錯，南京屬於我們，我們一定會回去。」

11

這當中，福仔的兩個「父親」繼續在玩著他們那高來高去的博弈。隆武決定，為了實現他的北征計畫，他必須御駕親征。他對首輔黃道周帶領的雜牌軍居然一路無阻地挺進到浙贛邊境，憂喜參半，既急著要去跟他相會，親嘗勝利的滋味，更希望藉此來向同時在杭州自立為監國的魯王（他的遠房堂姪）耀武揚威。他深怕至少名義上擁有明朝尚存的幾支正規部隊的魯王，會比他更早收復南京，冠冕堂皇地說是要北上與他們會師，其實是想要去逼他們承認他的領導地位。可是鄭太師對這個使命沒興趣；他說他當然支持北伐，但是皇帝的人身安全更重要，所以凡事需要仔細籌劃。隆武不是裝傻就是聽不懂他的警告，自顧自地出發了。沿著閩江上行到了武夷山腳下的延平，他忽然被成千上萬的平民百姓包圍，懇求他不要再冒險前行。他就這樣被截留了下來，這才終於瞭解鄭太師的「苦心」，只好就此駐節於延平與建寧。

那整個冬季及初春，雨一直下個不停，有時還夾雜了拳頭大的冰雹，從烏雲裡直落而下；從漠北直撲而來的寒風，冷冽刺骨；然後就下起雪來了，日日夜夜地下個不停。大部分的時候，福仔和我在武夷山脈的山路上來回奔馳，檢驗部隊、傳遞訊息。在暴風雪與暴風雪之間，山路泥濘、坑坑谷谷，四處都是滑溜的薄冰；懸崖峭壁邊的羊腸小路在煙霧中上上下下，忽然就會消失得無蹤無影。我們有時到東北邊仙霞關外鴻逵叔的營柵，有時去西北方杉關外鄭彩堂兄的駐地，運送我們盡可能搜集得到的補給，押解那些從窮鄉僻壤被強迫拉伕來充炮灰的「志願軍」。第一次看到那些可憐蟲時，鴻逵叔氣急敗壞地破口大罵：「這些龜孫子有個屁用！他們是在鬧笑話嗎？」幾個星期後，鄭彩堂兄對著福仔搖頭微笑：「你的努力，徒勞無功，再這樣下去我們都會被活活累死。」

到了三月，鄭彩受夠了。他說：「我是個航海的人，不習慣在山裡作戰。我痛恨這樣的氣候，也不需要一天到晚與這些自己的屁股都擦不乾淨的小鬼為伍。」幾天後，當他聽到清軍進逼的謠言時，果然就「毅然決然」地丟下了那些「小鬼」，丟掉了他的防區，轉頭就跑。我們只好在那裡努力集合殘兵，重新編組，以免他們變成土匪，或在飢寒交迫中消亡。

12

三月裡有一天，當我們出了杉關往江西廣信行進，要去視察鄭彩堂哥留下來的殘兵弱卒的情況時，雪忽然停了。再過了幾里路，陽光從依然低垂的烏雲裡探出頭來，眼前滿山滿谷盡是皚皚白雪，在陽光下閃亮耀眼。又過了幾個彎道之後，我們進入了一個溪谷，谷裡長滿了高大的松樹，青綠的針葉與純白的雪形成強烈的對比。掛在松葉、枝幹上，輕如鵝毛的雪花已開始融化，冰涼的水滴不時灑落在我們的臉上，凜冽而又清新。

又再過了幾番的峰迴路轉之後，面前豁然開朗，我們來到了一大片綠盈盈的草地。一條小溪流經其間，從山上帶下來的融雪增加了溪流的水量，沖擊著大小鵝卵石塊，潺潺淙淙的水聲悅耳動聽。在小溪的兩旁，枯乾的樹木枝椏上，已經開始冒出一朵朵淡紅色的小花。花瓣隨風四處飄揚、吹落一地；它們掉落在岸邊仍然處處積雪的小溪上，隨著水流懶懶地漂浮著。這意想不到的美景洗滌了我們一身的疲憊，福仔感嘆地說：「這真像平戶的早春呢！我離開平戶的那一天櫻花盛開，但是那些花瓣大多了，難道我小時候覺得它們比較大嗎？」他長長地嘆了一口氣，又說：「我們也該離開這是非之地了。我們繼續在這裡撐下去也沒什麼幫助，不是嗎？

我該回去看我的卡絳。」

13

四月的安海恍如人間仙境。越過了最後一個山頭，再走幾里路，盡頭就是安海海港。下山的路上兩旁一路開滿了五顏六色的杜鵑花，襯著嫩綠的葉子，恣意地爭奇鬥豔。遠處鬱鬱蒼蒼的松林，淡藍色的晴空，看得人神清氣爽。這就是安海，我與福仔一起長大的安海！這就是我這兩年時常想念的安海！遠遠望去，一切都那麼地安詳平靜。

但是海港還是和從前一樣地繁忙、混亂。我們抵達那一天，有六條遠洋船靠岸，還有更多艘在港外等待著。從海港到鄭家城堡的路上，各色人等穿梭往來：穿著厚重的大桶褲、汗流浹背的葡萄牙人；戴頭巾的回民；打赤腳帶長刀的日本浪人；穿著絲綢長衫、手裡搖著摺扇的大明商人，在那裡大呼小叫地指使赤裸上身的馬來苦力。經過媽祖廟的時候，迎面而來的是一陣陣令人垂涎欲滴的香味：魚丸湯、雞卷、蚵仔煎、當歸鴨、芋頭糕、鴨血糕、五更腸旺；當然還有那一籠籠的毒蛇，在那裡等著買主來開腸破肚、生吃膽囊，因為據說吃了會讓人眼清目明，也還有壯陽的功效。

福仔笑著說：「回家真好！」

14

那天晚上，福仔的母親準備了一頓豐盛的晚餐，為我們洗塵。一品太夫人田川松換下了和服，身著翠綠色的長袖上衣、藏綠色的長裙，外面再披上一件淺綠色的馬甲，比上次見到的時候更加從容優雅了。她走進來的時候，還是踏著那日本女人特有的細脆的步子；長裙、衣袖和馬甲的下襬隨著腳步微微搖動著，看來就像是在淩波而行。我沒有想到太夫人改穿唐裝，一下子以為素音出現在我面前。人的腦子真的很奇怪啊！你想念的人，隨時在什麼地方都會出現。但是她到底和素音哪一點相像呢？也許因為她們身材類似，又都是天足，走起路來不像一般上流社會的女人那樣搖搖顛顛。

那天晚上她也邀了父親及葛雷果理；道明會會士葛雷果理原本是一位日本武士，定居安海已經很多年，一直是父親的摯友，也是他喝酒的夥伴。葛雷果理看了一眼田川太夫人從平戶帶回來的日本清酒，眼睛登時亮了起來：「阿蘇靈山酒？我是在作夢嗎？」松田太夫人微微地笑了起來，依然豔麗的臉龐隱約流露出一絲悲傷：「沒錯，這就是用九州最好的米和阿蘇山山頂的泉水釀成的，拜託了好多關係才買到的。」後來我們才知道，她就只帶回來兩瓶這樣的酒，其中一瓶那天晚上被我們喝掉了，另外一瓶她要留著跟福仔的父親一起喝。但是鄭太師滿腦子都是他跟隆武之間的爾虞我詐，每次到安海總是來去匆匆，所以也就一直沒有時間與田川太夫人品嘗這難得的佳釀了。

那頓晚餐對我來說實在是個全新的體驗：精緻烹調的菜色一盤一盤地端出來，每一樣分量都少得可憐，可是每一個盤子又都是那麼地細緻典雅。主菜不用說當然是生魚片，但是主菜之前，還有叫做「先附」及「八寸」的小菜、其後續以松茸湯、野菜、蒸豆腐、烤魚、蒸物、煮物、「酢餚」、天婦羅、「冷鉢」（涼麵）。從沒看過生魚片的我為著禮貌硬著頭皮嘗了一小塊沾了芥末的生魚，登時滿嘴麻辣，涕泗直流。但是幾秒鐘後，我開始感覺到一股奇特的鮮甜美味，天下真的少有比這還好吃的東西！

「御飯」終於來了，熱騰騰、香噴噴，蒸炊得恰到好處。雙手捧著那精緻的小碗，感覺從裡面傳透出來的溫暖，居然就有了一種不知如何形容的幸福的感覺。伴飯吃的，就是一小碟菜乾（「香物」），和一小碗用漆器裝盛的湯（「止椀」）。那土黃色的湯看來粗糙混濁，喝起來卻十分可口。「味噌湯」，福仔喃喃地唸著，眼角含著淚光。

15

那一天晚飯後，我們四個男生一起到葛雷果理的住處，去享用他那剛做好的、超大的泡澡桶。從葛雷果理的口中，我才瞭解這頓晚餐有多特別。「太夫人和她的僕人為了準備這一餐最少也要花上好幾天的時間，」他說這是近年才從京都開始流傳出來的新飲食風尚，叫做懷石料理：「懷石這個名字本來是禪宗和尚創造出來的名詞，用來形容他們日常食用的粗茶淡飯，意思是說他們因為吃得很少、很簡單，飯後肚子還是餓，無可奈何之下只好把溫熱的石頭放在懷裡，來鎮那飢餓的苦楚。但是這風尚一旦流行開來之後，廚師們互相競爭、花樣百出，於是就變成現在這樣子，看起來單純，實際上非常講究。就拿那些盤盤碗碗來說吧，看來毫不起眼，卻每個都有它的來歷，要講起來恐怕三天也講不完。」已經半醉的父親，也不知道有沒有聽懂葛雷果理的意思，自顧自地說：「不管怎麼簡單，都比荷蘭人和葡萄牙人的大魚大肉還要好。」不論如何，我們一致同意，生魚片實在做得真好。「也是因為新鮮，實在真是新鮮。」父親說。「味噌湯也是。」我接著說。

臨睡前福仔跟我說：「你說的沒錯，味噌湯實在是個神奇的東西；材料那麼簡單，不過就是半發酵的黃豆和大麥，再加點鹽。卡絳廚藝了得，我小時候，鄰居們常常沒事就跑來我們家串門子，希望能喝到一碗她剛做的味噌湯、她泡的茶，或甚至就只是一杯開水。」

16

我從來沒見過福仔那麼地快樂過；換上了太夫人從日本給他帶來的「浴衣」（和式便衣），他在庭園裡陪著她逛來逛去，一下子用日語，一下子又換成福佬話，講個不停。他們談他那年歲漸老但是還很健朗的祖父、那些在平戶教過他劍術與柔道的武士和浪人，也談及平戶四季的景致。田川太夫人依然美麗的盈盈笑臉上，隱隱約約地，卻似乎總有那一點點揮之不去的陰霾。她快樂，因為她終於又能跟福仔在一起，因為福仔健康、有為，年紀輕輕就已經是明皇朝裡的一位重要將領、皇帝的親信，不愧是一個武士的後代。但是她也因為未能看著他長大、在他成長的過程中呵護他而感覺遺憾；她更是為他擔心，不知道在這樣的亂世裡，他的人生會有多少的波濤洶湧，多少的難關。

我那時也很快樂，而那快樂裡也夾帶著幾許的不安與傷感。才不到五十的父親，背也駝了，手也有點發抖。奇怪的是，只要一拿起手術刀，他的手登時就不抖了，做起手術來還是生龍活虎。我在他眼中，已是個成年人，他對我的工作，興致勃勃地想要瞭解：皇帝是個什麼樣的人？宮廷是什麼樣子？北伐進展如何？他以我為榮，津津有味地聽我說武夷山的風景、南京城的繁華。看著他每次發現一種新的草藥時興奮雀躍的樣子，我就有種不知如何形容的感覺，又是覺得安慰，又有一點心酸。

17

素音的下一封信特別強調她們那裡一切平安；南京又活過來了，她說，暴風雪沒有造成什麼損害。我不知道她在說的只是天氣，還是另有隱喻。但是不論如何，只要她還能寫信，我就可以安心了。還在北京的錢大師，在那裡度日如年。投清謀官的文臣越來越多，個個年輕有為，又會做事、又會寫文章，錢大師被當成是過氣的老朽。他寫給柳夫人的信，不斷訴說北京寒冬的難以忍受。「柳夫人終於肯走出房門了，」素音說：「今天早上，我們還到了莫愁湖！看著盛開的桃花，柳夫人終於微笑了起來。她的笑容看得我心都要碎了。她輕聲地說：『不管天地怎樣翻覆，春天還是照樣地來了。』我們因為活著而開心，也因為這個大千世界的頑強而安心。」

第二章 怙恃無存

1

再回到延平的時候，局勢已經混亂不堪。下山的路上，迎面而來的是一波又一波倉皇而逃的人群，有的騎驢、有的推著滿車子的家當、更多的人只能徒步前行。夾雜在人群裡的是穿著破爛制服的散兵游勇，他們個個急著往前衝，根本連看都不看我們一眼。一直到了延平城的南城門，我們才終於瞭解狀況：就在我們離開的那半個月裡，清軍忽然趁著一個不尋常的低潮時刻渡過了那異常寬闊的錢塘江，突擊魯王陣營；魯王差一點被活捉，倖逃一難，閃躲到遠在江面外的舟山群島。

比這件事更可怕的是，四散的謠言都說鄭太師已經拋棄了隆武，盡撤仙霞關及杉關的守軍，清軍入閩指日可待。市面人心惶惶，想不通太師為何拋棄隆武、拋棄他們。但是不管如何，他們也就因此跟著拋棄朝廷、拋棄隆武，急著要逃避戰亂、逃避血腥屠殺。

我們匆匆趕到城內的鄭軍大本營，在那裡找到正在收拾整理、準備拔營的鴻逵叔。他看來滿臉倦容、老態畢露。「我不知道再下來這局面會如何發展，」他說：「但是看來是大勢已去，無可挽回了。隆武是大明皇朝最後的希望，但是他卻自毀長城，一失足成千古恨啊！」他自言自語似地繼續說：「福仔，我想你父親也是。」

從鴻逵叔的口中，我們才知道，就在清兵渡江的前幾天，魯王派了一位特使來拜見隆武，請求援助，因為「我們是您的前衛，如果我們倒了，再下來就輪到皇叔您了。」這位名叫陳謙的信使，原來不僅與鄭氏兄弟有舊，還可以說是他們的大恩人。十多年前陳謙當朝為官，力爭朝廷支持鄭家對抗「紅夷番」，才讓他們有料羅灣的大捷。因為這層關係，此番前來，他理所當然地一下子就住進鄭家宅第，先來與鄭氏兄弟商議。

隆武本來對太師就已越來越不滿，只是一直隱忍未發。他即位以來，要錢沒錢、要人沒人；北征的政策，不但處處碰釘，連自己都一直被攔在延平，動彈不得。最近他又風聞太師的小同鄉，時任滿清招撫江南各省總督軍務大學士的洪承疇，與太師頻頻書信往返，因而就更為不安了。

沒想到積怨難消的隆武，竟然把他的怨氣發洩在陳謙身上。隆武在朝廷上聽到魯王稱呼他為皇叔父而不是皇上，勃然大怒，一聲令下，將陳謙五花大綁、下獄論斬。太師痛陳利害，向隆武求情。隆武當面答應了，半夜居然反悔，祕密下令，硬是把陳謙給殺了。鄭太師既痛失恩人、好友，更為丟盡顏面而震怒。他為陳謙安排了一個盛大隆重的葬禮，公開向陳謙的兒子道歉，然後聲稱海寇侵犯他安海的老家，需要回師征討，「拜表即行」。聽說隆武發現這件事的時候，驚慌失措，急忙送信說「先生稍遲，朕與先生同行。」但是信使已經追不上太師了，他們自此明明白白地正式分道揚鑣。

鴻逵叔滿面愁容地說：「我也要趕快回安海，或許可以勸阻你父親做出什麼太衝動的決定。你們兩人就繼續留在這裡，也許還能幫隆武一點忙也說不定。」

2

隆武看到我們時顯得十分高興，也許我們的出現，讓他覺得還沒有完全被拋棄。他親切地問起福仔的母親，說很遺憾沒能親自去拜訪。雖然蒼老了許多，他表面上看起來卻還蠻泰然自若。他說：「我沒有想到陳謙和你父親的關係有那麼的深，真的是很後悔，不過事情發生了，也就無可挽回了。這樣也好，想望了那麼久，我現在終於就要與滿州八旗面對面了。雖然這局面與我本來的期望不太一樣，但是該來的總是要來。我們其實也還不是完全沒有希望，江西、湖南那邊都還有忠於大明的軍隊，據說此外又還有不止五十萬的李自成殘部也在附近。我們只要能跟他們會合，就大有可為。更何況滿清的部隊裡其實大部分都是最近才投降的漢人，他們也不見得會繼續為滿清賣命吧？」當他轉過頭來，親切地看著我們的時候，他的眼神是那麼地悲哀，卻同時又那麼地堅定無悔，讓我也被他感動了。他接著又說：「如果事情不如我之所願，那也沒有關係。我知道我已經盡力而為，無論如何也就心甘情願了。」

所以福仔和我就這樣再繼續為隆武奔走賣命，在各處山隘關口鼓舞那些仍未散離的殘兵弱將。我們餐風飲露、席不暇暖，沒有一刻停息。後來每當我想起這一段徒勞無功的歷練，我竟就會有一種自傲的感覺，為自己、也為福仔覺得自豪。

3

衛神父精力充沛、信心滿滿。在杭州他發現多年來從畢神父受洗的教徒多半都還在那裡，興高采烈地歡迎他回去。職掌杭州嘉湖兵備道的佟國器，大力贊助，鼓勵他蓋一間堂皇的天主堂。「他原來是滿洲人，你相信嗎？不但是滿人，還是滿洲貴族之後。不但是貴族，還是現任皇后的堂兄！」衛神父在信上這麼說。雖然比奇蹟還難想像，杭州教堂就這樣地繁盛了起來。不僅杭州，整個江南地區的教務也跟著復甦。「杭州的新教堂將會與我家鄉特倫托的那一間同樣宏偉。」衛神父誇了這樣的海口。

素音的信則讓人有點擔心，她當然還是說一切都沒問題，但是字裡行間總讓人覺得她們好像有了一點麻煩。問題似乎與江南的地下抗清運動有關：有些錢大師的老朋友常會在三更半夜造訪，然後柳夫人就會叫素音去當舖典當一些她上好的珠寶。有些僕人於是就開始捕風捉影，說她跟其中的一位年輕書生有染。他們搜集證據，告上官府，抓到了這個年輕人。縣老爺問他去錢府做什麼，他說不出所以然來，但是錢府上下都堅信他們必有姦情。這些人本來就因為柳氏的得寵而不平，對她的不肯陪錢大師去北京更是不能諒解，現在捉到了把柄，當然死咬不放。

就在這個時候，錢大師意外地被放回來了。他花了一大筆錢，買通官府，平息了柳夫人的官司糾紛。當他的族親責備他不顧自已的名聲時，他說：「比起我的變節仕清，這又算得了什麼？」然後他又說：「不論如何，我不能沒有她。」

4

七月底的某一天，我第一次遇見施郎，後來的施琅。我那時候當然還不知道這施郎後來不但成了福仔最頭痛的對手，又比他多活了二十多年，最後還成了鄭氏王朝的終結者。他那時只是個被鴻逵叔留下來，在仙霞關帶領幾十名兵士的把總。他為什麼被留下來？他說得很坦白：「我們只是裝飾品，擺個樣子罷了。整個鄭家，除了福仔您一人，早已不再顧隆武死活了。我在這裡不是要把守這個關卡，我們這一小隊兵丁在這裡的任務只是要觀察狀況。」福仔聽了當然不高興：我們千辛萬苦跑到這前線來，是為了要鼓舞士氣，加強關隘的防守；施郎從上級得到的指令，卻是要避免衝突。但是儘管如此，他們兩人之間，竟然從第一次認識起就有那麼一種惺惺相惜的感覺。在這戎馬倥傯的日子裡，福仔難得遇見幾個有能力、有主見，可以跟他你來我往地交談的人。更難得的是，施郎的酒量也很好，他們的相會，竟然因此就有了那麼一點曹孟德與劉玄德煮酒論英雄的味道。

施郎來自泉州海邊，與安海只隔著一座小山、相去不過數里的一個小漁港，從小習見遠洋商船及海上戰事。那天他跟福仔說：「您尊大人打敗荷蘭紅毛番的那一場海戰發生時，我才十三歲。那一天我與我的堂兄們駕著一艘小漁船出海打漁，船到了圍頭角的時候，風向突然變了，東北方吹過來的強風把我們一股勁地往金門島的方向推。那正是我們最不希望去的地方，因為之前好幾個星期，十多艘巨無霸的紅毛甲板船就一直在那裡巡弋，看樣子正準備要與鄭軍開戰。這些船人人害怕，大家都相信鄭家這次輸定了。」

「我們眼睜睜地看著自己的船一直飄向戰區，無計可施；不久果然就開始聽到紅毛大炮轟擊的如雷炮聲，四面八方不停地射向料羅灣。到了傍晚、天色漸黑，鄭軍已幾無反手之力，我們以為他們的陣地都早已被夷平了。忽然間，幾百艘烈火炎炎的小船從島的東邊冒了出來，藉著風力急速衝向紅毛艦隊，火船與戰艦撞擊的聲音，震耳欲聾。沒多久紅毛船全數著火，鄭家水兵隨即躍入船上做肉搏戰。最後紅毛船裡三艘被焚毀，一艘被擄，剩下的四艘則抱頭鼠竄。」施郎回想十多年前那次海戰時，眼睛發亮，整個臉都激動得紅了起來，繼續說：「從那一天起，您的父親就一直是我心目中的英雄。他天生異稟，腦子轉得比任何人都快；這二十年來不知多少次眼看著就要死無葬身之地了，他卻總是能扭轉劣勢，轉敗為勝。我知道您忠孝難全、處境兩難。我跟您不同，那不通人情世故的隆武皇帝於我沒有任何知遇之恩。我要押寶的話，一定會押在您尊大人身上，他才是值得我效忠的對象。或者其實可以說，我要效忠的是海，是靠海為生的人。」

「你覺得滿洲人會對靠海為生的人比較好嗎？」我問他。施郎的臉暗了下來，說：「我不知道，我想太師也還不知道，他還在試探、觀察；不過我相信他早晚會找到最好的答案。」施郎長得一點都不像南方的漢人：他大概有六尺一寸高，全身都是壯實的肌肉，看起來有點粗重，可是動作迅速敏捷。據說他可以舉起五百斤重的銅鼎，繞行廟前的廣場十圈，臉不紅氣不喘。他鼻梁高挺、眼眶深陷、滿臉于思，樣子有點像衛神父。有一天晚上我問他，為什麼他的身材和臉型跟其他的漢人那麼不一樣。他想了一下，說：「我們家族裡有一個傳說，說我們的祖先來自波斯的一個大海港，名字好像叫做何姆斯。他們做進出口生意，從那裡運珍珠到泉州來，再從泉州把瓷器載回去賣。我的祖父還是回教徒呢！小時候他常帶我去泉州的清真寺禮拜，但是那清真寺後來被拆毀了，家裡僅存的一本天方文古蘭經不知道什麼時候也不見了；但是我們還是保持了一些傳下來的習慣，比方說我媽媽就從來不吃豬肉。」

5

可笑亦復可悲的是，仙霞關的失守，並不是清軍的功勞，而是從北邊敗逃下來的魯王殘軍造成的。那時已是八月初，我們正從延平押送幾百斤的米糧運往前線，在半路上忽然被這些蜂擁而至的「友軍」擋住了，動彈不得。他們爭先搶後、只顧逃命，槍械輜重散滿一地。

到了浦城外，我們終於遇到了一隊紀律嚴明、從容不迫地撤離前線的明軍，帶頭的原來就正是施郎。從施郎口中，我們才知道，南京前首輔馬世英及兵部尚書阮大鋮在杭州失守後，一路南逃，沿途燒殺劫掠，所過之處，滿目瘡痍。施郎和他的叔叔施福拒絕讓這些敗軍殘將入關，不過他們卻決定對楊龍友網開一面。這楊龍友在南京時以善畫花卉聞名，因是馬世英的妹夫，當時被我們認為就只是一個頹廢的文人，馬、阮的狐群狗黨。但是他在弘光朝覆滅後卻在蘇州起義抗清、轉戰四處、幹得轟轟烈烈，連施郎和施福也都聽聞他的大名。因為敬重他的英勇，施福就同意讓他進關。與他同行的還有孫克咸——方以智的妹夫——及其情人葛嫩娘。孫克咸讀書不行，卻喜歡使槍用刀，十八樣武藝，樣樣俱全。葛嫩娘則是另外一位豔名四播的秦淮名妓，也是柳夫人的手帕交。據說當年孫克咸因為國事多艱，心情鬱悶，被朋友強拉去葛嫩娘的香閨散心，沒想到他倆一見鍾情，孫克咸消失在她房裡整整一個月不見蹤影。他為她贖身後兩人就一直形影不離，傳為佳話。雖然這一整年葛嫩娘一直跟著孫克咸東奔西跑、戎馬倥傯，她還是美若天仙，施郎說。

不幸的是，第二天清晨雲霧籠罩，當他們打開城門讓楊、孫的部隊進關的時候，滿清騎兵不知道從什麼地方冒了出來，也跟著直衝入關。明軍部隊登時大亂，各自逃命。清軍就這樣輕易地奪取了仙霞關。

施郎的任務是保存實力，避免與清軍正面衝突，所以他下令撤退，但是楊龍友和孫克咸不願意再繼續躲避。看著他那些爭相逃命的雜牌軍，孫心灰意懶地跟施郎說：「我受夠了，今天就是我解脫的日子了。」這時葛嫩娘已被一名清將所執，孫克咸往前殺去，狂呼：「我孫某人今天要登仙了！」就在那一刻，朝陽衝破了晨霧，金亮溫暖的陽光毫不吝惜地灑在他們噴灑鮮血的身上，也使得四圍的群山看來更加鮮綠了。

後來我們還聽說那些清兵是阮大鋮引領進來的，他們還繪聲繪影地說，阮大鋮一馬當先，翻山越嶺，一路誇耀他六十歲的身體如何比二十歲的年輕人還健壯。到了爬登最後一個陡坡的時候，他竟然還跳下馬來，徒步前行，正在洋洋得意的時候，忽然一聲倒下，登時氣絕，死得還真是瀟灑。

施郎給福仔這樣的臨別贈言：「很多人不瞭解太師既然跟隆武不和，為什麼還放任你去跟隨隆武，不與他站在同一陣線。我有我的理論。我想他要在兩方面都押上賭注，所以不管哪一邊占上風，鄭家的海上帝國都可已繼續存在、發展。如果是這樣的話，他對你實在非常有信心，相信即使隆武倒了，你也不會被拖垮。」福仔換了話題，追問那美若天仙的葛嫩娘是怎麼死的。施郎說，捉到她的那個清將告訴她，如果她肯跟他，他就放孫克咸一條活路。葛嫩娘當場從懷裡掏出一把日本懷劍，刺向心窩，她的鮮血，噴灑了清將一頭一臉。

6

最後一次見到隆武的時候，他正在打包行李，準備出發，執行那延宕已久的「西征」計劃。那天他興致勃勃地說：「再過幾天，我們就要離開福建，越過武夷山，去與湖廣的明軍會合。然後我們很快就會到達長江！」他浪費了好幾天寶貴的時間收拾東西，萬分割捨不得地才留下了三分之二的藏書，但是他非得要帶走的，還是裝滿了整整十輛牛車。福仔和我都很為他擔心，從延平往西北去的山路陡峭難行，有一段據說還有幾百個階梯，這些滿載的牛車到底要怎麼爬上去，我們無法瞭解。

隆武不准我們隨行；臨別的前一天晚上，他把我們叫到一旁，坦誠地對福仔說：「你是整個朝廷裡對我最忠心的人，你為我做的種種，比一個親生兒子還要多，但是你現在跟我在一起，對於我沒有特別的好處。誰知道我走得成走不成呢？但是我們就樂觀地想吧！我到了那裡後，下一步是什麼呢？下一步就要靠你了。當我領著湖廣的部隊從上游衝下來的時候，如果鄭家的水師能夠從海上攻入長江，兩面夾擊，奪取南京不就易如反掌嗎？你父親那麼冰雪聰明的人，想必不會輕易就中了滿清的圈套，但是如果有你在他身邊，那就更保險了，所以你留在福建對我才最有幫助。」隆武的聲音哽咽了一下，但是他隨即發出一陣陣的大笑，殷勤地勸起酒來。

7

半個月後，我們在福州得知隆武被弒的消息。那天悶熱的秋老虎肆虐，我們都躲在後院池塘邊的涼亭裡，等待海邊吹來的涼風。鄭太師繼續在那裡默默沉思；這兩個星期來，他與鴻逵叔幾乎沒日沒夜地討論著大明皇朝的未來，鄭氏海上王朝的未來。清軍眼看著就要到福州了，我們要在這裡與他們決一死戰嗎？還是先回到安海的老巢，靜觀其變？除此之外，還有什麼別的選擇？「我們也可以回去重操舊業，再做海盜。」鄭太師半開玩笑地說。我忽然注意到他依然英俊的臉已經開始有了一點細細的皺紋；他也開始老了，我心裡想。

這時一位揮汗似雨、氣喘如牛的軍士跑了進來。他身上穿的是原本華麗，但已經十分破爛了的錦衣衛的制服。從他的報告裡，我們終於知道，隆武和他那一路人數越來越少的隨從，真的差一點就翻越了武夷山。他們那時已經到達汀州——一個深山叢林裡的客家小鎮——只要再幾個小時的路程之後，就可以進入江西，也許在那裡就真的能遇到忠明的部隊。不幸的是，接連好幾天的陰雨之後，那天居然放晴。曾后堅持把握這個機會，把龍袍曬乾；隆武也放心不下他那十車子的書，擔心它們到底有沒有被弄濕，是不是也需要曬一曬。他們在那裡逗留了一整天，第二天正準備出發時，一小隊由降將李成棟帶領的騎兵掩襲而至，把他們團團圍住，一時箭如雨下，沒有被箭射中的，也馬上就被奔馳的馬匹踩踏得血肉模糊了。等到這一場屠殺結束後，人們已經分不清哪個是皇帝，哪個是皇后了，就把屍首全都堆在一起，一把火燒得乾乾淨淨。

我們聽得啞口無言，在那難堪的沉默裡，我發覺涼亭外、水池旁、整個庭園裡，到處都是菊花，高高低低、大大小小、各色各樣的菊花，在陽光下竟是那麼地鮮麗耀眼。我忽然想到，沒錯，今天就正是重陽節。這一天我們本來應該要做的是登高望遠、觀賞花卉、訪友聊天、閒話家常，這不應該是個悲哀的日子。

之後的十天我們非常地忙碌，忙著收拾財物細軟、清點軍械火炮。十九號那天起錨的時候，我們在船上已經可以遠遠地看到疾馳而來的滿洲快騎。就在他們進入洞開著的福州城門的那一刻，一連串震耳欲聾的爆炸聲此起彼落，把他們都震下了馬。站在急速離去的戰船船尾，福仔的父親喃喃說著：「這就算是我們送給滿人的見面禮吧！他們應該會體會到，既然我們可以一揮手就用掉那麼多的炸藥，留著準備用來伺侯他們的，還少得了嗎！」

如果我那時候對這人世還有什麼天真的想法的話，那一陣爆炸一定都已把它們洗刷得一乾二淨。眼看著這熱烘烘的爆炸場面，我只覺得冷，透骨的冷。

8

其後兩個月，我們在安海過著平淡無奇的生活，平靜得出奇、平靜得令人不安。我們有的是時間，讓福仔去陪他媽媽，讓我陪我的父親。父親終於比較肯跟我講他童年的點點滴滴。他記憶裡的故鄉米德爾堡，對我來說實在是個光怪陸離的世界。海港繁忙髒亂，喝醉酒的水手來自五湖四海：瑞典人、愛爾蘭人、摩爾人、非洲人、馬來人……；城裡狹窄的街道彎彎曲曲，三層樓高的連排樓房綿延不斷；就是在難得的大晴天，整條路也是陰陰暗暗的；樓上人家垃圾糞便往街上倒是理所當然的事，所以大家出門必然要穿長筒靴；魚店的腥臭滿天瀰漫；漂亮少女穿著破爛的衣服沿路賣花。但是當春天來時，運河兩旁開滿了的鬱金香，說多美麗就有多美麗。我那時還沒有見識過鬱金香，根本無法瞭解他為什麼對這種花那麼情有獨鍾。

沒有急診的夜晚，他大半與葛雷果理在一起，慢慢地啜飲日本清酒，直到深夜。有時父親會拿出他那笨重巨大的荷蘭木屐，跳起他的荷蘭傳統舞。葛雷果理往往也跟著起舞，他混雜著能劇色彩的舞步，讓人看得啼笑皆非。

田川太夫人也常常請大家去吃飯，這當然不再是懷石料理，但是簡單的家常便飯也總都是那麼地可口。我終於瞭解福仔為什麼那麼懷念她母親的味噌湯：就那麼幾片豆腐，一點蔥花，一喝下肚，全身都暖和起來。如果再加上熱騰騰的米飯，或剛烤好的飯糰，肚子很快地也就飽了。這樣簡單的餐點，到現在想起來，還是會直流口水。

9

該來的終於還是來了，十一月中的某一天，鄭太師請大家到他的大書房開會。鴻逵叔、三叔芝豹、芝莞堂叔、鄭泰兄、鄭彩鄭聯堂兄都到了。鄭太師說：「大家都知道，泉、漳俱已淪陷，滿軍就在安海三十里外。我們目前只有兩個選擇：戰或和。我們不是不能戰，但是那會是長期作戰；安海、金廈、整個東南沿海，都會滿目瘡痍、民不聊生，我們的海洋貿易，也會大受影響。和呢，就是投降；但是我們要的是有條件的投降。他們開出的條件倒還蠻不錯，說是讓我做閩粵總督。有了福建和廣東這兩個省分做腹地，我們的海洋事業就會更穩固，說不定可以完全制伏紅毛人，真正成為東亞的海上霸主。」鄭太師說完後，大家沉默了好一陣子，最後鄭彩終於首先發言：「如果真是這樣，那就太好了，但是我們信得過滿洲人嗎？」大家都屏住了氣等著太師的答覆。他沉默了好一陣子，才終於說：「誰知道呢！但是他們真的很會善待投降的人，許多降臣，不論是武是文，都很受重用，我們的同鄉洪承疇就是個現成的好例子。這大清皇朝的皇帝——順治——只有八歲，掌握實權的『皇叔父』攝政王多爾袞，聽說是個非常聰明又很講實際的人。謠言還說他與皇太后，也就是順治的母親——他自己的親嫂嫂——有染。這應該很有可能，夫兄弟婚、甚至於接收亡父遺孀，原就是滿洲人、蒙古人的習俗。這年紀輕輕的皇太后是個來自蒙古的公主，據說比多爾袞還要聰明能幹，心胸又開放，以湯若望為師，對通洋的重要性必然很有瞭解。不過不論如何，我相信這些人一定比那些頑固短視的明朝皇帝優秀許多，也許也比較不會被那些眼光如豆的學者文臣所左右。」當他說到那道聽塗說的清宮醜聞時，他嚴肅的臉暫時放鬆了下來，綻出了一絲嘲訕的笑容。

芝豹和芝莞接著說：「他們會遵守承諾嗎？我們這些靠海為生的人奮鬥了幾十年，才讓一些明朝官員瞭解他們需要我們、倚靠我們，不能閉關自守。滿洲人來自更內陸的地方，更不懂海、更害怕海，他們不會對我們忌諱更深嗎？」如是又反覆討論了一陣子後，太師最後才做了這樣的總結：「沒錯，這絕對是個冒險、是一場豪賭。但是如果成功的話，我們就成了這新興的大清帝國與海外諸國來往的管道，也就等於是帝國對外貿易的總代理。這樣一來，我們不只保存了我們的實力，還可以影響整個帝國的走向。我們的子弟，從福仔開始，可以在科舉、官場上大展鴻圖，從那裡去主導帝國的海洋政策。這不是一個皆大歡喜的圓滿結局嗎？」

10

晚飯還是在太夫人那裡，飯後父親和葛雷果理照例又跳起他們各自的民族舞蹈，太夫人一時興起，也表演了一場日本最近才開始流行的扇舞。細碎的的步伐加上手臂千變萬化的動作，令人嘆為觀止。那天深夜，我們剛回到房間，正要開始準備整理次晨與太師北上福州拜見博洛貝勒所需的行李時，卻被鴻逵叔派來的人找去他的船上講話。沒想到和他正在寒暄的時候，船已起錨，正在快速航向金門。「我們去金門做什麼？」福仔問。鴻逵叔說：「對不起又擺了你一道，但是我認為福仔你不應該跟我大哥去福州。他天生是個賭徒，這次他玩的更是天大的豪賭。誰知道呢？也許命運之神又會再一次照顧他，但是他沒有需要把你也賭進去，你還是跟我留在這裡比較安全，至少現在看來是這樣。」「但是父親不會生氣嗎？」福仔問。鴻逵叔說不用擔心，他已去信說明原委。「他又能怎樣？他頂多也只能生我的氣罷了，我們還是小心為上，等到事情比較明朗的時候再說。如果一切順利，你再過去也不遲。但是如果……」說到這裡，鴻逵叔的臉色黯淡了下來，同時福仔的身體也僵硬了一下，好像還有一點開始要發抖的樣子。但是他隨即深深地吸了一口氣，勉強把這個反應壓制了下來。面對無可如何的事情，他也只有一聲長嘆，盡力去接受了。我們就這樣來到了鴻逵叔在太武山腳下的總部，從那裡不過幾里路就是料羅灣，當年鄭氏兄弟打敗荷蘭人的地方。

11

又過了五天之後的傍晚，當我們用完晚餐，正準備要開一瓶剛從澳門運到的馬德拉酒的時候，一位跟著太師北上的侍衛慌慌張張地衝進鴻逵叔的總部，邊喘著氣邊說，太師被綁架了。鴻逵叔大吃一驚，連忙追問：「怎麼被綁架的呢？」這位衛士看來是位從非洲來的，帶著濃重的口音，閩南語和葡萄牙話都不怎麼流利，我們聽了好久才終於對整件事的來龍去脈有個大概的瞭解。他說太師和他的五百名衛士一到福州就受到熱烈的歡迎，酒宴一席又一席，連續吃了三天三夜。到了最後一晚，這位半醉的武士尿急離席，正在小解的時候聽到一陣嘈雜的腳步聲，發現大隊滿兵正衝入宴會場所，一下子就制伏了所有鄭家的衛士。看到這個場景，迷糊了幾秒鐘的太師隨即會過意來，臉上堆出了團團的笑意，而他身邊的博洛貝勒也同樣是一臉和氣的笑容。小他十歲的博洛，同樣地英俊、同樣地從容；兩個身經百戰的戰士，就那麼地對望著，好像是多年的好朋友。最後太師終於說：「我看出您的誠意了，我能奉陪，榮幸之至。不過我需要讓您知道，我們留在閩南的後輩，有不少是粗魯衝動之徒，他們帶著十幾萬殺人不眨眼的人在海上來來去去，沒有我節制，恐怕會出問題。」貝勒說：「不用擔心，出了事與您無關。」然後他們就像兩個多年的老友結伴出遊一樣，拔營北行去了。

「為什麼我好像又再做了一次被父親遺棄的孤兒？隆武皇帝走了，現在父親又走了。為什麼！為什麼！」福仔的聲音裡滿是悲哀：「不過這不也就是他所要的嗎？他原來就是要兩邊都押寶，現在重要的是我們這邊要保存、展現實力。我們越強，他在那裡就越有討價還價的餘地。但是，叔叔，他現在一不在，這裡群龍無首，如果沒有人出來領導，恐怕大家會做鳥獸散，又變成一小股一小股的海盜。」

鴻逵叔想了一下，說：「大哥不在，論輩分最大的就是你的芝豹叔，但是他沒有做為領袖的魅力，恐怕不能服眾。我的精力已大不如前，也擔當不起來。」鴻逵叔深深地看著福仔，有點疼惜、有點哀傷：「也許只有你最合適，沒錯，就只有你了。除了你，沒有人接得了你父親的位子。你是他的長子，理當繼承他的事業；更何況你又有國姓爺、忠孝伯、招討大將軍這麼多響亮的招牌！」

12

又過了沒幾天，我們就都成了完完全全的孤兒了！清軍在太師出發北上前，原已保證他們絕對不會攻打安海，因為我們已經不再敵對、不是敵人了，所以福仔就一直安心地留在金門，與鴻逵叔繼續討論、思考沒有皇帝、沒有太師的我們，到底何去何從。我們繞著金門島巡行，視察營區、船艦，鼓舞士氣。安海出大事的前一晚，我們正好來到馬山，金門島東北角最靠近對岸的一個小漁村，當晚就睡在村民們在祠堂裡臨時為我們搭好的稻草床上。到了天快亮的時候，幾個村子裡的漁夫忽然衝進祠堂來，把我們叫醒。那天他們一如往常，半夜出海打漁；半個小時前正準備回港時，竟看到對岸的安海火焰沖天。過不了多久，許多艘戰艦從安海港飛馳而出，從船上的水手口中，他們聽說安海竟被清軍突襲了。

福仔和我急忙衝向漁港，借了一艘漁船划向安海，上了岸卻聽不到一點聲音，一切安靜得出奇。樓房亭宇已被燒得只剩下一些斷垣殘壁，久久之後我們才終於找到幾個躲藏起來的士兵。他們早已被嚇得魂不守舍、語無倫次，不過看來沒有人預料到清軍竟會來偷襲。

「芝豹叔在哪裡？」福仔問。沒有人看到他，不過聽說他一知道清兵來襲，馬上就帶著他的金銀財寶，奪船出逃。其他的人呢？聽起來似乎也都跟著芝豹叔逃上船去了。

我衝往父親的醫院，整個心幾乎都要跳出胸腔來了。「至高的神啊！天主啊！請保佑他，讓他活下來，請不要帶走他！」醫院大門已被敲破，前庭一片狼藉。我飛也似地衝過他的診所，進到屋後的小花園。在那大松樹下，有兩個人靠坐在樹幹邊；一位穿著道明會會士的僧裝，另一位則有一頭紅白夾雜的頭髮，和一部火紅色的長鬚。他們看起來都那麼安詳、自在。可是他們的衣服，卻一點一點地被染紅了。

我不知道我跪在那裡多久，等到我終於能再站起來的時候，早已日上三竿了。陽光從松樹的枝幹針葉間揮灑下來，散落在草地上、小徑上、石桌石椅上；光與影在四處跳躍、飛舞。我的全身透骨地冷、我抖個不停、我的眼睛完全迷濛了……但是那真是一個多麼寧靜、明亮的早晨啊！

當我終於在一個小池塘的旁邊找到福仔時，他蹲伏在那裡，整個身體抖動個不停。穿著正式的黑色「留袖」和服的田川太夫人整個身體浮在水面上。她的身邊飄著蘆葦、荷葉與荷花，血紅的水就在其間蔓延。我想她是用了她隨身攜帶的懷劍，維護了她做為一位武家之女的尊嚴。

我緩緩地走過去，把福仔抱在懷裡，慢慢地把他扶起來。我們默默地坐在水邊，呆呆地看著池水的波紋，在陽光下不停地閃閃發亮。那是農曆十一月的最後一天，即使在這無雪的南國，寒風還是凜冽，池塘旁卻長著一株盛開的臘梅，黃白色的小花隨風飄落，清香撲鼻。花瓣掉落在田川太夫人的和服上，竟把那素雅的衣服也點綴得華麗了起來。

第三章　碧海青天任遨遊

1

再下來的十年就像是一場夢，一轉眼就過去了。或許不是一場夢，而是無數的夢的組合，精采、刺激、有趣、美妙。但是更多的時候，夢裡生死一線、血流成河，恍如人間地獄。夢裡面對的是一次又一次的挫折、失敗、失望、無奈。但是不論再怎麼困頓、怎麼慘淡，福仔總是毅然決然地撐下去，不曾喪志、沒有退卻、一心一意往前走。回想起來，那些年我們之所以能夠活得那麼豐盛，完全是因為他的意志力、他的衝勁、他的專心一意、他的瘋狂、他的不可理喻。他是一團旺盛的火，燒遍了整個沿海的省分，所到之處，玉石俱焚。

我清楚記得福仔——國姓爺——事業真正開始的那一天。那又是一個寒風凜冽的冬日，我們在安海剛埋葬了田川太夫人、葛雷果理和我父親。我們一群人大約三十人左右，聚集在鄭氏城堡剛修復的廳堂裡。我不記得我那時候是什麼樣的感覺，但是我猜想我一定很茫然，完全失落、麻木不仁，不知何去何從，房間裡其他的人應該也是一樣。這些人年紀與福仔的父親不相上下，都已是沙場老將。他們不願再回頭去做海盜，去打家劫舍、掠奪商船；在荷蘭人、西班牙人、葡萄牙人的巨無霸戰船之間東躲西藏；去和那些貪官汙吏同流合汙，冒險走私；但是他們更不情願去向北方來的野蠻人俯首稱臣。

福仔忽然不聲不響地離開了房間，許久不回。當我好不容易終於在庭院盡頭的一個小房子找到他時，他正默默地瞪著一幅白色的大布條。那布條足足有五尺寬，十尺長，上面寫著四個鮮紅的大字：「殺父報國」。他就站在那布條前，紋風不動、臉色蒼白、直冒冷汗。從窗外滲進來的陽光，照映在他腳下一灘鮮紅色的血水上！仔細一看，我終於發現，這血水原來來自他的右食指；那傷口顯然很深，一滴一滴的血水還繼續從那裡往下滴。我趕緊撕下上衣的一角，把它包了起來，扶著他就近在一張躺椅上躺下。

福仔的叔叔、堂兄們一個個進來，看到那幅布條，馬上會意，靜靜地走開。又過了一會兒，鄭泰兄捧著一碗熱湯進來，輕聲地說：「福仔，這是人參雞湯，補身益氣。」

那四個「血書」慢慢乾了，血水凝結後轉為暗紅，不過布條的意思還是明明白白。福仔認定殺了他母親的凶手，就正是他的父親，所以從那一刻起，鄭太師，尼古拉斯‧一官，就是他的頭號仇人。福仔用這幅旗幟向父親宣戰，也向滿清宣戰；而這無疑會是一場不是你死就是我活的生死搏鬥。它給了我們一個明確的目標：報仇！千方百計，想盡辦法去報仇！

鴻逵叔又進到屋子裡來，看到福仔情況似乎穩定，放心了許多。他瞪著那布條看了許久，微微地搖著頭，最後輕悄悄地，幾乎不著痕跡地將它摺了起來，放到一邊，然後再走過來，把那一雙歷經滄桑的、粗糙的手放在福仔肩膀上，低聲地說：「可憐的孩子，可憐的孩子。」

2

那就是國姓爺時代的開始：我們迅速成長、茁壯，從三十人到三百人，從三百人到三千人；每一個人都出類拔萃、勇敢無懼、忠貞不移。他們不願薙髮，不願綁豬尾巴，不願做假滿人。當然最初的時候並不是所有鄭家的將領都來跟隨福仔：芝豹叔、芝莞叔重返安海，一副從來不曾棄城而逃的樣子，繼續做他們的海上貿易，過他們那醉生夢死的生活；鄭彩一聽到太師被擄的消息，就讓他的弟弟鄭聯留守廈門，用來監視據有金門的鴻逵叔，自己率眾北上，去舟山把落魄的魯王迎接過來，準備要學太師的做法，挾天子以令諸侯。

我們無錢無地，沒有海港，沒有倉庫，有的就只是幾艘破船。但是我們有的是人，本事高強的人：經驗老到的水手、身經百戰的老將、生死置之度外的勇者，我們又還有一群學養俱佳、聲名遠播的宿儒。他們依附福仔，起初也許只是因為別無選擇；但是他們很快就變成他忠誠的支持者，因為他給他們帶來方向、目的，讓他們覺得「吾道不孤」，眾志成城，世事仍有可為。幾十年後，住在米德爾堡的我每每聽到亞瑟王與圓桌武士的故事時，就會聯想到當年的福仔，當年我們這一群人。那個時候福仔還沒有被人當成神，我們都還是他的同僚、他的軍師，與他平起平坐、同甘共苦。我們還沒有什麼明確的階級、組織，大家都是一家人，同心協力去追尋我們的「聖杯」。但是我們的聖杯是什麼樣子？也許就如亞瑟王與圓桌武士的傳奇，聖杯無以名狀、難以形容。也許聖杯之所以珍貴，就正是因為沒有人知道它是什麼樣子。

血書被收起來之後，就沒有人再看過它。福仔手指的傷口癒合了，他對父親的仇恨同時也就被埋在心底深處。但是多年後福仔過世之時，我們在整理他的遺物時，卻赫然發現，那布條一直都在那裡，和他母親的髮簪、腰帶，以及一大袋她寫給他的信放在一起。那蒼勁有力的四個大字，「殺父報國」，簡潔地訴說他那根深柢固的仇恨與絕望；那仇恨與絕望，一直都留在那裡，留在他心底的最深處，終其一生，他不曾一時或忘。

取代那面血旗、公開伴隨他一生的，是那堂堂皇皇的「大明忠孝伯招討大將軍罪臣國姓」。用這個招牌、這面旗子，他無時無刻不在強調，他是隆武皇帝收養過繼的兒子，事實上也是那大行皇帝唯一的兒子。他姓朱，不再姓鄭；鄭氏王朝屬於他，他不屬於鄭氏王朝。「國姓爺」這個招牌太有用了，他用這個招牌壓伏他的叔叔們、堂兄們，也用它來號召忠明的遺老、義士。但是它不止是一個招牌而已，福仔打心底相信，比起他那叱吒風雲的父親來，隆武才更像是他的父親。隆武是他心目中唯一的「明主」，他就是這「明主」的唯一傳人。

3

儘管如此，我們還只是鄭氏諸多勢力裡無足輕重的一個小蘿蔔頭。很多時候，我們需要與鴻逵叔配合，或甚至再加上彩、聯兩兄的助力，才有可能去突襲一些清軍防備較差的村落城鎮，強徵賦稅、索取「捐獻」、搶奪財物、搜刮糧米。「我們不拿，就會被清軍拿走」，我們自己對自己這麼說。從這些地方，很多年輕人紛紛加入我們的行列，因為他們實在也沒有什麼別的地方可以去了：不是我們，就是山匪海賊，或去做清軍的炮灰。彩、聯堂哥們有錢有勢，但是他們不能像福仔這樣給人一個清楚的使命感，覺得他們是在為大行皇帝的義子賣命，獻身於反清復明的大業。

國姓爺這個招牌對地方士紳及青年學子的號召力更大；他們為他的忠義所感動，又欣賞他的學問文采。在鴻逵叔的贊助下，我們在太武山腳下一處環境清幽的地方設立了一個學堂。這地方三面環山，十分隱祕，四圍都是枝葉繁茂的樟樹、榕樹，不用顧慮閒雜人等的出入；許多故朝遺老、碩學大儒，聚集於此。我常常陪著福仔及幾位喜歡舞文弄墨的將領前往拜訪，從繁忙的軍旅生涯中偷得浮生半日閒，在那裡沉思、籌劃、研討、辯論。

我清楚記得，福仔的基本戰略原則，就是在這樣的一個場合裡浮現的。那是一個夏天的夜晚，吃完晚飯之後，我們一群人在庭院裡，圍著一張大石桌，坐下來乘涼。那是個有趣的組合：除了我們倆及鄭泰兄、洪旭叔之外，還有幾位四十多歲的學者和五、六十歲的退休朝官，再加上一個不到十四歲的小孩。這個名字叫做陳永華的小孩，後來在鄭氏王朝裡扮演了一個非常重要的腳色。

那晚我們還有一位遠客，名叫徐孚遠。他剛來自上海和舟山，在此稍作停留，探訪好友之後，就要前往桂林，去尋訪據說在那裡剛就位不久的新皇帝。這一整年，自從隆武皇帝蒙塵後，他一直在努力扶持魯王，可是現在他對那個政權也已經完全絕望了。剛開始的時候，因為有鄭彩的水師在後面支持，他們打了好幾場漂亮的勝仗，一度還幾乎攻占福州。但是政權內各派人馬的鬥爭越演越烈：將領各霸地盤，互不相讓；來自不同省分的士兵，語言不通，常起糾紛；文官裡幾十年的黨同伐異，持續延燒。心高氣傲的鄭彩堂哥，越來越煩躁；他尤其痛恨那些囉哩囉嗦的文官，恨不得一口氣把他們都殺光。「血洗宮廷，大概是早晚的事了。」徐孚遠說。

「桂林這位新皇帝是個什麼樣的人？」曾任首輔的路振飛說：「不過不管他是誰，有瞿式耜在那裡，事情或許還大有可為。」路振飛與瞿式耜同是錢大師的學生，兩個人交情深厚。「如果他還在的話，」另外一位前首輔王忠孝說：「瞿先生一定會盡力以赴。他們家與耶穌會的關係又那麼深，他應該可以很容易就得到在澳門的葡萄牙人的幫助。不過瞿先生從前的許多敵人，現在恐怕也會紛紛前去投奔。許多惡名昭彰的宦官，早晚也會一個個出現，黨爭難免。更何況廣西的將領各據山頭、互不相讓，這些部隊有些是李自成的殘部，有些以前屬於張獻忠，其他的則是從前忙著圍剿這兩股流寇的明軍；現在忽然要他們盡棄前嫌、合作無間，恐怕實在是強人所難。」曾櫻，另外一位德高望重的前首輔，接著說：「也不見得所有的宦官都不好，龐天壽就是個好例子，心胸開闊，為人誠懇。他也是一位虔誠的天主教徒，與耶穌會也很有淵源……」講到黨爭及宦官之禍，大家都意興闌珊，沉默了起來。

忽然間，一個年輕的聲音打破了那有一點沉悶的氛圍：「那我們何不就儘量和那些太監、官吏、軍閥保持距離？不管這位新皇帝是誰，反正他和他那個新朝廷都遠在天邊，要找我們麻煩也不那麼容易。人家說天高皇帝遠，好像也蠻有道理的呢！這樣的話，我們一方面有一個朝廷可以名正言順地去效忠，同時又不必擔心被這個朝廷的人干涉，不是兩全其美嗎？」

我們回過頭來看這語出驚人的人是誰，才發現就正是那站在曾櫻老先生背後的陳永華。曾老好像也吃了一驚，忙說：「童言無忌！童言無忌！」但是想了一下，又繼續說：「不過他說得倒也不錯，我們的確需要努力躲開宮廷裡的那些糾紛。」

徐孚遠接著說：「為了達成這樣的目標，我們需要有一個團結的鄭家軍隊，這就需要國姓爺您打著皇帝的旗號才做得到。大木兄，森舍，您的鴻逵叔應該會鼎力相助，您目前的首要之務是想辦法去收編鄭彩和鄭聯的部隊，」他頓了一下，又說：「鄭彩在魯王那裡，我看不久就會出問題。他與魯王身邊的那些文臣積怨已深，無可挽回的衝突隨時就要爆發。我不知道這情況會怎麼演變，可是危機常常就是轉機，到時候您可要把握住機會！」

4

徐孚遠也帶來了一些悲哀的消息：錢大師不但又被捕了，而且隨即被解送到北京城去候審；差不多就在同樣的時候，徐孚遠的生死至交陳子龍——柳夫人婚前的戀人，那個才思敏捷、博學多聞的大詩人，活力充沛、摩頂放踵、氣概萬千的奇男子——壯烈成仁了。這些都是怎麼發生的呢？徐孚遠說，自從南京淪陷後，就一直有一波又一波的祕密圖謀起義事件。這些起義的首謀，多是錢大師的學生或朋友。為了支持他們，柳夫人變賣了不少值錢的首飾，錢大師南歸後他們又賣掉了好幾套價值連城的宋版古書，因此更加遭到了當局的懷疑。

陳子龍的罪狀更為明確。他多次起義，屢敗屢起，後來終於成功策反松江提督吳勝兆，並聯絡魯王在舟山的水師，約定好了日期在上海會師。但是當吳勝兆聽聞錢謙益被捕時，誤以為陰謀已然暴露，遂提前起事。部分舟山水師聞訊，不顧天候惡劣，渡海往援，結果大部分的援軍不是沉沒海中就是在沙灘上被殲滅。陳子龍東躲西藏，幾星期後終於被捕，解送南京，在半路上趁隙跳水自沉，了結他那多彩多姿的悲劇人生。

徐孚遠當時就在往援的舟山水師裡，他怎樣保住了他的生命？說到這裡，他微微地笑了起來，指著他身邊英俊年輕的衛士，說：「就是這位戴姑娘救了我。」我們當時都大惑不解，經他一番大費唇舌的解釋，才終於恍然大悟：原來這位衛士，就是他女扮男裝、武功高強的新婚夫人；正是她把他從沙灘上拉出來，用一艘小漁船載回舟山，救了他一條命。

徐孚遠滿心悼念著他死去的摯友陳子龍，無暇顧及其他，根本不知道錢府的現況。戴夫人倒是比較清楚，她說錢大師被捕時，柳夫人獨排眾議，堅持跟隨上京，以便一路照料打點。素音跟著柳夫人，目前也正在北上的路上。面對她們的，是兩千里路的冰天雪地，她們怎麼承受得起？我不願意去想，也不敢去想。

5

一六四七年的秋天，我跟著徐孚遠去尋找我們的新天子、新皇帝。那時候，介於我們與桂林之間的廣東省，已經全都在滿清的控制之下；但是不同系統的降清部隊，仍然各據山頭，抗清義師屢仆屢起，再加上山賊海寇四處出沒，整個嶺南還是烽火連天，陸路根本行不通，所以我們只有由海路經過「大越國」一途。由閩南到越南，最方便的路程是先到福爾摩沙，從那裡搭乘荷蘭或鄭家的海船橫跨南海，然後沿著占婆海岸北行，直到越人稱為「東京」的紅河三角洲。從那裡再走五天的山路，到達廣西邊界，就可以乘船順流直抵桂林。

因為順風，我們一大早從安海出發，下午就到了西人稱為漁翁島的澎湖。從那裡我們已經隱約可以看到福爾摩沙的山巒，漂浮於雲霧之間。島的岸邊是一個連接一個的沙洲，四處布滿了捕魚用的石滬，離岸稍遠處又有無數來來回回的漁船。我們沿著沙洲向南數里，忽然間一座巨大的城堡就出現在眼前。通過了沙洲與城堡間狹長的水道之後，船就進入了廣袤的台江內海。熱蘭遮堡占地廣闊，外城有七、八人高，內城又高出外城十幾尺，全部用結實的紅磚蓋成。城牆的四個角落各有巨大的「稜堡」伸展出來，每片城牆中間又有「半圓堡」，上架多門大炮及臼炮，隨時可以把企圖強闖進來的敵船打得粉碎。但是領航員說，我們真正要擔心的，倒不是看得見的槍炮，而是埋在水面下的東西。以前不知哪一位長官，為了確保熱蘭遮城的安全，炸沉了幾艘船，遺骸留在水道下，之後流沙又往上堆積，形狀及位置隨時在改變，不是內行的人根本不知道這些障礙物在哪裡，撞上了只得等待拖船來解救，任憑他們敲詐。

好不容易終於平安無事通過水道，我們的船就停靠在城堡外熱蘭遮鎮的碼頭。那是個很熱鬧的碼頭，許多小船在那裡進進出出，往返於熱蘭遮城與普羅民遮鎮之間。那個與熱蘭遮堡隔著內海對望的普羅民遮鎮現在已成了全福爾摩沙的行政中心，同樣地十分繁華。

站在碼頭迎接我們的是一位三十多歲、有點發福的男人，服飾考究、滿臉堆著和氣的笑容。「我是阿斌，」他上前來自我介紹：「聽說您們要搭船取道越南去覲見新登基的皇上，我父親特地叫我來迎接。下一班開往東京的船可能還要等一個多月才會出發，我們很榮幸能有機會招待各位。」

這位自稱為阿斌的人，就是斌官——何斌。他的父親名叫何金定，是福爾摩沙十位漢人頭人中最有勢力的一位。這些頭人幾乎無事不包，不但是荷人的通事、替東印度公司收稅，也是民事糾紛的仲裁者。早年他們承包公司與福爾摩沙人之間的貿易買賣，最近又進一步承包了公司的各種稅收，諸如人頭稅、漁獵稅、稻作稅、宰豬稅等等。此外何家父子還開始經營海外貿易，起初只是在福爾摩沙與安海之間運送貨品，最近又進一步把航運拓展到了大越國的東京地區，事業蒸蒸日上。

那天晚上，斌官代表何金定，開了一場盛大的歡迎晚宴。受邀與會的包括其他頭人、幾位「罊首」，以及梅氏和倪但理，他的兩位荷蘭朋友。來福爾摩沙才六年的土地測量師梅氏，福佬話和新港語都已經講得十分流利；倪但理牧師則是幾個月前才到福爾摩沙，還在努力學習語言、文化。這兩人的長相、背景，說多不同就有多不同：倪但理五短身材，恐怕連五尺都不到，比一般漢人還要矮，但是他生性活潑外向，即便語言不通，也還是很快就跟人打成一片；高挑瘠瘦，足足有六尺四寸的梅氏，則內向拘謹、不善言詞，直到酒過三巡之後，話才漸漸多了起來。他們這一高一矮，站在一起有如七爺八爺，行事作風也南轅北轍，但是對福爾摩沙的看法卻相當一致。根據他們的觀察，東印度公司是越來越官僚了：公司員工，上自長官、評議員，下至一般士兵，都存著過客的心態，只希望在他們駐留的短短幾年內，好好地撈它一大筆，回歐洲去過富裕安閒的日子；傳教士也不免有這樣的傾向，貪婪、勢利眼、對「非我族類」充滿歧視。「這樣的傳教士根本沒有資格做基督徒！他們對基督教的真髓與奧妙毫無瞭解！」倪但理說。他在蕭壠社已工作了幾個月，對於他必須兼做行政的工作非常不滿，一直在向長官要求免除附加在他身上的非神職事務，讓他可以專心傳教。他說：「我為什麼要兼做警察、檢察官、法官和稅吏呢？凱撒的歸凱撒，上帝的歸上帝，不是嗎？」梅氏同意：「我們為了壓榨漢人、福爾摩沙人，無所不用其極，稻田收割要繳稅、豬仔殺了要繳稅、打獵要繳稅、販賣鹿皮鹿肉又要繳稅。但是最糟糕的還數人頭稅，一頭牛能剝幾層皮啊！」

人頭稅是什麼？看到我們滿臉困惑的樣子，斌官說：「幾年前他們開始按丁抽稅；每個成年男子，不論窮富，每個月要繳半里爾的稅，一年下來，就是五兩多白花花的銀子。他們食髓知味，去年開始，竟連女人也要征稅！荷蘭的十七人董事會催促巴達維亞的總督增加盈利，巴達維亞的總督就把這壓力轉嫁到我們身上來，因為他們說福爾摩沙是一頭『乳汁飽滿的乳牛』。他們派士兵到村子裡逐家逐戶去突擊，搜查『黑戶』。醉醺醺的士兵常常以此為藉口，半夜三更突然闖進門來，翻箱倒櫃、須索賄賂，也趁機調戲女人。」倪但理翻了翻白眼，無奈地說：「眼看著這些基督徒的惡行，我又哪裡還有臉去跟他們講我們的神如何地公正仁慈呢？」這時有一位鬈首忽然插嘴說：「再這樣下去，農民忍無可忍，說不定就會官逼民反，起來抗暴。」倪但理深深地看了他一眼，說：「老郭，懷哥，不要衝動，不然的話一不小心就會血流成河。」

燕魚和炒飯上過之後，等吃完甜點水果，宴會就要結束了。這時斌官忽然離席，幾分鐘後帶著三位盛裝的豔麗少婦，出來會客。中間最年輕的那位，也許還不到二十歲，身穿一襲暗紅色、織工精細的及地長衫，益發彰顯她身材的高挑。她款款地走向前來，自腰以下兩旁分叉的長衫隨著腳步輕柔地擺盪，長衫裡層純白色絲質的衣褲若隱若現，令人想入非非。

她兩旁的少婦也一樣地高挑，一樣地引人注目。右邊的那一位長裙及地，長袖襦衫上面加上了一件細工裁製的無袖馬甲，其上又有披肩。她膚色乳白，一頭金髮用一個精緻的髮梳盤在頭頂。在那輪廓鮮明的臉上，一雙明亮的碧眼，更是引人注目。第三位少婦古銅色的皮膚光滑潤澤，長長的睫毛把那雙美麗的棕色眼睛襯托得更圓更大。她穿的是一襲荷蘭當時最流行的露肩禮服，淡紅色的連身裙到處鑲滿了鮮麗的花邊。緊束的腰身，將她原已豐滿的身材襯顯得更加凹凸有致。

斌官很得意地指著中間那一位說：「這就是我新婚的內人，她的名字叫做翠翹，剛從越南來不久，還不會講本地話，但是她的中文造詣很高，四書五經倒背如流，書法更是了得。其他兩位也是最近才做新娘，穿唐裝的那位金髮美女是倪但理牧師的新婚夫人，剛從荷蘭來到這裡與他相聚，幫他在蕭壟社傳播福音。」那麼那位穿荷蘭裝的少婦是誰呢？梅氏很自豪地說：「我苦苦等待了一整年，才終於能夠與她『牽手』，牽著手，在人生的道路上一起向前走，這就是福爾摩沙人對婚姻的定義。」看著她，我猜想我素未謀面的母親大概長得就像這樣吧？想著想著，我的心忽然一陣絞痛。

6

其後幾天，我走訪新港社、蕭壠社和蔴荳社，越看越傷心。這些村社外表看來跟我所記得的並沒有太大的不同：同樣的竹籬圍牆，同樣的茅草房屋；孩童與仔豬還是到處亂跑，母雞依然帶著成群的小雞忙碌覓食。但是我阿姆的族人已經失去了他們的光澤、動力：不分晝夜，廣場裡總是有幾個人醉醺醺地、搖搖晃晃地走來走去；人們散漫地坐在屋簷下，無精打采、默默無語。這裡已經不再是我記憶裡那充滿歡樂的地方，不再是我朝思暮想的人間天堂。

在村落與村落之間，樹林幾乎已經都被砍伐殆盡。取而代之的，是綿延不盡的稻田、甘蔗園，和無數在烈陽下辛勤耕耘的漢人。沒有了樹林和草地，鹿群與山豬也早都已不見蹤影。「我們每年還是照樣運送十幾萬張鹿皮到日本，上萬擔鹿脯到華南。以往漢人獵戶隨處設陷阱捕殺那些溫和敏捷的野鹿，他們的高效率使得鹿群在平原絕跡。現在他們只好移向山區，繼續殘殺。」倪但理說：「但是長官還是繼續濫發狩獵執照，藉此來斂財。福爾摩沙人無鹿可獵，無以為生。公司鼓勵他們學習種田，但是他們哪裡是種田的料子？我們供給種子、犁具，甚至還從爪哇引進了水牛、黃牛。但是從日出到日落，天天被綁在田裡，並不是他們的本性。長官到處宣揚，說野蠻的福爾摩沙人已被馴服，不再反抗熱蘭遮城的威權。他說去年就有兩百多個村社的長老，從全島各處前來參加我們的長老會議，宣誓效忠東印度公司。沒錯，他們是被馴服了，但是他們也不再知道要怎麼活下去了。在荷蘭人的槍炮和漢人的刻苦耐勞之間，他們還能有什麼生存的空間呢？」梅氏拚命點頭。他是公司員工裡極少數幾位決心要留在福爾摩沙，以此為家的人。他不能想像，為什麼他那麼多同胞來這裡只是為了要淘金，要在最短的時間裡牟取暴利，好回荷蘭去做寓公。

7

懷仔，郭懷一，一點也不知道、一點也不關心福爾摩沙人的困境。他關心的是那成千上萬跟著他來這裡開墾的漢人農民。他原本以為他把他們帶到了一個自由的國度，不必再受官府的欺凌，沒有想到他們竟被推進了另一個火坑，在這裡處處被荷蘭人壓榨，還得為可能被「野蠻人」馘首而整天提心弔膽。「十年前我們之所以決定來這裡，是因為相信鄭芝龍大帥會保護我們；我的好幾位長輩跟隨鄭帥多年，知道他一向有意經營福爾摩沙。但是現在看來，鄭家勢力正在分崩離析，哪裡還顧得了我們？那我們還有什麼指望呢？」據他所說，收成好的時候，農民還勉強可以餬口，一旦遇到風災水災，就只有斷糧斷炊了。看著我的「紅毛」長相，他本來對我頗有提防，但是一旦發現我與鄭家的關係後，態度馬上做了一百八十度的改變。他滿心期望福仔或他的任何一位叔叔會對福爾摩沙發生興趣。他認為，與其花那麼多精神在那些扶不起的「阿斗」皇帝身上，福仔還不如就到這裡來「占山為王」。懷仔說，鄭家只要派一支幾千人的部隊，就可以輕而易舉地攻下熱蘭遮城，何樂而不為呢？

8

幾天之後，我們在熱蘭遮城堡裡遇到數位自認為是「福爾摩沙通」的荷蘭人。雖然長官歐華德是那一場宴會名義上的主人，但是他是個孤傲冷漠的人，不喜歡交際，所以就指派公司的首席商務員史諾克代表做東。四十多歲、中等身材的史諾克脾氣暴躁、不通人情。他一整晚拚命抱怨，訴說公司員工個個無能、傳教士貪得無厭、漢人奸詐狡猾、福爾摩沙人懶得像豬。他每說教會一句壞話，就對倪但理說，我不是在說你，你新來乍到，還沒有進入情況，不知道他們有多壞。然後他又繼續批評倪但理的前任牧師根本不肯學福爾摩沙人的語言，就只會拚命搶購土地，收取回扣，這些話讓倪但理聽得如坐針氈。

然後他回過頭來，開始跟我說漢人的壞話。他說：「我告訴你這些，因為你不是漢人；你是個貨真價實的荷蘭人，你身上流的是荷蘭人的血，你的靈魂是荷蘭人的靈魂。絕對不要信任任何漢人，他們從來不肯跟你說他們心裡真正在想的是什麼。但是我們也不需要怕他們，漢人都是膽小鬼，從來不敢正面跟你對打。」那時正好從淡水防區休假回熱蘭遮城的拔鬼仔上尉隨聲附和：「我在這個島上已經住了十五年，還沒有看過一個漢人膽敢跟任何荷蘭人或西班牙人對抗。在北台灣我最要小心防範的倒是那幾個流落在那裡的日本人，他們還不是真正的武士呢！但是一旦覺得被羞辱，他們就要跟你拚個你死我活。漢人哪有那樣的能耐！如果他們真的敢起來反抗，我們只需要派一小隊士兵，放上一排槍，保證馬上就作鳥獸散。就我的估計，十個荷蘭人就可以制伏一千個漢人。」我看著這個半醉的狂妄之徒，不敢相信我自己的耳朵，更不敢把他講的話翻譯給徐孚遠聽。斌官則只是靜靜地聽著，臉上浮現一絲嘲訕的笑容。他後來偷偷地跟我說：「如果有一天拔鬼仔碰上國姓爺的軍隊，他一定會大吃一驚，不過到那時就為時已晚了。」

9

一個月後，我們終於等到一艘要去會安的中式帆船，就此上路了。雖然我們聽斌官說會安這繁華的海港由一位姓阮的王爺控制，而阮氏與控制東京地區的鄭氏處於戰爭狀態，但是我們也沒有什麼別的選擇，只好走一步算一步，隨機應變了。臨別時我一方面覺得鬆了一口氣，同時也有一點失落，又要再一次與自己的出生之地別離，依依不捨，心裡五味雜陳，不知如何形容。

第四章　尋覓明主

1

我醒來的時候，頭痛欲裂，感覺就像有人正在用一把鑽子從頭頂一直鑽下去。使盡了吃奶的力氣，我才終於坐了起來，睜開眼睛，卻完全搞不清自己到底在哪裡。我似乎一直就躺在一個檐廊的躺椅上，午後豔麗的陽光，從屋前高大的棕櫚樹枝葉間隙照射進來，光與影不停地顫動著。我看著看著，忽然就噁心了起來，大吐了一場之後，又昏睡了過去。

等到再醒來的時候，素音就在我面前。素音那明亮清澈如秋水的大眼睛，她那如綢緞般光亮的長髮，她那似笑非笑，勾人心魂的顏容。但是她為什麼身穿「長衭」，那不久前我在福爾摩沙才第一次見識到的越南女裝？她又為什麼戴著一副十字架項鍊？

然後她就從我的視線裡消失了，取而代之的是一個滿臉皺紋的老嫗慈祥的笑臉。她和我心裡以為的素音把我輕輕地扶坐起來，餵了我幾口水。那不曾一刻稍停的頭痛，就好像撞擊著岩岸的巨浪，一波一波地沖打，根本不在乎你受得了受不了。老嫗朝著「素音」使了一下眼色，她就去拿了一管長煙槍，叫我使勁地吸。她們講的話我一個字都聽不懂，但是我知道她們的意思，就乖乖地照做了。我第一口就被嗆到了，拚命咳嗽；但是再過了幾分鐘，我的頭痛竟然就消失了，同時我的整個身子也就輕飄飄地浮了起來，在空中盤旋。再下一刻，那身體就消融了，化為烏有了。

2

當我再度醒來的時候，徐孚遠和戴夫人就坐在我身邊。點點滴滴地，我終於弄清楚，我們的船在會安附近遭遇颱風，一口氣被吹到紅河口外海的下龍灣，撞上這裡幾千個小島裡的一個。一些好心的漁夫救了我們，把我們帶到這個小島上。

老徐說我福大命大，頭殼都被撞破了，昏迷了那麼多天，居然又醒了過來。我支支吾吾地問：「素音怎麼也在這裡？」他們被搞迷糊了，過了一陣子戴夫人忽然領悟，就大笑了起來：「你可真是個癡心漢啊！鬼門關才剛躲過，馬上想到的就是你的心上人。不過她的確有點像素音，不是嗎？她名叫小雪。在這樣熱的地方，從來不曾下過雪，怎麼會有人想到以雪為名，我還真是不瞭解。」

我實在不知道如何來形容下龍灣的景色：鬱鬱蔥蔥，綠意盈然的小島，一個一個筆直地從清澈的海水中聳立上來；海水的顏色，從碧綠到深藍，千變萬化；每個小島上那些奇形怪狀的岩石，那些因為強勁海風的吹拂而扭曲變形的松樹，倒映在海面上，緩緩晃動，千姿百態。這些狀如一座座小山的島嶼，一個連接一個，漂浮在海上，形狀各異，在那裡爭奇鬥豔，看得你目不暇給。

老徐說，不管這裡景色多秀麗，我們卻無法久留。大越政府已經知道我們本來要去的地方是會安，而會安正是他們的頭號敵人阮氏政權最大的海港和經濟命脈。我們需要說服他們，我們不是阮氏派來的間諜；但是他們一旦知道我們真正的目的地，我們的麻煩可能會更大，因為由此前往廣西，我們需要經過東京鄭氏政權的另一個敵人莫氏政權控制的地區。我們沒有想到，這如彈丸之地的越南，居然也在上演他們的「三國演義」，一演就是好幾百年。

3

十二月中旬我們終於被押解送到昇龍城，東京鄭氏政權的首都。護送我們的是一隊穿著鮮豔戰服的士兵，由一位文官帶領。這位長官雖然不會講任何華語，漢文的閱讀書寫能力卻是意想不到地高明，與我們的溝通，因此也就沒有什麼阻礙。我們坐的小舢板在紅河口沙洲間無數的水道裡鑽行，河道兩旁一路上盡是稻田、桑園和用木柱高架起來的農舍，一副優閒的田園景象。

我們被安置在昇龍城裡一個寬廣舒敞的越式庭院裡，樓房乍看樸素無華，其實卻是用堅固昂貴的楠木建成，做工精細。就如一般民居，這殿宇般的房子下面也是用支柱架起來的，房子的四周水池環繞，屋內明亮通風、安靜舒適。陪我們「進京」的那位飽學之士差不多每天都會過來，有時候還帶來與他同樣精通漢學的詩人朋友們，一起欣賞特地為我們安排的音樂、歌舞表演。有一次他甚至帶來了一團越南獨有的水上傀儡劇團，那些真人大小、衣著華麗、表情維妙維肖的傀儡，一個個彷彿就從水裡冒出來，優雅地跳舞、翻跟斗、插科打諢。我們無法想像那操控傀儡的人藏在哪裡，也問不出結果來。他們開玩笑地說：「也許他們可以自己動，也許它們自己有靈魂。」

帶我們來的那位官吏說我們是鄭王的貴客，在晉見鄭王以前，要好好招待。雖然沒有明說，我們當然是被軟禁了。當地的華商說我們被懷疑是間諜，但是我們會是誰的間諜？他們說應該是荷蘭人，因為我們的船來自福爾摩沙。不過他們也懷疑我們會不會與葡萄牙人有瓜葛。葡萄牙人與阮王政權關係密切，一直是阮王的主要軍火供應商。阮氏與鄭氏雖然在南北各掌實權，形式上都遵奉黎朝的皇帝為共主，卻又互相指責對方為黎朝的叛徒，雙方的戰爭就這樣膠著著，已經延續好幾十年了。「聽起來蠻熟悉的，」老徐喃喃自語：「日本也是這樣，皇帝無權無錢，事事仰賴大將軍。」

我們搞了好久，才終於比較瞭解這越南的「三國志」的來龍去脈。原來百多年前莫氏政權推翻了黎朝，自立為皇帝，可是不久莫氏又被共尊黎氏後裔的鄭氏與阮氏驅逐出昇龍，然後阮氏受鄭氏的排擠，被迫移往南方發展，逐漸侵蝕占婆土地，居然逐漸壯大到有能力與鄭氏分庭抗禮。同時，被逐出紅河三角洲平地的莫氏卻因為明朝朝廷的扶持，還繼續控制著越南與廣西之間的邊界地區。因為如此，鄭氏政權對我們的動機疑慮重重，也就不是沒有理由的了。

4

我想都沒想到，我們的難題竟然因為一位剛由海南島逃難而來，名叫卜彌格的耶穌會神父而解決了。不久之前，清兵才從雷州半島渡海打到那個島，卜彌格跟著逃亡的人潮搭乘戎克船出海，同樣也碰上暴風雨，跟我們一樣被吹上岸，隨即遭逮捕，送到這裡軟禁。前此十多年，法籍神父羅歷山曾在此地傳教，因為預測日蝕，又「自作聰明」地用羅馬拼音創造出一套越南文的書寫系統，大力推廣，遭鄭王疑忌，驅逐出境。從那時起，天主教在東京地區就一直被視為異端，所以卜彌格神父的忽然出現，自然就又讓鄭氏朝廷緊張了起來。

一頭濃密金髮的卜彌格神父高高瘦瘦，淡棕色的濃眉半遮住那雙銳利逼人的藍色眼睛，頗讓人有一點莫測高深的感覺。他是個生性拘謹、沉默寡言的波蘭人，性格完全不像來自義大利，活潑外向的畢方濟神父和衛匡國神父。但是一旦談到各地的動植物、草藥，或是他這幾年來學到的針灸及中醫脈象理論時，他馬上就變了一個人，滔滔不絕。我起先以為他只是道聽塗說、一知半解，所以當他給我看他那厚厚的一大冊圖集，裡頭盡是一幅又一幅他自己精筆細繪的各地動植物時，我真是嚇了一大跳。那麼多的奇花異草、飛禽走獸，每一幅都色彩鮮豔、栩栩如生！檳榔、椰子、腰果、胡椒藤、榴槤、菠蘿蜜、麵包樹、荔枝、龍眼、柿子、芒果、鳳梨、香蕉……。在一幅大蟒蛇的圖片上，他還記載了有關蛇吞象的傳說，但也注明他自己對此頗有懷疑。再翻過一頁，你就會看到一隻作勢欲撲，好像隨時可以從紙面一躍而出的雪豹！但是最引人注目的一幅畫，則是一隻被盛裝貴婦飼養的貓鼬，卜神父把它稱為「擅殺毒蛇的松鼠貓」。

更讓我著迷的，則是他那幾百張東方藥用植物的詳圖：人參、當歸、甘草、麻黃、葛根、樟腦、薏仁、黃芩、紅棗……。這些草藥的樣子其實我在方以智送我的那本《本草綱目》裡都已看過；但是受過西洋畫訓練的卜神父，擅長應用光與影的對照，更能呈現三度空間的立體感，所以他的畫也就更精確、更生動。不但如此，他多數的畫還竟然是彩色的！但是為什麼有些圖片還只是黑白的呢？卜神父有點不好意思地說：「並不是所有的藥草我都親眼看到過。例如人參，只有滿洲才有，所以我們看到的都是已經乾了的，我當然不會知道它們新鮮的時候是什麼顏色。」

卜神父對中藥中醫的知識一定很快地就被傳入宮廷了：幾個星期後他就被宣召入宮去為一位公主看病，那是鄭王的妹妹。她罹患聽起來像是華人通常叫作「打擺子」的疾病，每隔一天，寒熱交加，熱時可以熱到昏迷，冷時則整天不住顫抖。一聽到這樣的描述，卜神父眼睛登時發亮。他翻箱倒櫃，終於找到了一袋毫不顯眼的樹皮，說：「我在里斯本等船要去果阿的時候，一位剛從南美洲返歐的神父給了我三包這樣的樹皮，我在海南島已經用掉了兩包，每一次都是藥到病除；希望它對我們的公主也一樣有效。」他又說：「大家都以為美洲的土著都是野蠻人，可是我們從那裡得到的東西可真不少！番茄、番石榴、番麥、番薯、番豆……，中國人以為這些現在到處可見的食品都是我們這些西洋番帶來的，沒有人知道它們原來全都來自美洲。」這樹皮我在方以智那裡見到過，他正是用它來治療他一位打擺子的朋友，差一點鬧出人命。我跟卜神父提起這件事，但是他信心滿滿，笑著說：「我們就試它一試吧，反正前兩包都沒問題。萬一藥不對症，陪一位公主去死，不也是蠻光榮的嗎？」

5

我們完全沒想到那位公主竟是位天主教徒，這怎麼可能？卜神父這才想起，幾年前初到澳門，在那裡等船要去海南島的時候，他曾與那鼎鼎大名的羅歷山神父有過一面之緣。羅神父那時再度被趕出越南，不過這次是被在南邊的阮氏政權驅逐出境。他對於自己前後兩次被逐，很感無奈，但也自嘲地說：「都怪我太有魅力了！許多女人，尤其是宮廷貴婦們，爭相受洗。朝臣們害怕被我排擠，就藉口說我妖言惑眾，又把我趕走了。」

因為提到他與羅神父的這一層關係，卜神父馬上就得到了公主的信任；她乖乖地喝下那渾濁難看、苦澀難嚥的樹皮湯，不久就奇蹟也似地復原了。感激之餘，鄭王不但馬上允准了他前往廣西的請求，連帶我們這一行人，做為他的新朋友，也一起受惠。卜神父力保我們的清白，不止是因為他本性樂善好施，更因為他需要我們做他的旅伴，也可以幫他引見明朝的新皇帝。

6

我們乘坐一艘鄭氏龍船，先沿紅河溯流上行，到了盡頭再棄舟步行，走過一段山路，幾天後終於抵達諒山。從那裡我們另租了一條船順流緩緩前行，不知道什麼時候，已經進入廣西。河流先是經過一個峽谷，兩面岩壁陡峭，奇形怪狀的矮松稀疏地點綴其間。奇妙的是，峭壁的高處上，綿延數里，居然是一幅又一幅巨大的土紅色岩刻壁畫。一群又一群的男男女女，在那裡播種、收成、跳舞、交歡，線條單純明快、生動活潑。我們百思不解，這到底是什麼時代的人的傑作，他們哪裡來那麼多的時間、精力，去攀爬到那麼高的地方，留下這麼多讓我們看得目瞪口呆的景致。

出了峽谷，河面逐漸變得寬廣，放眼四望都是綠盈盈的稻田，但是其間又夾雜著許多拔地而起的山岩，高聳入雲。它們映照在河面上的倒影，與藍天白雲時相交錯，似幻似真，直可媲美下龍灣。

7

十天後，我們終於到了廣西省省會南寧近郊。在那麼一個朝霧初散的清晨，沒有想到河的兩岸居然早已有那麼多的人：男人趕豬驅羊、來來往往；女人叫賣放在大籃子裡的蔬菜、水果，這些籃子不管是頂在頭上還是背在背上，一點都不妨礙她們的行動。他們的服裝五花八門，成年人的穿著全身一色，藏青、純白、墨黑，甚至還有淡紅色的。少女們的衣服與頭飾則顏色鮮豔、花花綠綠，讓人看得眼花撩亂。「他們都是此地的土著，單看他們的服飾就可以知道他們從哪裡來，」船主說：「落後、單純、不服管教；但是他們的男人勇猛異常，是當兵的好材料；女孩子可真是迷人哪，看得人直流口水。」

原來我們正好碰上他們每月朔望兩日的市集，人群往來、熙熙攘攘，不只擠滿了路上、河邊，連船塢都塞得水洩不通。好不容易靠了岸，擠過人群，我們才終於找到了巡撫衙門，沒想到在那裡聽說新皇帝剛剛駕到南寧，目前就駐驛於數艘大龍舟內。我們急忙趕回河邊，發現停泊在下游不遠處的，真的就是幾艘朱紅色的大船。它們遠看頗有氣派，但是一靠近就發覺油漆處處剝落、斑跡痕痕，船舷有些欄桿已經掉落，船身還有許多未經修補過的彈孔。通過了仔細的盤問之後，我們終於被帶到藏在大船背後的一艘小船，船頭站著一位削瘦的中年男子，身著明朝官服官帽，胸前掛著一串銀製的大十字架。「歡迎！歡迎！我是瞿沙微神父。」帶著笑容的他，操著稍帶口音的葡萄牙話，指著那艘小船說：「這就是我們的教堂。」

8

那天晚上我們終於見到了那風聞已久的亞基婁・龐，龐天壽大太監。身材矮矮壯壯的他，雖然看來已經五、六十歲了，依然充滿精力。自從前年新皇帝永曆在肇慶登基以來，他就一直忠心耿耿地追隨左右，可以說是皇帝少數最親近的大臣之一。那天晚上，他和瞿神父都顯得神清氣爽，輕鬆愉快。他們這兩年跟隨永曆東奔西跑、僕僕風塵，幾乎沒有片刻的休息。「但是我們現在是否極泰來了，」亞基婁說：「我們就在打回南京、北京的路上！」

在短短的一年半裡，永曆朝廷搬了十一次家，每次都是急急忙忙、千鈞一髮地東躲西逃；躲避的不止是清軍，還有爭奪皇位的宗室和各占山頭的軍閥。「去年八月最危險：我們那時陷在湖南西南邊的深山裡，為了得到當地軍頭的保護，事事委曲求全，」瞿神父說：「有一天滿洲騎兵忽然出現，那個自稱是皇帝保護者的混蛋居然即時投降，還打算拿我們去做見面禮。他的母親氣壞了，趁他不在時命令衛兵把我們放走。我們登山越嶺，徒步走了七天七夜，沿路拚命丟東丟西。這樣的強行軍連我都吃不消，更何況那些三寸金蓮的后妃宮女！也難得我們的太監們，在亞基婁的領導下，輪流背著她們。即便如此，這沒日沒夜的恐懼與疲勞又有誰受得了？所以也就難怪皇太后在半路上忽然崩潰了，大哭大鬧、胡言亂語，差點就自殺身亡。」

亞基婁笑笑地說：「但是也因此我們的傳教事業才忽然大有進展。在此之前，只有少數幾個宮女跟著我們做禮拜；皇太后自殺不成後，開始對著瞿神父先前送給她的聖母像祈禱，居然就安靜了下來，開始對未來充滿了希望，也從此認真地跟瞿神父討論教義。不久，在渡過一條小溪時，她要求瞿神父給她做洗禮，取聖名為烈納；同時跟著入教的皇后，則取名為安娜。有了她們倆做榜樣，宮裡從此人人爭相入教、蔚為風潮。可憐的皇上可以說完全被這群狂熱的教徒包圍了，常常被押著來望彌撒，但是一提到受洗，他總是推三阻四，要不然我們現在早就已經有一位天主教皇帝了。」

瞿神父接著說：「不止如此，朝廷裡也還有好幾位奉教的大臣和將軍呢！」看了徐孚遠一眼，瞿神父接著說：「我們的首撫瞿式耜就來自全大明國第一個天主教家族：他的叔叔瞿太素正是利瑪竇神父的第一位華人信徒，對利氏幫助極大。瞿式耜一出生就受洗，聖名多默。可惜他好色成性，最近又迷上了佛教，就少來教堂了。但是他對我們還是一直客客氣氣地，我想大半是因為我們可以幫助他購買軍火。」亞基婁接著說：「他的老師就是那大名鼎鼎的錢大師，徐先生您跟錢大師也很熟，應該或有所聞吧？」徐老說：「這幾年發生了那麼多的風風雨雨，我也不知道我自己還算不算是錢老的朋友了。」

在永曆朝廷裡支持天主教最熱心的，則是一位教名路加的焦璉將軍。行伍出身的路加，精於騎射，在北京任職時認識亞基婁，兩人常常一起去湯若望的教堂做禮拜，同時也跟著學習火炮、天文、數學等等。那時他還是個意氣風發、英俊瀟灑的少年軍官，十八般武藝樣樣俱全。亞基婁後來常常提起有一次陪湯神父去看他馬術表演的那一幕：身穿鮮麗戰袍的路加，先是帶著一隊騎兵在城門前的廣場來回奔馳，之後又沿著斜坡衝上城牆，到了他們的面前，忽然就把身體斜向一側，與馬身保持九十度的角度；下一瞬間他整個身子就不見了，然後竟然出現在馬的另一側，從那裡又再坐回馬背上，這當中他的馬還是繼續全速奔馳。「看得我心驚膽跳，」亞基婁說。路加後來告訴他，這只是他小時候在西北關外跟蒙古人學來的「雕蟲小技」。

北京淪陷前兩年，路加被派到廣西來，在那裡不但隨即結識了未來的永曆帝，還救了他兩次的命。不久他與瞿式耜一起擁立永曆皇帝，被任命為親軍統領。差不多在同一個時候，瞿神父也正好帶著三百名葡籍炮兵及幾十門三千斤重的紅夷大炮，來加入永曆朝廷。原來這些傭兵及裝備都是畢神父原先受弘光之託，招募、購買來的，但是那時既然弘光與隆武都倒了，就正好順理成章地被用來支援永曆這個新成立的政權。

「畢神父還好嗎？」我們興奮地問。瞿神父嘆了一口氣：「我們出發時，他決定繼續留在廣州，居間聯繫。沒有人想得到那殺害了隆武皇帝的李成棟一轉眼就到了那裡：他的部隊裝扮成明軍（他們原本就是新近降清的明軍），混入城裡，廣州一夕色變。在那混亂中畢神父從教堂裡一個很高的窗子跳下去，企圖逃開，卻跌斷了腿，之後身體就一直不很好。還好廣東現在掌權的是佟養甲，他對畢神父還是蠻敬重的。」後來我們才知道，這佟養甲原來也是我們的朋友佟國器的同宗，論輩分還可以說是他的遠房堂叔。

瞿神父帶來的傭兵、火器被編入路加將軍的兵團，大大地增強了他們的戰鬥力。他們的軍旗以紅色為底，上面是一個白色的大十字架，十分引人注目；路加的帥旗上還特地用拉丁文寫著：「榮耀歸於三位一體」。這個好幾次打敗清軍、保衛住桂林的軍隊，也就因此而被稱為「十字架常勝軍」。

9

那年四月，還真是喜事連連：首先，安娜皇后生了一個健康的男嬰。永曆帝的幾個男孩都是庶出，而且也已早夭或失散，所以這男嬰一出生就是當朝的太子。對許多人來說，太子的來臨是天意所歸；對烈娜皇太后和安娜皇后而言，這天意就正是她們新近皈依的天主的恩典。太子出世之後七天，那惡貫滿盈的李成棟居然就反正了。他在江南時血腥鎮壓過多處的抗清起義，包括嘉定三屠，殺人無算，後又輕騎追殺隆武於汀州，血洗廣州城。他自恃勞苦功高，卻屈居於佟養甲之下，做不成兩廣總督，憤而將之逼降誘殺，改奉永曆正朔。與此同時，另一降清將領金聲垣也因類似的緣故易幟了；至此，江西、兩廣以及湖南的一部分，都歸附了永曆。皇太后和皇后當然馬上把這些「奇蹟」歸功於天主，更執意要勸說永曆皈依，並讓新生的太子受洗。

幾個月後，太子忽然重病，藥石罔效。在無計可施之下，永曆勉強同意讓太子受洗，沒想到一受洗病就好了。瞿神父將太子取名當定，希望他長大後像重振羅馬帝國及基督教的君士但丁大帝那樣，在瞿神父及教父亞基妻的教導下，把整個大明國變成一個天主的國度。

10

五月的一個星期天，一位從桂林來的年輕人特地到瞿神父的教堂領受聖禮，同時也傳達瞿式耜送來的前線的消息。原來他是瞿式耜的一個姪子，最近才從江南輾轉來到廣西，出發前一直住在錢大師家裡，對他們的近況自然十分熟悉。據他說，柳夫人居然那麼神通廣大，硬是把錢大師從北京的牢裡救了出來。也許「有錢能使鬼推磨」，也許她的好友——同樣列名秦淮八豔的顧媚，龔鼎孳的夫人——幫了她的忙也說不定。不論如何，獲釋南歸後的錢大師和柳夫人，雖然繼續受到嚴密監視，還是冒險派瞿式耜的這個姪子，來與瞿式耜取得聯繫，也來打探永曆朝廷的情形。據他說，在南歸的路上，沒想到柳夫人居然懷孕了；錢大師欣喜若狂，自怨自艾的心情一掃而空。他們現在終於能夠過著恬淡的半隱居的生活，詩書自娛，學問日進。

那麼素音呢？素音的確陪著他們北往南歸，現在更是忙著照顧害喜的柳夫人。她身體可好？心情如何？瞿老的姪子不清楚。也許有點寂寞，他說。

11

之後不久，我們收到教區會長曾德昭從澳門寄來的信：他為「十字軍」最近一連串的勝利向瞿神父道賀，也讚揚澳門葡籍傭兵的英勇；然後他說他很高興知道卜神父已經從海南經東京安抵南寧，但是他不得不還要請卜神父繼續北上到西安。他費盡心思，終於聯絡上了在北京的湯若望、在杭州的衛匡國、甚至還有躲在福建山區的艾儒略。但是還有好幾位會士滯留在西北地區，下落不明。他們是不是被李自成的餘部挾持、被清兵殘殺，還是已死於亂軍之中？曾會長需要有人親自去打探，想來想去，只有卜神父最合適，因為他語言能力好，閱讀、書寫都很在行。他在信後又加了一句：希望這行程也有助於你繼續發展你在植物學、醫學及製圖學方面的研究。卜神父看了這句話很是高興，他說：「能夠有這樣的上司、長者，那麼照應、支持你的興趣，實在太好了。這正是我之所以會參加耶穌會的原因之一；有機會被派到世界各地，是另外一個重要的理由。我們的創會者，羅耀拉和沙勿略，不就正是這種放眼世界、以天下為己任的人嗎？」說完，他隨即又在自己胸前劃了十字，喃喃自語著：「我太自大了，我哪裡有資格拿自己和沙勿略這樣的聖徒相提並論！」

12

不久我們又依依不捨地與卜神父、瞿神父道別，沿著西江順流而下，不到幾天的工夫就到了珠江三角洲地帶，之後就是廣州那座大城了。在那裡我們找到了畢神父，他走路一跛一跛地，消瘦憔悴，再也看不到他從前那高大健壯、充滿活力的身影。但是他還是努力做他該做的事，主持彌撒，為信徒禱告、祈福、聆聽告解，忙個不停。

從廣州到廈門，一路順風。我們完成了此行的任務：我們找到了我們的皇帝，雖然他是個軟弱無能、望風而逃的皇帝。儘管如此，不論是天意也罷，誤打誤撞的運氣也罷，這永曆皇朝居然還巒有希望繼續存在下去的樣子。更重要的是，這皇朝離我們很遠，根本管不著我們。

第五章　四海為家

1

我們的船到了東山島——閩粵邊界海岸邊的一個小島——沒想到福仔就在那裡。原來在我們努力「千里尋主」的時候，福仔已經又經歷了好幾場真槍實彈的戰爭洗禮，越戰越勇，迅速擴展。他和鴻逵叔的部隊合攻泉州，功敗垂成，原來的勝算在最後一刻被不知從哪裡衝出來的滿清騎兵打破。福仔和他的所部登船返航，打算回金門整修，卻硬是被一場狂風暴雨吹到對岸去了，不得不在清方控制的同安城附近登陸。沒有想到的是，他們一上岸卻發現城門洞開，才知道守軍竟已聞風而逃。如此一來，不費吹灰之力，福仔就取得了這個依山傍海、聯結閩南兩大城——泉州和漳州——的一個重要的城市。

「真為難啊！」福仔開玩笑地說：「我現在沒辦法決定到底要向北攻還是要向南打了。」

他樂得整張臉都是笑容，而他的朝氣與衝勁帶動了他周遭的人，讓大家也都對未來充滿了希望。士兵們有飯吃、有衣穿、紀律好、武器精良、士氣旺盛。沒有戰事之時，種種操練從日出直到日落，沒有一刻閒著，雖然個個都累得慘慘的，但是他們樂此不疲，幾乎像是上了癮。他們崇拜福仔，更敬畏他，不瞭解他哪裡來的那麼多的精力、熱情，更欣賞他的執著不屈與對完美的追求。他讓他們覺得大家都是一家人，一起追求公義與理想。奇妙的是，儘管他們來自天涯海角，語言、文化互異，背景天差地別，大家卻因為福仔而凝聚在一起，親如兄弟。

隨著眾人對福仔的崇拜與敬仰的日益加深，種種神話似的故事也就一個一個出現，爭相強調他的勇敢、正直與神機妙算。人們說他在槍林彈雨裡衝鋒陷陣，了無懼色；說他福大命大，連箭矢子彈都躲著他；說他總是站在高台上指揮作戰，招引敵炮的轟擊，而卻都可以在最後關頭稍微移開了位置，躲開了迎面而來的槍炮、炸彈。於是有人就開始說他是戰神關公再世，也有人說：「行船的時候，他常常就那麼定定地站在船頭，不畏風雨，屹立不搖，他一定是媽祖的兒子。」讀過莊子的人則說：「他應該就是古代傳說裡的那種其大幾千里，隨時可以化為鵬鳥，振翼而飛的鯤魚吧！」不論怎麼說，才不過半年間，他已經從一個有血有肉的人蛻變成一位超凡入聖的「神」了。

可是我卻替他捏一把冷汗，越看越擔心。福仔的確一向就比常人更有精力、更野心勃勃、更有想像力；他同時也極具感染力、說服力。但是每當他特別興奮、特別有精神的時候，他也常會變成不切實際、過分自信、自大衝動、不顧危險。可慮的是，他這高昂的狀態，不管持續多久，最後總是會擺盪到另一個極端，變成過分的沮喪消極、自憐自艾；而在這樣的時候，縱酒過度又常成了另一個令人頭痛的問題。幸好他以往每次這種低潮的時間，都沒有拖太久；但是現在正是他事業發展的關鍵時刻，如果他因陷入低潮而喪失了他的領袖魅力，就恐怕會一蹶不振了。

事後看來，那一次我倒是多慮了。福仔繼續信心十足、魅力四射。不管遭遇到什麼樣的意外、挫折，他的自信心與使命感都不曾有絲毫的動搖；而人們也就因此繼續崇拜他、服從他、跟隨他。同安的得而復失，就是一個好的例子：那時我們一時輕信了鄭彩堂哥的自吹自擂，錯估閩北的局勢，以為他在那裡連戰連勝，清軍單是與他周旋，就已經疲於奔命，無暇南顧；因此福仔就放心帶隊回到東山島，準備由此去潮汕地帶打糧。沒有想到不久鄭彩與魯王的文臣們鬧翻，血洗朝廷，又不知何故竟然棄魯王於不顧，突然撤離戰場。清方因此而能調兵攻打同安，占領後瘋狂屠城，等到我們得到消息返航救援時，為時已晚，全城五萬多人死於非命。面對這麼大的挫敗，福仔痛哭流涕，但是沮喪了兩三天後，就又振作了起來，繼續馬不停蹄地演武練兵、籌劃戰略，尋求進一步壯大聲勢的機會。

2

施琅的來歸，的確大大地壯大了我們的聲勢、加速了我們的發展。施琅和他的叔叔施福從廣東帶回來數千名征戰多年、經驗豐富的精兵勁卒，其中許多人從前原是鄭家菁英部隊的中堅。他們跟隨鄭太師十多年，習知海戰策略、組織、通訊方法、指揮系統等等。兩年前他們隨著鄭太師降清之後，馬上被調往兩廣，東奔西走，始終被人排擠，最後終於到了走投無路的地步，才決定回來加入我們的行列。那兩年對施琅來說的確是很辛苦，不過也讓他增長了不少見識。他特別提到在桂林時遭遇到焦路加將軍的「十字架常勝軍」的事情。

他說：「我以前真的一點都不知道天主教徒也那麼會打仗；那些來我們村子裡傳教的耶穌會和道明會神父總是說溫柔的人有福、我們要像羊一樣溫和之類的話；又說不要與惡人作對，有人打你的右臉，就把左臉也轉給他打，所以我還真以為他們都是懦夫咧！我那時候想，難怪我那去過麥加朝聖的曾祖父會說，那些所謂的十字軍只要一看到撐著新月旗的回教徒馬隊，就聞風而逃。這路加將軍卻讓我見識到基督徒的厲害，」施琅接著說：「但是也正是那一次戰役讓我對永曆皇朝徹底失望了。十字架常勝軍之外，所謂的明軍就只是在一旁觀望。他們大可以把我們完全堵死，但是他們在意的只是要避免傷亡、保存實力。他們真正在行的就只是內鬥，就只是爭奪補給、錢財、女人。」他對李成棟更沒好感：「李成棟看不起我們，說我們士氣低迷，剝削我們的糧餉，要我們滾出廣東。吃不飽肚子怎麼會有士氣！更何況我們都是閩人，在別的省分打糊裡糊塗的戰爭，哪裡來的士氣啊！」

3

施琅說的沒錯，紀律和士氣固然重要，填飽肚子才更是首要之務。為了搜刮糧米，也為了補充兵源，我們到處攻城略地。但是海岸邊的村鎮就是那麼幾個，哪裡經得起一波又一波的輪番洗劫？因此建立一個堅固的基地及穩固的後勤補給系統，就越來越重要了。為此，我們終究必須整合四分五裂的鄭家勢力，但是這卻也不是一時半刻就能達成的目標。所以我們那時決定，首要之務，應該是先集中精力，來重建鄭家的海內外貿易系統。這貿易系統海內的部分首重江南，不過那邊滿清的控制口趨牢固，只能靠地下組織祕密進行。海外的部分，從日本、福爾摩沙到馬尼拉，從巴達維亞、會安到北大年、滿剌加，處處都是商機，我們急需重建與這些據點的聯繫；這其中最重要的，自然就是日本：日本產銀、中國產絲，以絲換銀、以銀換絲，無盡利潤自在其間。

所以隔年的秋天，我們就趁著季節風還沒轉變之前，搭上了一艘前往日本的海船。除了前去日本，如果情況許可，我們也打算在江南一帶稍作停留，打探情勢。我們自稱是永曆皇帝的大使，偽造了印信，帶著一份冠冕堂皇的「國書」，以及一些像樣的禮品，去求見日本「國王」。「皇帝」在信裡客氣地請求日本發兵義助大明皇朝恢復失土，應允兩國從此通商互利、「永世」修好。此外我們同時也帶著一封貨真價實，由國姓爺署名的信；在這封信裡，福仔自稱為「日本人的外甥」，希望能夠從日本招募戰士、購買火藥軍器。

4

我要怎樣來描寫長崎這個城市呢？有人真的能夠講清楚他第一次看見長崎時的感覺嗎？

那一整個下午，我們站在船舷上，懶懶地看著一個接著一個大小不等的島嶼，看著無止無盡的浪花，一波一波沖打著島嶼岸邊的岩石，看著這些浪花互相追逐，拍擊沙灘；陽光在波濤洶湧的海浪上躍舞；橫生直長的矮松頑強地依附在小島的岩石上；海鷗來回滑翔，不斷地發出此起彼落，單調的叫聲。

站在船舷上，老李長長地嘆了一口氣，說：「多麼迷人的景致啊！誰能想像這就是倭寇、浪人和那些嗜血的武士長大的地方？」「還有那麼婀娜曼妙的女孩，幾乎可以媲美我身邊的戴夫人，以及素音。」老徐笑著對他的太太說。戴夫人那時已換回女裝，穿的是一襲華麗的明朝命婦官服。

船一靠岸，長崎奉行所的武士官員就找來唐通事，足足盤問了我們兩整天，又仔細搜查行李，確信並無任何天主教的書籍圖像，才終於放心讓我們過關。出了奉行所步行不到幾分鐘，我們就來到了全市最熱鬧的繆町。整條街一個商鋪接著一個，櫛比鱗次；民生所需，五花八門，一應俱全：布料、衣服、南北貨、土產、銅鑼燒、烤魷魚、居酒屋……。不管什麼樣的店，總是收拾得那麼地整齊、那麼地一塵不染；家家屋簷插著翠綠欲滴的楊柳枝葉、門前擺著盛開的菊花；櫃檯後面，年輕俏麗的女孩穿著花枝招展的和服，笑面迎人；整條街熱鬧非凡、充滿活力。但是我一路走著，驚嘆之餘，卻又隱約覺得不對勁，好像少了一點什麼；忽然間我明白了，這個地方之所以讓我感覺奇怪，正是因為它太整齊、太有秩序、太讓人嘆為觀止地乾淨了。儘管街道都是土路，又有那麼許多全身赤裸、只綁著一條腰帶的挑夫，光著腳來回奔跑，卻還是沒有一點飛揚的塵土，沒有雜物，沒有垃圾。

住的地方也是如此，房間簡單寬敞，看似沒有什麼擺設，卻安靜舒適。工作人員都那麼地彬彬有禮，不斷地鞠躬，臉上永遠掛著微笑。我們把行李放下後，匆匆擦了把臉，就被引入有榻榻米的大房間去用晚餐。寬大的房間正中央擺著一張長矮桌，兩旁放著十六個坐墊。我們八人依序盤腿坐下後，八位如花似錦的少女隨即款款走入。她們身穿鮮豔華麗、色彩斑斕的正式和服，紅綠藍紫，色調互異。盤在頭上的髮髻，用各式花俏的髮簪固定；鮮紅的雙唇與眼線，襯托出臉龐與後頸的雪白；純白的足袋鞋，半藏在長及足踝的和服裡；她們可以說全身上下、從頭頂到腳底，都被精緻地層層包裝了起來。間隔跪坐在客人之間，她們一對一殷勤地勸酒。那一晚我們到底喝了多少，事後沒有人記得起來。

5

誰料想得到老李這玩世不恭的情場老手居然就這樣地失魂落魄了起來？那一天晚上，當他第一眼看到秋子的時候，他忽然就一切都明白了；他知道眼前的秋子，正就是他那一直在尋尋覓覓的那個人。此後的幾個月，他就徜徉於他們兩人共同營造的幸福窩裡。他們珍惜在一起的分分秒秒，彈三味線、琵琶、古箏，吹笛子、下圍棋、作詩唱和，比手畫腳地交談，為他們之間層出不窮的溝通上的小誤會而失笑。還好他這意想不到的異國戀情並沒有讓他太分心。他的確常常會陷入沉思、忘了我們在討論什麼，有時候也會顯得有點坐立不安；但是他還是繼續努力寫他的陳情書、與奉行的部屬套交情、用心去猜測那些日本官僚們說「是」的時候，他們心裡真正的意思是什麼。我們最高的期望，當然是福仔的「舅舅」，幕府大將軍，能出兵助陣或允許武士們來加入我們的行列。退而求其次，我們則希望至少能在日本採購軍需，尤其是火藥、硫磺、刀劍、盔甲。

老李和秋子的愛情從一開頭就困難重重、難有結局。鎖國令嚴禁任何日本人，尤其是女人，離開國境；他們同時也不歡迎外國人入籍。雖然長崎的住民裡五個裡面就有一個是「唐人」，他們的先人在百年前長岐開埠時就已遷入，被稱為「住宅唐人」，以別於冬去春來，被稱為「來航唐人」的華人。我們這一行人當然都是來航唐人，不准久留，也不准與日本女子結婚。所以那時我們都不知道，他們這戀情到底要如何收場。

但是不論如何，那的確是一個讓人難以忘懷的、華麗的季節。這麼多年後，每當我回想起那第一次的日本之旅，有一個特別的影像總是會浮現在我眼前：那是一個晴朗涼爽的傍晚，老李和我並坐在廊檐下，面對著屋後的小花園。晚秋的陽光把滿樹的楓葉照得火紅；楓葉隨意掉落在魚池上、在依然鮮綠的草坪上。古箏的音樂隱隱約約地從遠處傳來，老李木然地看著那棵盡情地揮灑著生命的楓樹，良久良久，眼淚靜悄悄地直淌而下。我避開了我的視線，假裝沒有看到。

6

第二年的春天，我們在返航的途中停靠舟山，再換乘漁船偷渡到寧波，隨即趕赴杭州。到的時候，衛神父正在為建造他的新教堂忙得不可開交，但是他竟然還有時間寫完他那本以他親眼目睹的經歷詳述滿清征服大明帝國的來龍去脈的《韃靼戰記》。此書後來在歐洲出版，大為暢銷。在巡撫佟國器的保護和贊助下，他事事順利；難得的是，他並沒有忘了我們。當我們暗示希望得到他的幫忙，在江南建立通商及諜報的據點和地下管道時，他眼睛眨都不眨，就爽快地同意了。他說：「因為佟國器及他的朋友，我才知道滿洲人不止會打仗，他們之中很多人也非常有文化；也許由他們來統治，神州大陸反而會比較好，但是我還是很敬重福仔。他的反清復明的大業也許只是夢想，但是這些年因為戰亂，江南的絲綢、瓷器滯銷，民不聊生，『貨暢其流』絕對會是一件好事，」然後他喃喃低語：「至於福仔是不是要用這貿易的盈利去做戰爭的資本，就不關我的事了。」

從杭州我們北行到上海，發現那邊也已有一座很有氣派的教堂，這教堂是徐光啟的孫女——聖名甘第大的許太夫人——贊助蓋成的。與畢方濟神父共事多年的潘國光神父在畢神父奉派南去澳門後繼續留在江南傳教，上海就是他的主要教區。因為上海的教徒多半來自從事海外貿易的家族，我們在那裡很容易地也就建立了據點。至此，我們已經有了寧波、杭州和上海的經驗，蘇州據點的建立，也就順理成章，很快地完成了。我們此行的最後一站，就是南京。

7

南京就是素音，素音就是南京。四個年頭那麼快就過去了，她還是像我們初識時那麼秀麗、那麼優雅。我在船塢看著她從花園小徑踏著一地的落花款款走來，兩旁桃花盛開，照映著她那燦然的笑顏。我的心酥軟了，我的身體融化了，我的整個人燃燒了起來。我衝了上前去，等不及地把她整個人抱進我的懷裡。我貪婪地看著她，看著她的臉，看著她的笑容；那可是我朝思暮想的笑顏啊！

但是在恍惚之間，我似乎在那臉上也看到了一絲悲哀與無奈的痕跡，我的心忽然絞痛了起來。淚水模糊了我的雙眼，我的腳好像絆到了什麼東西，差點跌倒。

8

錢大師在北京被關了一整年，不久前才被放回來。他更老了，現在不止是頭髮，連鬍鬚和眉毛也都全白了，與他較前更深的膚色成了更強烈的對比。拖著傴僂的身軀，舉步維艱的他，滿臉皺紋，全身瘦得只剩下皮包骨，整個人縮得就像一顆胡桃；柳夫人也消瘦了不少，益發顯得弱不禁風了。但是他們對我們的通商網絡興致勃勃，馬上開始籌劃：店鋪應該開在哪裡，地下工作如何掩護，絲綢瓷器如何進貨……等等。素音與柳夫人馬不停蹄、日以繼夜地推動，作業流程規劃得鉅細靡遺。看著她們的效率如此之高，我心裡不由想著，如果明帝國的政事能由像她們倆這樣的女人來管的話，或許那些搞得一塌糊塗的經濟、軍事問題，都早就已經迎刃而解了。

才不過幾天的功夫，她們就在秦淮河與明故皇宮之間找到了一個體面的店鋪，那地段正就是南京二十萬名織工的所在。店鋪正面臨街，寬敞明亮，適合展示成品；店鋪的後面則有一個很大的倉庫，其後臨河，運貨船，接駁船往回穿梭。如此由小船轉接河運的沙船，到了上海又換上適合海運的福船，途經杭州、寧波，沿途進貨，不需要多少時間就可以回到安海、廈門，從那裡再依各地需求，轉運長崎、馬尼拉、巴達維亞、暹羅、滿剌加。

這個店鋪的開設似乎也讓錢大師的精神重新振作了起來。他說：「我們這是在刺激生產、振興經濟呢！有這麼多朋友齊心協力，這事不但一定成功，而且會給大家帶來可觀的利潤。」徐孚遠定定地看著他，好像有點放不下心的樣子。錢大師自嘲也似地說：「我已經被關了兩次了，每次都是柳夫人救了我出來。如果我又被抓，那也是心甘情願的事。更何況神通廣大的柳夫人一定會來三救夫婿的，」他對柳夫人眨了眨眼，又說：「我相信地方官吏一定也是睜一隻眼、閉一隻眼，不會來干預的。我們的活動不但會增加他們的稅收，又有油水可撈，他們何樂而不為呢？」

9

半個月後，衛神父和潘神父忽然聯袂來訪。他們來南京，當然是為了要為此地的信徒做彌撒、告解，但是我們也就正好可以進一步討論貿易網絡的運作。趁這個機會，素音和我也要求他們之中的一位，來為我們主持婚禮。因為是匆促間做的決定，我們沒有什麼特別的準備，儀式簡單。那是一個清爽暖和的春天，我們一早來到南京舊皇宮外畢神父所建的教堂，沿路觀賞盛開的櫻花。衛神父在門口迎接我們，帶著素音到教堂旁邊的小房間休息。當莊重肅穆的風琴音樂響起時，做為素音教父的衛神父挽著素音慢步走到聖壇前；之後潘神父來到祭台，行過儀式，祝福我們，就大功告成了。走出教堂的時候，微風輕撫著滿山遍谷的櫻花樹，落英滿地。我們一路上踩著花瓣，牽手而行。

我忘了說，素音在婚禮前一個星期受洗，聖名蘇珊娜。素音，蘇珊娜，同樣美麗的名字，一個新階段的人生。

10

蘇珊娜和柳夫人的高效率讓我失去了繼續留在南京的藉口；所幸四月初一場不尋常的暴風雪讓我得以在那裡多留幾日，繼續和蘇珊娜在一起。但是雪不久就溶了，天氣一天比一天回暖，我失去了繼續逗留的藉口。如果再不啟程，一旦北風轉成南風時，我就真的要再等半年才能走了。別離那一天，也是個晴朗的春日早晨，行李都已入艙，我站在船塢前與大家一一告別。好像就在一夜之間，岸邊的柳樹都已冒出了翠綠的新葉，在那裡輕拂著水面，與波光共舞。我轉過身來，看著站在花園門旁拚命揮手的蘇珊娜。她眼裡噙著淚，臉上滿滿的都是笑意，那笑容讓人心碎。一株依然盛開的桃花枝幹，從白牆綠瓦上直伸過牆檐，就在她頭上隨風搖擺，應合著她揮動的手，幫著她一起道別。

這時太陽忽然躲入雲裡，一陣細雨驟然而至，迷濛了我的眼睛。那雨絲飄落在我的臉上，有如輕柔的撫觸。夾著微風的細雨也吹散了蘇珊娜頭頂上的花枝，花瓣一片一片地掉落在她的髮髻上、臉上、淡藍色的衫裙上。蘇珊娜的影像越來越遠，我的視線也就越來越模糊了。

第六章 東海長鯨

1

那位在道家傳統裡或許比老子還更廣為人所知的莊子，在他的《逍遙遊》裡一開頭就說：「北冥有魚，其名曰鯤。鯤之大，不知其幾千里也。化而為鳥，其名為鵬。鵬之背，不知其幾千里也；怒而飛，其翼若垂天之雲。」莊子當然只是借用這荒唐無稽的寓言來表達我們對自在無拘的生命的嚮往，但是這故事卻也並不是無憑無據的。古代的人在東海邊，應該常會看到成群的鯨魚，順著潮流南行，一邊是大陸陸棚，另一邊則是由日本、琉球與福爾摩沙組成的島嶼鏈。他們看著這些海中的巨獸躍向天空，噴出直沖雲霄的水柱，一定驚異不已、豔羡不已。牠們那難以想像的能量以及那無拘無束、隨心所欲、「逍遙而遊」的樣子，一定會讓人又敬畏又嫉妒吧！難怪莊子一想到那無窒無礙、自由自在的內心世界的時候，馬上聯想到的就是這樣的生物。

大概是因為類似的理由，人們開始相信福仔是神鯨的化身。一個不知道從哪裡來的傳說，說福仔出世的那一天，一隻鯨魚從海裡跳了出來，衝入他母親的肚子裡，那時火光沖天，照亮了黎明前的整個平戶。又有人言之鑿鑿地說，國姓爺每天晚上都還是會變成神鯨，保護我們、帶領我們走上成功之路。而既然福仔是條鯨魚，我們當然也跟著就越來越像弄潮兒，越來越感覺自己是海洋的一部分，不懼風浪，百戰百勝。

那時候在海上，我們的確是一支常勝軍，無堅不摧、無往不利。我們的商船從安海和廈門出發，往返於長崎、寧波、馬尼拉、巴達維亞、熱蘭遮城等地，通行無阻。任何人膽敢阻攔搶劫，就得擔心被懲罰報復。荷蘭人懼怕福仔，有如懼怕他的父親鄭太師，有時還是把他們混在一起，繼續稱呼他「一官」，不過後來比較弄清楚之後，就開始叫福仔「小一官」。

但是一上了陸地，我們就一點都不威風了。

2

一上了岸，我們就只能打游擊戰。坦白說，我們的打法，跟海賊倭寇類似，其實就是一脈相傳下來的作風。我們的船會突然從海上出現，攻入海港，圍困城市，在鄉間燒殺劫掠；但是很多時候我們一聽說清兵逼近，拔腿就跑。為什麼？就只因為他們騎射了得，成千上百的騎兵常常忽然就不知道從哪裡冒出來，全速衝向我們的陣營；他們一靠近射程，兩手左右開弓，箭如雨下，奔馳的速度不曾稍緩，竟然還是致命地準確。我們的士兵習慣的是面對面的打鬥，哪曾見過這樣的陣仗，登時亂了陣腳，落荒而逃。

施琅引進的藤牌，終於讓我們比較沒有那麼總是屈居下風。藤這東西在華南到處都是，可以很便宜地大量蒐購。用藤條緊密編織而成，再塗上桐油的藤牌，刀槍不入，輕巧耐用。一面直徑五尺的盾牌足以掩護一伍三個士兵：最前面的那位負責持藤牌，後面兩人一執雲南斬馬刀，專砍馬足，另一人以一雙緬刀對敵；等到騎兵接近時，那兩個持刀的人才跳出來，各司其職。如此幾百個「伍」連結在一起，齊步前進，稱為團陣。

這個方法在多山、丘陵起伏的閩南地區，因為戰馬不能快速奔馳，效果甚佳，但是在平地時，則仍然無法完全阻擋騎兵的攻勢。我們有許多次圍城已幾個月，眼看就快要勝利的時候，一隊滿清騎兵急行而來，人馬合一，好似希臘神話裡的人頭馬，銳不可當，衝得我們陣腳大亂，只好撤退。所以也就難怪，當福仔收到一封從清方騎兵千總王起奉的密函，願意起義反正時，他會那麼興奮了。王起奉後雖因被告發而只能自己一個人倉皇出逃，我們還是受惠於他所提供的情報，而攻下了雲霄這個通往廣東的重鎮。在這場戰役裡，王起奉的至交，同為清方騎兵將領的姚國泰，奮力死戰而身負重傷，寧死不降。福仔敬重他各為其主的忠義，又知道他馬術了得，悉心照顧，救了他一命。姚國泰感恩圖報，自此盡心盡力，與王起奉一起建立一個可以與滿洲八旗媲美的騎兵部隊，個個可以在急馳中左右開弓、百步穿楊。我們有了這個騎兵部隊，頓覺如虎添翼，面對關外來的那些鐵騎時，也就比較不再有那無來由的恐懼了。

數年之後，出身遼東的台州總兵馬信及來自蒙古的參將把臣興，各率數千騎兵來歸，我們在陸地上也就更可以與滿州人決一雌雄了。

3

一六四九年的秋天我再訪福爾摩沙時，完全沒有想到，才不過兩年之間，這整個島早已經物換星移。彷彿忽然之間，漢人到處冒了出來：碼頭上的苦力、鄉間的農夫、岸邊打漁的人，甚至還有乞丐。從前那塵土飛揚的土路，現在已經鋪上了石板；稀稀疏疏的幾間店面變成了一個熱鬧的市集。店裡擠滿了來自世界各地的貨品，有印度來的棉布、麻布，江南及東京來的絲綢，交趾來的五彩陶器（交趾燒），班達群島來的香料，鋤頭、田犁、漁網、獵槍、南北貨……。除此之外，鎮裡還出現了一間有模有樣的藥房以及一間兼賣圖書的文具店。與這大街平行的，是一條更加熱鬧的小路，兩旁早晚都有許多攤販，叫賣各類蔬果、豬肉、魚丸、魚乾、醬菜等等，以及還關在籠子裡的雞鴨，養在水槽裡的活魚、活蝦。福爾摩沙開始有「文化」了，至少是漢文化。

漢文化在這裡的快速發展，還有一個更具體的證據，就是那新蓋成的媽祖廟。這廟的廟口又還有許多其他的攤販，販賣各式小吃。每當你走過那附近，食物的香味與廟裡傳出來的煙香混雜在一起，讓你就更沒有絲毫疑問，你正是置身於一個漢民族的聚落中。

海灣對岸的普羅民遮鎮除了行政官公署、軍營、馬廄、倉庫之外，以前只有稀稀疏疏的幾家店鋪。不到兩年，城旁的街道也已熱鬧非凡，除了還沒有自己的媽祖廟之外，規模幾乎可以媲美熱蘭遮鎮。我們借住在斌官位於鎮後小山上的別墅，從那裡往前望去，兩座城鎮以及其間的台江內海盡收眼底。夕陽西斜時，熱蘭遮城堡的倒影映照在波光粼粼的海灣上，美不勝收。

那天晚上，斌官請懷仔作陪，為我們開了一個小小的洗塵宴。他還是像以前那樣地好客、多禮。但是他顯得有點心不在焉，也沒有像以前那麼地精力旺盛。原來不久前他的一艘商船在東京灣遇上風暴，被吹上岸，擱淺在沙灘上。一隊穿著大越軍服的士兵以緝拿海盜、搜查贓物為藉口登船，扣下了船上的幾千兩銀子之後，就消失得無影無蹤。斌官託他在昇龍的丈人去查詢，官員們把這事推得一乾二淨，辯說他們完全不知道這件事。為了這趟生意，斌官已經跟好幾位漢人頭家借了不少錢，一身債無法償還，利上加利，越滾越大。不止如此，一些熱蘭遮城的公司主管也違法私下投資在這有違公司利益的貿易活動上。現在有些人怕債討不回來，竟打了折扣把債權轉賣給拔鬼仔上尉。這上尉威脅他，說討債有很多種方式，他再不還的話，很快就會知道滋味了。

斌官情急生智，向福爾摩沙評議會建議在熱蘭遮城堡城門外設一個「秤量所」，來計量進出貨物的重量及稅率，也從中抽取手續費。但是評議會成員個個也都是精明的商人，精打細算，自然不會給他太多的利潤，他因此也只有繼續債臺高築，難逃債主們——尤其是拔鬼仔——的糾纏。

所以當我們提出讓他在熱蘭遮鎮替我們向所有出入的華人船隻徵稅——其實也就是收取保護費——的時候，他馬上就答應了。這「稅收」盈餘幫忙他解決當時的債務問題，但是也讓他提心吊膽，害怕被公司發現，說他吃裡扒外。這事十年後果真爆發，逼得他不得不逃離福爾摩沙，投向鄭家。

4

懷仔那時也很鬱憤，他對荷蘭人加在漢人頭上的稅深痛惡絕。「他們把我們漢人看得比豬狗都不如，」他說：「沒錯，他們並沒有當面說我們是豬是狗，但是他們公開說過，我們是公司的乳牛、蜜蜂。傅爾堡，那剛到的新長官，就是這麼說的。他們可真會課稅啊！幹！再下來恐怕連放屁、拉屎都要被課稅了。」他說這島本來就是鄭家的，懇求我們來攻打荷蘭人，把他們趕出福爾摩沙。他隨時可以號召到一萬壯丁，但是這些農夫需要訓練，需要武器。他又說，他之所以要對抗紅毛，完全不是為了自己的利益。他有地有錢，不愁吃穿。「但是那麼多農人、獵戶、漁夫，要交這麼重的稅，他們到底要怎樣活下去啊？」儘管如此，漢人還是繼續蜂擁而至，因為留在家鄉裡要麼就是死於戰亂，不然就是死於饑荒。乳牛！蜜蜂！懷仔又大聲謾罵了起來。

5

憤怒的並不只是漢人。幾天後懷仔與我路過蕭壠社，遇到倪但理，發現他更是憤憤不平。「史諾克會害死我們，他煽動大家去互相監視、密告。走私、逃稅、窩藏外人、漁獵過度，什麼樣的名堂都有。他的目的不是為了執法無私，他是為了索取賄賂！如果你不服輸、不肯向他低頭，你就會被起訴、判刑、繳交罰款；他既是檢察官又是法官，從罰款裡也可以抽取到可觀的報酬。他這麼會斂財，現在可是個貨真價實的暴發戶啦！眼看著這樣的敗類得勢，還有誰會相信我們的神是公正的呢？他丟盡了全島上荷蘭人的臉！」

倪但理努力要為那些被誣陷的人辯解，但是傅爾堡長官置之不理。「這其實早就是在意料之中的事，不是嗎？我相信史諾克的每一筆收入裡都有傅爾堡的份，兩個人都賺得腦滿腸肥。再這樣下去，眼看著就要把福爾摩沙這頭乳牛的奶榨光，把當蜜蜂的漢人都整死。漢人已經忍耐到了極限了，這你問懷仔就知道。他們雖然表面上看起來那麼溫和，誰又能保證有一天不會揭竿而起呢？」他頓了一下，深深地看了懷仔一眼；懷仔淡淡地笑了笑，不置可否。

依倪但理所說，史諾克與傅爾堡固然明顯的是貪婪腐敗，但是其他的評議會議員難道就清白嗎？如果不是為了要大撈一筆，這些公司的主管，本來在荷蘭日子過得好好的，有的還已是出名的律師，為什麼要千里迢迢，不畏險阻，來到像巴達維亞或福爾摩沙這樣的「蠻荒之地」呢？倪但理說，我們當然也不能一竿子打翻一船人，評議會裡也有正義之士，真正信神的人。

懷仔帶著有點嘲訕的表情說：「你說的大概是揆一吧？他跟傅爾堡恐怕也是半斤八兩！前些日子不是才聽說他因為走私及貪瀆而被調查嗎？他之所以與傅爾堡不合，恐怕主要是因為夢想多年的長官位置被傅爾堡搶走，自己繼續屈居老二，心有不甘的緣故吧！」他又說：「你們這些神職人員呢？你們每個人來這裡都只是為了奉獻給至高無上的神而已嗎？」這問話擊中了倪但理的要害，因為這正是史諾克及傅爾堡攻擊他及教會的藉口：他們說來台的牧師們貪財圖利，懶惰、自大又無知，不肯在此長居、學習當地人的語言、習俗，只會灌輸死硬的教會教條，強迫福爾摩沙人照單全收、囫圇吞棗。他們又指責牧師們不服指令。

不服指令？原來牧師的薪水完全來自公司。所以他們除了傳教以外，還得幫忙收稅、負責治安，監督那些新近從軍隊裡退休、不願回老家而轉任為教師的士兵。這些退役軍人多半是酒鬼、賭徒，脾氣暴躁、行為不檢，常常調戲女人、打架滋事。為了酬謝牧師工作的辛勞，公司除了固定的薪資之外，還常送給他們大片的土地。因此，牧師經濟上更加受制於公司，也不免做出些違背良心的事，將自己陷於兩難的處境。

倪但理對史諾克的批評引發了後者的反擊，開始散播謠言，質疑牧師們，尤其倪但理，私吞了公司的部分稅收。其實稅收的確常常低於公司的預期，因為那些一窮二白的漢人和福爾摩沙人，生活往往早已捉襟見肘，哪裡還交得出稅來？牧師們有時心軟不願逼催，於是就被公司怪到頭上來了。

6

倪但理年紀輕，脾氣火爆，又有一點自大，之所以會與公司衝突，自己多少也得負一部分的責任。他本來就是在有點勉強的情形下，為了要盡對教會的義務才決定來福爾摩沙的，一開始就說好不會久居。另外一位牧師，韓布魯克，則完全不一樣。來自鹿特丹的他，一年前下定決心，舉家搬來福爾摩沙來定居、傳教。他們一家六口，包括四個小孩，從一開始就打算要留在那裡，扎下根來，世世代代做福爾摩沙人。身高六尺二的韓布魯克雖然才四十三歲，卻已經有點駝背，頭髮與鬍子也都開始發白了。他那雙深凹的灰藍色眼睛和睦可親，但是隱約間也給人一點點哀傷的感覺。

韓牧師娘的模樣則完全相反：矮胖、豐滿，一副胸無城府的樣子，很容易就與人打成一片。她廚藝了得，尤其擅長烘烤麵包、做蛋糕。至今我每想起她的奶油杏仁餅就會直流口水：那杏仁餅酥脆鬆軟、入口即化，但是那留下的餘香，帶著清淡的蜂蜜及杏仁的味道，則久久不散。我後來無論到哪裡，再也找不到那麼有滋味的杏仁餅；不僅亞洲沒有，就是在此餅的原產地荷蘭也沒有。

他們的四個小孩個個健康活潑、人見人愛。大的兩個已是十四、五歲的少女，皮膚白得就像來自景德鎮最高級的細瓷，晶瑩剔透。金黃色的長髮編成的辮子纏在頭上，大半隱藏在荷蘭軟帽之下；身上穿著的荷蘭傳統女裝，上身是純白短袖襯衫，外覆紅色束腰外套，下身則是一件及膝褶裙，其上又套了一片白色圍裙。這圍裙不但好看，還相當實用。我們來訪的那整個下午，她們兩人一直在廚房裡跑進跑出，端茶送水，忙得不亦樂乎。跟在她們後面，才七、八歲的小妹柯妮利亞，也是類似的打扮，同樣地清秀可人。

最小的則是個大約五、六歲的男孩，身上穿著寬鬆的上衣及短褲，外加一件藍色的背心。他看來一定是整天在戶外跑的、好動的小孩，皮膚曬得甚至比福爾摩沙人還要黑，頭髮卻被日光完全漂白了，閃亮如銀。

這些小孩新港話講得非常流利。在我們那一次不過幾小時的造訪裡，許多蔴荳社的村民在那裡來來去去，「就好像到自己家的廚房一樣自在。」他們來借鹽借糖、也送來他們剛摘的芋頭、剛捕到的魚。女孩們則來學刺繡的針法、交換食譜……韓牧師的家看起來就像是這村社的社交活動中心，他們一家人就沉浸於這社交網裡，如魚得水。

韓牧師沒有想到，在他這個新工作環境裡，最讓他頭痛的，竟是他的同鄉、同僚。他一到這裡就被夾在傅爾堡跟倪但理這兩派人馬之間，左右為難。「你說的沒錯，這個衝突無法避免，因為神職人員無法同時服侍兩個主人。」他說。

7

那趟蘇荳之旅讓我心力交瘁。我童年的原鄉，居然成了這麼多紛爭的是非之地，讓我情何以堪！一直到回到了斌官的山邊別墅，我才終於覺得比較可以鬆一口氣。我們在那裡等待收購從福爾摩沙北部運來的硫磺，用來製造我們作戰越來越需要的火藥。除此之外，我們的採購單裡還包括幾十噸鹿脯和幾百根鹿鞭。鹿鞭的用途，就不去說它了；我們之所以對鹿脯特別有興趣，則是因為聽說福爾摩沙的鹿脯是用廚師出身的前總督卡隆——揆一的連襟——的祕方製成的，別具風味，十分可口，又容易保存。因為鹿脯的收購需要時間，我們就又多等了一陣子；也幸好因為這一番延宕，才讓我們有機會意外地見證了福爾摩沙每年舉行的長老會議，瞭解荷蘭人如何用這樣的儀式來成功地約束、羈勒福爾摩沙人。

那是個很漫長的一天一夜：大約黎明前一小時，我們忽然被三聲轟然巨響驚醒，睡眼迷濛地跑到陽台上去看到底發生了什麼事情。聲音無疑來自那已然燈火通明的熱蘭遮城堡，預示著這一天的行程正要開始；等到普羅民遮鎮這邊回應了三聲更加震耳欲聾的禮炮之後，一艘掛著荷蘭東印度公司的三色旗以及福爾摩沙長官旗的單桅船就從熱蘭遮城駛了出來，慢慢地越過海灣；尾隨其後的四、五艘小船載滿了全副武裝的士兵，輪流向天空鳴槍，與岸邊的炮聲此起彼應，好不熱鬧。

我們趕到普羅民遮鎮的時候，從碼頭到行政官公署之間短短的路上，兩旁已站滿了人，一邊是公司員工，另一邊則是福爾摩沙人。不一時，渡過海灣而來的船隻陸續靠上碼頭。最先從船上下來的的是八位手持長戟、高大粗壯的衛士，他們上岸後隨即在兩旁站定，紋風不動、莊嚴肅穆；隨後下船的是三十位荷蘭士兵，向空鳴槍之後，也就各就各位；緊跟在他們後面的是兩位喇叭手和六位鼓手，他們齊步向前，鬧得喧天價響，過了好一陣子之後，才戛然而止。就在這時候，太陽忽然從朝雲裡露出臉來，金黃色的陽光灑落在這忽然沉靜下來的廣場上。過了幾分鐘，傅爾堡長官走出了座船，後面跟隨著的是揆一、史諾克、倪牧師、韓牧師及公司的兩位高級商務員。這些盛裝的首長，緊身襯衫配上及膝馬褲與緊身長襪，衣領、袖口、褲腳乃至鞋面上都覆蓋著精緻奇巧的純白緞帶花邊。這一身裝束，再加上朱紅色的披肩與寬邊羽毛大帽，看得人眼花撩亂。他們慢慢地走向長官公署前廣場中央臨時搭建的高台，後面跟隨著三十名盔甲雪亮、威風凜凜的衛士。光是看著這樣的陣仗，人們內心的敬畏之情，就不禁油然而生了。

那一天的議程從對一位漢人及三位荷蘭人囚犯的處刑開始。史諾克在每一位囚犯前宣讀一份簡短的判決書，這判決書的內容再由專人翻譯成新港語及福佬話，務使人人都瞭解罪犯的惡行及處罰的依據。那可憐的漢人，名字好像叫勇官，看來是一名走私者，在抗拒逮捕的時候殺死了一名荷蘭掌旗官，因此被判處「車裂刑」：劊子手將他緊緊地綁在一個有許多輪軸的大車輪上之後，拿出一根鐵錘，用力搥打橫架在輪軸之間的骨頭，將之全數敲斷、敲碎。這劊子手是箇中好手，他慢條斯理，一根一根地打，不漏掉任何部分。這刑罰延續了整整一個小時，勇官也就在那裡哀嚎了一整個小時，數度昏厥。到了再也無處可搥的時候，傅爾堡長官命令將之斬首，「因為公司仁慈為懷」，不忍心看著他在那裡繼續煎熬好幾天才死去。

劊子手用粗棉布把勇官的頭顱仔細包好，鄭重地交給新港社的頭人，因為新港社多年來一直是荷蘭人最忠實的盟友。雖然新港社民都已歸化為「虔誠」的基督教徒，不再「出草」，他們對人頭的喜好並未曾稍減。他們之所以踴躍爭先，作戰時甘願做荷蘭人的馬前卒，一部分也就正因為由此可以常常得到新的人頭。

許多人或許會說那恐怖的車裂刑正是那一整天的活動裡最精采刺激的部分。觀刑之後，長官做了一場漫長的演講，苦口婆心地反覆勸誡諸社務必要和樂相處，互助合作，努力去做真正的基督徒，不可酗酒，遠離迷信、偶像崇拜。他又反覆叮囑，對「奸詐狡滑」的漢人需要小心提防，千萬不要輕易相信他們的甜言蜜語。

再下來的重頭戲就是村社長老的重新任命：此時各社長老分別交回其象徵權威的鑲銀藤杖，再由長官親手轉交給下一任的長老。雖然在大多數情況下，長老都得以連任，總督還是不忘聲明，這只是因為現任長老就正好是最佳人選，不適任的人還是隨時都可以被換掉。這個節目到了尾聲，長官發現有好幾個村社的長老稱病而未能與會，十分震怒，堅持此事絕不容馬虎，如果是蓄意抗命，務需嚴辦。

到了傍晚，儀式與公事都已經差不多完成了，整個會場的氣氛也就跟著輕鬆許多。福爾摩沙人搬來了三片大石板，用鐵架子架在廣場中央。石板下面置放許多木炭柴薪，把石板熱得滾燙。一大盆一大盆用青蔥、野山椒醃漬過的山豬肉被放在石板上烤，肉香瀰漫整個廣場。豬肉之後，繼之以竹雞、班甲、山羌、飛鼠，再加上蒜、薑、檳榔花、山蘇，及許多叫不出名字的野菜……那可真是無以名狀的美味啊！勇敢一點的人，還可以去嘗嘗那許多種用半發酵過的小米醃製的各式魚肉、菜蔬。但是最具挑戰性的，恐怕就是那剛從梅花鹿的腸子裡掏出來的、半消化過的青草：福爾摩沙人認為的極品佳餚。斌官說：「如果有一天你真的愛上這東西，我就真服了你。我總是儘量不要在他們吃飯的時候去登門造訪，因為萬一他們拿出這東西，我吞不下去的話，那可就太難堪、太沒禮貌了。」

天黑之後，各式各樣的酒一一出現：福爾摩沙人的小米酒、荷蘭人的啤酒、日本清酒、漢人的傳統米酒；白干、琴酒、杜松子酒。但是最可怕的，恐怕要屬那從巴達維亞運來、用椰子肉汁發酵蒸餾出來的阿拉克酒。不過不管是那一種酒，幾杯下肚之後，長官、士兵、荷蘭人、福爾摩沙人、漢人，在酒精的影響下一律平等，大家混雜在一起，引吭高歌、手舞足蹈、互相調笑。那個晚上，不分貴賤、沒有國界，大家都是李白，大家都是醉仙。

8

那年七月，在潮州、汕頭一帶打了大半年戰的福仔終於回來了。他戰無不勝，卻沒有辦法長期占領任何一個重要的城池。沒有錯，那整片地區所有的糧食補給，只要拿得動的，我們都毫不遲疑地搜刮得一乾二淨；我們的部隊，也以驚人的速度繼續擴張。但是打了整三年輝煌的戰爭，我們還是「無家可歸」，漂泊於海港與海港之間，借用他人的碼頭停靠，「臥不安枕」。鴻逵叔的確一直都非常照顧我們，讓我們的船隻可以隨時去金門避風躲雨。但是我們沒有一個固定的地方，可以用來訓練我們的軍隊，沒有地方可以讓我們放心地儲藏糧草，更不用說我們那些搶劫而來、為數可觀的金銀財寶。

誰又料想得到，那麼一小包鹿鞭竟然就解決了我們這天大的難題？聯舍堂哥太喜歡醇酒美人了，他夜夜春宵、戕伐過度，永遠都在尋找壯陽補藥，一看到我們饋贈的那盒鹿鞭，樂不可支。他開了一場大酒席為我們洗塵，炫耀他最近蒐羅的及笄少女。第二天我們也開了一場酒宴回報，邀請了聯舍和他的主要幹部。我們竟夜歡飲，分享我們童年的種種回憶。當聯舍終於醉態酩酊，搖搖晃晃地離開的時候，天都快要亮了。不久，他的一個貼身侍衛飛奔了回來，氣急敗壞、語無倫次。搞了好一陣了，大家才明白，原來聯哥在回家的山路上被一群全身黑衣的刺客給殺害了。我們急忙趕到那裡，果然看到七具屍體橫陳路中，聯哥就正是其中的一位。福仔抱著聯哥的身體，痛哭流涕。他邊哭邊說：「誰殺了我的兄弟？我一定不放過他！」看著他，聽著他的哭聲，我毫無疑問，他當然是在演戲。但是這同時也不只是表演，他也是在為我們消逝的童真悲泣，為我們左右為難、無可奈何的處境悲泣。我一時想起童年的種種，想到的不只是聯舍當年的霸道，不只是我受過多少他的欺壓，忽然浮現在眼前的，也還有我們大夥在一起那麼多的歡樂時光。

福仔為聯哥辦了一場盛大隆重的葬禮，明白宣誓，他會全心全意照料聯將軍的親人、子女。聯舍的將士，雖然對聯舍的死因不無猜疑，卻也不願深究，因為他們打從心底相信，福仔會是個更有作為的領導人。不但鄭聯的部屬這麼想，連鄭彩的手下也有同感。所以等到鄭彩聞訊從前方趕回時，一切都已可謂「木已成舟」。他不管心裡有多少悔恨，也都已經無濟於事了。

9

那年年底，衛神父忽然在安海、廈門現身。原來他剛奉派要去羅馬報告在華耶穌會對所謂的「禮儀之爭」的看法和做法。他最近又天南地北地跑了一大圈，上一年的整個冬季差不多都在北京，所以他也帶來了許多讓人意想不到的內幕消息：他說湯若望神父不但保全了利瑪竇半世紀前創立的宣武門大教堂，還爭取到更多的支助，將之整修擴建得美輪美奐，不輸於許多歐洲的教堂。他在天文、曆算方面的學識極得滿洲人的賞識，因而數度封官進爵，現在已是堂堂的二品朝官、欽天監監正。年輕的順治皇帝非常喜歡他，常常一心血來潮，就闖入他教堂旁的住處，向他請教天文、曆算、火器及城堡建築等等的問題。順治帝的母親——後來的孝莊太后——剛受洗入教，尊湯神父為教父，所以順治也就順理成章地尊稱湯神父為「阿瑪」，的的確確把他當成自己的祖父來看待。如此一來，上行下效，許多朝廷高官也就爭相奉承、巴結湯神父；訪客川流不息，宴會多到讓他窮於應付。湯神父雖然辛苦，卻也只有盡力以赴，因為他一方面覺得這是天意難違，同時也認為他這些交際有利於保護整個教會在各地的發展。

但是教會裡許多人卻並不這麼想：在華耶穌會前後任會長龍華民及傅方濟擔心他太熱衷政治，會變成滿清人的工具，對他頗有微詞；更惡毒的攻擊，則來自同屬耶穌會的利類思及安文思神父。他們兩人在四川傳教不到三年就不幸被入川的張獻忠逮捕，被迫接受其官職。不久清軍打敗、擊斃張獻忠，兩神父以附賊的罪名被拘，解送北京，在那裡繼續受到軟禁。歷經險難之餘，他們原以為來到北京會被當作英雄歡迎，沒想到卻還繼續是階下囚，竟開始懷疑這是因為湯神父從中作梗，甚或落井下石。他們寄出一封又一封的投訴信，指責湯神父生活靡爛，常在宴會中與婦女雜處，並猜測他所鍾愛的管家兼義子，其實就正是他的私生子。說到這裡，衛神父嘆了一口氣：「安文思這就太過分了！我可以理解，吃過那麼多的苦頭之後，他們兩人心中有多委屈、多憤怒。湯神父的確也是脾氣火爆、口無遮攔，不免招人怨懟。但是他們也不想想，湯神父對教會有多大的貢獻！如此穿鑿附會地造謠，不是太過分了嗎？」

但是耶穌會裡的紛紛擾擾，倒還不是衛神父必須離開杭州去羅馬的原因。他之所以不得不去，是拜道明會黎玉範神父及方濟會利安當神父之賜。「這些人一點都不瞭解中國，卻那麼地自以為是！我們耶穌會在中國已經努力了七十年了，我們之所以能在這裡立足，正是因為我們懂得適應，我們努力將自己培養成比中國的士大夫還要士大夫！我們熟讀四書五經，經過多少努力，才終於被中國的菁英、官宦階級接受。這些所謂的托缽僧，緊跟在西班牙征服者的屁股後，到了新大陸和菲律賓，在刀光劍影之下，逼著土著集體受洗，就洋洋得意，自以為了不起！那些土著根本聽不懂他們在說什麼，受洗又有什麼意義？二十年前，他們終於潛入中國，用他們的奇裝異服、詭言異行，蠱惑了一些愚夫愚婦，就自鳴得意，批評我們縱容華人祀孔祭祖，說那就是崇拜偶像！」

然後衛神父好像想到了什麼，眼睛忽然亮了起來，笑著說：「這事信不信由你！湯神父親口跟我說，一六三七年的夏天，當整個國家烽火連天，明朝朝廷焦頭爛額的時候，兩個方濟會神父忽然出現在他門前，要他馬上帶他們去見皇帝！被拒絕後，他們一怒之下，自顧自走到紫禁城外，在那全城最熱鬧的王府大街上，就用西班牙話和拉丁話聲嘶力竭地傳起道來了！這場鬧劇當然耐不了多久，湯神父再見到他們的時候，他們早已是朝廷的階下之囚。湯神父花了不少心力，以及大筆的賄款，才把他們保釋出來，條件是他們不可以再以同樣的方式傳教。沒有想到他們一點都不領情，堅持要勇往直前，死而後已。湯神父無計可施，只好派他的僕人趁夜把他們連棉被一起裹綁起來，丟到一條船上，運送到南京，再由那裡一路押送回澳門。」

看到這兩位方濟會神父鎩羽而歸，道明會黎玉範神父認為不能再袖手旁觀，決定親自回羅馬去向教皇控告耶穌會縱容「祀孔祭祖」的不當。他在澳門等船一等兩年，竟然等不到半個船位，終於瞭解，支持耶穌會的葡萄牙當局一直在阻擾他從海路返歐。他於是改走陸路，沿著當年馬可波羅東來的路反向而行，歷盡艱辛，兩年後抵達羅馬，在那裡力陳耶穌會在華傳教方式的偏差。教皇因此在一六四五年頒布通諭，禁止中國天主教徒敬拜祖先及聖賢。

10

衛神父在北京時也常有機會與鄭太師見面。鄭太師降清後繼續保有侯爵的名銜，住在一間寬廣舒適的樓房庭院，生活優閒自在，但是已經沒有絲毫實權，所以常有時間能到教堂來望彌撒、與神父閒聊。當他聽說衛神父在回羅馬的路上可能會途經安海的時候，他說：「請告訴福仔我常常想到他，也常常為他的安全與成功而祈禱。請告訴他，不管他的計畫是什麼，就努力去做，絕對不要顧慮到我的安全。我自己年輕的時候不就正是這樣的嗎？我那時候一心一意就是要到海外闖蕩，哪裡會顧慮到家裡的任何人！現在是他的時代了，他可要好好把握住機會，」說到這裡，他臉色黯淡了下來。隔了許久之後，他才又說：「請您也告訴他，今後幾年，滿州人很可能會用我的人身安全來做籌碼，要逼他就範。我可能會被迫寫信，哀求他接受他們的條件。請告訴他，我不止一次辜負了他和他的母親。我相信他一定很恨我，應該會恨我一輩子。我只希望他能善用這憤怒，讓它成為力量的泉源。告訴他，不管他想要做的是什麼，我都會打心底祝福他。」

11

從北京南下的路上，衛神父專程去了一趟常熟，造訪錢府。真是機緣湊巧！他到的時候，蘇珊娜剛生下了一個小女孩。衛神父於是得以給她行洗禮，替她取了瑪琳娜這樣的一個教名。

瑪琳娜，安靜的港灣，幸福的泉源。而瑪琳娜也的確從此成了我一生幸福的泉源。

但是從錢府傳來的，也不完全都是好消息。為了支持最近幾次旋起旋滅的起義，他們早已花費掉了家裡所有的積蓄，不得不開始考慮處理他們收藏多年、難以割捨的絕版古書。但是當他們還在為賣書的順序猶疑不決的時候，那建於水池中間，用來藏書的絳雲樓半夜忽然著火，數千珍貴圖書登時付諸一炬。如此一來，他們可真的成了名副其實的赤貧之戶，只能靠錢大師的書法和柳夫人的丹墨勉強餬口；錢大師因此只好放下身段，替人寫祝壽詞、墓銘誌等等，幾乎有求必應；以前根本完全不屑一讀的書，現在為了稿酬，也只好努力為之寫序了。儘管如此，謠言還是滿天飛，說柳夫人為了養小白臉，私吞了所有的圖書，再一把火將絳雲樓付諸一炬，掩蓋她的罪行。

12

來自永曆朝廷的消息更不樂觀：江西與湖南再次淪陷，滿清朝廷已再度控制整個長江流域，正在好整以暇地往西南推進。廣州城被圍半年後，終於城破，清軍瘋狂屠城，數十萬生靈塗炭。畢神父還好早一年過世，毋需再度經歷又一次難堪的折磨。

永曆帝再次倉皇逃出廣東，「駕輕就熟」地直奔南寧。就在這個候時，卜彌格神父也已完成他去陝西的任務，又回來尋找當定太子和他的家人。他一到達，馬上就又接到皇太后烈納的昭令及司禮太監亞積棲的請託，隨即風塵僕僕地上路，赴羅馬去見教皇，求取救兵。

不久桂林陷落，瞿式耜殉國；一年後路加將軍也被叛徒所出賣，壯烈犧牲。一夜之間，永曆的十字架常勝軍，以及那好不容易徵集到的三百葡籍傭兵，也就跟著覆亡了。在亞積妻太監的保護下，永曆和他的宮廷倒是逃過一劫，隱避到中越邊境的深山裡；瞿沙微神父不幸沒有跟上隊，被清軍逮捕，砍下來的頭據說又被切成四半，當是他們送給他的一個十字架。

永曆就像隻九命怪貓，總是在幾乎山窮水盡的時候遇到救命的貴人。原來張獻忠雖然在四川陣亡，他的幾十萬大軍卻並沒有潰散；他的四位「義子」一起率領所部離開殘破不堪的四川，往南征服了貴州和雲南，又回過頭來，再度威脅清軍。李定國，這四位土匪頭子之一，此後竟成為永曆帝最忠心的支持者。他雖不識字，卻是一位非常優秀的戰略、戰術家；不但如此，他還從越人及泰人那裡學來了馴象術及驅象作戰之法，臨陣時數十頭戰象狂奔向前、橫衝直撞，敵軍往往為之氣奪，棄甲曳兵、落荒而逃。

13

面對這撲朔迷離的局勢，遠在廈門的我們越來越不安。我們真不希望又失去另一位皇帝，但是現在廣州與桂林都已經落入清軍之手，永曆朝廷音信久絕，遠在天邊的我們又如何去「救駕」？我們或許此時可以趁清軍不備，由海上突擊廣州，逼迫清軍回師，如此不但解了永曆帝的燃眉之急，又能擴張我們的領地，可謂一舉數得。但是如果我們的主力離開閩南，難保清軍不會乘虛攻打金、廈。為此，福仔特地鄭重交代他的堂叔鄭芝莞留意防守，讓他無後顧之憂。

對這個構想，施琅是反對最激烈的一位，他反覆強調永曆朝臣的無能與短視。「我們不是都同意要跟朝廷保持距離嗎？我們突擊廣州，或許會成功，但是這麼一來，就更沒有藉口不去救駕了。從廣州到永曆的行在，不知有幾百里，多是山路，離海岸越遠，我們的補給線就越長，處境也就會越來越危險。更何況我們廈門對岸的敵人，一直在那裡虎視眈眈，我們前腳一走，他們後腳就會攻進來，到時候我們恐怕就真的進退失據，不知道怎麼辦才好了。」

福仔直覺得施琅在扯他後腿，氣得發抖，手已經按在劍柄上，蓄勢待發。鴻逵叔趕緊向前握住了福仔的手腕，說：「我贊成你的想法，這的確值得一試。但是我們也需要保衛我們這裡的基地。我看就這樣吧！你就按原計畫帶著大軍南下勤王，我回去跟芝莞一起守金廈。」福仔又繼續盯著施琅好一陣子，呼吸才慢慢地平順了下來，手也離開了劍柄。他冷笑著對施琅說：「看你把叔叔嚇成這樣子！那不然你就跟著叔叔回去，好好休養身子吧！」

14

我們的南征計畫一開始就為一波又一波的暴風雨所阻，進程緩慢，到了三月的時候，才終於到達惠州；從那裡再過幾個海灣，珠江三角洲就在望了。攻占惠州意外地不費吹灰之力，可是就在我們整裝待發，準備進擊廣州的時候，不幸的消息從後方傳來了。幾百名滿洲騎兵神不知鬼不覺地混進了廈門，而芝莞叔聞訊的第一個反應居然又是落荒而逃！鴻逵叔從金門渡海趕過來救援，雙方鏖戰終日，勝負未定。這時「奉命休假」的施琅帶了他的一小隊衛士趕到，加入戰局，才終於扭轉了情勢。鴻逵叔活捉了我們的宿敵馬得功，可是馬得功卻大剌剌地說，您在安海的太夫人及三哥芝豹現在都受邀在泉州作客，您的大哥又在北京，您可要以他們的安危為重。聽他這麼說，無奈的鴻逵叔只好把他放走。

五天後我們回到廈門時，眼前已是滿目瘡痍；穀倉被焚，金銀財寶洗劫一空。但是最讓福仔痛心的，則是大學士曾櫻之死。「為什麼我沒有勸他搬到金門去？他死得真冤枉啊！」

15

其後十天，福仔忙著視察海港、堡壘、倉庫、軍營。然後他召開了一場隆重正式的會議，會議廳裡擠滿了將領、官員；廳外廣場數千菁英部隊整齊地排列著，其外又環繞著許多圍觀的群眾。會議一開頭，他先讚揚所有英勇的將士，能夠臨危不亂，擊退敵人，守衛我們這得來不易的基地，他的褒獎名單裡名列首位的自然就是施琅。

再下一幕則是沒有人意想得到的：手鐐腳銬的芝莞叔被帶了進來，罪名是懦弱畏敵，判處「斬立決」。福仔一唸完判決，隨即轉身從背後牆上請下隆武皇帝賜給他的尚方寶劍。再一轉身，連刀影都還沒見到，芝莞叔的人頭就已在地上翻滾了。這顆頭顱隨即被插在一根長長的竹竿上，掛在大廳門外，遠近可見。

不過那天也並不是每一個人都看到這一幕，鴻逵叔就沒有。鴻逵叔因為私下放走馬得功而被「放逐」了，退隱金門，軍權完全被解除，沒有被邀請與會；福仔再也不去看他，也不准任何人與他接觸。也許我是唯一的例外，我有時還是會過海去探問他的近況。他從來沒有抱怨過福仔的無情，總是不斷絮絮叨叨地述說他對福仔的欣賞與器重。六年後他忽然生了一場大病，很快就辭世了；令人鼻酸的是，到了最後一刻，他還是念念不忘福仔的安危，反覆叮嚀我要好好照顧他。

16

處決了芝莞叔又放逐了鴻逵叔，福仔博得了一個軍紀嚴謹、大公無私的美名，他的權威至此完全確立。「鄭家軍」不再只是個散漫的家族事業，而是個權責清楚、賞罰分明的戰爭機器。重新編組過的部隊，再也不只屬於任何個人，而是依任務需要來組成。所有的人效忠的對象，就是那遙遠、抽象的永曆帝，而永曆帝的代表，就是福仔。花了快十年的時間，福仔終於把太師走後群龍無首、支離破碎的鄭氏集團又整合在一起，更有效率地組織了起來。

但是福仔並不快樂；不止是不快樂，而是無休無止的哀傷、自責、憤怒、煩躁。經歷了這麼多意外、挫折，他不知道他還能信任什麼人；他又開始失眠，開始酗酒了，喝醉了就大哭大鬧；到了白天，他坐立不安、脾氣暴躁，沒有絲毫的耐性；他累得不知如何形容，可是他停不下來。

就是在這樣的心態下，他與施琅的衝突終於表面化了。他再度表揚施琅，頒給另一份獎賞，沒想到施琅卻說他無功不受祿，毫不領情地就一口回絕了。福仔盛怒之下，找了一個藉口拘捕施琅，又捉了他父親及一個弟弟。施琅設計逃脫隱匿，託人懇求福仔海量寬恕，卻才發現他的家人都已遭殺害。無計可施之下，他唯有逃離廈門，轉投清軍。從此鄭氏集團的作戰策略、通訊方法、海商網絡，才漸為清方所知。

失去施琅是多麼嚴重的一個問題，我們多年後才漸漸體會到。但是在那個時候，清除了施琅，對福仔來說，的確是搬開了他組織再造的最後一塊絆腳石。此後經年，再也沒有什麼人還敢挑戰他的權威、他的意志。不管任務多不可能，犧牲有多大，我們大家都毫不遲疑地緊跟著他，勇往直前、至死無悔。

但是戰爭是多麼殘酷、多麼悲慘的一回事啊！我們圍困漳州，整整半年，投入越來越多的兵力物力，炮轟城牆、夷平護城河、從城牆下挖地道、埋下炸藥炸裂城牆及城內的防禦工事；我們派敢死隊用巨木撞擊城門，又用雲梯及攻城塔企圖登城。他們糧盡援絕，餓到甚至於要易子互食的地步，居然還繼續負嵎頑抗。最後我們想不出別的辦法了，只好用炸藥把城邊九龍江的大壩炸掉。大水淹沒了整片原野，就是灌不到城裡去。到了那年秋末，漢軍鑲紅旗固山金礪被封為平南將軍，率領全旗萬餘馬步精銳救援漳州，我們只得撤圍。據說那個時候全城七十多萬人口，不是戰死就是餓死，剩下來的只有幾千人之數。

17

雖然我的第二次福爾摩沙之旅有點匆促，它至少給了我一個暫時逃開這似乎無休無止的刀光劍影、血腥鬥殺的機會。那次我專程去福爾摩沙，主要是為了要與斌官會面，討論船稅事宜。同時，我也希望藉由此行，去多瞭解清荷關係，打探他們連手攻擊鄭家的可能。

斌官看來好多了；做為國姓爺在福爾摩沙的代理人不但給他增加了收入，也更提升了他的名望。他同時還繼續替荷蘭人徵收種種稅收，包括米稅、糖稅、人頭稅等等。那一年這些稅收加總起來，竟然使熱蘭遮城堡的的盈利超過了巴達維亞總部，在整個公司的營運裡排名第二，直追公司在日本的貿易所得。

但是斌官的時來運轉，也讓其他華商越看越眼紅；於是競標越演越烈，告發中傷的信函也紛飛而至。為了繼續保有那些承包權，他不得不四處借貸，賄賂公司上下員工，利潤被壓到低得不能再低。到頭來他竟然更是債台高築，利上加利，債也就越滾越大，終至瀕臨破產。

懷仔同樣地面臨著莫大的壓力，也已經到了幾乎無法承受的地步。「神州烽火處處，成千上萬的農民流離失所，被迫橫渡這被稱為黑水溝的海峽，差不多每十個人裡就有六個葬身魚腹；剩下那些僥倖死裡逃生的人，上得岸來，卻找不到田可以耕種；因為繳不起昂貴的執照費，他們也不能打獵、不能捕魚；幸而沒有餓死的，只能勉強餬口，朝不保夕。我們不能再眼睜睜地看著事情就這樣拖下去！」懷仔說：「這是紅毛狗崽子該滾蛋的時候了。我一聲令下，隨時就可以招集五千勇士，要拿下普羅民遮市鎮易如反掌。但是熱蘭遮城堡火力實在強大，英勇的國姓爺為何不能助我們一臂之力？」當他聽到我們這大半年如何辛苦地圍攻漳州城，現在又正在忙著準備防範固山金礪的來襲時，他長長地嘆了一口氣，我們也就沒有再往下談了。

那時倪但理已經回到巴達維亞，但是我還是從揆一那裡聽到許多這兩年發生的事情：「那事真是無法無天、悲哀至極！」揆一不厭其詳地跟我們描述那整個事情的來龍去脈；他口齒伶俐、條理清晰，不過他的荷語隱約間帶著一絲外鄉人的口音。我聽著聽著，忽然想起來他其實並不完全是荷蘭人；他的父親原來是一位來自瑞典的珠寶匠，為了生意四處遷徙，到過里斯本、威尼斯、君士坦丁堡。到了揆一十九歲，當他們全家正從奧圖曼帝國回歐，途經莫斯科時，他的父親忽然就病死了。他的荷蘭母親歷經艱辛，才終於把全家帶回她的母國，也因此揆一後來才會進入東印度公司。才四十六歲的揆一在遠東四處歷練已經不止二十年，飽經風霜，頭已微禿，高瘦的身軀也已經開始有點駝了。

聽他娓娓道來，我才真正瞭解，對荷蘭人來說，那實在真的是個十分淒慘的一年：倪但理認為史諾克四處在造他的謠，拒絕與他在同一間房子裡開會；克勞夫，城堡的牧師，自然站在倪但理這邊；揆一議長及軍區總指揮拔鬼仔一向是史諾克的死對頭，也與倪但理同黨。傅爾堡長官則因為與揆一不合，又相信牧師們貪財好貨，而支持史諾克；這兩派鬥爭到最後，公司行政完全癱瘓，評議會不斷流會，一整年都沒有會議紀錄。然後毫無預警地，傅爾堡解除了倪但理的職務，將之軟禁，並罰了他一千荷盾的罰金；那是一筆可觀的數字，比一個一般士兵三年的薪水還要多。

於是投書、黑函、控告信便開始在熱蘭遮與巴達維亞之間滿天飛。為了撫平這場紛爭，巴達維亞總部派了一位名叫傅天耿的特使到熱蘭遮城來調查。傅天耿多年往來於日本、熱蘭遮、東京，與揆一熟識，馬上被傅爾堡認為是揆一的同黨，對傅天耿的調查與調和的努力百般阻擾，讓巴達維亞左右為難，事情後來只好不了了之。倪但理回到巴達維亞後幾經努力，終得平反，又拿回了他全部的罰金；史諾克則成了替罪羔羊，被解僱、遣送回國。雖然傅爾堡與揆一都沒有受到懲戒，他們的冤仇始終未解，後來終於導致熱蘭遮的失守。

18

六個月後，我們聽到了福爾摩沙數千漢人農民被殘殺的慘案。消息雖然片片斷斷，也不乏自相矛盾之處，但是我們對懷仔在其中扮演的角色毫無疑問。看來他終於等不及我們的協助，自己採取行動了：他的如意算盤是要在中秋夜的晚上，於普羅民遮市鎮之北數里的士美村宴請傅爾堡長官及其他公司主管們，趁勢將他們綁架之後，進占普羅民遮市鎮，再以那裡的槍炮火藥來攻打熱蘭遮城堡。

懷仔果然一呼百應，一下子就找來了五千多農民，神不知鬼不覺地順利聚集在普羅民遮鎮外不遠。不幸幾個住在熱蘭遮城堡裡的頭家輾轉聽到這個風聲，趕緊去向長官通風報信。傅爾堡根本不相信這種事有可能會發生，本想一笑置之，不過後來還是勉強同意派了一位警官去探查。這警官從普羅民遮市鎮騎著馬悠悠閒閒地四處漫遊了一整天，沒有看到任何警訊。到了傍晚，正要打道回府，途經阿姆斯特丹田莊時，卻無意間撞見了「多如牛毛」的漢人。這些人衝了過來，揮舞著竹矛和鐮刀來追趕他。這還算機警的警官隨即掉過馬頭，一路狂奔到普羅民遮鎮的碼頭，跳上一艘小船，直驅熱蘭遮城堡，去向長官報告這情況。

行藏既已暴露，懷仔迅速攻占普羅民遮市鎮，將荷人圍困於馬　裡。此時從熱蘭遮城堡乘船過來的荷軍排槍手已趕到，因水淺不能靠岸，下船一面涉水登陸，一面輪排放槍。漢人雖占人數上的優勢，面對強大的火力，驚慌失措，終至潰散逃逸。

隔天傅爾堡從新港、蕭壠、蔴荳等社徵集了數百名戰士，協助他征討漢人。除了金錢、物資上的獎賞外，這些福爾摩沙人更因為有機會獵得新鮮人頭而個個摩拳擦掌，躍躍欲試。

十天後這場「暴動」就完全平息了。懷仔了無聲息，應該是在混戰中犧牲了。十多位領頭的人被關進熱蘭遮城堡的地牢，嚴刑拷打。懷仔的副手被五馬分屍，不過這歐式的刑罰用的是四馬，這四匹馬緩緩向前，忽前忽後，弄得受刑者的全身關節都鬆散掉了，慘叫之聲，不絕於耳，如此延續了大半天，才終於氣絕而亡。其他的領頭人則因「公司的寬宏大量」而僅遭車裂之刑。

斌官的一位助理在事變後不久被派來廈門接洽事務，他說韓牧師傷透了心。有好多天，看著蔴荳社民們那麼興高采烈地慶祝他們那幾百顆「天上掉下來」的人頭，他一個人失魂落魄，整天整夜在田野間、樹林裡遊蕩，覺得他過去這三年的辛苦耕耘完全白費了。儘管福爾摩沙人表面上正以無比驚人的速度歐化，有些人甚至在大熱天還穿著一層又一層的緊身衣服，戴著寬邊絨帽，他們學來的「文明」似乎就只是皮毛、就只有點綴的作用；他們的野蠻習性隱藏在皮膚底下，一有機會就隨時會探出頭來。

還好克勞夫牧師常從熱蘭遮城堡到蔴荳來探望他，安慰他。幾個月後，韓牧師才終於又重建了他對至高無上的神的信仰。他對克勞夫說：「不管這世界有多悲慘，多醜惡，我也無法捨棄我的責任。這邪惡不只屬於福爾摩沙人，它存在於每個人身上。我們的荷蘭同胞多麼喜歡觀看犯人被車裂、被五馬分屍啊！我們的主耶穌當年背著十字架，戴著荊棘冠冕，一路艱難前行，走上橄欖山時，又不知有多少人圍在路旁訕笑呢！」

19

那一兩年，清政府福建總督陳錦兵敗被刺，平南將軍固山金礪又在海澄戰役大敗後狼狽而逃，清廷自此改變策略，派出一團又一團的使者，用盡手段，威迫利誘，要錢給錢，要地給地，甚至答應我們獨攬海外貿易。他們唯一毫不讓步的條件，只有一項，聽來輕而易舉，就是剃頭！可悲的是，這區區幾根頭髮，竟然就主導著整個東南半壁的戰和之局。

福仔興致盎然地玩著這場爾虞我詐的遊戲；在一封他與太師之間許多來來往往的書信裡，他說：「您當年為滿人所騙，現在一定不會也要我再被騙吧？」然後又說：「因為我們在這裡，您才安全。滿人現在雖然控制了中原，他們在海上常常被我們打得落花流水，假以時日，誰又能知道鹿死誰手呢？」

第七章 別矣秦淮別矣金陵

1

我們與清廷的和談，停停走走，持續了兩整年。這兩年給了我們難得的喘息與休整的時間。我們正好利用這個機會來鞏固金廈兩島的建設，加強沿海基地的防禦工事，同時也開始籌劃進取中原。這期間信使穿梭往返於北京、福州、廈門之間，儘管他們所傳遞的書信言辭懇切、信誓旦旦，雙方其實也都心知肚明，這一切全只是故作姿態、只是表演。起初我們並不瞭解清方的身段為何忽然放軟，不過後來漸漸明白，他們也有他們不得不爾的苦衷：再度攻占廣州及桂林後，他們原以為永曆朝廷的消亡只在旦夕之間，作夢都沒想到，張獻忠敗亡後五年，他的餘部在遙遠的雲南經過一番休養生息，竟然浴火重生，又生龍活虎似地重現江湖。就在我們還在圍困漳州，懷仔也還在策劃在福爾摩沙占地為王的時候，李定國突然衝出雲貴，轉戰湖南、廣西，攻陷桂林，導致恭順王孔有德的兵敗自焚；隨後他又陣斬敬謹莊親王尼堪，再揮軍南下，圍攻廣州。與此同時，李定國的義兄孫可望、義弟劉文秀進占湖廣，眼看就要從那裡順長江而下，直抵江南。清廷此時的當務之急，就是要傾全力對付這從西邊來的威脅，他們無法兩面作戰，需要先把我們擋在一旁。

2

李定國和孫可望都急切希望我們從海上去攻打清軍，但是詭異的是，他們希望我們去的方向，竟然是實實在在的北轍南轅。李定國要我們往南，與他合攻廣州；孫可望則要我們北上入長江口，再溯游而上，會師南京。兩個提議都有道理，但是這義結金蘭的兄弟們的各說各話、各行其是，真令人不解，也更令人擔心。他們難道以為我們這麼神通廣大，可以同時南征又北討？若非如此，那就顯得他們之間不但沒有協調，甚至已分道揚鑣。謠言盛傳做為大哥的孫可望經常尋找機會，羞辱他的結拜弟弟們，尤其是比他更有韜略、更會打仗的李定國。有一次李定國凱旋歸來，孫出其不意，將之捆綁鞭打；刑畢卻又痛哭流涕，親手為其解縛，說他為了維持紀律，不得不出此下策，心裡說多不忍就有多不忍。

我們一次又一次地開會，反覆討論這兩個議案，衡量孫李兩軍的強弱，兩人的性格與誠信。當然，更基本的問題是，我們有沒有資本，去參與這樣的豪賭？不管是往南往北，我們的主力一旦離開閩南，金、廈能否穩固，讓我們沒有後顧之憂？

「我們不是還在跟滿洲韃子討論和談嗎？身為『君子』的我們，不是更應該遵守那停火的協議嗎？」福仔訕笑著說：「但是萬一我們那些桀驁難馴的盟友要一意孤行的話，我們又有什麼辦法？我們總不能命令他們不要聽永曆皇帝的指揮吧？」

就這樣，兩位張將軍——張名振和張煌言——登場了。五十多歲的張名振，是位精壯的漢子，雖然已經滿臉風霜，依然神采奕奕。他的一生充滿了傳奇：出身軍戶的他，年紀很小的時候就失去了雙親，成為市井無賴。他犯法為官府緝捕，不得不四處逃逸，跑遍了大江南北。因為從小在軍區裡長大，他十八般武藝都頗有根基，在各地的比武大會裡常能奪魁，所得不但足以維生，居然還積聚了足夠經商的資本，讓他在漠北邊市變成一名成功的馬販，向蒙古人買來優秀的戰馬，賣給急需馬匹的明朝軍隊。以此為進身階，他謀得了一個武官的職位，在遼東奮勇作戰，屢獲升遷，到了北京淪陷的前一年，他以游擊將軍的身分被調往浙江台州。在那裡他開始自學如何造船，如何指揮水師在海上作戰；兩年後，魯王在浙東監國時，他的海軍居然已經有模有樣。

跟張名振相較，小二十多歲的張煌言在長相、背景方面，說多不同就有多不同。張煌言身材修長、貌比潘安，談吐舉止文雅脫俗。他來自一個富裕的書香之家，祖上世代科場得意，仕途順暢。如果不是因為這一番天崩地裂的劇變，他理當跟著他父親與祖父的腳步，學而優則仕，飛黃騰達。才不過幾年前，他也已通過鄉試，進士及第指日可待，但是就在這個時候，他的文人世界就那麼平白地瓦解了，時代的巨變把他的人生推向一個完全不同的方向。

張煌言其實本來就有他自己不安分的一面。十幾歲的時候，他曾是個反叛成性、不服管教的青少年。他先是沉迷於佛、道的修煉，日以繼夜、不食不眠、靜坐煉丹，差一點就送上一條小命。求仙不成之後，他一變而成為如假包換的賭徒，好幾次差點傾家蕩產。他性格裡這衝動與固執的奇妙組合，應該是他驚人的毅力與行動力的基礎，讓他在抗清事業上能如此地不畏艱險、勇往直前。

張名振與張煌言跟著魯王漂流到舟山，起初隨著鄭彩堂哥東征西討，到了鄭彩血洗宮廷，棄魯王於長桓島的時候，他們的部隊一夜之間就成了魯王唯一的靠山。其後數年，當福仔在金、廈逐漸發跡，凝聚鄭家海上貿易、軍事力量的時候，他們繼續護著魯王，在浙、閩沿岸與清軍頑抗纏鬥，輸輸贏贏，最後終於因老巢舟山群島被總督陳錦與固山金礪的聯軍攻破，才只好心不甘情不願地奉魯王南來投靠我們。

得到了喘息、重整旗鼓的機會之後，兩位張將軍又摩拳擦掌、躍躍欲試，正好成了福仔與孫可望在南京會師計畫的先驅。其後好幾年的春天，他們領著小規模的船隊，往北去試探清廷在各地的軍力部署，乘隙突入長江，測量航道，並與江南各地的地下反清力量聯絡。每次當清方抗議這些活動違背雙方議和期間的停火協議時，福仔總是理直氣壯地宣稱，那兩位「奸詐」的張將軍又不聽指揮，回復他們海盜的本來面目了。

但是就正因為這些小規模的「北伐」活動，才讓我有機會年年回江南去錢家與蘇珊娜相聚，也終於第一次見到了瑪琳娜，我的寶貝、我的心肝。

3

進入長江口不久，我從張名振的旗艦換乘小船，進入白茆塘水道，很快就到了虞山下的紅豆山莊。一路上我幾乎無法呼吸，心臟狂跳不已。我馬上就要看到我朝思暮想的瑪琳娜、我魂牽夢縈的蘇珊娜了。我完全無法想像瑪琳娜的模樣，唯一知道的是，因為她的到來，這世界已然改變，我已不再是那從前的我；我無法相信，在這天崩地裂、顛沛流離的世界裡，一個新的生命誕生了，一個充滿可能、充滿契機、充滿希望的生命，就要呈現在我的眼前；她是蘇珊娜與我愛情的見證。因了這新的生命，天地不再無情、人生毋需徬徨無依。

而她們真的就在那裡，浸浴在那中秋明亮的月光下。蘇珊娜滿臉的笑容，有如盛開的牡丹，花瓣上沾著點點露珠。那站在她前面的，竟就是個小一號的蘇珊娜，渾身散放著活力，一雙亮麗的大眼珠好奇地盯著我，定定地看著、充滿好奇。我一把將她抱了起來，摟得緊緊地，笑得合不攏嘴，眼淚卻不聽使喚，不住地沿著臉頰直往下流。瑪琳娜抬起頭來，盈盈地笑了起來。她笑起來多麼地像蘇珊娜啊！「阿爸！」她輕聲喚著我，說：「阿母沒有說你是個愛哭鬼！」

4

幾天以後的一個深夜，十幾位訪客偷偷溜進紅豆山莊，馬上被錢大師和柳夫人帶到後花園假山下的密室。他們不是錢大師的學生就是他的多年好友，常常選在不同的地點聚會，以避人耳目。但是那一天與會的，還有一位陌生人。他說他來自遠在西南邊陲的永曆朝廷，一路上東躲西藏，花了大半年的時間，才終於來到江南。這位衣著破爛的朝廷欽差帶來了振奮人心的好消息：孫可望在湖廣連番大捷，刻正準備順勢東下，直抵留都指日可待。孫可望期望我們從長江口以迅雷不及掩耳的速度溯游而上，兩面夾擊。「我們只要這樣登高一呼，沿江民眾必然揭竿而起。」這位欽差大臣越講越激動，到最後幾乎大吼了起來：「到那時滿清猖狂的日子就有限了！」為了這個目的，永曆皇帝和孫大將軍授權，讓他可以隨機任命起義軍首領為朝廷官員。說到這裡，他從懷裡抽出一大疊空白的委任狀以及一把關防印信，似乎只要條件講妥，任何文官武職，都垂手可得的樣子。

這整個事情聽起來頭頭是道，也正是我們一直都期望能實現的事。可是看著那麼興高采烈地談論著的這些人，我卻越來越覺得不安。我其實一直都不太相信他們是能成大事的人：這些人多半是文謅謅、手無縛雞之力的學者，從來不曾碰過兵刃；少數幾位歷經陣仗的，則又獐頭鼠目、粗野鄙俗，恐難信賴。這樣的兩組人馬，平時互相敵視、不齒，又如何能在危急存亡時刻肝膽相照、團結一致？同時，空白的委任狀固然吸引人，卻也讓人覺得輕率得近乎兒戲。這樣引人注目的文件隨處發放，難免走漏風聲，到時案發，必定株連甚廣，更有可能被一網打盡。不止是我，老李與徐老也都有同樣的顧慮，柳夫人亦然。但是她還是一股勁兒地催促錢大師去散盡家財，四處借貸，無怨無悔地支持這些人的活動。

5

歡樂的時間總是過得那麼地快，似乎才一轉眼，別離的時刻竟就已迫在眼前。我們需要趕回去向兩位張將軍報告我們的所見所聞，尤其是永曆帝與孫可望東西夾攻的構想，以及江南各地地下組織的實力及弱點。但是我何忍又再丟下我那朝思暮想的蘇珊娜？我又怎麼能夠放下我的瑪琳娜？她是個多麼活潑、聰慧、快樂的小孩啊！渾身是勁、滿心好奇，什麼事她都想知道。我們珍惜在一起的分分秒秒，不管做的是什麼事情，只要與她同在，時光就都是那麼地美妙：種菜、澆花、聽小鳥唱歌，觀看天上的浮雲和池塘上的雲影。尋常的事物，因了瑪琳娜，樣樣新鮮，樣樣神奇。她又有那麼多問也問不完的問題：海上的驚濤駭浪，是什麼樣子？我真的看過那成群的飛魚嗎？牠們真的就像下雨一樣地灑落甲板一地嗎？真的有像山一樣大的魚嗎？

還有，為什麼我的頭髮這麼捲？她的阿公阿嬤是什麼樣子的人？他們長得像錢公公錢婆婆嗎？

我不厭其煩地，也許是囉囉唆唆地，跟她反覆描述我記憶裡的福爾摩沙，我的阿姆，那原野上無數的梅花鹿，那些一天到晚偷跑來挖我們的芋頭和甘薯的山豬。

我也跟她談到她那每天只知道埋頭苦幹的外科醫師公公，公公的祖國，那對我來說亦屬虛幻的荷蘭低地國。我告訴她，在那遙遠的國度，有很多長得像她父親這樣的人，鼻子大、眼眶深、滿頭紅髮。可是他們進出房間不必像我這樣怕敲到頭，因為在那裡，門窗是為像我這樣大手大腳的人做的。有一天瑪琳娜讓我感動得幾乎要落淚。她跟我說，她真希望趕快長大，好陪我回去福爾摩沙，也好陪我去探訪那幾乎不可思議的低地國，去看那裡的人如何與海爭地，去看那縱橫交錯的運河、那運河旁的風車，還有那色彩繽紛、爭奇鬥豔，鋪天蓋地盛開著的鬱金香。

6

冬去春來，過了年我們就又忙了起來，一忙就是一整年。在一月的時候，兩位張將軍的艦隊溯江而上，勢如破竹，一連攻下清營八座水寨，直抵離海兩百里的瓜州——大運河由長江通往揚州的門戶。我們登上那矗立於江心、因梁紅玉擊鼓退金兵而大名鼎鼎的金山島，爬上山頂去參謁那在白蛇傳傳奇裡差點被白娘娘用大水淹沒的金山寺，在那裡遙祭明孝陵。兩個月後，我們更向內陸推進，一直到了距離南京還不到三十里的地方，在那裡擊垮了清水軍的主力艦隊。那幾個月裡我們三番五次接到孫可望送來的信息，每次總是說他們已祭旗出師。我們一次又一次地苦等、一次又一次地失望，最後不得不退回到崇明島，強壓著心裡的失望與憤怒，耐心繼續等待。

我們在崇明島足足等了六個月，到了初冬，我們無法再等下去了，決定再次進擊。那次我們一路直抵南京近郊，攻占了燕子磯，才發現那地方真的名副其實，樣子的確就像是一隻振翅欲飛的燕子。我們梭巡其間不止一個月，繼續等待孫可望來兌現他的諾言，但是他又讓我們失望了。我們根本不知道那時候孫可望整個心思都放在如何取代永曆自立為帝這件事上，哪裡還記得在南京苦苦等待的我們？他的野心激怒了他那三個結拜弟弟們，於是他們各擁重兵，彼此虎視眈眈，互相牽制。可悲的是，他們這幾個「情逾手足」的義兄弟就這樣僵在那裡，爾虞我詐，忙著上演「兄弟鬩牆」的慘劇，完全忘了當前的大敵。

但是我們也不是一無所獲。對我來說，不僅不是一無所獲，而其實是獲益良多。在巡弋於長江下游的那一整年裡，我一得空便往常熟跑，爭取每分每秒與瑪琳娜及蘇珊娜一起的時間。唱著「嬰仔嬰嬰睏，一暝大一寸；嬰仔嬰嬰惜，一暝大一尺」，我當然知道瑪琳娜不可能長得那麼快，但是在那一年內，她確實又長大了許多。每過一陣子，當我再看到她的時候，我總是會為她的成長而驚喜。她是個多麼充滿好奇、渾身活力的小孩啊！每次一起出去散步的時候，她總是會為了這個、那個新的發現而興奮不已：金龜蟲、熊蜂、蝴蝶，任何小小的東西，都可以讓我們觀賞半天、讚嘆半天。經由她的眼睛，我才看到了日常生活裡的許多事事物物，竟然隨處都是奇蹟，隨處都顯示著造物者給我們的，是這麼多的恩典。

7

那一年成為國姓爺在日本及熱蘭遮的經紀、聯絡人的老李，也忙得不可開交。「我們在六月離開廈門之後，一帆風順，十五天後就到了長崎。」他說：「一路上萬里無雲、風平浪靜，人人害怕的颱風無蹤無影。我們為什麼運氣這麼好？大家都相信那是因為船上有一位法力無邊的隱元禪師。」已經六十多歲的隱元，長年任臨濟宗福州黃檗山萬福寺的住持，早已名震寰宇，那一年接受幕府大將軍的邀請，前來替日本禪宗帶來新的生機。他後來又活了將近二十年，推動日本禪宗的改革，成為黃檗宗的始祖。不過照老李的說法，隱元原來並不是為了傳教而去日本。他奉福仔之命東渡，是希望能經由宗教的關係來影響日本政要，讓鄭家及其他反清組織找到有效的管道，向日本「借兵」，或至少得以購買硫磺、火器、稻米等補給。

老李繼續說：「隱元老和尚才剛開始主持法會、登壇授徒，不過看來他的名聲早已經不脛而走，沸沸揚揚了。日本人對他頂禮膜拜，佩服得五體投地，在法會上聽得如癡如醉。」那整個夏天，老李的確也是如癡如醉，但那是因為秋子。隱元之於老李，真是「一石兩鳥」：他終於可以理直氣壯地常在秋子身邊，同時也有機會透過隱元，廣結日本的政商權要，尋求軍事上及商業方面結盟的機會。他交往的對象，不只限於長崎，而是逐漸擴展到大阪、京都，最後甚至遠及江戶，德川幕府的所在地，日本政治、經濟的神經中樞。

老李的長期打算是什麼？他閉上了眼睛，嘆了口氣，一臉悵然若失的神情：「總是會有辦法的，我不論如何就是要變成日本人。如果真的沒有辦法名正言順地歸化，那大不了我就去跟隱元做和尚囉！我聽說日本和尚是可以結婚成家的，不是嗎？」

8

老李從熱蘭遮帶來的消息，則讓人憂心忡忡。那年五月的一個大晴天，黑壓壓的一大片烏雲忽然鋪天蓋地而至。等到身置其中，才知道這原來不是雲，而是無數的蝗蟲。牠們一波接著一波，遮蔽了陽光，振翅之聲不絕於耳，吵得你要抓狂。無數的蝗蟲就這樣占領一切，吃掉了稻穗、稻梗、蔗葉、蔗莖、芋葉、番薯葉。只不過幾分鐘的時間，放眼所及，整片田園都變成光禿禿的，沒有剩下一點可以吃的東西。在這過程中，無數的蝗蟲竟被脹死，遺骸灑滿一地。不幸到了晚上，居然下起雨來，第二天清晨這些蝗禍的殘跡被雨水溶成一團團灰黃色的膠膜，四處沾粘，惡臭四溢，令人噁心。

這之後不久，一場大地震震垮了大部分的房子。之後餘震又頻頻而來，剩下來搖搖欲墜的建築物也陸續倒塌，死傷不可勝數，財產的損失更是無可估計。但是蝗蟲竟是越震越多，多到難以想像。蝗蟲讓住在福爾摩沙的人，不分種族、階級，一時都有了一種同舟共濟的感覺。公司員工、漢人農民、福爾摩沙人，不分彼此，合作無間，燒香禱告、火攻水淹、揮趕捕殺，什麼想得到的方法都去試了，可是蝗蟲依舊前仆後繼而來。

最後趕走蝗蟲的，竟然是一場大颱風。但是颱風帶走的，不止是蝗蟲。颱風完成了地震的「未盡之志」，洗劫了一切。劫後餘生的島民，衣衫襤褸，面無表情，如遊魂般四處遊蕩。

那時老李正好人在蔴荳，借住於韓牧師家。那由磚頭與石塊築成的房子特別堅固，是附近方圓十里內唯一沒有倒塌的建築物。看著滿目瘡痍的村社，韓牧師哀慟得無以復加。他常常獨自一個人留在大水淹過、汙穢不堪的教堂裡禱告，廢寢忘食，反覆背誦《聖經》裡一些有關天災人禍的章句：「蝗蟲進入你的境內、遮滿地面、甚至看不見地、並且吃那冰雹所剩的、和田間所長的一切樹木。你的宮殿和你眾臣僕的房屋、並一切埃及人的房屋、都要被蝗蟲占滿了……遮滿地面、甚至地都黑暗了、又吃地上一切的菜蔬、和冰雹所剩樹上的果子。埃及遍地、無論是樹木、是田間的菜蔬、連一點青的也沒有留下。」韓牧師相信這一切都是至上之神的旨意：祂發怒了，祂氣憤荷蘭人殺戮漢人的嗜血殘暴，懊惱漢人的意圖造反，也更為福爾摩沙人的野蠻難馴、不服教化而傷心。但是這些種種罪行之中，韓牧師認為最冒犯神的，是福爾摩沙人居然到現在還對馘首有這樣的熱情，村社裡居然又新添了那麼多的頭顱。

韓牧師一個人在那殘破汙穢的教堂裡嚎泣、禱告，不知經過了多久的時間。不過他終究還是強迫自己站了起來，開始帶著牧師娘和孩子們清掃教堂、住屋，跟著蔴荳社民一起重整家園。

9

經過了那麼多使節、書信的往返，和平談判終於正式破裂。清廷隨即晉封世子濟度為定遠大將軍，進駐泉州。其時攝政王多爾袞已死，濟度之父鄭獻親王濟爾哈朗輔佐尚未成年的順治皇帝，在朝中勢力如日中天。濟度有這麼硬的背景，氣勢自是非凡，調兵遣將，易如反掌，由他來擔當此一任務，表示清廷已將鄭家視為頭號敵人。

面對這樣嚴峻的挑戰，福仔決斷地採取了「壯士斷腕」式的焦土策略：他命令所部完全撤離沿海各城市、海港，拆除那些地方的城牆、堡壘及任何防禦工事。他親自監督，拆除、夷平安海的城堡、海港、庭園，將任何搬得動的東西都搬到金、廈二島及其他岸邊的島嶼。

在施琅的協助下，濟度很快地就建造了幾百艘大型福船。他急於立功，不肯接受施琅的建議，先花時間和精力去訓練一支習於海戰的水師。選了一個看來風平浪靜的大晴天，他直接就把他那些恐怕從來不曾見過海、在甲板上連站都站不穩的步騎精銳趕上了船，打算渡過那狹窄的海峽，一舉把我們完全殲滅掉。

我們等的就正是這一刻的到來。在圍頭灣外占上風的地方，一支船隊早已久等在那裡，蓄勢待發。而在另一頭，我們的主力艦隊就埋伏於金、廈兩島之間。福仔在金門島的太武山山頂安置了他的指揮中心，巨大的號旗，數里之外都還清晰可見。清方的船隊剛一起錨，我們的攻擊艦隊就繞過圍頭灣，張滿船帆，順風順流、直衝過去。清艦一時陣形大亂，紛紛往西逃逸，剛好全被趕入早已等待多時的鄭家主力艦隊。在前後不到一個時辰裡，三分之二的清艦不是被擊就是相互撞擊而沉沒，或者在慌亂中撞上沙灘擱淺，將士傷亡不計其數。之後幾天，無數的人馬殘骸，不斷地被沖上沙灘。負責掩埋的人忙得沒日沒夜，比打仗還要累。隔了一天，不顧施琅等人的勸阻，濟度集結了剩餘的船隻，又來入侵。這次我們不費一兵一卒，因為他被老天爺打敗了。他們的船隊剛一離港，馬上狂風大作，幾乎所有的船隻都被吹得無影無蹤，濟度的水師，就這樣子完全「泡湯」了。

10

打敗濟度之後，我們開始着手準備北伐。後來頗富盛名的「鐵人部隊」也差不多就是在那時候創立的：那個構想的靈感，來自一本不久前西班牙駐馬尼拉總督贈送的書。收到這本書的時候，我們正忙著準備給濟度一個迎頭痛擊，就隨手把它塞在書櫃裡。這次因為準備北征，打包之時，這本以羊皮為封面的書掉落地上，書頁散落一地。我們這才發現，書裡全是一幀又一幀色彩鮮豔的圖片，許多都是英姿煥發的西班牙武士。他們騎在高大的歐洲戰馬上，從頭到腳包著厚厚的鋼片，閃閃發亮；有的露出臉來，有的戴著各式各樣的頭盔。福仔仔細端詳這些圖片好一陣子，說：「我們何不也來建立像這樣裝備的鐵人部隊？他們刀槍不入，應該可以用來抵擋滿人的騎兵。」

多數的鄭軍將領對這個想法充滿了疑慮。他們說：「這樣的盔甲怕不有三十來斤重吧？那些佛朗機人、紅毛人坐在那麼高大的馬上，盔甲重一點還無所謂。我們的步兵一穿上這樣的甲冑，恐怕連行動都有困難，還怎麼作戰呢？」但是我們既然沒有足夠的戰馬，更沒有多少騎射了得，可以與滿人比擬的騎兵，鐵人部隊應該還是值得一試。

於是我們在演武場置放一顆重三百斤的巨石，公開徵求可以抬著這巨石在校場走上三圈的勇士，選上的人可以領兩份口糧；五天之內，居然招募到五千名孔武有力的戰士。我們讓這些戰士身體兩側各掛十五斤重的沙袋，操練時帶著，沒有操練時也帶著。久而久之，這重量變成了他們身體的一部分，渾然不覺。就這樣，我們開始有了一支人人聞之色變的鐵人「特種部隊」。

11

為了備戰，我們把所有能夠調度的船隻都調了回來，以便運送軍士及補給，因此那一整年幾乎沒有一艘船由廈門開往熱蘭遮。正好那時揆一好不容易終於得償所願，升任為福爾摩沙長官，沒想到一上任就碰到這樣徹底的「經濟封鎖」。一旦失去了這貿易的利潤，公司在帳面上很不好看，對他以後的「宦途」，也必然會有很不利的影響。更嚴重的是，公司上上下下的員工，包括他自己，早已依賴這轉口貿易，從中取利，以之為致富捷徑。沒有了船隻的進出，他們失去了上下其手的機會。這也就難怪自揆一以降，公司員工對「國姓船」的忽然消失會那麼緊張了。

就是在這樣的背景下，斌官在一六五七年的春天忽然來到廈門。他帶來了貴重的禮物，以及揆一為求重啟商機而願意「納貢」的信息。據斌官說，揆一願意每年繳交白銀五千兩、箭支十萬、硫磺千擔。我們那時其實備戰已經到了一個新的階段，不再需要那麼多的船隻，而且為了製造火藥，我們的確也急需硫磺，所以就決定允其所請，哪裡知道，所有這些「納貢」的條件，全都是斌官一個人炮製出來的。跟著斌官一船回來的老李說斌官很可憐，本來就已債臺高築了，這兩年受到實質「禁運」的影響，從稅收裡能夠得到的佣金銳減，就更加捉襟見肘了。顯然這正是他急於重啟兩岸航運的一個重要因素。

在熱蘭遮城的時候，老李好幾次抽空去蔴荳探望韓牧師一家人。自從公司不再要求神職人員負責稅收、治安等政府的工作以後，韓牧師的心情就輕鬆了許多。他們一家人忙著與蔴荳居民重建家園，越幹越有勁。他一直在爭取的，專為福爾摩沙人而設的神學院，也終於有點眉目了。雖然這學校未能如他所願，設立在蔴荳，而是在五里外的蕭壟，他還是甘之如飴，每天在那兩個村社之間來回奔波。他的兩個年輕的孩子，一女一男，都講得一口流利的新港語，對他的傳教頗有助益。兩個大女兒俱已結婚，雖然住在熱蘭遮城堡裡，還是常來蔴荳探望他們。老李覺得他們一家終於安頓了下來，日子過得挺有滋味，很為他們高興，也為福爾摩沙人慶幸。

12

七月的某一天，我們那位來自澳門，從小受洗的衛士多默衝了進來，手舞足蹈地喊著：「我有救了！我的靈魂有救了！一位道明會神父剛從馬尼拉來，要在這裡傳福音。我隨時要懺悔就可以去懺悔了。」我逗著他：「這有什麼好高興的呢？這一來你就可以放心去做壞事了嗎？」

那艘船帶來了五位道明會神父，其中四位幾天後就換船轉赴閩北，留下來的那位叫作李科羅。身高六尺二的李科羅，壯碩高大，即使在歐洲人之間也讓人有一種「鶴立雞群」的感覺。他臉上溫暖的笑容以及那炯炯有神的雙眼，常讓人看不出來他已年屆而立，難以想像他已是一位晉鐸了的神父。更讓人驚奇的是，他講的竟是一口毫無口音、道地的福佬話。如果不是他那一頭淺棕色的頭髮和那雙碧藍色的眼睛，光聽他講話你根本不會想到他來自萬里外的義大利，而且是利瑪竇的遠房堂姪。

就像其他許多立志來華傳教的道明會教士，李科羅輾轉從羅馬到西班牙、墨西哥，再經跨越太平洋的「中華航線」來到馬尼拉，在城堡外一個叫作「澗內」的地方居住了五、六年。這澗內的三萬多居民幾乎全都是漳、泉地區來的漢人，李科羅因此有很多機會學習、適應語言文化。

李科羅沒有衛神父那樣的野心勃勃、那樣的拚命，但是他充沛的精力和熱情則毫不遜色。福仔對他頗有好感，晚上得空時常常請他過來吃飯、喝茶，也趁機向他打聽馬尼拉和西班牙人的情形：他們什麼時候到那裡？人數多少？他們勇敢嗎？會打仗嗎？那個在太平洋兩邊來來回回，用墨西哥的白銀換取絲綢、瓷器，而被稱為「中華航線」的海運事業，獲利如何？

除了福仔的大兒子錦舍，整個鄭家組織裡幾乎沒有人不喜歡這位笑容可掬、和善易處的「外邦人」。才十五歲的錦舍早已是個風度翩翩的貴公子，喜好聲色犬馬，頗有乃祖鄭太師之風。做為長子、長孫，他從小被母親和祖母溺愛，茶來伸手、飯來張口、懶散好玩，福仔怎麼看怎麼不順眼。「真沒用！真懶啊！」他常皺著眉頭抱怨：「一上課就打瞌睡，一上船就頭暈，一聽到炮聲就嚇得發抖，滿腦子無聊的事情，我還真拿他沒辦法！」最近錦舍更變本加厲，常常半夜偷溜出門，一直到清晨才回來，滿身酒味，衣裳上又常沾著胭脂印子；不止如此，他還不時誇耀他前一個晚上手氣多好，賭贏了多少錢。福仔對他越凶，錦舍的母親、祖母就越是護著他，偷偷塞錢給他，還誇他真像他的爺爺，說錦舍應該趁年輕的時候玩樂，因為他將來要承擔整個鄭家龐大的事業，負擔那麼重，實在可憐。

在十五歲的錦舍眼中，李科羅的出現，是另一場災難的開始。福仔要錦舍好好把握這個機會，跟李神父勤學天文曆算、數理幾何、火器攻防，乃至修辭辯論之術。錦舍有如啞巴吃黃連，有苦說不出，把他滿肚子的憤怒都轉嫁到李科羅身上。

13

一六五七年的春天，我和老李、徐老及戴夫人再度潛入江南，去查看「山五商」的運作情況，同時也去蒐集來年北伐進入長江所需要的資料。我們在上海與南京之間來來回回，觀測、記錄不同時日的水量、水流速度、潮汐起落的影響等等。我們也四處測量水深，標示出沙洲、礁石、漩渦的位置，以及清軍沿岸的兵力及防禦布置。因為兩位張將軍的艦隊之前入侵時如入無人之境，激起了清廷的警覺，他們開始增強巡江水師，兩岸也興建了許多堡壘，上面配置火力強大的大炮。更可慮的是，他們還發明了兩種專門阻攔敵艦的防禦裝置：「滾江龍」及「滿州木城」。滾江龍是一條長達十里、直徑一尺的粗大鐵索，攔在長江南北岸瓜州與鎮江之間，用來阻斷船隻穿越。用大杉木板釘圍而成的滿州木城又稱「木浮營」，置放於滾江龍上游，廣達三丈，上面覆土，可以行馬，裡面可容士兵五百名、大炮四十門、火藥無數。我們幸好事先得到了這些資料，才得以有時間研討破解之術。

公事之外，我也終於又有時間可以時常去看蘇珊娜與瑪琳娜。五歲的瑪琳娜乖巧懂事。那一年的端午節，我們一起去江邊看賽龍舟時，她那樂不可支的樣子，我永生難忘。那天江上有十多艘大龍船，每船各坐二十位手持大槳的精壯大漢，赤裸的上身肌肉結實健碩，跟著鑼鼓的節奏，整齊劃一地奮力競划。船頭倒掛著一位同樣半裸的年輕男子，擊鼓指揮；船尾坐著一位衣著鮮豔華麗的妙齡女郎，吶喊助陣；兩個人隨著龍舟顛簸搖晃，左搖右擺，驚險萬狀，讓人看得直捏一把冷汗。龍頭龍尾，鱗爪頭角，栩栩如生，而那一雙暴凸而出的巨眼，更是讓人望而生畏。這些舟船隨著波濤洶湧的水流，競相前行，真的就像一群活生生的龍在那裡嬉戲、格鬥。有時一兩艘陷入漩渦裡，就如那龍不小心掉了下去，正在掙扎著要爬出來。岸上觀看的人，萬頭攢動，驚叫連連。最後除了翻了船的那幾艘，大部分的龍船都順利到達終點。騎在我肩膀上的瑪琳娜居高望遠，一切盡收眼底。聽著她開懷的笑聲、興奮的叫喊，看到她那麼地投入、那麼地認真，看著那麼多的人在那裡如醉如癡，把世間的煩惱、哀傷都完全拋諸腦後，我心裡有著無名的感動。

我們一家三口，常常去教堂望彌撒。畢神父離開後，潘國光神父成了整個江南地區唯一的神父，經常馬不停蹄地奔波於杭州、上海、南京之間，也途經常熟、蘇州等地。也許是因為工作過勞，還不到五十歲的他，早已滿臉皺紋，頭髮鬍鬚也已經都斑白了。但是他一講起道來，雙眼還是炯炯有神。

就在我們這幾個「偷渡客」應該要開始準備打道回府、坐船回廈門的時候，我們收到了一個意想不到的好消息。原來錢大師和柳夫人一直默默地在努力策反原名馬進寶的蘇松常鎮（蘇州、松江、常州、鎮江）提督馬逢知，這時終於開始有了一點眉目。為了要取得馬提督的信任，他們曲意奉承，送他字畫、古玩，作詩歌頌他的戰績，可以說是到了近乎肉麻的地步。經過他們的介紹，著名的說書人柳敬亭也進入了提督府，成為他的重要幕僚。他們花了幾年時間，用水磨功夫，逐漸改變馬提督對世局的看法，讓他瞭解忠明之士，如李定國及鄭成功，軍力強大，指日會師南京，直取中原。馬提督若與他們連手，恢復明室，將來封功晉爵，位極人臣。我難以想像，像錢柳這樣學如瀚海、心高氣傲的文人，如何能強迫自己去迎合像馬逢知這樣一個目不識丁、粗魯鄙陋的武夫。但是顯然他們就真的那麼努力地「紆尊降貴」，而得到了馬提督的信任。因為他們的影響，馬提督後來果然按兵不動，讓我們長驅直入、勢如破竹。他也因此付出了慘痛的代價，身首異處。

14

儘管花了大半年的時間，做了仔仔細細的沙盤推演以及萬全的準備，福仔的第一次大舉北伐竟還是災禍連連、令人喪氣失望。那一年夏天颱風一個接著一個來襲，我們在五月初離開廈門，一直到了七月初才終於抵達舟山。在那裡我們再度為狂風暴雨所阻，足足又等了三個星期。五萬名摩拳擦掌、躍躍欲試的將士，被侷限在一些鳥不生蛋的小島上，終日無所事事，實在是一件很危險的事，每個人一天比一天焦躁不安、脾氣越來越火爆。雖然我們準備了七個月的糧食，不致斷炊，但是如何避免「師老則疲」、維持高昂的士氣，還真是一個天大的難題。

所以那一天早晨，當我們一覺醒來，迎面而來的是明亮的陽光和萬里無雲的藍空時，我們實在高興得不得了，隨即傳令整裝出發。一千多艘大小不等的戰船從各個避風港，有條不紊地依序魚貫而出。海面水平如鏡、一望無際，不一時到了羊山，再過去就是長江出海口了。我們在那裡稍事停留，等待其他的船隻前來會合。羊山名副其實，是一個滿是巨岩怪石的小島，上面到處都是山羊，在岩壁間四處攀爬，在山頂上迎風而立。士兵們樂壞了，他們看到的不是山羊，而是當晚的盛宴。要捕殺這些山羊實在太容易了，牠們就獃獃地站在那裡，充當弓箭或火繩槍的標靶，一隻一隻應聲而倒。士兵們正殺得興高采烈，沒注意到不知從哪裡冒出了一名老漁翁，厲聲喊停。他說這些羊是海中一聾一瞎兩隻老龍的羊，沒人敢碰，所以才會繁殖得這麼多。我們當然不相信世界上會有這麼荒唐的事，不過那時我們已經有吃不完的羊肉了，所以也就姑妄聽之，不再繼續獵殺。

那可真是我們此生所吃過的最昂貴的一頓晚餐哪！第二天一大早，天邊的烏雲忽然就席捲而至，籠罩一切；大雨傾盆而降，天黑到伸手不見五指；這完完全全的一片漆黑，又不時被閃電碎成片片。隨閃電而至的雷鳴，震耳欲聾。在雷聲與雷聲的間隙裡，我們不斷地聽到船板撞擊、破裂之聲，夾雜著隱隱約約的嚎叫哭喊。

旗艦上許多人呼天搶地地哭了起來，哀求福仔向那兩位非聾即瞎的龍王爺懺悔、求饒。他當然不肯這麼做，但是風雨越來越大，有人就懇請福仔求助於大慈大悲、救苦救難的觀世音菩薩，更多的人則認為媽祖娘娘更有可能降伏這兩條惡龍。福仔不情不願地行禮如儀，然而風暴依舊，水手們都快抓狂了。這時我忽然想起，我身上有一尊蘇珊娜送給我的聖母瑪利亞白玉雕像。我把雕像放在福仔手上，他隨即會意，將雕像舉得高高地，讓大家都看得到，大聲地說，他現在要虔誠地向這神像禱告，不久之後海就會平靜下來。神奇的是，禱告之後，海真的就漸漸平穩了起來，不久雨停了，風也小了，天空又亮了起來。其後數天，水手們一直在爭論，不

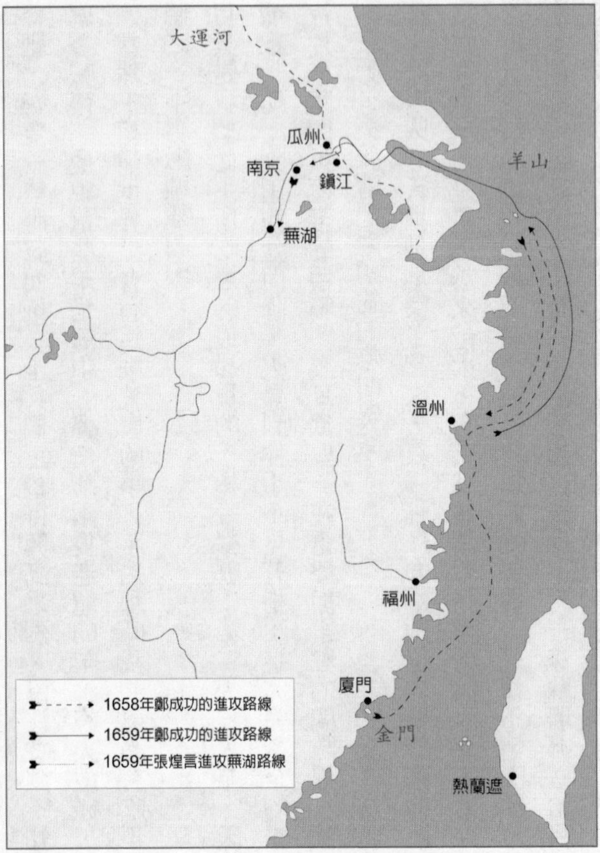
大運河
瓜州
南京
鎮江
蕪湖
羊山
溫州
福州
廈門
金門
熱蘭遮
1658年鄭成功的進攻路線
1659年鄭成功的進攻路線
1659年張煌言進攻蕪湖路線

鄭成功北伐圖

能確定那法力無邊的神像，究竟是觀世音菩薩，還是媽祖娘娘。

在這場突如其來的風暴裡，我們損失了三分之一的船艦、數千名能征慣戰的將士，大家垂頭喪氣地返航，回到舟山。經過這一番打擊，全軍的士氣十分低落，幾乎每天都有軍士逃亡、投敵。福仔的情緒也大受影響，他沉浸在無邊無際的自怨自責裡，一點小事就激起他的暴怒。在這樣半瘋狂的心智狀態下，他處死了好幾位從起事之初就一直跟著他的優秀將官，於是人人自危，過去在將領間親如手足的情誼已日漸稀薄。但是也許也因為執法嚴厲，整個軍隊的紀律才也可能持續下去，不至於分崩離析。

15

永曆朝廷可以說是已經到了「窮途末路」的時候了。一六五八年那一整年，孫可望和李定國一心一意就是要消滅對方，終至於兩敗俱傷。做不成皇帝、也不再是「大哥」的孫可望，憤而降清。清軍於是傾巢而出，從四川、湖南、廣西三面進擊雲、貴。永曆和他那早已殘破不堪的小朝廷倉皇逃入緬甸，從此仰人鼻息、受人挾制。李定國數度入緬救駕未果，磨盤山與吳三桂的一場血戰又功敗垂成，精銳盡失。如此一來，清廷的西線戰事已近尾聲，不久就要班師回東。我們要攻取江南，就只剩下最後一次的機會了。

那時老李剛結束那一年度巡查海外各貿易據點——也就是所謂的「海五商」——的工作。在暹羅的國都大城，他遇到了卜彌格神父。卜神父在羅馬苦等了三年，教皇才終於接見了他，但是對他援助南明的請求毫無興趣。雖然沒有討到救兵，卜神父還是決心返回永曆朝廷覆命，以身守衛奉教的皇后、皇太后，以及年幼的當定太子。但是葡萄牙人為了保護他們在澳門、廣州的商業利益，對他百般阻擾。他在果阿被捕入獄，幸而逃脫，不敢乘船，只有徒步橫跨印度半島，經過緬甸，最後終於抵達暹羅王城。在那裡他繼續遭受葡萄牙人及耶穌會的阻攔，走投無路。老李於心不忍，偷偷把他隨船載到大越國的東京。從那裡他需要想方設法，越過邊界，穿過重重戰區，去與永曆朝廷內的天主教徒共生死。

比起卜彌格來，衛匡國可謂凱旋榮歸。他帶著六位博學多聞的耶穌會神父，差不多也在那個時候回到澳門，受到熱烈盛大的歡迎。在羅馬他說服了教皇，解除了禁止華人拜孔祭祖的諭令。在歐洲的三年裡，他出版了三部鉅著，立刻成為暢銷書：圖文並茂的《中國新地圖志》包含了中國全國及十六行省的詳盡地圖，以及各地山川地貌、氣候物產、風俗民情的深入報導；《中國上古歷史》是歐洲第一部循序解說中國從黃帝到漢朝的歷史；《韃靼戰紀》則更為可貴：在這本書裡，他以親歷其境的觀察者、參與者的身分，報導他在明清交替期間的所見所聞，公正客觀地討論明朝覆滅及滿清興起的因果淵源。這本書轟動一時，被翻譯成九種語言，幾年內印行兩百多版，為耶穌會賺了一大筆版稅。他在歐洲的那三年裡還四處演講，不但激發了一般人對中國的好奇與憧憬，也帶動了學者們研究中華文化、思想、工藝乃至政治制度的興趣。各地的捐獻紛飛而至，金錢、圖書、科學儀器，應有盡有。他的第二度遠東之行，可以說是名副其實的「滿載而歸」了。

從澳門回杭州的路上，衛神父在廈門停留了幾天，「有朋自遠方來」，我們的快樂難以形容，珍惜那短短的相聚，一起懷想那些在明皇城邊、秦淮河畔的青春年光，以及那一趟從南京翻山越嶺，結伴南行的旅程。也就是在那裡，他第一次遇到比他年輕七、八歲的道明會神父李科羅。儘管他們所隸屬的修會一向在傳教策略方面頗有衝突，兩人卻一見如故，毫無芥蒂。同樣來自北義大利的他們，熱情洋溢、樂觀健談。當然他們的談話免不了會涉及「禮儀之爭」，但是他們並沒有爭得面紅耳赤。衛神父眼看著無法說服李神父改變其立場，忽然開玩笑地說：「你的族叔利瑪竇神父對中國的傳教事業貢獻那麼大，你何苦和他這麼涇渭分明，甚至還特地把自己的姓也改掉了呢？」李神父不以為意地說：「中國夠大，你可以傳你的教，我們可以用我們的方式來佈道。你們把精力放在知識分子、統治階級上，現在看起來非常成功，湯若望神父在滿清朝廷裡聽說權傾一時，已經到了可以呼風喚雨的地步。但是朝廷的鬥爭是慘烈的，『趙孟之所貴，趙孟能賤之』。如果我們只把注意力放在權貴階層，權力結構一旦有了變化，就難免前功盡棄。日本不就是個慘痛的例子嗎？努力了一個世紀，政策說變就變，一切都如空中樓閣，說倒就倒。」然後他又說：「你們來華將近百年，還培養不出什麼本地人才。我們一直只在閩北做基層的工作，默默耕耘，才不過二、三十年，就已經培養出第一位晉鐸的華人神父了。」衛神父對這位羅文藻神父很好奇，可惜時間有限，不然他就想到閩北去拜訪。

16

一六五八年揆一在熱蘭遮城過著很愜意的日子。看著我們傾巢而出，一步一步遠離熱蘭遮，揆一終於放下了心裡的一塊大石頭，大大地鬆了一口氣，相信我們真的志在「逐鹿中原」，並不是要「聲東擊西」。這時我們的補給多半已經運送到溫州與舟山，多數先前徵調的商船又可以重新往來於廈門與福爾摩沙之間，熱蘭遮城的收入暴增。揆一覺得他已逃過一劫，毋需再整天為我們的入侵而提心吊膽：如果我們此次北征全軍覆沒、或鎩羽歸來，自顧不暇之餘，自不可能再去威脅熱蘭遮；「萬一」我們對清人的戰事順利，我們就會越來越投入「光復神州」的大業，也必然不會再垂涎福爾摩沙這麼一小塊地方。所以他覺得，不管我們北伐的結局如何，他都已安然地度過了一場危機，可以大大地鬆一口氣了。

沒有福仔及族裡其他的長輩們在身邊，十六歲的錦舍那一年日子也過得優遊自在。他呼朋引伴、縱酒狂歡。福仔頻頻傳訊，要他收斂檢點，又命令他火速上路，萬勿失去參與北伐、建功立業的大好良機。但是有母親和祖母跳站出來幫他說話，他也就樂得繼續逗留在廈門，過他吃喝玩樂的日子。

不幸李科羅神父竟莫名奇妙地被捲入這父子之間的衝突裡。誓師之前，福仔賜給李神父一大片緊鄰鄭家宅第的土地，出資讓他蓋了一座教堂，教堂旁還建了一座巒高的鐘樓。錦舍以為那鐘樓是他父親為監視他的出出入入而蓋的，恨死了主其事的李科羅，必欲除之而後快。他說服了他信佛的祖母，拆毀教堂、搜捕李神父；李神父只好連忙躲了起來，暫避其鋒。

17

幾個月後，我們又回到了長江口。四月時艦隊經過羊山附近，我們與它保持距離，小心不去驚醒那對或聾或瞎的老龍。那時正值漲潮，我們的船隻順著潮水迅速航向內陸。沒想到的是，才不過一年之間，長江沿岸的景觀已經大有變化：左邊的河岸，過了上海之後，原是一片沼澤，現在居然每隔幾里就冒出一個新築的碉堡；右邊延伸百多里的崇明島，原本只是一片沙洲，現在竟也增加了不少防禦工事。雖然這一路上沒有人開炮企圖阻止我們，垛堞之間卻時時看到人影晃動，似乎他們就在那裡虎視眈眈地觀望著，準備伺機而動。

蘇松常鎮提督馬逢知的來使則讓我們喜憂參半。馬逢知保證對我們的進擊絕不阻擾，不過他說他還在尋找適當的時機來公開加入我們的行列。他的轄區雖然包括整個長江三角洲，北岸的軍隊卻一向直屬於慓悍異常的蘇松總兵梁化鳳。梁的三千鐵騎，十多年來跟著他從山西一路南來，身經百戰，驍勇不亞於滿洲八旗。馬雖為梁的直屬長官，兩人相交不深，「反正投明」的想法，以前不敢輕易提及，現在也不好冒然開口，只能尋找機會，來勸他一起行動。馬提督相信他可以說動梁總兵，不過他說這還得需要一點時間。

艦隊停靠的第一個港口，就正是常熟的白茆口，錢府的紅豆山莊近在咫尺，我本以為錢大師和柳夫人一定早就等在那裡，沒有想到竟然絲毫不見蹤影。我急忙趕到山莊，管家說就在前一天，有一位官員在一隊士兵的護衛下來訪，客客氣氣地「邀請」錢大師和他的家人到南京去做兩江總督郎廷佐的「客人」，蘇珊娜與瑪琳娜不用說也一起跟去了。

18

一千多艘大大小小的船艦，一起擠進一條河裡，即使是像長江這樣寬廣的大河，也還真是一件困難的事。好不容易終於來到了長江，想像著江南的富庶、即將到手的金銀財寶，想像著那麼多婀娜多姿、溫柔體貼的蘇杭美女，每艘船上的將士自然無不爭先恐後、躍躍欲試，於是船隻互撞翻覆滅頂的慘劇，時有所聞。

但是更嚴重的問題，則是紀律的維持。老實講，我們原都是海盜，我們的兵士、水手，打家劫舍、燒殺淫虐，本來就是家常便飯，無足為奇。福仔的確很注重訓練、紀律，但是那紀律的重點是在於對指揮的絕對服從；作戰之外，軍士的行為，向來是放任、不干涉的。事實上隨著勝利而來的戰利品及行為的放縱，早已被公認為是激勵士氣的一種手段。而且究其實，鄭家軍的殘暴還遠遠比不上滿洲八旗，比不上明朝的「官兵」，更別提李自成、張獻忠之流了。

但是這一次出征，意義與從前大不相同。我們的目的，不止在於打勝仗、搜刮財富、掠奪女色、滿載而歸。這一次我們是「仁義之師」，我們要救民於水火、解民於倒懸，我們要成為會讓百姓以「簞食壺漿」來歡迎的「王師」。所以我們自然不能再搶劫、不能再放肆。但是這麼大的改變，哪裡有可能一蹴而就、說到做到的呢？臨出發前，福仔與將官們不知開了多少次會議，三令五申，反覆說明，要求他們對兵士嚴加管束，不得擾民，沿途務要以「秋毫無犯」為準則；但是「言者諄諄，聽者藐藐」，一路上不斷地有人溜上岸偷雞摸狗，甚至於綁架閨女上船取樂。這樣的事情層出不窮，禁不勝禁、罰不勝罰，搞得大家焦頭爛額，束手無策。

船隊將近鎮江時，福仔萬不得已，終於做了一個重大的讓步：官兵准於江北「取糧」。他說：「瓜州、六合、儀真，素稱富庶，所取必不勝記；官兵盡已富饒，亦可知足。若江南敢有故犯者，是真真目無王法，目無天道，目無本藩。……如有違令，斷必盡法而行，通船通隊，盡行梟示。該管大小將領，盡行梟示。本提督統領，一體連罪，絕無姑恕。……此令字字金石，可矢天日，各宜凜遵，毋以勛名富貴身家性命為兒戲也。」這個告示，終於見效，鄭軍在長江南岸循規蹈矩，一副仁義之師的模樣，在江北則恣意橫行，無法無天。這些行徑對我們的名聲，到底有多大的影響，就沒有人知道了。

19

也許是受到福仔這一最新告示的鼓舞，鄭軍在幾個時辰內就攻占了瓜州，扼住了大運河由長江通往揚州的咽喉，也就等於是切斷了帝國的命脈。清方完全沒有料到我們那麼快就衝破他們布下的天羅地網。我們對他們的那些「祕密武器」瞭如指掌，訓練了一批蛙人，配備巨大、銳利的鋸子、鉗子，斬斷滾江龍，火船隨後直衝「滿洲木浮營」。這些浮營上載著的大量火藥，一時全被引爆，煙硝沖天。浮營不久一一沉沒，隨之而去的是清軍最大、最新型的火炮，以及無數最精銳的步騎勁旅。

英勇無雙的周全斌那一天的表現，更讓我們看得目瞪口呆。他領著鐵人部隊，一一跳入河裡，水深沒頂，我們都以為他瘋了，為搶頭功不擇手段、就要全軍覆沒了。但是就在敵人歡欣鼓舞，額手稱慶的時候，鐵人們冷不防一一從水裡冒了出來，整齊列隊、筆直往前，無堅不摧，軍士、馬匹、柵欄、土堡，無不應聲而倒、聞風而逃。他們一路摧枯拉朽，如入無人之境，其他的將士尾隨其後，收拾殘餘。那可真是一場輝煌無比的勝仗！

20

一個星期後，我們取得了另一場意義更為重大的勝利。那時江寧提督管效忠剛率領數千騎兵及萬餘步兵自南京來援，駐紮於鎮江城北的銀山。鄭軍在其東數里外登岸，半夜悄悄地前進，在山腳下分三疊完成包圍。黎明時清軍一發現被圍，騎兵盡出，衝下山來，登時矢落如雨、炮聲震天；雙方千支火繩槍不停地施放，更是讓整個戰場煙霧瀰漫、不見天日。如此鏖戰一個多小時後，勝負才終於漸漸明朗起來。鄭軍之所以打贏了這一場苦戰，一部分當然得歸功於他們平時的訓練有素，得以臨危不亂，保持陣形，將敵人層層圍困起來；他們同時也得益於特殊的裝備。他們所使用的藤製盔甲，輕便強韌，而且幾乎刀槍不入；他們遵循「倭寇」與海盜的傳統，作戰時打著赤腳，在海邊或沼澤地區進退迅速，靈活矯捷。反觀清軍的傳統裝束，包括笨重的鞋靴，使他們無法行動自如；正好在那一場戰役前，又連續下了好幾天的雨，滿地泥濘，這個差別，就更加顯著了。

戰役到了尾聲時，天色也已漸漸暗了下來。那時，一萬多名清軍裡除了幾百名騎兵脫圍而去之外，已全數殲滅，我方則只有少數人中箭身亡，被炮彈炸死的更是少數。不僅如此，我們還擄獲了十數門大炮、幾百支火繩槍及無數的弓箭，捕獲戰馬不計其數，甚至還有好幾匹駱駝！

占領了瓜州及鎮江後，整個長江下游對我們來說已是暢行無阻，張煌言於是依原定計畫帶領十來艘輕快的小船沿河上行，深入敵區數百里，一直到達將近鄱陽湖的池州府。沿途三十多個州縣聞風起義來歸，一時聲勢浩大，滿清江山似乎岌岌可危。後來我們從湯若望神父那裡才知道，年輕的順治剛聽到這些不利的消息時，驚恐異常，竟然打算放棄北京，直接逃回關外。如果不是他又愛又怕的母親孝莊皇太后及時制止，他可能真的就會這麼做了。

21

我們終於看到南京城的那一天，連綿一整個星期的豪雨才剛停不久；那可真是寸步難行的一個星期！暴風雨一波接著一波，不停來襲，雷電交加、天昏地暗。長江水位一漲數尺，波濤洶湧。強勁的西北風不停地把船往下游推，我們費盡了九牛二虎之力，蹣跚前行，好不容易才終於到了燕子磯。由此再轉個彎，南京城赫然在望！沒想到停泊、登岸又是一大挑戰。整個河岸泥濘不堪，搬運一般軍械都已困難重重，更遑論那幾具萬斤重的龍熕呢！火藥的運送又是另外一種挑戰，一不小心沾上了水氣，就全部「泡湯」。

還好我們到達的那一天雨終於停了，第二天竟是個萬里無雲的大晴天。福仔和我決定趁這個機會去看看久違了的南都景致。一個鐘頭後，當我們終於爬到紫金山巔時，早已汗如雨下，全身都濕透了。放眼望去，山腳下就是那浩瀚的玄武湖，遠處小丘背後則是那如緞帶般的長江。這兩者之間，被那奇形怪狀、蜿蜒數十里的城牆圈起來的，就正是我們朝思暮想的南京城，城內國子監與秦淮河的輪廓，依稀可見。我們在那裡觀望良久，捨不得離開，多年前的許多往事，一一呈現在眼前。

然後我就慌亂了起來。蘇珊娜一定是和錢大師、柳夫人一起在接受兩江總督郎廷佐的「盛情款待」，所以瑪琳娜必然也在城裡。這「盛情款待」到底是什麼意思，我們不用想也知道。他們的命運，就看再下來這幾天或幾星期內，事情怎麼演變了。

22

所以，當朗廷佐等人派來的專使私下跟我們說他們認真在考慮要投降時，我大大地鬆了一口氣。他們說，他們的家人都還在北京，如果他們能夠看起來像是在認真守城，一直到超過一個月後才投降的話，家人就不會遭受懲罰。我們當然知道對方是在耍詭計，在用拖延戰術，但是我們相信時間在我們這邊，我們可以等。也許過一陣子，當他們終於對滿清的增援失去信心，就會相信我們的誠意，而真心歸降，我們也就可以避免不必要的血腥屠殺、犧牲。況且，要真正去攻打像南京這樣「固若金湯」的城池，我們到底還是需要一點時間來做充分的準備。

那是多麼稱心如意的一個星期啊！南京就在眼前；南京周遭的許多衛星城市、堡壘都已經歸順，南京可以說已經完全被孤立了。所以我們越來越相信，進駐南京，指日可待；不久我們就要被南京闔城的士紳百姓夾道歡迎，就如當年他們迎接豫親王多鐸那樣。當時還是白面書生的我們，如今身經百戰，終於凱旋歸來，這是多麼快意的一回事呢！

而那喜氣洋洋的一個星期的最後一天，就正是福仔（和我）的生日。我們眼看著就要滿三十六歲，距離在南京當學生的日子，轉眼已經十四年了。十四年裡，物換星移、人世滄桑，我們多少次九死一生、功敗垂成。重要的是，我們竟然還活著，繼續奮鬥、不改初志。而現在能夠再回到這美麗的城市，不就是最好的報償，最好的生日禮物嗎？南京曾經是我們的天堂，現在這天堂眼看著就要回到我們身邊。

23

回想起來，那一天竟然就是我們樂極生悲的轉折點，因為災難正是從那一晚開始的。那一天傍晚，幾千名騎兵打著蘇松提督旗號從南邊疾馳而來。我們起初以為那一直模稜兩可的馬提督終於下定決心了，心想他也真會挑時間，拿了這麼一個天大的禮物來祝壽！等到發現他們原來是總兵梁化鳳的所部時，已經來不及攔截，只有眼睜睜地看著他們溜進城裡去了。已經喝得半醉的福仔聽到這報告時喃喃白語：「也好啊！既然都是要來送死的，那就多多益善吧！」

但是這梁化鳳果然真是個老狐狸，他居然知道城牆的東北角有一個已經封閉了七十多年、鮮為人知的神策門，派人徹夜將之打通。隔天清晨清軍一湧而出，我們紮營於附近的前鋒鎮被殺個措手不及，全軍覆沒。我們匆促應戰，調動陣營，將主力集中於南京城外東北的觀音山上，又設伏兵於東側山坳內。沒想到正在徹夜移營之時，滿清數萬騎兵傾巢而出，朝山上仰攻，竟然占領了制高點，再從那裡衝入山坳，打散了我方埋伏其間的營鎮，一路追殺至岸邊，所向披靡，就連向稱無敵的鐵人部隊也因倉促應戰，陷於山腳與江岸間因連日陰雨而泥濘四處的狹長地段，行動不便，而多遭殲滅。

24

我們戰敗於金陵的消息如野火似地蔓延開來。幾個星期前才那麼熱烈地歡迎我們的士紳官吏，一夕之間，就把我們當成避之唯恐不及的「瘟神」。誰能怪他們呢？這些年來，他們不知已經有過多少次被潰敗的殘軍散卒洗劫蹂躪的慘痛經驗了，他們當然有理由相信，我們也會把氣出在他們身上，燒殺淫虐，強取豪奪，如蝗蟲之過境，破壞一切、毀滅一切。

那其後的四天四夜裡，福仔就那樣默默地站在船頭，宛如一座雕像，面無表情，目不轉睛地瞪著那滾滾而去的江水。我們幾個人輪流守在他的身旁，不知道他在想什麼，唯恐一不留神，他就會跳下水去。狂風暴雨不斷來襲，天邊遠處，雷電交錯，而福仔就那麼定定地站著，望向遠方、望向天際。

到了第五天的早晨，風暴方過，曙光從黑壓壓的雲層裡探出頭來，金黃色的光芒跳躍在起伏不定的浪濤上，明亮得讓人目眩。福仔忽然轉過頭來，走向大家，說：「他們到底還是當我們是異類！我怎麼會這麼傻呢？竟然一廂情願地以為我們一出現在南京城門外，人人自然會

『簞食壺漿，以迎王師』。庶民大眾，有誰真的在乎這是誰家天下？被那些貪婪無恥的宦官包圍的明朝皇帝也好，殺人如麻的流寇頭子也罷，茹毛飲血的關外韃子也無所謂。要剃頭就剃頭，要綁辮子就綁辮子。」說著說著，他就激動了起來，大聲狂叫：「那也好！不管怎樣，這眼前的大海，還是我們的。我們有的是海洋。南京、北京，就隨它去了吧！」

25

我們在長江口停了下來，稍作整頓，虛張聲勢地攻打崇明縣城，揚言要占據這扼住整條長江的崇明島，作為反攻的基地。兩天後的一個深夜，一艘小船靜悄悄地從對岸開過來。首先上岸的是一位佝僂拄杖、鬚髮盡白的老者，仔細一看，原來竟真是錢大師。而緊隨於後的，就是身著飄逸的素白衣裙、風華不減當年的柳夫人。他們力勸福仔不要離開江南，就留在這附近俟機而動，再往回打，讓滿人來個措手不及。錢大師說馬提督發現被梁化鳳耍了，十分震怒，誓言復仇，這次一定會傾力相助。柳夫人隨聲附和，侃侃而談，說得更是條理分明、動人心弦。福仔聽著聽著，眼睛好像有一點迷濛了起來。我猜想他一定回想起許多我們那一整年逍遙南都的青春歲月，以為他已經被說動了。但是就在一瞬之間，他似乎忽然清醒了過來，深深地看著錢大師，看著柳夫人，良久良久，才終於開口：「我是多麼想念我們一起在南京的那一年啊！我是多麼地想念那奢華旖旎的世界啊！但是這幾天我一直在想，那個世界，不管多麼神奇，多麼珍貴，是一去不回了。人們渴望的是秩序、是安定。誰又能想像，正是這些遠來的化外之民，給他們帶來了這秩序和安定呢？相較之下，文化又有多重要？品味又有什麼了不起？頭髮留或不留，又有什麼關係？明朝氣數已盡，我的江南夢已醒，我與長江的緣分已了。我原從海上來，那我又何不就乘桴浮於海呢？」他輕聲說著，有點靦腆，有點像是在對誰道歉。

錢大師與柳夫人整個臉登時都暗了下來，周遭的空氣，似乎也一時凝固了，時間也自顧自地靜止在那裡。不知隔了多久，福仔又說：「如果你仔細想想，那些最為新朝賣命、最不顧死活地與我們為敵的郎廷佐、梁化鳳，哪一個不是漢人？洪承疇還是我們的老鄉呢！他們早已站了邊，他們早已做了選擇。誰又能說他們選錯了邊？」這時福仔的聲音更平緩了。他的語調隱隱約約透著淒涼，透著哀傷：「請轉告馬提督，馬逢知、馬進寶，他也做了選擇。不做決定，就正是個清楚明白的決定。我為他惋惜，為他悲哀。我相信他時日不多了。」

我陪著他們走回船塢，一路上柳夫人低垂著頭，默默無語。臨別時她才抬起頭來，說：「別擔心，我們不會有問題。那麼多大風大浪都過去了，我們還在這裡。最重要的是，不管將來如何，蘇珊娜和瑪琳娜一定都會一直都過得好好的！這個我可以給你保證。」

第三部

前進島國

——彼得・鐃文

第一章　尋覓世外桃源

1

回到了廈門，福仔又再一次掉入那幾近絕望的憂鬱深淵裡。日復一日，白天他把自己關在書房裡，靜坐在窗前，獃獃地望著窗外的的庭園；天一黑，他卻焦躁不安了起來，在房間裡來回走著，不停地咒罵自己，也咒罵他那些枉死在南京城下的戰友們。等到精疲力竭，一躺下來，卻馬上就又被噩夢驚醒，輾轉難眠：鬼魂無所不在，血淋淋的、體無完膚的、沒有頭的、缺手斷腳的、餓得皮包骨的，成千上萬的鬼魂，爭先恐後地追趕他，要他賠命。為了逃避這些噩夢，他情願不睡；他又開始縱酒了，一瓶又一瓶、一箱又一箱。但是酒不但澆不了愁，卻反而讓他的情緒更加激動了。像一頭暴怒的狂牛，他一瞬時就可以把整個房間都砸得稀爛。然後他忽然整個人就癱了下來，倒在地上嚎啕大哭，口裡喃喃地念著：歐卡絳，歐卡絳……我們看著他這樣掙扎，痛在心裡，束手無策，只能說一些無關痛癢的話，只能儘量預防他傷害自己。

按著規矩，錦舍晨昏定省，但是剩下來的時間他不再需要擔心父親的管束了，就更加肆無忌憚地沉迷於吃喝玩樂、醇酒美人。所幸他各有所長的長輩——掌管貿易的鄭泰、精於理財的洪旭叔和長於建造城池及防禦工事的馮澄世，把事情處理得井然有序；年輕有為的陳永華又已是錦舍之師，盡心輔佐，所以一時間我們也毋需擔心會出什麼亂子。

2

可笑的是，治好福仔的病的，竟就是我們的敵人。那年十二月，我們得到消息，說那個欺騙了我們的馬逢知，被騙到北京，已經成了清廷的階下囚。聽到這個消息的時候，福仔剛從宿醉中醒來，放聲狂笑，差一點被嗆死。

然後他就完全清醒了。他的清醒是因為三萬多正規滿清八旗部隊已經進入福建省界，正兼程朝我們的方向前行。他們的主帥是當朝元老達素；此人三十多年來身經百戰，攻無不克、所向披靡；他的八旗精銳早先原是從北方奉命南下來解南京之圍的，到了那裡才發現他們撲了一個空，於是繼續南下，要來直搗我們的「老巢」，意圖把我們一舉殲滅，「永除後患」。一聽到這個消息，福仔就不再酗酒，不再自憐自艾了。他現在要面對的，是一個足以匹敵的對手，他終於有機會復仇，有機會再起。

我們趕緊向澳門訂製了數百門大小不等的火炮，以及數千支火繩槍；我們把航向各處的帆船招集回來，改裝成戰船，也開始建造更多的船隻。為了備戰，大家都忙了起來，士氣大振。這一次我們是為了保鄉衛土而戰，不是遠赴千里去為像「忠君愛國」這樣空洞的口號做犧牲。

檢討南京戰役的得失對福仔來說想必是非常痛苦的一件事吧！但是他硬著頭皮，認真嚴肅地去做了；那場面感人肺腑，也更進一步凝結了人心。他坦然地從自己開始批判，承認這次的敗績大半源於自己的驕傲、自大、輕敵：他沒有接受幕僚、部屬的忠告，不肯及早攻城，坐失良機；他誤判形勢，相信可以「不戰而屈人之兵」，到最後都還在等待馬逢知的反戈，也盼望守城將領的出降。為此種種，他深切自責，已上表永曆皇帝，請銷延平郡王封號，但是希望能繼續使用招討大將軍的名號，來為大明皇朝效命。

依據戰役中的表現，各將官的賞罰及其緣由，也都逐一公布。更重要的則是對傷殘兵士的照顧，以及對陣亡將士家屬的安置撫卹。為了紀念、表揚北征陣亡將士，我們新蓋了一座莊嚴肅穆的「忠臣廟」，裡面陳放著一列又一列戰死他鄉的軍士們的靈位。最中央、最前面的幾位，自然是從我們起事時就一直並肩作戰的老戰士、老朋友。福仔在靈前默思良久，忽然失聲痛哭，我們也都禁不住涕泗縱橫。想著即將來臨的另一場惡戰，我們分不清楚，這眼淚是為他們，還是為自己而流。

3

在積極準備與達素大戰一場的同時，福仔也默默地開始認真考慮如何在這「神州大陸」之外另謀發展。大約就在那個時候，他開始常常與我提到去福爾摩沙、呂宋，或甚至巴達維亞打天下的想法。我記得他這麼說：「我們何苦繼續留在這是非之地呢？我們何不去找一塊新的地方，另起爐灶，建立一個我們心目中的理想國度呢？說不定那海上仙山，並不都是傳說；說不定西洋人所說的伊甸園，就在海的那一邊。」但是他又說：「不過那些荷蘭人、西班牙人也都不是好惹的；跟在他們後面的，不知還有什麼其他的霸權勢力，恐怕也一樣難纏，一番惡戰，必然不免。我們人多，他們船大炮多；但是我們也不是不能造更大的船啊！記得父親說過，早在他還沒有發跡之前，日本人就已經造得出像伊達丸這樣的五百噸大船，四度橫渡了太平洋，性能更優於西班牙人的加利恩船。據他說，日本人其實根本完全不懂得航海，遑論造船。依達丸想必也像其他當時來往於南洋各地的『朱印船』，全都是靠閩南去的工匠建造的吧！」

李科羅神父也常應邀參與我們的討論，他說：「熱蘭遮離我們這麼近，要攻占是易如反掌。但是呂宋、馬尼拉恐怕又另當別論，我們也不好一下子招來太多敵人。」他說的當然很有道理，不過他自然也希望能藉此保護屬於天主教勢力範圍的馬尼拉，以及他們道明會在那裡好不容易才建立起來的福音傳教基地。

斌官自然也十分贊同攻取福爾摩沙的想法；他最近才因身為我們在熱蘭遮的稅務代理人一事「東窗事發」，被控通「敵」，只好帶著妻小逃到廈門來投靠鄭家。他在福爾摩沙留下一屁股債，光是積欠公司的部分就不止二萬兩白銀，欠其他漢人頭家及公司職員的就更不知有多少了。

斌官一有機會就鼓吹我們去向紅毛人奪取那「沃野千里」的福爾摩沙島。他說那裡稻米一年三熟，甘蔗毋需照顧，自己就會從土裡冒出來，荷蘭人光是靠這兩樣農產品的稅收與外銷，盈利就已經令人刮目相看了。此外他們每年還銷售大量的鹿皮與烏魚子到日本去，福爾摩沙島北部又盛產硫磺，可以用來製造火藥。更有甚者，許多傳言都說深藏在東部的高山裡，有好幾座金山，取之不盡、用之不竭；這樣的美地，為什麼要被紅毛人獨占？

為了這個目的，他帶來了熱蘭遮堡及普羅民遮城堡的木製模型，以及附近地形的詳細地圖。但是更重要的，則是他還帶來了熱蘭遮城堡附近海岸及通往台江內海諸水道的航道詳圖。攤開地圖，他特別指出，位於熱蘭遮堡大炮射程之外的鹿耳門水道，許久以來一直被認為太窄太淺，毋需防守，其實在漲潮的時候，即使是我們最大號的福船，都還可以通行無阻；從那裡我們大可以長驅直入，攻其不備。

有一天晚上，斌官離開之後，福仔說：「看來福爾摩沙島真是個好地方，住在熱蘭遮城堡裡應該會蠻愜意吧！但是無論如何，我們得先好好來款待我們的貴賓達素將軍。我們要讓他和他的主子知道，我們絕不會因為怯戰離開這裡。如果我們選擇離開，那只是因為我們要去一個更好的地方。」

4

達素將軍造船花了整整兩個月的時間；在這兩個月裡，我們從容布置，反覆演練應戰的每一個步驟，直到每一個人閉著眼睛都知道，碰到什麼樣的情況時應該如何應付。沒有錯，我們設了一個陷阱，就等著他們來往裡跳：我們的艦隊埋伏在金、廈兩島之後，隨時可以把整個廈門灣包圍起來；在金門的太武山巔，我們架設瞭望站，日夜監視對岸的動靜，對海澄與同安的狀況瞭如指掌；我們有許多身懷輕功絕技或接受過多年忍者訓練的密探，出沒於漳、泉各大城市，搜集對方軍事部署、補給狀況的資料，鉅細靡遺。

所以到了五月十日那天，當他們那幾百艘船從海澄和同安同時出發時，我們早已在那裡靜候大駕了。他們順風衝向我們前方的船隻，引來了一連串震耳欲聾的爆炸聲；竄起的濃煙覆蓋了波濤洶湧的海面，遮雲蔽日，一時間伸手不見五指。他們那時哪裡知道，他們撞上的，根本不是我們的戰船，而是一些我們早已準備廢棄的船隻，裡面裝滿了火藥，就等在那裡與他們「玉石俱焚」。我們的水手們個個潛水功夫了得，引爆的時間拿捏得恰到好處，既能全身而退，又給對方帶來了最大的傷害。

就如福仔預測的，中午過後，風向就變了，開始吹向陸地。這時福仔一聲令下，我們兩艘最高大的一號福船，船頭各架一尊萬斤重的龍熕，直衝滿洲船隊。三十二斤重的炮彈如雨般灑落，被擊中的船隻隨即下沉，一瞬間就消逝得無影無蹤。才不過一炷香的功夫，敵方大多數的主艦就都已向海龍王報到了；其他小號的船隻，更毋需我們浪費炮彈，光是幾番來回衝撞，就都已支離破碎，慘不忍睹。

唯一的例外是達素的旗艦；在施琅的指揮下，這條船竟然衝破了重圍，在廈門島的北岸登陸了。那時正值退潮，清兵連人帶馬，毫無阻難地上得岸來，就在沙灘上擺好陣勢。根據原定的計畫，這沙灘附近的駐軍應趁敵軍登岸尚未站穩腳步時就迎頭痛擊。但是不管我們如何催促，他們還是按兵不動。後來才知道，這部隊的指揮官早與清軍有密謀，準備做內應，掩護他們的襲擊。

正在我們急得如熱鍋上的螞蟻時，一小股部隊不知從哪裡冒出來，直衝清軍陣營。清方必然以為這些人是他們早先約好來投降的，氣定神閒地等在那裡，到了終於回過神來，知道這些人是要來廝殺的時候，已經慢了一步。我們的戰士個個全副武裝，但是像倭寇那樣打著赤腳，行動迅速靈敏。背著沉重的盔甲、穿著笨重軍靴的清兵，身陷於岸邊泥沼裡，舉步維艱。他們轉身要逃，但是那時已是漲潮的時候，船隻離岸甚遠，無法涉水過去。幾千個滿洲騎兵就這樣被放倒，更多的人淹死在海裡。我們在岸上的大炮那時才終於開始發威，雖然比福仔預期的晚，還是又炸沉了好幾艘敵船。

午後的豔陽，照耀在一時間完全寂靜下來的沙灘，四處散落的武器盔甲，閃閃發亮。隨著漲潮，無數的屍體，混在破散的船板和五顏六色的軍旗裡，一波一波地被沖上岸來，披覆了整個海岸，也把鄰近的小漁港擠得水洩不通。毫無疑問地，我們大獲全勝；遺憾的是，滿清的旗艦成了漏網之魚。我們發現這狀況時，那船已在我們的大炮射程之外，差不多就快進海澄港了。如此看來，達素和施琅還活著，但是他們如此地慘敗，可謂名譽掃地。達素這百戰百勝的沙場老將，恐怕沒有辦法接受這樣的結局，也許就此沉淪。但是施琅呢？知道施琅的為人，我相信他不會完全銷聲匿跡。他也許會暫避風頭，不過他大概會繼續躲在一旁，耐心地等待復仇的時機。奇怪的是，這樣想著，我竟忽然覺得鬆了一口氣，慶幸他還活著。

5

老李就要做父親了！透過隱元禪師的幫忙，他終於獲准在長崎居留，隨即與秋子舉行結婚典禮。一年後，他們不只有了小孩，而且一次就有了兩個：一對長得一模一樣的雙生男嬰，哭鬧起來中氣十足，讓初為人父母的老李和秋子忙得難以招架。經常笑意盈然的老李開玩笑地說：「雖然有她媽媽的幫忙，秋子也還是忙不過來。累慘了的時候，秋子會說，人家說生雙生子時應把其中一個送給人領養，真是有它的道理。你何不帶一個去中國，讓他做中國人，把另一個留在我身邊？」當然她這話不是當真的，但是當福仔聽到這件事時，他還是半真半假地說：「絕對不可以！你不要讓你的孩子長大變成像我這樣！」

老李說，隱元禪師現在在日本真是大紅大紫。雖然已經快七十了，他還是辯才無礙，神采奕奕，說起法來頭頭是道。日本人對他佩服得不得了，認為他說的話字字珠璣，「連屁都是香的」。在長崎才兩年，隱元就被天皇恭請到京都去傳法；滿朝官宦貴婦，一夕之間，都成了他的信徒。不止如此，許多出名的武士竟然從他的禪學裡領悟了「空明」、「無欲」的重要性，讓他們的劍藝又能更上層樓。又過了兩年，德川將軍邀請他到江戶，相談甚歡，隨即賜地京都大和山修建黃檗山萬福寺；各地大名、奉行爭相奉獻，將寺院蓋得富麗堂皇。

透過隱元，我們對日本的政商動態更加瞭如指掌。但是這也不是毫無代價的：年復一年，他們不停地要求我們送去更多的禪師，有時一送就是十幾位。「這差不多就要變成一宗賠本的出口貿易了。」福仔苦笑著說：「我們得到什麼回報？完全沒有！連一個武士都沒有。」

6

從長崎回來的路上，老李的船在杭州停靠了幾天。在那裡他看到衛神父繼續在為他的大教堂忙得不可開交。「記得他在南京的樣子嗎？他還是一樣地熱情如火、渾身是勁。」老李說：「他現在甚至比以前更有活力了，滿腦子都是新的想法，想到就做、馬不停蹄。他每天一大早就到工地，一磚一石、一草一木，事必躬親，說要把這個教堂蓋成為滿刺加以東最大、最壯觀的教堂。」說到這裡，老李安靜了下來，眼神轉趨暗淡。良久之後，他輕聲地說：「我希望這是杞人之憂，但是他看起來不大對勁。他忙過頭了，拚著老命，一點都不照顧身體。他胖得不得了，一下子至少重了三十斤；如果你現在看到他，一定會嚇一跳。我怕等不及教堂完工，他就會病倒了。」

離開杭州後，老李的船遇上風暴，避入象山灣之南的三門灣，以為面對的會是清軍或土匪，早已準備決一死戰；沒有想到在那裡碰上的，竟然是張煌言。歷經艱險、九死一生的張煌言，居然在那山海交會之地又站穩了腳步，將幾千個農民與漁夫組織起來，教導他們築堤與海爭地、屯田儲糧之外，還正在努力要想把他們訓練成一支能戰的軍隊。他一方面很高興這樣巧遇老李，可以經由他再和福仔搭上線，同時也不住地向老李表達他對福仔的怨懟與失望。我不難想像，他對我們有多憤怒。南京兵敗時，我們迅速撤離長江，他孤軍深陷內陸、無法回航、彈盡糧絕、毫無奧援。不久前才爭相歸附的城縣，一夕變色，當他是瘟神惡煞，閉門不納。他和幾個最親信的隨從，忍飢耐寒，跋山涉水，徒步走了整整兩個月，才終於回到這與他的故鄉寧波只有一山之隔的窮鄉僻壤。

老李說，張煌言最擔心的，是我們會放棄反清復明的大業。他說死有輕於鴻毛、有重於泰山。大丈夫自反而縮，雖千萬人亦無可懼，重要的是去做自己應該做的事，過自己應該過的人生。而這該做的事，該過的人生，對張煌言而言，就是要不計成敗，去挽狂瀾於既倒。

但是什麼才是我們的義所當為之事？這「義」應該是什麼？誰能告訴你什麼樣的決定才是對的？

7

對蘇珊娜和我而言，這個問題的答案簡單明瞭。我從衛神父和老李那裡輾轉收到她的信，知道她們安全、健康，我就很高興了。字裡行間，我可以猜想得到，滿清政府這次決定放錢大師一馬。馬逢知已在北京就逮正法，清廷用種種藉口搜捕反抗分子，「通海案」、「奏銷案」、「哭廟案」、「科場案」、「明史案」正在如火如荼地進行著，成千上萬的士人陸續遭殃。他們獨獨放過錢家，是因為錢大師文名太盛、又年事已高，還是柳夫人神通廣大？不論原因是什麼，重要的是，他們有驚無險，又度過了一個難關。

更重要的是，我們的瑪琳娜居然已經十一歲，長得差不多和她媽媽一樣高了。從夾在信裡的畫像看來，她長得可真像媽媽啊！又圓又大、水汪汪的眼睛，淡棕的顏色帶著一絲絲的綠。微微鬈曲的、栗褐色的長髮，隨風飄逸。還有那笑容，那可以洗盡全世界哀傷的笑容！那笑容像是在說，不論這世上有多少挫折、多少辛酸，一切都還是有其可能。所以不管這人世上有多少的腥風血雨，人生不必只是一場徒勞。

8

我們派去覲見永曆皇帝的使團在整個南中國繞了好大一圈，還是未能達成使命，回到廈門時已經是整整一年之後了。那時我們才知道，就在我們進軍南京的時候，永曆朝廷又再度踏上逃亡的道路。他們一聽說清軍兵分三路，從四川、湖南和廣西進取雲南，馬上拋棄了省會昆明，拋棄了李定國和其他忠明的將軍們，掉頭就跑。李定國追趕不及，從此無法再隨扈護駕。永曆一路丟棄財物輜重、老弱病疲，乃至嬪妃宮娥，才逃到中緬邊界。李定國拚命追趕，卻被吳三桂尾隨其後，拖住了腳步。李定國在昆明以西三百里的磨盤山布下三重伏兵，意欲一舉殲滅吳軍，不幸功敗垂成，從此一蹶不振。看來永曆這次也不再有路可逃，清廷一旦西線無戰事，就可以用全力來對付我們了。他們也帶回來了另外一個令人痛心的消息：卜彌格神父已死於中越邊界；他去世前最大的遺憾，就是沒有辦法再見當定皇太子最後一面。隨著卜神父消逝得無影無蹤的，是他在中國扶持第一位天主教皇帝的夢：當定太子終究沒能長大成人，不能夠像東羅馬帝國的君士坦丁大帝那樣，去成就一番轟轟烈烈的豐功偉業。

9

達素大將軍回到福州後，就銷聲匿跡了。雖然有謠言說他吞金自殺，可是沒有人知道這位百勝老將真正的下場到底是什麼。我們能確信的是，清方暫時擱置了渡海來襲的計畫；他們那些「漏網之魚」的戰船，被凌亂地丟在岸邊，無人看管。施琅逃過一劫，沒有馬上遭受到懲處，但是也不再敢向清廷要求經費，重建水師。

清廷的新政策是重新嚴格執行「禁海令」，不許片帆入口、寸板入海。這禁令導致沿海民眾無以為生，紛紛逃亡。但是這殘酷的政策終究還是達到了它的效果：失去來自內陸的補給及貨源，我們的柴米油鹽，漸漸地短缺了起來。福仔因此越來越認為，這樣拖下去，我們會越來越捉襟見肘；為求釜底抽薪，唯有另闢蹊徑，尋找新的腹地。這個腹地，不就是斌官口中「沃野千里」的福爾摩沙島嗎？

但是對這個攻取熱蘭遮的想法，鄭軍內部的阻力卻是蠻大的。反對的聲浪，來自兩個不同的陣營：一方面是鄭家的「老臣」——福仔的叔叔們、堂兄弟，以及那些當年與福仔的父親一起開創這海上事業的、亦商亦盜的元老。他們好不容易在荷蘭人、西班牙人、日本人之間找到了一個立足之地，自然不樂見這樣的平衡被打破。他們在熱蘭遮、巴達維亞、長崎到處都有相當的投資，深怕一旦開起戰來，這些長年累積下來的資產，以及多年培養的生意夥伴關係，都要泡湯。

另外一個主要的反對力量，則是那些原屬士大夫集團的忠明之士。他們視福爾摩沙為化外之地，擔心鄭軍一旦把注意力放在這海外孤島，就漸漸會對恢復中原的大業失去熱情。張煌言就是個最好的例子。我們的通信管道恢復之後，他的書信一封接著一封，言詞也越來越激烈。他直言，一旦我們在熱蘭遮站住腳，大明江山的影像對我們而言就會變得越來越模糊，我們的生命也就不再有意義。我沒有想到張煌言竟也是這樣一個看不到「海闊天空」的人，不能接受孔夫子也會有想要「乘桴浮於海」的時候。

10

在黑水溝的另一邊，揆一也一直提心弔膽，密切地注意著我們的一舉一動。自從我們從南京鎩羽而歸，他就覺得福仔不久就要揮軍東向了。我們一心在準備與達素決一死戰的時候，他以為我們是在準備攻打他的熱蘭遮城；我們為了備戰調回了多數往來閩台的船隻，他認為我們又在向他實施經濟封鎖了。戰爭打斷了貿易，影響公司盈利，更是一個令他頭大的問題。在這些起起落落之間，許多熱蘭遮城鎮的漢人商家受到波及，因周轉不靈而倒閉，只好黯然回鄉。揆一眼看著這一股回流潮，以為這些人已預見國姓爺的即將來襲，未雨綢繆，先行避開。他因此就一天比一天更加疑神疑鬼了。

揆一不斷地向巴達維亞求救兵，也不斷碰壁。巴達維亞當局指責他懦弱、杯弓蛇影。這其實是想當然耳的一回事！他的宿敵維爾堡離開熱蘭遮城堡後，在巴達維亞飛黃騰達，當上了評議會議員，對他極力詆毀，把他貶得一文不值。不過巴達維亞最後還是決定派一支由猛將范德蘭指揮的艦隊，來一探究竟。為了不白白浪費掉艦隊龐大的出征費用，他的任務指示是，如果熱蘭遮城堡安全無虞，他就應該「順道」去攻擊、占領澳門。自大狂妄的范德蘭，不久前才「血洗」錫蘭，屠殺無數當地人及葡萄牙人，相信漢人根本不堪一擊，不值得這樣小題大作，自然不願意在福爾摩沙島浪費時間。范德蘭與揆一的爭執，最後終於不歡而散：揆一強制留下艦隊帶來的七百名兵士，范德蘭則帶走了所有的軍官，遣散艦隊，悻悻然打道回府。

11

最後真正讓福仔下定決心要攻取熱蘭遮的，則是一個沒有人想像得到的新變化：年方二十四，青春正盛的滿清順治皇帝，竟忽然間就駕崩了。謠言一時滿天飛，有人說他的一個愛妃忽然過世，他傷心過度而死；更有人說這愛妃就是秦淮八豔之一，比他大十多歲的董小宛；又說他其實並沒有死，而是出家去五台山當和尚去了。福仔說：「反正人死了，管他是怎麼死的呢？他這麼年輕就走了，的確是很可惜，不過對我們來說，他可死得正是時候。現在滿朝皇親貴戚、文官武將，一定忙著在那裡勾心鬥角，爭取權位，一時之間不會來找我們麻煩。我們何不就用這個機會，來跟熱蘭遮城堡的荷蘭人算他們與我父親之間的陳年舊帳！」

第二章 黑水溝與美麗島

1

我們浩大的艦隊，大大小小四百多艘的船隻，載滿了兩萬五千多名精銳戰士，在八個小時內就到達澎湖。不幸的是，一到馬公，天候說變就變，本來吹得好好地的西風忽然就變了。在那裡我們苦苦等了三整天，風才終於又回來了，可是這卻是暴雨狂風。我們試著強行出航，但是船隻一出港，馬上就被打得七零八落，隨時都可能翻覆，只好再逃回來，如此進進出出，足足又折騰掉三天。我們一向習於在海峽兩岸來回，常常朝發夕至，並沒有把它當一回事，所以此次出征，只帶了五天的糧食，以為這已綽綽有餘，這下子才開始慌了起來。澎湖果然「不負盛名」，的確就只是一些貧瘠荒涼、「鳥不生蛋」的小島。我們四處努力搜尋，也只能勉強找到一些番薯雜糧，湊起來還不足全軍一日的食用。但是這狂風暴雨，卻是一波接著一波來襲，一點都沒有要停息的跡象。

到了第六天的下午，福仔把幾百位將官、船長、領航員，聚集在馬公港的媽祖廟前，很慎重其事地宣稱，他剛得到神明的指示，說風雨再過沒多久就會停下來。我們這時就得出發，以便明天一早抵達福爾摩沙海岸。在場多數是漂洋過海的老手，當然不會相信這樣的「天氣預測」，但是我們還能有甚麼別的選擇呢？在這春夏交替的季節，風向說變就變，即使等到天氣好轉，再下來恐怕吹的都是逆風，船期若再延誤，我們的士兵就得餓死在這些荒島上了。

出航後沒幾小時，沒想到風雨真的就漸漸平息了下來，天空也晴朗了起來。到了晚上，無數閃亮的星星像是鑲嵌在穹蒼中的寶石，無邊無際地向四方延展。三十幾年前，父親帶著才不過五歲的我偷偷離開福爾摩沙的時候，那夜空就正是這樣的景致。而這景致，又不免勾起我對過世多年的阿姆的思念。忽然間，濃霧悄然從四面八方掩襲而至，我的視野也就更加一片模糊了。儘管如此，我們船隊裡大大小小四百多艘船艦還是靜靜地持續前行，不相碰撞。到了天色將明的時候，霧靄忽然散開，那龐大的熱蘭遮城堡赫然在目。從東邊照射過來的晨曦，烘托出城堡的輪廓，巨大無朋，有如一艘巨艦，或一隻剛從海底冒出來的海怪，好像就靜候在那裡，俟機要把我們整個艦隊一口吞吃下去，讓我們從這個世界上一下子消失得一乾二淨。

一看到熱蘭遮城堡，我們隨即左轉，沿著那名叫北汕尾的沙洲北行。一個小時後，我們終於順利到達鹿耳門水道的出海口。這水道四處沙洲淤泥、彎彎曲曲、林投樹叢生，看起來即使是最小的戰船，也無法擠得進去。我們正在那裡發愁，沒想到潮漲了起來，水位快速增高，水道不僅變寬，也加深了好幾尺。所以到了那天午後，三百多艘船隻，包括那最大的一艘——我們的旗艦——都已經順利通過水道，進入遼闊的台江內海。

我們選擇在普羅民遮城之北幾里路的土美村油車坊——當年懷仔起義抗荷的地點——登陸。那是一個暖和適意的春日，景色如詩如畫，褐紅色的熱蘭遮城堡就在海灣的對岸，懶懶散散地在那裡享受午後和煦的陽光，一點都沒有什麼山雨欲來風滿樓的感覺。成千上萬的漢人農民趕到那個小漁港來歡迎我們，歡聲動天、喜氣洋洋。隨他們而來的是無數的手推車、牛車，爭相幫忙運輸裝備輜重。從土美村到普羅民遮城的十里路上，民眾夾道歡迎、送茶送水。受到這麼熱烈的歡迎，我們的部隊士氣高昂，很快就抵達普羅民遮城堡前，正好迎上由熱蘭遮城堡乘船趕來的兩百名荷蘭增援兵。因為普羅民遮城鎮船塢前水淺，接駁船無法靠岸，他們下了船，正在那泥濘的沙灘上涉水緩慢前行，還沒站穩陣腳，就被打得落荒而逃，爭先恐後地跳回船上，撤回熱蘭遮城去了。

雖然普羅民遮城的炮火猛烈，我們還是很快就把整個城堡圍得水洩不通。到了傍晚，炮聲漸漸平息，我們猜想城堡裡的火藥炮彈大概所剩不多了。半夜裡他們偷偷地派人來縱火想要燒掉城堡外的糧倉，不過很快就被我們發現而撲滅了，沒有造成多少損失。

2

第二天一大早，幾百個帶著最新型鳥銃的荷蘭士兵，趾高氣昂地由熱蘭遮城堡坐小船到北汕尾，向我們由陳澤將軍指揮，剛進駐其地的軍隊進攻。他們十二人一排，合六排為一隊，整齊前進。第一排開槍後隨即後退至隊伍之後，裝填子彈。原在他們身後的第二排士兵成為最前排，保持原來的隊形，如此依序攻擊，持續挺進。他們原以為這樣的陣勢會讓國姓爺的軍隊望風而逃，沒有想到居然起不了任何嚇阻作用。我們的鐵人部隊耐心地躲在沙丘後面，安靜地等到對方真的接近了，才忽然現身，也是一字排開，直直地走過去，撞得他們東倒西歪、陣型大亂。接著，我們的藤牌部隊出動了。這些藤牌兵三人一組，前面的那位舉著一面由老藤編成、刀槍不入的大圓盾，藏身其後的兩位戰士，雙手各持鋒利的緬刀，近敵時一躍而出，翻滾上前，以疾雷不及掩耳之勢砍殺敵人兵馬。荷軍原以為他們一開始槍擊，敵人馬上就會四散逃逸，沒有想到驚慌失措的竟是自己，登時棄甲曳兵、落荒而逃。他們更沒想到的是，當他們注意力都放在前方的時候，好幾股鄭軍已悄悄地從海岸邊以林投樹為掩護，繞到他們的後方，切斷了他們的退路。這時他們被前後夾擊，真是上天無路、下地無門，屍橫遍野、慘不忍睹。

站在普羅民遮城外的山崗上輪流用望遠鏡觀戰，福仔若有所思地說：「看來他們這新型的鳥銃也還是沒有比我們的火繩槍好多少：它們的準頭還是頗有問題，子彈一出槍膛要朝哪個方向飛，不能完全預知；射擊後又是煙霧瀰漫，讓你根本看不清前方。它們的震嚇力遠大於殺傷力，十年前懷仔的人就是這樣被嚇散的。荷蘭人大概一開始的時候以為我們的兵士也會像懷仔的農夫那樣沒見識。他們沒想到我們的人不但不逃，反倒還往前衝；他們更沒想到子彈穿不透鐵人的甲冑。」他嘆了口氣，又說：「不過，鳥銃還是比火繩槍好一點。」

不到一個時辰之後，當這場戰役結束時，大約三分之二的荷兵死於沙洲、逃到岸邊的士兵，爭著上船，三艘裡又翻覆了兩艘；許多不善游泳的，也還是難逃一劫，最後終於回到熱蘭遮城堡的，不足百人。陣亡將士當中，包括指揮官拔鬼仔，那位勇敢、自大、魯莽，將其一生奉獻於福爾摩沙的軍人。他的一個兒子兩天前才在普羅民遮城被凌虐、砍傷，差點致命。因為這件事他義憤填膺，急於報復，自動要求指揮這次行動，以為可以輕易為兒子「討回公道」，沒想到卻賠上一條老命。他的二兒子威廉早先也遭俘虜，不過因為他福佬話和新港語都非常流利，得以充當翻譯，來回穿梭於兩個陣營之間，最後終能帶了他的八個弟妹脫離險境，安抵巴達維亞。

3

與此同時，赫克特號與格拉佛蘭號，一年前從范德蘭帶來的艦隊裡留下來的兩艘大型戰船，也沿著北汕尾岸邊北行，航向鹿耳門水道，準備攔截在那裡出入的鄭家船艦，也不時發炮掩護拔鬼仔的陸上部隊。我們的戰船在近岸水淺處盯著這兩艘威力強大的「甲板船」，引誘他們航向淺水區，從而擱淺。我們的船艦雖小，而且多半只有船首的兩門炮，卻奮勇向前，炮火猛烈，荷船因此四處著火，船員們忙著救火，戰鬥力自然就減弱許多。不久海風忽然靜止下來，荷船動彈不得，鄭艦靠上格拉佛蘭號尾端，以纜索繫牢，後面的船銜接到前面一艘，如此五、六條船銜接成一串，鄭家軍士就這樣一股一股地衝上格拉佛蘭號，火箭、箭矢齊發，繼之以人身搏鬥。荷軍奮勇抵抗，把船舷的炮搬到船尾軍官艙房，猛烈轟擊鄭軍船鏈，剪斷纜索，才僥倖脫離了鄭軍的糾纏。

忽然間，海面傳來一聲巨響。那時雙方的炮火已經帶來了滿天煙霧，我們根本看不清到底發生了什麼事。半小時後，風向終於改變，吹開了濃煙。這時我們才看見，整艘赫克特號燒得通紅，正在慢慢下沉。嫻習水戰的洪暄——忠振伯洪旭之弟——看了一眼，登時開懷大笑了起來，連聲大叫：「太好了！還真管用呢！」原來他在說的是我們的新型火船，叫做「親子船」。這種火船中間鏤空，存放一艘小船。當「母」船撞上敵艦開始燃燒時，船員則駕著「子」船從容離開。在沒有「親子船」這樣的設計之前，船員跳離火船後，必須靠潛水游泳盡速離開現場，才不會與火船及敵艦同歸於盡，現在就比較沒有這種顧慮了。

赫克特號就是被這新發明的「親子船」擊中要害，引發火藥庫爆炸而沉沒的。格拉佛蘭號也被擊中，不過火勢很快就被船員控制，才沒有引起火藥庫的爆炸；但是它眼看大勢已去，只有趕緊逃離現場，往北遁走，小型的運輸船白鷺號尾隨其後，不久也逃逸無蹤。後來我們才知道，它們沿著西海岸一路北上，經過琉球群島，最後終於抵達長崎。通訊船瑪利亞也在這混亂中同時消失，我們當時以為她已被捲入赫克特號沉沒時的漩渦，一起石沉大海了。

那一天鄭軍可以說是戰果輝煌。到了傍晚，全軍上下無不欣喜若狂，清酒、白干、小米酒，讓官兵們個個放鬆了緊繃的神經，徹夜狂歡。但是我實在太累了，一倒下去就睡著了。

4

五月四日，我們登陸後的第五天，被團團圍困的普羅民遮城終於決定投降。當他們的兩位談判代表出現在我們眼前時，我真是大吃一驚。領頭的那位，竟然就是我們的老友土地測量師梅氏！斌官和我儘量努力想辦法讓他不要太緊張，講了許多我們以前在一起的好日子，又說我們不久就又會是同一陣線的人了，可以一起來享受福爾摩沙的一切。但是不管斌官說得如何地天花亂墜，梅氏還是滿臉的疑惑、滿臉的疲憊、滿臉的惴惴不安。在走向國姓爺行轅的路上，我們越過一群村社長老，各自帶著他們最近才得自福爾摩沙長官的權杖。沒等梅氏問起，斌官就搶著說：「他們都鑾有政治頭腦的，你說是不是？看來他們是要用荷蘭人給他們的權杖來換取國姓爺的認可和保護。」

行轅前的通道兩旁，肅立著幾百位全副武裝、戰袍鮮麗的衛士，手持各種顏色的軍旗，上面繡著張牙舞爪、栩栩如生的龍、蛇、獅、虎。一進入大帳篷裡，兩旁各站立著一隊黑人槍手，目不轉睛地盯著任何人的一舉一動，只要稍有差池，引發疑慮，他們馬上就可以致你於死地。「福仔真懂得怎麼擺排場、怎麼震懾他的對手啊！」我心裡想著。不過他那天的陣仗，恐怕主要的對象是福爾摩沙村社長老，而不是我們的荷蘭朋友。

兩天後，普羅民遮城就正式投降了。兩百七十多位公司員工及他們的家人平靜地走出城堡，被分散安置在赤崁市鎮不同的住宅裡。其後幾天，我一有空就去探問梅氏一家。從梅氏那裡，我終於瞭解普羅民遮城堡為什麼那麼快就屈服投降。得不到熱蘭遮城堡方面的救援固然是一大因素，忽然發現庫存彈藥竟然不知何時已神祕失蹤，可能早被人拿去變賣、中飽私囊，更是一大打擊。但是最嚴重的問題，則是城堡裡面竟然從來都沒有水源，所有需用之水一向都是從城外運來，一被包圍，他們馬上就無水可用了。臨時挖的幾口井，冒出來的都是鹹水。到了這個地步，他們的確是走投無路，只有出降一途。

福仔當時非常地善待他們：除了比一般士兵還多的糧餉之外，他還賞給了他們一窩豬、一群羊和許多白干烈酒。不幸的是，許多士兵因此經常酒醉鬧事，他們既不再聽從荷蘭士官的指揮，也常常惹毛了鄭軍派駐的守衛。逼不得已，福仔只好把他們遷到附近的新港社，讓那些以前一直被他們欺壓的社民來管束、整治他們。

5

再下來那九個月，無疑是我一生中最艱難的時日。我們無時無日不在戰鬥、無時無日不在面對死亡。那實在是一場漫長、殘酷的對決，一直到最後幾天都沒有人能確信，究竟鹿死誰手。在這過程中，從頭到尾，福仔的目標明確、始終不變：他要得到的是整個福爾摩沙島、寸土不讓。但是他同時也一直強調，他對荷蘭人沒有惡意，他們原不是他的敵人，他們只是正好不巧擋了他的路。

梅氏和我因此就成了大忙人：我們寫信給揆一，有時候一天兩三封，勸他、求他、威脅他。不論我們說什麼，揆一的反應總是客客氣氣地，有時候客氣到令人懷疑他是不是在嘲諷、揶揄。有一天一大早，毫無預警地，城堡的頂端竟然就出現了一面血紅的大旗，在那裡肆無忌憚地飄揚著。那血旗很明顯地宣示，他們絕不投降，決心要戰到一兵一卒。我們一看到那面紅旗，隨即派遣數千士兵，從城堡南方狹窄的陸橋，進入一鯤身那個城堡所在的彈丸小島，準備圍城。同時，二十艘載滿兵士的船艦也駛近了熱蘭遮市鎮，開始登陸。市鎮居民大為恐慌，扶老攜幼，奔向城堡。因為城堡裡早已人滿為患，揆一很不情願地才讓歐籍市民進城，漢人則被摒除在外。即便如此，爭先恐後的人潮堵在入口處，柵門差一點就關不上，如果不是城牆裡那些狙擊手技藝高超，我們的先遣部隊可能早已趁隙衝入人群裡，「登門入室」了。

雖然熱蘭遮城堡炮火猛烈，鄭軍還是很快就攻占了熱蘭遮市鎮，但是城堡就另當別論了。這城堡的牆用磚塊、牡蠣殼粉、糖漿、糯米汁砌成，建築在臨海的高地上，高出地面二、三十尺，內城占地千來畝，內有教堂、營房等，復有淡水井，水質清冽。城牆四角，各建一大型稜堡，內有瞭望台，並安置六門大炮。每面城牆的中央，復有向外推出之半月堡。凡此種種，皆為西方自「文藝復興」以來隨著火炮威力的急劇提升而發展出來的城堡防禦工事，用以有效涵蓋城牆本身射擊上的所有死角。外城復由內城的西、北兩面外推，牆高亦有十來尺，內有長官公署、商館、倉庫。這外城的三個角，也蓋成與內城同樣規格的稜堡。倉庫、地窖除儲存商品外，還積存足用一年的食糧、柴薪、火藥等。整個城堡平常可容一千兩百名駐軍，但是需要的話，也還勉強可以擠進更多的人。

我們那時候，還沒有見識過這種稜堡的威力，完全沒有把熱蘭遮城堡看在眼裡。的確，比起鄭軍以前圍攻過的許多城市來，熱蘭遮城實在小得可憐。我們當時以為，這麼小的一個地方，必然經不起多久的猛烈轟擊，城破指日可待。我們忙著清理熱蘭遮市鎮，添建掩護工事，把我們最新式、最大的大炮、臼炮搬進來，一方面完成攻城布置，一方面也繼續我們的心理戰、宣傳戰。我們的信件、告示，有的寫給揆一，有的針對城內的市民、士兵，反覆強調，季節風的風向已經改變，他們與巴達維亞已音訊不通。即使他們能撐過半年，等到秋天北風起時再去報信，而巴達維亞也正好有船可派，又不吝惜出征的龐大費用，救援的艦隊還是得等到來年春天，才有可能北來。如此一來一往，就得花上一年多的時間，他們有可能撐那麼久嗎？如果他們在我們還沒有開始攻城之前投降獻城，我們可以保證他們的人身安全以及選擇去留的自由。留下的人可以繼續經營他們的事業或貿易，選擇離開的人可以帶走他們所有的財產。我們甚至還答應替他們追索欠款，清理債務。為了取信於對方，這些信都附上了普羅民遮城行政官貓實難叮及其他公司高級職員的親筆簽名。

我們耐心地等待了兩個星期，還是說不動揆一，但是在島內其他地方卻頗有成效：一百四十名逃散各處的荷蘭教師、疾病宣慰師、商人們陸續從各處前來普羅民遮市鎮，帶頭的正是我們的老朋友韓布魯克牧師、牧師娘和他們一女一男兩個年輕的小孩。他們那十五歲的小女兒柯妮利亞已經出落得亭亭玉立。她一頭金褐色的長髮，澄清碧綠的大眼睛，微顯雀斑的秀麗臉龐，白得近乎透明的皮膚，長得與漢族及福爾摩沙女孩是如此地不同，幾乎走到哪裡，馬上就吸引了所有人的目光。楊仔，她十四歲的弟弟，則還是個半大不大，仍然笨手笨腳的年輕男孩。

福仔非常善待這些新來的荷蘭人，要酒有酒、要肉有肉，因為我們需要他們來做樣板，讓他們還困在熱蘭遮城堡裡的同胞們知道，屈服、投降絕非世界末日。遺憾的是，不管我們講得多麼地天花亂墜，不管我們的這些「客人」裡有多少人簽了名，我們的信到了揆一那裡都是石沉大海。他的回信總是那麼地簡短，那麼地彬彬有禮，也那麼地拒人於千里之外。

但是我們沒有辦法無止盡地這麼優待我們的「客人」。我們的存糧越來越少了，少到不得不開始減少一般士兵的配給。如此一來，吃得比他們好，穿得比他們好的荷蘭人很快就成了他們的眼中釘。他們這麼多年冒險犯難、出生入死，居然吃的、住的都還比不上他們手下的殘兵敗將，是可忍孰不可忍？

6

我們本來以為一旦占領了普羅民遮城，糧食問題就解決了，或至少有一段時間不需要操心。但是要填飽兩萬張軍人的口，還真是很不容易的一件事。我們找遍了整個普羅民遮城，也只能找到勉強能餵飽全軍兩星期的食物。福仔得知此事時暴跳如雷，對著斌官大肆咆哮，質問他所謂的「沃野千里、餉稅數十萬」到底都哪裡去了，登時下令，要把他拖出去斬了。我們死勸活勸，好不容易才讓他免於一死，但是斌官從此就被永久「放逐」了，軟禁在一間小茅屋裡，不准出現在任何公共場合。

雪上加霜的是，應該來自廈門的補給也久久不見蹤影。那邊的藉口總是一大堆：天候不佳、清廷準備來襲、清水師及海盜船艦阻擋航線等等。與此同時，原來早該抵達的支援部隊也是推三阻四，未能成行。不僅如此，好幾位老將竟因怕被迫遷移而擁眾投清，我們也因此失去了東山島，福仔初起事時的一個根據地。

就這樣，我們眼睜睜地看著軍士們挨餓、死亡。不管怎樣的三令五申，雖然明知一旦被捉，就會被當場梟首示眾，飢兵四處劫掠漢人及福爾摩沙人的事件還是層出不窮。更糟糕的是，商人躉積糧貨，物價高漲，黑市盛行。吳豪將軍與楊朝棟府尹就因為涉嫌黑市交易而被處斬。這些嚴厲的處分，讓士氣更加低落。不少士兵竟然偷溜入熱蘭遮城堡去投靠荷人，或躲藏於山區，逃得無影無蹤。

為了要鼓舞士氣、穩定民情，福仔和我花了十天的時間巡視附近的村社：帶著四十名全副武裝、耀武揚威的護衛，以及好幾牛車的米酒及食物，我們一路經新港、目加溜灣、蕭壠諸社往北，最後到達魍港，福仔的父親幾乎四十年前發跡時盤踞的地方。不管是出於對軍士的恐懼，還是受到米酒的吸引，我們沿途受到各村社熱烈的歡迎。在麻荳社公廨前的廣場，福仔露了一手騎射的絕招：他命令衛士在廣場上每隔一百尺插上一根兩尺高的木棍，總共三根。每一根木棍上都插著一個銅錢大的小圓環，用紅紙封住，作為標的。從六百尺外廣場的盡頭，他騎馬急馳而來，連射三箭，個個正中紅心，在這整個過程中他的馬速一點也沒有慢下來。幾百位圍觀的麻荳社勇士們看得目瞪口呆，一時間幾乎連呼吸都忘掉了。等到終於回過神來，他們驚嘆不已，歡呼的聲音，響徹雲霄。

兩位鄭軍騎兵隨後疾馳而來；到了廣場中間時，第一位放開雙手，右腳跨過馬鞍後懸空，整個人就用左腳站在馬鐙上。他舉手向大家敬禮，坐馬繼續狂奔，直到廣場盡頭。第二位騎兵在馬背上翻了一個跟斗之後，右肩架在馬鞍上，雙腿朝空倒立，也一路全速奔馳到盡頭。

這樣的特技，後來又有機會在許多場合「表演」。漸漸地，在漢人及福爾摩沙人的圈子裡，出現了一個新的謠傳，說福仔不僅是巨鯨的化身，還是那傳說中的白龍馬的後代。既是巨鯨、龍馬，又是國姓爺，也就難怪他的軍隊百戰百勝、無往不利了。

7

十天的視察宣慰之旅圓滿結束，我們興高采烈地回到普羅民遮城，發現揆一還是完全沒有屈服的跡象，福仔的心情馬上就又低沉了下去。他於是叫梅氏及普羅民遮城長官貓難實叮建議一位有分量的使者去勸降；他們倆人都一致推薦韓布魯克牧師，因為韓牧師在此地已十四年，身為最資深的神職人員，備受敬重。他又在揆一與傅爾堡前長官明爭暗鬥時與揆一站在同一條陣線上，兩人交情頗深。在信上，福仔反覆強調，投降後荷蘭人可以帶走他們所有的身家財產，並繼續與福爾摩沙貿易，在亞洲四處與鄭家成為生意上的夥伴。他還跟韓牧師說，願意留下來的牧師們可以在福爾摩沙繼續自由傳教，他們在蕭壠的神學院也可以得到新政府的贊助。為了不讓揆一以看不懂中文為藉口，我們請梅氏將這封信譯成荷蘭文，再由貓難實叮潤筆，詳讀再三，確信無誤之後，才交給韓牧師。

福仔限令揆一盡速回應；等到深夜，眼看著城裡依然毫無動靜，他遂下令全面攻擊。藉著夜色的掩護，鄭軍將一百門巨炮移出市鎮，架在市鎮與城堡之間的空曠地帶，忽然之間同時一起施放，一時炮聲隆隆，煙霧瀰漫；城堡東牆及其後之軍營多處被擊中、坍塌；幾顆炮彈飛得更遠，打到城堡頂端，把那面大血旗炸得無影無蹤。看到這副景象，我們的炮兵們以為揆一已經黔驢技窮、一敗塗地了，歡呼之聲，不絕於耳。

忽然間，荷方的火炮開始回應，炮彈與榴彈彈片灑落如雨，鄭軍兵士迫不得已、倉皇後撤，將火炮全留在城堡前。他們以為這只是暫避其鋒，馬上就可以運來更多的火藥、炮彈，回頭反擊。萬沒想到的是，才一轉眼，城堡裡竟衝出一群敢死隊，在火炮與狙擊手的掩護之下，用鐵錐硬將大鐵棍塞入炮孔內。其中九座最大的火炮，他們大概沒有夠大的鐵棒，竟將硫酸倒入炮管，把整個炮膛都腐蝕掉了。他們動作如此地迅速，在我們還沒搞清楚狀況前，就已達成使命，安然溜回城裡去了。面對這出乎意料的發展，福仔氣壞了。他原本以為這次的奇襲可以充分發揮其震撼效果，讓揆一接受議和的條件，現在這麼一來，戰爭恐怕只有越演越烈，也更加血腥，這中間真不知道又有多少人就會被無謂地犧牲掉了。

8

我們完全沒有想到的是，炮戰過後的那個下午，韓牧師居然回來了。做了這樣一個幾乎不可能的選擇的他，滿臉的疲憊與悵惘。他選擇回來，並不只是因為他的太太和兩個年幼的兒女還在這裡，充當人質。他回來更是因為他不能遺棄他的信眾：他的荷蘭同胞，他的福爾摩沙人信徒。福仔並沒有為難他，隨便問了幾句話，就放他走了。那天晚上，餘悸猶存的他，談起城堡內的兩個已婚女兒時，老淚縱橫。她們相信他再回到普羅民遮城，就只是去赴死，臨別時苦苦地哀求他，抓住他的衣袖不放，差點就撕破他的衣服，其中一個女兒竟然還昏倒了。在這邊，韓牧師娘也沒有預期他會回來，不住地罵他愚蠢。科妮利亞和楊仔看到他的時候悲喜交加，淚流不止，既高興他毫髮無傷，安然歸來，又擔心他的安危，他們一家人的安危，許多人的安危。

喝了一大杯白干後，韓牧師終於比較平靜了些，他說：「揆一真是個漢子，轟炸剛開始的時候，有一顆炮彈正中長官公署，大家都嚇獃了，以為他已陣亡。那時候群龍無首，城堡很有可能終止反擊，糊裡糊塗就投降了。但是揆一馬上就爬到面東的半圓堡上，高高地站在那裡，讓大家看到他毫髮無傷，然後來回奔走於兩座稜堡之間，鼓勵炮手及狙擊手奮力回擊。因為他，荷蘭人才居然反敗為勝。」他沉默了好一陣子，整個臉鬆垮了下來，黯然無光，滿是皺紋。等到他再開口時，他的聲音低沉得像是在喃喃自語：「我在福爾摩沙服務的合約其實今年初就到期了。那時我們一家人已經到了巴達維亞，在那裡等船回荷蘭，可是我們竟然每個人都患起鄉愁來。我們思念的並不是鹿特丹，不是萊頓，也不是台夫特。我們思念的是蔴荳！那時我們才終於瞭解，福爾摩沙才真的是我們的老家。楊仔在這裡出生，科妮利亞來的時候還不到兩歲，他們的新港語和福佬話說得比荷蘭話還要流利，這裡就是他們的原鄉！」

9

讓我們望眼欲穿的支援船隊終於到了，帶來了許多門萬斤重的大型火炮、堆積如山的彈藥，以及六千名士兵，但是他們竟然沒有送來多少糧食和補給。這新加入的生力軍當然有助於戰情，可是也讓我們的糧餉匱乏問題變得更嚴重了。為了解決這個問題，福仔決定改變策略，只用幾千人的兵力長期圍困熱蘭遮城，把大部分的部隊派遣到島內各處拓荒開墾。按照規畫，從普羅民遮城往南北兩面直線延伸，每隔四小時腳程的距離安置一鎮。這些屯墾區距離海岸線約略八小時路程，務求避開福爾摩沙人的村社及漢人已開墾的地區。每鎮約有一千名士兵，各分發一畝地，配給種子、農具。從東印度公司接收來的一千多頭水牛，也都分發各鎮使用。

梅氏和他的三位土地測量師同事在六月中旬被派去規劃這些「屯田區」的位置，也一路標示出道路里程。他們整整去了一個月，備嘗艱辛，回來時個個都已瘦得只剩皮包骨，舉步維艱。但是他還是很慶幸自己不但生還，還大致上不辱使命。他一路上很驚訝地看到，那麼多的鄭家軍士，毫不遲疑地脫下戰袍，那麼賣力地就幹起田活來了，而且幹得那麼有模有樣。才不過幾個星期的功夫，他們已經整理出一畦畦的水田，溝渠阡陌，星羅棋布。不僅如此，任何不能用來種稻的地方，他們也都充分利用，種植甘薯。這是因為它們繁殖迅速，每兩三個月就可以收成一次，其間甚至甘薯葉也可以拿來充飢。

「不論你走到哪裡，不論你望什麼方向看，不管是白天還是晚上，到處都是忙個不停的人。他們住在臨時搭建的帳篷裡，三餐不繼，忍受風吹雨打，可是還是不眠不休，埋頭苦幹。」我相信梅氏的觀察千真萬確。這些士兵來自山多田少的閩南地區，貧無立錐之地，饑荒是無時不在的威脅，現在居然一下子擁有了一畝地，哪能不拚著老命去追逐那「有土斯有財」的夢想呢！

為了避免與福爾摩沙人發生正面衝突，這些屯墾營鎮都設置在離他們的村社至少好幾里路遠的地方，福仔又三令五申，禁止兵士無故進入福爾摩沙人的地方。儘管如此，飢寒難耐的士兵，違法犯禁的事情，還是時有所聞，屯墾軍與福爾摩沙人之間的關係，也就越來越緊張了。衝突發生的時候，因為武器裝備上的懸殊，福爾摩沙人即使受到委屈，也只有忍氣吞聲。但到了軍事拓殖擴展到中部的時候，他們終於遇到了有力的對手。這是一位有二十七村社支持，自稱為「大肚王」的大頭目。衝突的結果，鄭軍兩鎮中伏，大將楊祖陣亡，兩千名士兵慘遭屠殺。鄭軍的報復自然是迅速徹底的，不到一個月的時間裡，「大肚王國」就徹底瓦解了，福爾摩沙人被殺害的，不知有多少，想來就令人心痛。

10

七月底一個星期天的早晨，我被喧天的鑼鼓聲和憤怒的叫囂聲驚醒，邊穿衣服邊跑出房間，與梅氏及貓難實叮衝到大街上去看到底發生了什麼事，還在準備講道的韓牧師也趕了過來。我們作夢都想不到眼前那一副淒慘的景象：抬著兩個木板釘成的「十字架」的，是一群大呼小叫的暴民；那十字架上活活釘著的，是兩個我們認識的荷蘭人。他們的雙手被牢牢地釘在木板上，粗大的鐵釘，貫穿了他們的膝蓋和腳踝。年紀較大的那位，原是蕭壟社的警官；年輕的那位是蔴荳社剛到不久的助理教師。那些激動的暴民說他們昨天晚上喝得半醉之後，又向住民強索小米蒸餾製成的烈酒，大聲喧嚷，說等到明年開春，荷蘭增援軍一到，國姓爺的那些烏合之眾根本不堪一擊，那時候他們一定會加倍償還酒錢。

廣場上聚集了上千漢人和福爾摩沙人暴民，群情激昂，叫喊著：「把他們都抓起來！把他們都釘在十字架上！」站在旁邊的一位水手不懷好意地說：「你們這兩片粗木板，算是什麼十字架呢？行行好吧！要做就用好一點的材料來做，也可以釘得牢一點，讓他們心甘情願吧！這還只是個開始呢！我們還有很多人需要來這樣伺候呢！」受到這樣的煽動，人群轉過頭來直直地瞪著我們，好像隨時都會衝過來的樣子。幸好就在那一刻，新任承天府府尹及時趕到，使盡吃奶的力氣，大聲地說：「各位鄉親父老，不要太激動！國姓爺知道您們有多委屈，他也知道這些紅毛裡有些實在不是東西，但是他們裡面也有好人。他們宣誓效忠於國姓爺，大多數住在鄉間和大家一樣地吃苦耐勞。還住在城裡的不是土地測量師就是醫生或火炮專家，國姓爺需要他們。」他轉身深深地看了韓牧師一眼，繼續說：「還有盡責任的談判專家。」

11

但是這個世界當然並非完全是淒風苦雨。幾天後，我終於又收到了蘇珊娜的來信。她說大家都平安無事，瑪琳娜書讀得很好，小小年紀就已經博通四書五經、唐宋詩詞。快要八十歲的錢大師身體更加虛弱了，但是還是一樣才思敏捷，詩詞雜詠，居然越寫越多，也越發洗鍊了。蘇珊娜還說，這一年過得平靜，沒什麼大事。我想她這麼說的意思是，滿清當局決定放錢大師與柳夫人一馬，假裝根本不知道這幾年他們與鄭軍以及當地復明運動地下分子往來聯絡的情形。但是他們是越來越寂寞了。我們從金陵敗退之後，清政府連續用種種藉口，逮捕、處決了許多江南的名士、文人。他們的友人即使逃過這些天羅地網的捕殺，也都已是驚弓之鳥，四處星散，深居簡出，幾乎不再有什麼來往。

最意外，也最令人傷心的，則是衛神父的死訊。出事那天非常悶熱，一直在忙著建造他那自誇為可與澳門聖保羅大教堂比美的貞潔聖母堂的衛神父，一大早起來就和幾個泥水匠一起粉刷外牆。一個小時後，他忽然開始全身冒汗，然後就倒了下去，此後一直昏迷不醒，不久就與世長辭了。這正是他最想要的死亡方式啊，我想。一直工作，一直為他所敬愛的天主工作，直到死神降臨。中國人說的「馬革裹屍」，不也是這個意思嗎？

另外一封同時到達的信，則來自我們的朋友張煌言，繼續責罵我們是戰場上的逃兵。他不久前才千辛萬苦地帶著他的殘部到廈門，想要勸阻我們離開福建。但是他到的時候我們早已出征，撲了一個空，他只好無限悵惘地離去。

他在信上也提到有關永曆朝廷的最新訊息：李定國將軍幾度深入緬甸，想把永曆皇帝救出來，帶回雲南，再徐圖大舉。緬甸人既怕李定國攻打他們，更怕滿清以討伐明軍為藉口，入侵緬甸，永曆帝因此成了他們的燙手山芋。緬王的舉棋不定，引發了一場宮廷政變；緬王之弟弒君自立，進一步血洗永曆早已零落不堪的朝廷，留下永曆及太子當定作為人質，做為與清廷討價還價的籌碼。

張煌言在信的結尾詰問福仔，到底有什麼拯救皇上的妙計。「難道您占領福爾摩沙島是為了要從那裡發船去攻打緬甸嗎？」我搞不清他這樣說只是他的胡思亂想，還是意在嘲諷。

12

我們其實哪裡有時間去擔心永曆皇帝的安危，或是張煌言的不滿呢？駐紮於小琉球的守兵在七月二十五日看到南方遠處出現兩艘荷蘭船艦，正在朝熱蘭遮的方向前行。以東印度公司的標準來說，它們其實只是幾艘裝不了幾門大炮的小船。它們在海邊遊晃了好幾天，等到終於停靠到熱蘭遮城堡時，已經差不多是一個星期之後的事了。後來我們才知道，原來這兩艘船載來的竟是要來取代揆一的新任長官，名叫柯林可。巴達維亞當局受不了揆一兩三年來的「杯弓蛇影、無事自擾」，決定把他撤換下來，調回總部接受調查。柯林可志得意滿地要來履新上任，沒想到看到的竟是一個被圍得水洩不通的孤城，遂拒絕上岸。幾天之後，以暴風雨即將來襲為藉口，拍拍屁股，帶著他的船艦，就這樣打道回府去了。

我們都鬆了一口氣，認為這場讓人啼笑皆非的鬧劇之所以會發生，正是因為巴達維亞方面根本一點都不知道熱蘭遮城的情況，更不用說要派艦隊來增援了。這對揆一及其他守城者的士氣，必然會是個很大的打擊。

也正是因為如此，又過了一個星期，當飄著荷蘭皇家及東印度公司三色旗幟的救援艦隊居然浩浩蕩蕩地出現在海平面時，你就可以想見我們當時是如何地困惑和喪氣了。它們來勢洶洶，無疑是要來大幹一場的。但是巴達維亞怎麼能在那麼短的時間內，發現我們的圍城呢？那時我們還真是百思不解。

所幸天候忽然又變得惡劣起來，海上波濤洶湧，艦隊要靠近海岸，困難重重。他們勉強把五十名軍士遣送上岸，輸送了少量補給之後，就只好趕緊離去，以免觸礁沉船。但是即使如此小心，厄克號，艦隊裡最小的一隻船，還是被沖上了岸，擱淺在沙灘上。蘇荳勇士們搶先到達現場，為這意外的「出草」機會而興高采烈。他們一口氣收割了十四顆人頭，才被我們派去的斥候制止。幸好船長及領航員的頭顱還在他們的頸子上，從他們的口裡，我們才知道，原來上一場海戰敗落後，瑪利亞號並沒有隨著赫克特號沉沒，或與格拉佛蘭號及白鷺號一起往北航往日本，反而逆風南行，在海上漂流了整整五十天，僥倖抵達巴達維亞，因此得以向總督報告國姓爺侵占福爾摩沙島的壞消息。

從厄克號倖存的船員口裡，我們也才知道，巴達維亞這次派來支援的軍隊，總數只有七百，遠不及我們本來以為的兩千之數。原來巴達維亞的權貴們都相信漢人都是娘娘腔的兔崽子，毋需勞師動眾，到其他據點調度兵員，所以僅只就近招募了這七百名來自歐、亞、非各地的雜牌軍。聽到這個消息，福仔和他的將領們都放下了一顆心。既然巴達維亞調得動的兵力連個「整數」都不到，我們還有什麼值得擔心的呢！我們也許還不完全知道這場惡戰要怎麼打，但是最後的結果，必然會讓巴達維亞的主事者大吃一驚，讓他們遠在荷蘭的後台老闆，十七人董事會的董事們，懊惱不已。

13

天候究竟是不是只是一種自然的現象，還是有超自然的力量在掌控，眾說紛紜，沒有定論。但是不論如何，天候又一次站在福仔這一邊。那一年的八月，狂風暴雨不斷來襲，荷蘭救援船隻束手無策，只能躲得遠遠地望「岸」興嘆。一直到九月七日，艦隊司令官卡烏才終於有機會進入熱蘭遮城堡，與揆一會面。他們兩人一見面就不投緣，凡事意見相左。爭執不休的不止是整體的戰略規畫，還牽涉到許多或許其實微不足道的枝微末節，諸如大炮要擺什麼位置、兵力應如何分布等等。他們就這樣爭執、辯論了整整一個星期，才終於勉強確定了將大小戰艦駛入台江內海，從海陸兩面同時攻擊鄭軍的作戰計畫。由於城堡前的水道不夠深，三百噸以上的大戰艦都只能留在外海巡弋，甚至中型的戰船也需要卸下許多物品，包括一些大炮，才終於能通過水道，進入內海。當時他們的計畫，是要將五艘中型戰艦航入內海，在熱蘭遮市鎮的東邊由北往南一字排開，一面配合熱蘭遮城堡，兩面夾擊鄭軍在大員市鎮的炮兵陣營，另一面則掩護短艇向赤崁城的方向進擊，意圖一舉殲滅鄭軍水師。但是他們沒有想到內海的水位比他們預期的還要淺，以至於那五艘主力戰艦無法照原計畫一字排開，結果是亂糟糟擠成一團。

儘管如此，這兩面夾擊的策略一開始的時候還是發揮了它奇襲的效果。鄭軍設在大員市鎮的火炮，一直都是朝著城堡的方向，一時掉不回頭，剛開始還真是只有挨打的份。但是因為水淺的關係，荷蘭戰船上的火炮無法平射，許多炮彈竟然飛越了大員市鎮以及城堡，掉落到外海裡去了。更糟糕的是，射程較短的炮彈也還是瞄不準，常常因誤估而炸到城堡。

水戰方面，起初荷人的快艇藉著戰艦火力的掩護，占盡優勢，打得鄭軍的船艦落荒而逃。但是等到將近赤崁城時，鄭船回頭反擊，雙方展開慘烈的拉鋸戰，鄭方漸居上風，而風向也正好就在這時候轉向，吹起東風，荷蘭戰艦無法向前掩護快艇，只有眼睜睜地吃下這場敗仗。

這時鄭軍在大員市鎮內的炮臺終於轉了方向，開始猛擊在內海因為無風而動彈不得的荷艦，特別鎖定旗艦科克爾克號，將之炸得體無完膚。就在這樣的關鍵時刻，船上一門特大號的青銅大炮竟自己爆炸了，引發更大的傷害。科克爾克號這時才拔錨欲逃，卻已經來不及了，被潮水沖推，擱淺在海岸上，成了「眾矢之的」，最後終於完全沉沒。

繼旗艦科克爾克號之後，其他兩艘較大的戰艦，安克文號及科登霍夫號，也跟著擱淺，在內海裡動彈不得，只有挨打的份。科登霍夫號為鄭軍所奪，安克文號則堅守到漲潮時才終於脫困出海。

14

這輝煌的戰果著實讓鄭軍上下歡騰了一陣子，但是勝利不能當飯吃，飢餓仍然是大家每天都要面對的問題。餓昏了頭的士兵越來越把怒氣都出在「紅毛」戰俘身上，總覺得戰俘分掉了他們應有的糧食，憤憤不平，懷恨在心。他們認為所有的「紅毛」都是奸細、叛徒，應該趕盡殺絕。這麼說其實也並不是完全沒道理，在那幾個月裡，的確陸陸續續就有好幾個荷蘭士兵在半夜裡偷逃，赤身裸體游過那五里寬的內海，逃回熱蘭遮城堡裡。而在最近那次海戰裡，有一位荷蘭炮兵竟刺殺了一位一直對他信任有加的將領，逃逸無蹤。

因為這類事件，謠言紛飛，人人自危。我受不了這一觸即發的緊張局面，決定帶領一艘去東京灣的船隻暫時離開這是非之地。我的這趟行程有一個冠冕堂皇的理由：去打探永曆皇帝的下落。不過我們更重要的使命，則是購買軍火與糧食。大越國的鄭氏政權對我們的態度與十年前如出一轍，他們禮數周到，但是對我們的一舉一動，都嚴密地監督著。他們擔心我們會是阮氏政權的奸細，更不願意因為幫助我們而得罪滿清政府及荷蘭東印度公司，所以我們此行除了購買到一些稻米之外，可以說是一無所獲。

不過我倒是意外地得到了關於卜彌格神父的第一手資料。在一個華商宴會的場合裡，我們遇到了一位看來三十出頭的年輕人，黝黑精壯、神情抑鬱。一談之下，才發現他原來正是陳安德，那位當年被永曆皇朝的秉筆太監亞基婁・龐──龐天壽──指派跟隨卜彌格神父去覲見羅馬教皇，求取救兵的年輕武官。陳安德說：「因為葡萄牙人的阻擾，我們在果阿坐不上船，只好改走陸路，走了整整兩年才到達威尼斯，又幾經波折，才終於抵達羅馬。但是羅馬並不歡迎我們，我們不但見不到教皇，連卜神父自己的耶穌會總會會長也指責他沒有得到許可就發表他對中國政局、文化的種種看法。我們就這樣被調到遠離羅馬的海邊小城，在那裡被『放逐』了整整三年，直等到老教皇辭世，新教皇上任，才終於得到了覲見的機會；儘管那個會面非常匆促，得到的也只是幾封沒有什麼具體內容的回信，卜神父還是下定決心，要把它們帶回永曆朝廷復命。我們的回程，一樣地困難重重、處處碰壁，足足走了三年，好不容易到了果阿，又被拘留了，因為澳門方面明言卜神父名列於不准入境的黑名單裡。輾轉從果阿來到暹羅大城，沒想到我們的旅費、行李又被當地的耶穌會沒收。我們迫不得已，坐上華人的海盜船，幾次差點被丟下海裡，好不容易到了這裡，又被懷疑是間諜，關了八個月。他們最後決定送我們去邊界，可是那裡的道路經過這些年的征戰，早已殘破不堪，四處都是清軍，永曆朝廷杳無信息。

我們決定轉回昇龍另外想辦法，沒想到守邊的越軍說上面的命令只准許我們出境，並沒有說我們可以再入境。我們就那樣滯留在那『三不管』的蠻荒之地，遊晃了四個月。您也知道，這卜神父實在是一位無比堅毅果決的人，什麼苦他都能忍受。但是他真正受不了的，就是像那樣被夾在中間，進退維谷、動彈不得的情形。」談到這裡，李安德已開始哽咽，說不出話來了。但是幾分鐘後，他的臉上又出現了一抹淡淡的笑容。他說：「但是那一段又一段的旅程，是多麼地奇妙啊！雪山一座比一座高、沙漠連綿無盡、海洋浩瀚洶湧；君士坦丁堡的宮殿、花園、清真寺、高塔，無比美妙；那麼多種來自非洲的動物，比古人傳說的那些神獸還要奇特，超乎想像、難以形容……」說著說著，他的眼神更加迷茫了起來，聲音也更柔和了：「您知道，卜神父還是個非常出色的畫家。不管他在其他方面有多大的貢獻，也許將來他最會被人尊崇的，是他用他的筆、他的心，描繪、記載了那麼多世界各地的草木花果、珍禽異獸。」

15

事後想來，如果知道在福爾摩沙等待著我的是怎樣的一種椎心蝕骨的痛楚，我也許還不如就像陳安德那樣，如浮萍般四處漂泊、老死異鄉。但是我還是回到了福爾摩沙，我們躲過那些如遊魂般飄蕩於海峽之間的荷蘭船艦，從鹿耳門回到了普羅民遮城。儘管連番吃了敗仗，意氣消沉，被圍困的熱蘭遮城堡依然負嵎頑抗，堅持不降；圍城的人，卻反而先吃不消了。我們不在的那一個月裡，糧荒更加嚴重了，我們帶回去的補給，只是杯水車薪，根本無濟於事。軍隊士氣低落，違法搶劫、集體逃亡，時有所聞。不過，「上個月發生的一件事情，至少讓許多人覺得稍微出了一口氣，」他們說：「我們終於解決了那些紅毛番。」然後他們馬上自覺失言，趕緊又補充一句：「我們說的當然不是你，你跟他們不同，你是我們的兄弟。」他們這樣陰陽怪氣的話，讓人聽得很不舒服。他們接受我，就因為我皮膚黑嗎？但是更迫切的問題是，那三百多位荷蘭降人究竟是怎麼被「解決」的。更重要的是，我的朋友梅氏及韓牧師一家人是否平安？

我衝到福仔的帳營，只見他醉得不省人事。琴酒、白干、小米烈酒的酒瓶，丟滿一地。他最親近的貼身衛士多默——一位葡裔澳門籍老兵——說：「自從您走後他一直就是這樣子，酒醉的時候遠比清醒的時候多。更糟糕的是，他每次一醒來，不是痛哭流涕，就是狂怒咆哮。他罵遍了所有的人，但是最讓他痛心疾首的，正是遠在廈門的錦舍。他說錦舍找盡藉口，就是一直拖延運送補給、糧米的時間。好幾次他都已經命令備船，要返回對岸親手殺了那不肖、不成才的兒子。他也一直怪罪錦舍的母親寵愛過度、管教無方，認為她也該殺。幸好他身邊還有那麼多忠心耿耿的將領們，苦苦規勸，不然恐怕早就釀成人倫慘劇了。」

我聽了很為福仔擔心，但是我更急切想要知道的是，那些荷蘭降人哪裡去了？多默皺緊了眉頭，重重地嘆了一口氣，說：「您也知道很多人都主張，我們應該盡速處決所有東印度公司的員工。您走後有一天，有人擬了這樣的一個諭令，國姓爺大概在半醉中草草簽了字、蓋上官防，這事就就迅速地執行了。那份諭令特別注明要保護土地測量師、醫生及住在赤崁城裡的牧師們，因為他們是不可多得的人才，而且有助於我們此後繼續要進行的勸降、談判工作。」

幾天後梅氏終於從他的第二次出差回來；他這次去了將近一個月，主要的任務是去察看土地使用的情形，也預估本年大概會有多少甘薯及稻米的收成。他旅途勞累，又耳聞目睹公司員工及士兵被集體屠殺，沮喪哀戚可想而知。稍可安慰的是，大部分的婦女和孩童沒有被波及。她們被分配給將領、軍官。及笄少女和年輕寡婦多半成了單身軍官的老婆，姿色較差的則不免遭人奴役。

韓牧師一家人呢？梅氏也不很清楚。不過他聽說，屠殺發生的時候，韓牧師帶著他的兒子楊仔住在蔴荳，後來就沒消息了。「還好柯妮利亞和韓師娘那時沒在蔴荳，逃過一劫。聽說柯妮利亞現在成了國姓爺的新寵！」

福仔終於從他的宿醉中醒來，一看到我，他躲開了我的目光，滿臉的疲憊，有一句沒一句地說：「沒有想到事情真的就演變成這個樣子，我只能說我真的很遺憾，尤其是沒有能夠保護韓牧師。我敬重他是個漢子，是個有心人，這樣的人在哪裡都很難得。我真沒想到出事那天他不在城裡；後來他們就把柯妮利亞送到我的營房裡，以為這樣會討我歡心。我把她留在這裡，免得別人覬覦她的美色。現在你回來了，我想把她交給你，讓她做你的義女，這樣她和她的母親才能保安全。你也知道，我一向不是個婆婆媽媽的人，但是韓牧師的遭遇卻讓我這麼不安。不知道為什麼，他常常讓我想起我的父親，這不是很荒謬的事嗎？他們兩個人的性子，真是天差地別。我把他們放在一起，不是很奇怪嗎？你能不能瞭解？」我哪裡能瞭解呢？但是那又有什麼所謂呢？此刻的我們，也還就只是安海那兩個孤單無依的小孩。我們也不過就是莊子書裡那兩條倒楣的魚，莫名其妙地到了乾枯的陸地上，非得要緊靠在一起，貼近彼此的氣息，「相濡以沫」，才能夠保持信心，硬撐下去，期待天降甘霖，來逃脫這一場大難。

第三章　在劫難逃

1

鄭家將領們在大捷後重新仔細研究了整個一鯤身半島的地形，終於瞭解荷蘭人為什麼要在城堡的西南方另外又蓋了那座烏特勒支碉堡。原來那裡正是整個半島上的最高點，從那裡俯望城堡，每個角落都可以看得一清二楚，鉅細靡遺。於是他們就在大員市鎮外城堡大炮射擊不到的地方，用填滿砂土的巨型竹籃做為防禦工事，架設三門可以發射三十二磅重的炮彈的特大號銅炮，轟擊烏特勒支堡。國姓爺的炮兵技術了得，炮彈發發命中，不到一天，碉堡的炮臺全毀，外牆也多處倒塌。鄭軍欣喜若狂，以為揆一再也變不出什麼把戲來了。

但是揆一卻不是省油的燈，他派了五十名狙擊手，摸黑出城，躲在廢棄的建築物後面，阻止鄭軍炮兵靠近他們的炮臺。他們就這樣爭取到時間，讓工匠在烏特勒支堡外圍又加蓋了一個厚實堅固的半圓堡。這麼一來，福仔攻取烏特勒支堡的計畫就又擱淺了。

福仔於是決定把火力轉移到北邊，在北汕尾南端、大員水道的北面，用填滿砂石的大竹籃建造了一座有規模的堡壘。見識過熱蘭遮城稜堡威力的鄭軍，也在這速成的堡壘兩旁依樣建造了稜堡。如此一來，我們的火炮也可以朝任何方向轟擊，完全沒有死角，不但可以繼續攻擊熱蘭遮城，也控制了整個水道及海岸，讓荷方的補給船隻無法靠岸，城堡與外海的艦隊的聯繫也就此完全被打斷了。

揆一不甘示弱，隨即在城堡的西北角海岸邊修築了兩個相連的稜堡，形狀看起來就像一個大蝴蝶結。靠著這兩個新的稜堡，揆一又搶回了「制海權」，確保補給、運輸船隻的往來暢通無阻。就這樣，鄭荷兩方繼續他們越演越烈的「武器競賽」，槍炮的火力越來越強大，稜堡也越蓋越堅固完善，他們這場博弈，也就繼續越賭越大了。

2

到了九月底，揆一與卡烏才決定試圖全面封鎖福爾摩沙與福建之間的海峽，可惜為時已晚。此時北風已起，狂風暴雨不斷來襲，派去執行封鎖任務的三艘戰艦被吹到永寧——一個位於廈門與泉州之間的小港口。艦隊指揮官哈梭維爾派了兩位年輕的公司職員上岸，打探消息，未料他們一上岸就被當地的首長熱情招待，不容分說，強行護送到泉州，又從那裡被「恭送」到福州。福建總督李率泰及靖南王耿繼茂在那裡熱情地接見他們，在幾場無比豪奢的晚宴裡，他們提議清荷兩方結盟，來一起消滅「海賊」國姓爺。哈梭維爾不忍心丟下他們，在永寧港口外苦等了二十天，但不時也害怕再等下去，冬天越近天候越難預料，不要連整個艦隊都要葬身魚腹了。

結果哈梭維爾的兩位年輕使者不但平安歸來，還帶回來李率泰總督及靖南王耿繼茂分別署名的正式信函，說清軍已完成集結，整裝待命，指日就要攻打國姓爺的金廈基地，要求荷方派遣戰艦從海面合擊。等殲滅鄭軍在華南沿海的老巢後，他們就可以全力支援荷軍，共同來消滅在福爾摩沙的鄭家海賊。

接到這個意外的好消息，熱蘭遮城堡上下個個雀躍不已，但是他們卻為了如何回信而爭執不休，在一次又一次漫長的會議裡反覆辯駁，甚至動手互毆。他們爭論滿洲人可不可靠、誰最合適來領導荷方的使團、應有多少隨從、該帶什麼禮物等等，就這樣足足拖了整整一個月才勉強做出決定。這看來愚蠢可笑的行徑，其實反映的正是他們處在長期被圍困的狀態下低迷的士氣。他們癱瘓了，無法採取行動：因為炮擊不斷，他們已經有好多個月得不到一夜的安眠；他們喝的水越來越汙濁，沒有新鮮的食物，蔬果尤其匱乏，人人臉色蒼白、無氣無力、牙齦浮腫流血；他們的排泄物、垃圾無處丟棄，四處囤積，惡臭難當；兵士們整天喝酒、借酒裝瘋、打架滋事；任何時候，總有一半以上的人生病臥床，也總有幾個人死去，疾病與死亡的味道四處瀰漫。

荷方好不容易同意讓一位年輕的祕書去擔當這個與清軍協議的大任，行程一定，卡烏旋即自動請纓，率領由五艘戰船組成的艦隊出發護航。不過這時已是十二月天，北風強勁，他們只得到澎湖避風。其中三艘船硬是被吹散、折返熱蘭遮城。揆一憤怒至極，不讓他們靠岸，強迫他們再上路；回到澎湖時，卡烏的那兩艘大船卻早已不見蹤影。後來才知道，原來就在這當中，卡烏已經偷偷溜到暹羅，再從那裡返回巴達維亞，途中還順便洗劫了一艘受東印度公司保護的華人商船，引起了不少糾紛。

卡烏脫逃的消息對熱蘭遮城堡的士氣，又是一個莫大的打擊。軍心動搖的結果，不只是平常的士兵，連身經百戰的士官長們也趁夜躲開哨兵的監視，向國姓爺「投誠」了。這其中對荷方傷害最大的，應該是那位來自斯多卡的日耳曼人羅迪斯，因為他正是一位稜堡攻防的專家。他同時也是個卑鄙無恥的酒鬼，投降後有事沒事就來騷擾梅氏，一會兒說他是馬信提督的乾兒子，一會兒又說他是揆一派來敵營的雙面諜，正在等待機會謀殺國姓爺。他也一個勁兒吹噓他在鄭家軍隊裡有多重要，硬說要是沒有他，鄭軍就蓋不成稜堡，也不會知道烏特勒支堡的重要性。

3

福建總督李率泰及靖南王耿繼茂與揆一眉來眼去的消息讓福仔著急了起來，決定得提早與熱蘭遮城堡決一死戰。就正在這關鍵時刻，我們盼望已久的四十三座巨型火炮也剛好運到。伴隨著這些不止六千斤重的大炮的，是一萬多發四十斤重的炮彈，以及發射這些炮彈所需的硫磺、硝鹽。對鄭軍來說，這些武器的到達，可以說真是及時的甘霖。

那無賴酒鬼羅迪斯倒也並不是窩囊廢，在他的協助下，鄭軍很快就在烏特勒支堡西南三百尺遠的地方建構了一座巨大無比的半圓堡，把剛運到的巨炮安置其後。與此同時，許多門大小不一的火炮，也一一安置在城堡東邊市鎮裡廢棄的建築物後，以及北汕尾南端早先已建好的堡壘上。此外我們還派了好幾艘大小幾可與荷蘭甲板船媲美的一號福船，從西面由海上轟擊。這四面圍擊持續了一整天，主要以烏特勒支堡為標的，炸得荷軍毫無還手之力。好幾次鄭軍以為已經穩操勝算，停火讓敢死隊衝上前去攀牆占領，可是總是遭到守軍的頑抗，無功而返。如是，來自四面八方的轟擊又再開始。到了傍晚，鄭軍總共發射了兩萬五千顆炮彈，平均每分鐘一發，這在當時是世界上任何炮兵部隊都不可能達到的水準，也又一次證明了國姓爺的軍事訓練有多嚴謹，效率有多驚人。

到了下午五點，烏特勒支堡的頂蓋及邊牆都已被打垮，荷軍終於真的無處可躲了，只好撤離。兩個鐘頭後，我陪著福仔及馬信，帶著幾位侍衛到這殘破的碉堡去親睹苦戰的成果。福仔樂翻了，我們也都樂翻了，在那裡流連不捨，貪圖觀看被晚霞染紅的大海，訕笑熱蘭遮城裡一團慌亂的情景，一直等聽到本鎮帳營的一聲炮響，預告慶功宴就要開始時，才依依不捨地離開。我們剛走到山丘下，就聽到一聲巨響，抬頭一看，整個碉堡已被炸成碎片。原來荷軍在撤離前特地在地窖放了好幾大桶的火藥，用一條長長的引線點燃連接，預計晚上八點半引爆，還好我們在那之前就已經走開了。

4

那個晚上我們並沒有徹夜狂歡，因為我們急著要修復烏特勒支堡，才能把那些巨型大炮安置上去。在城堡的東邊，士兵們也忙著向前移動那些巨無霸般的沙石竹籃掩體，以及置於掩體之後的火炮，準備次日的攻擊行動。而在城堡裡邊，揆一也沒閒著。他四處催逼軍士、奴隸們修補、加厚城牆。但是到了那個時候，敗象已萌，士氣低落，再也沒有人聽他指揮了。

那天福仔一面備戰，一面也重新向揆一招降。眼看著那麼多大炮居高臨下，在陽光下閃閃發亮，城裡的人已無再戰的勇氣，剩下的只是要爭取一點顏面罷了。信使往往返返，投降條約的內容一改再改，又拖了好幾天。在這期間，鄭軍繼續向前移動炮臺，施加壓力。

到了二月一日，和約終於簽定，荷蘭人被准許帶著他們上膛的火繩槍，列隊整齊離城。他們也可以攜帶返回巴達維亞途中所需要的糧食、器具。此外，二十八位公司的高級主管及評議會議員還可以帶走他們的個人財產以及兩百五十兩銀子。其他二十名有家室的低級主管，則可以各帶走五十兩銀子。

5

來自各地屯墾區的一百多名荷蘭婦女和孩童在二月五日齊集於赤崁城，在那裡等候前往熱蘭遮城的接駁船。我們沒有想到的是，他們之中竟有不止一半的人不願意離開。第二天，梅氏、斌官和我隨著選擇歸國的婦孺等，渡過台江內海。韓牧師娘和科妮利亞也與我們同船，去與韓牧師的兩位大女兒會合。我們隨即開始清查接收過來的公司庫存財產及帳簿，釐清公司債權及未收款項，做為以後追討欠款的依據。

我完全沒有想到，柯妮利亞第二天居然又離開城堡，回到普羅民遮城來了。她欲言又止、吞吞吐吐，講了半天，我才終於明白，她和她母親希望要留下來。她說她昨晚通宵無眠，想了一整個晚上，才做了這不得已的決定。她的媽媽年紀大了，身子又不好，沒有辦法冒那麼大的風浪之險，恐怕連巴達維亞都到不了，更遑論那遠在天邊的荷蘭。她自己也不想離開這裡，她從小在這裡長大，根本不知道荷蘭是什麼樣子。想來想去，她終於下定了決心，無論如何，要繼續住在她父親選擇奉獻一生的地方。我啞口無言，默默地陪著她們回到赤崁城，把他們託給歐西維耶夫人，一位最近才嫁給駐紮在蔴荳的軍官的年輕寡婦。

再回到熱蘭遮城的時候，帳務已清點、交接完畢，我在碼頭為梅氏夫婦和他們的子女送行。看著接駁船漸漸遠去，我一時間完完全全失落了。梅氏真是個多麼勇敢、正直的好人啊！他此去吉凶未卜，會有什麼樣的結局呢？我們大家又都會有什麼樣的結局呢？

6

成了福爾摩沙之主的福仔並沒能輕鬆多久，接下來的幾個月裡，種種讓人不安的謠傳紛飛而至。從雲南來的人說我們的永曆皇帝終於被吳三桂逮捕了，而我們派在北京臥底的奸細則頻頻傳來關於鄭太師自相矛盾的訊息；有人說他被上了腳鐐手銬，一路徒步遣送到滿洲極北，天寒地凍的寧古塔；也有人說他和所有在京的鄭氏族人都已被梟首棄市。但是更讓他心煩的是，終於掌控了全島的他，需要更多的軍人、更多的農夫、更多的官吏，來好好建設、經營這個新的基業，但是廈門那邊卻沒有人願意過來。他們的藉口層出不窮：清軍虎視眈眈、天候不佳、船隻需要修葺等等。搞到後來，連半隻船都不來了，不但補給沒了，甚且音訊全無；我們根本不知道那邊的人在做什麼，在想什麼。不過他們怎麼想，福仔其實心裡有數。留在金、廈的人，尤其是他的大兒子錦舍及掌管遠洋貿易的鄭泰兄，根本打心底不願意放棄他們在那裡養尊處優、優遊愜意的生活，來開拓這據說還是蠻荒未闢、魑魅魍魎無所不在、又隨時有被「野人」馘首之危險的瘴癘之鄉。

那還是春寒料峭的時節，前一年收成並不是那麼可觀的稻米早已蕩然無存，成天只吃甘薯也不是辦法。如果金、廈那邊再不運來糧米補給，福爾摩沙的數萬大軍，恐怕不是坐以待斃，就是要抗命譁變，不可收拾了。

還有什麼地方可以找到糧食呢？福仔攤開地圖，首先映入眼簾的是那南方不遠處的呂宋島。他想，既然我們可以打敗荷蘭人，為什麼就不能打敗荷蘭人的手下敗將西班牙人呢？更何況熱蘭遮城還能指望巴達維亞的支援，而馬尼拉一旦被圍，西班牙人要想從那浩瀚海洋的彼端派艦隊過來，更不知要等多久。攻打馬尼拉，搶收呂宋島的糧米，不也算是蠻合理的一回事嗎？

7

廈門方面糧船不至，對於福仔要求諸將攜眷遷台的命令更是百般遷延，但是他們對於依旨護送李科羅神父來福爾摩沙的事，效率卻高得驚人。五月初一個晴朗的早晨，李神父就這樣來到了熱蘭遮城，茫然不知國姓爺為什麼要見他。等到見了福仔，才知道原來福仔剛寫好一封給馬尼拉總督的諭令，要求歲歲朝貢，輸送糧米及珍貴方物，否則他就要發兵征討。李神父萬般不情願地帶著一支艦隊，浩浩蕩蕩地前往馬尼拉。總督接到信後，非常驚恐；那時城裡只有兩千西班牙駐軍，而城外光是澗內一區就有幾萬華人。西班牙當局認為當地華人一定早已與國姓爺串聯一氣，第一個反應就是要把他們全數殺光。而華人則對二十年前及六十年前兩次大屠殺，每次死難數萬人的慘劇記憶猶新，也已準備奮死一搏。如此一來，劍拔弩張，血戰一觸即發。幸好李神父勸服了總督，答應讓他先去安撫華人。在那裡他以流利的福佬話，再加上個人魅力及從前在澗內建立的人脈關係，勸服了華人，避免了又一次的屠殺慘劇。但是最後大多數華人還是被驅逐出境，大家扶老攜幼，搭乘大小船隻，倉皇回華。

8

我不知道如果福仔還有時間的話，會不會真的去攻打馬尼拉，但是再下來的發展，讓我們永遠無從知道他當時真正的意圖。就在李神父還在馬尼拉防阻衝突進一步擴大的那個月底，一位衣衫襤褸的和尚從緬甸搭船輾轉抵達。他原來是一位名叫林英的永曆帝近臣，親眼目睹永曆、烈納皇太后、安娜皇后及當定太子被緬人出賣，被吳三桂帶到昆明，以弓弦勒死的慘劇。林英說吳三桂原本要把他們一路護送到北京，由順治皇帝決定他們的生死。但是當這一行人到達昆明的時候，忽然傳來了順治「賓天」的消息。為了避免「夜長夢多」，才草草把他們處決了。

我沒想到永曆的過世會對福仔有那麼大的影響。他從沒見過永曆，私下裡也常跟我說他不過是拿永曆來做個招牌罷了。但是他聞訊竟然還是那麼地哀悼、頹喪了起來。我想他哀悼的其實是隆武——他的皇帝，他心目中最理想的哲王。但是更讓他哀悼的，應該是當年那個年輕的自己，那個可以為理想而赴湯蹈火，「雖千萬人吾往矣」的年輕人。「十六年了，十六年就這麼過去了。」他說：「那時候的我們，真是天真哪！相信我們可以隻手撐天，讓大明皇朝起死回生。我那時候還真的相信我可以幫助隆武那不食人間煙火的書呆子『救民於水火之中』呢！」他安靜了下來，淚水沿著臉頰，沿著嘴角，不停地流著。我們兩個人就靜靜地坐在城牆邊緣上，看著那逐漸下沉的夕陽。灑遍整個大海的餘暉，就像無數的小金塊，在微微起伏的波浪上面，不住地跳著那千姿百態的舞蹈。

一個星期後，一個衣衫更加襤褸的和尚出現在熱蘭遮城，要求單獨晉見國姓爺。後來才知道，這人不但不是和尚，竟然還是施琅派來的密使，帶來了一封蠟封的施琅親筆書信。我們當時都大惑不解：雖然我們一直密切地注意施琅的一舉一動，也知道他在最近的一場海戰中扮演什麼角色，但是彼此之間，從來沒有尋求過任何種類的接觸。他這時為什麼忽然主動來信？

施琅信上說，他為了該不該寫這封信猶疑再三，多麼希望自己可以不做傳遞壞消息的信差，可是他無法停筆。他相信福仔這些日子一定已經聽到很多離奇的謠傳，例如有人說太師下了詔獄、腳鐐手銬徒步遣送到極北的寧古塔，或說太師慘遭凌遲；他要我們知道，這些都不是真的。真實的狀況是，太師一家人這幾年的確是被軟禁在家，但是直到最近過世前，他們都還是過著像以前一樣的、錦衣玉食的生活。不過今年正月，他和他的十一位家人被祕密處決了。施琅不清楚這政策大轉彎的緣由何在，不過順治過世後掌權的輔政大臣都是滿人，他們不滿順治重用漢臣，現在順勢反撲，他猜想太師大概不幸就在這場權力鬥爭中被犧牲了。施琅又說，太師一直很照顧他們施家的人，他從小敬仰太師，以他為楷模，聽到這不幸的消息，心裡自然難過；但是逝者已矣，他希望福仔節哀。

施琅寫那封信是為了要刺激福仔嗎？我寧可相信不是。但是這消息對福仔的確是個沉重的打擊，他又開始沒日沒夜地喝起酒來。許多個夜晚，他徹夜難眠，好不容易入睡，一下子就又醒了過來，渾身發抖、狂呼悲嚎、哭笑無常。他說的話夾雜了許多日語，我大部分都聽不懂，不過其中有一段話，我倒是聽得千真萬確：「你以為你絕頂聰明，可以擺布所有的人，是吧！你活該被關在那烏煙瘴氣的北京，死在那裡！」

我還記得有一天，他從宿醉中醒來時，腦筋倒還是蠻清楚的。我們談到我們初次見面的景象，我們童年時共同擁有的安海——那個屢經戰亂，早已蕩然無存的安海。他說：「我好懷念那些日子，我們那時可以說都是寂寞的孤兒，『同是天涯淪落人』，但是幸好我們可以互相依靠，所以日子還過得蠻愜意的，不是嗎？比方說，那一次我們把聯舍打得落荒而逃！」想到那裡，他的臉一時又黯淡了下來：「我虧欠於他，我不應該用那麼卑鄙的手段把他給殺了。但是人生又哪裡有完美的呢？我就被我父親丟棄了兩次，第一次在日本平戶，那時我還沒出生。第二次在安海，那時我好不容易又再重逢的阿娘，就那樣地含冤過世。現在，他又再一次把我丟掉了。他說走就走，說丟就丟，還真瀟灑啊！這麼容易就把整個爛攤子丟給我，你說這世界有什麼天理？有什麼公平不公平？」

「你的家人好嗎？」福仔忽然問起。那時我剛收到一幅瑪琳娜和蘇珊娜的畫像，就拿出來給他看。這畫是常熟名畫家吳歷所繪，他多年從錢大師學詩，經常出入錢府，早就與蘇珊娜母女相熟，最近又結識了隨著卜彌格神父東來、在常熟傳教的魯日滿神父，從魯神父那裡學到了立體透視的西洋畫法，將之融入他本來就擅長的人物、山水畫裡。正因如此，這幅畫裡的蘇珊娜母女才會那麼地色彩鮮豔、栩栩如生。「才不過幾年，瑪琳娜已經是一位楚楚動人的少女了。不過這也是想當然的啦！幸好她比較像她母親，而不是像你。」福仔笑著說。在隨著這幅畫到達的信裡，蘇珊娜提到，八十二歲的錢大師依然矍有精神，四十六歲的柳夫人也還是美慧如昔。為了資助地下抗清運動，他們已把家產揮霍殆盡，如今完全是「鬻文為生」，有時竟不免寅吃卯糧、捉襟見肘。福仔沉吟良久，目光迷離、悵然若失。許久之後，他終於長嘆一聲，說：「那錢老頭可真是個名副其實的風流教主啊！」

9

福仔要求部分留駐金廈將官攜眷來福爾摩沙的指令，幾個月間一直沒有得到清楚的回應，越等越心焦，已經到了快要爆發的地步。有一天他終於收到了一封廈門的來信，但是寫信的人不是鄭泰，也不是錦舍，而竟是他親家翁的父親、進士出身的前兵部尚書唐顯悅。唐尚書在信上說，「恭喜您終於有孫子了，但是您或許還不知道，您這位孫子來路不正，據我所知，是錦舍與他幼弟的乳母私生的。古書說『三父八母』，乳母也是母輩，您的大公子做了亂倫的事，您卻不聞不問，還能談什麼治國平天下呢？」福仔沒有想到錦舍真的做出這樣的事情，又覺得被羞辱到無地自容，暴怒之下，下令不但要處死錦舍、剛出生的孫子、這孫子的母親，甚至連錦舍的母親——自己的原配夫人，也因管教不嚴、縱容包庇，而要一起處決。眼看著福仔像被關在牢籠裡的猛獸，來回踱步、厲聲叫囂，我忽然真正害怕了起來。我不是沒有看過他以前情緒失控的情形，可是這次卻實在令人寒心。不管錦舍的禍闖得多大，因此就把自己親生的大兒子——辛苦栽培的接班人——輕易地處決掉，值得嗎？至於因此而殘殺始終對自己忠心耿耿的髮妻，就更難以讓人接受了。

也許正因如此，留守金、廈的老臣們，在洪旭等人的帶領下，決定只處決那無辜遭殃及的乳母，此外抗命不從，連被調來執行命令的周全斌也被軟禁了起來。福仔沒有想到他在福爾摩沙島苦戰了幾乎一整年，終於驅逐了荷蘭人，得到的回報竟是兒子的忤逆，以及他一向視為「股肱之臣」的留守諸將的抗命，憂憤攻心，卻又無計可施，直如掉入萬丈深淵。

到了六月十六日，福仔忽然發起了高燒，開始一陣陣地語無倫次、神志昏迷。但是儘管如此，他每天一大早還是堅持要爬上熱蘭遮城堡最高的瞭望臺，拿著他的單筒望遠鏡，極目遠眺。我們不知道他到底在看什麼、在等什麼。他是在等待李科羅神父從呂宋回來？他是不是在想像，李神父說服了馬尼拉總督，為他運送來滿船的糧米、銀元？或者他還在等周全斌提著錦舍的頭回來報命？他難道不害怕這樣的事情真的發生嗎？他會不會希望有人來跟他說：他其實並不是真的要砍錦舍的頭、他父親的死也不是他的責任；他沒有需要苛責他的父親，也沒有需要對錦舍那麼地失望；他什麼大風大浪都經歷過了，何苦為一時的顏面、一時的挫折如此地折磨自己？

他不吃不喝，成天在屋子裡來回地走著，時而大呼小叫，時而喃喃細語。他有時好像在講南京的事情，更多的時候，盡是在呼喚他的阿娘卡絳。他是在想像自己又回到了南京，也許又能時時見到柳夫人嗎？他難道忘了他的卡絳已經過世，以為她又會像十五年前那樣，飄洋過海來與他會面嗎？我們試了許多中西草藥，希望讓他安靜下來，纈草、酸棗仁湯、蜘蛛香，沒有一樣有效。我們不得已給他鴉片，但是他抽沒兩口就把菸管折斷丟掉，神智更加不清，居然開始咒罵我們，說我們是錦舍派來謀害他的奸細。我們的荷蘭外科醫生技術高超，居然有辦法替他放血。失去不少血的他終於比較安靜了下來，不過同時也臉色泛白，幾乎奄奄一息了。

到了第八天的早晨，福仔又到瞭望臺去了。也許他又失望了，回來之後又更加激動了起來。他開始看到影子，許許多多十幾年來被他處死的將領和官吏的影子。他看著他們，怒火中燒，時而大聲斥責，時而低聲訴說他的苦衷，求他們原諒。然後他看到了聯舍堂哥和芝莞叔的臉，低聲下氣地求他們不要太苛責。再下來他的父親鄭太師出現了，福仔的臉色一下子沉重了起來，悻悻然地說：「你早就該死了，你怎麼還有臉繼續活那麼久呢？卡絳阿娘被清兵逼到自殺的時候，你人在哪裡？隆武帝倉促西逃的時候，你在做什麼？隆武啊隆武，你逃命的時候還帶著你那十牛車的書。你可真是個哲王呢！為書而死的皇帝，上下古今，大概也只有你一個了。你真的把我當你的兒子看待嗎？還是不過也只是在利用我？為什麼那時候你不讓我跟著你走呢？那不就一了百了了嗎？」

他全身開始抽搐，亂打亂踢了起來。馬信提督和我拚命把他按住，輕聲地安慰他。他好像比較安靜了下來，但是馬信一鬆手，他就又大吼大叫了起來，後來還甚至用手指抓破了自己的臉。他是那麼用力，傷口又深又長，血流滿面，濺灑一地。然後他全身忽然鬆垮了下來，渾身冒汗，心跳先是急劇上升，忽然間就往下直掉。他的呼吸越來越淺，越來越慢，最後終於完全停了，我再也摸不到他的脈搏，我自己幾乎也忘掉了呼吸。

馬信放聲大哭，隨即倒在福仔身旁。一個如此輝煌絢麗的時代就這樣結束了，我心裡想著。就在那一瞬間，我抬頭望向窗外，在那海天交會之處，一隻巨鯨噴出了高達雲際的水柱，然後牠奮力一跳，真好像就那麼優雅地直飛上天。

第四章 永別伊甸園

1

再下來就是天下大亂了。福仔死得那麼突然，大家不知所措。既然他已經立意要治錦舍於死地，那誰才該是他的接班人？於是就有人倡議擁立福仔的異母弟鄭襲，但是多數擁兵的將領則只是在那裡默默地觀望。但是這一切又與我何干？我，終究只是個局外人，福仔一走，我在哪裡都無足輕重，也都已了無牽掛。我的思緒混亂，整個人像洩了氣的皮球，不知何去何從。但是無論如何，爾虞我詐的熱蘭遮城對我來說已不再是個安全的地方。我搬到赤崁，但是那裡同樣地混亂，同樣地令人不安。於是我再往遠處躲，搬到了蔴荳。

虧得有柯妮利亞、歐太太及另外幾位再嫁給鄭家軍官的荷蘭寡婦的照料，韓牧師的教堂及住家還完好如初。雖然星期日不再有牧師講道，她們還是繼續聚在一起，做她們的主日崇拜。

大多數的蔴荳人對這教堂早已視若無睹，但是居然還有十多位男女青年繼續來參加教會的活動。更讓我驚訝、欣慰的是，他們還人手一本雙語馬太福音，一面是新港語，一面是荷文。他們又各有一份雙語的教義問答，一千多條題目，內容包羅萬象，他們一字一句，倒背如流。每個星期天他們聚在一起，互相考問：「誰創造了這個世界？」「我們唯一的真神！」「他在哪裡？」「無處不在！」「祂無所不見、無所不知嗎？」「當然，祂還能知道我們在想什麼。」「祂有幾個兒子？」「只有一位。」「但是祂還有沒有其他的子民？」「祂有無數個子民。」「誰是祂的子民？」「信奉祂的人。」「祂接受你嗎？」「當然！」……「祂要你用豬肉、檳榔、小米酒拜祂嗎？」「當然不要！」「靈魂離開肉體後，到哪裡去？」「去天堂與我主同在。」這樣的一問一答，用如音樂般的新港話念誦，讓人著迷、讓人神往，也常常讓我聯想起那麼多年前在安海的時候，葛雷果里修士唱聖詩的樣子。那麼多年了啊！福仔與我，兩個寂寞、無依的小孩，在那忙碌的海港旁，望著藍天碧海，沿著那看不到盡頭的海灘，尋找貝殼，夢想著找到從海盜船裡掉下來的、整箱的金銀財寶。那麼久遠的事了，想起來還是恍如昨日。安海早已人事全非，福仔如今安在？他那裡可也有綿延無盡的白沙海灘？

2

二十出頭的大加弄好像是這群教會裡年輕人的頭領。他身高六尺七寸，比本來就高大的福爾摩沙人還要高出至少一個頭，又英俊靈敏、身手矯捷，臉上總是掛著誠摯的笑容，很容易就可以贏得身邊人的好感。我發現我們很談得來，他顯然對我的來歷相當好奇，總是有問不完的問題。當然，他最想要瞭解的還是，國姓爺的軍隊是要繼續留駐福爾摩沙，或者終究要再打回大陸去？聰明的他，不久就完全搞清楚狀況。有一天傍晚，我們坐在村社旁小丘上的一棵大樹下乘涼。看著遠方那一片綠油油的稻田裡，那麼多鄭軍士兵辛苦地在大太陽下埋頭苦幹，他輕聲地說：「這話我只能跟您說：我終於確信，我們的世界已經完全改變了。我們那廣袤的獵場，的確是一去不回了。鹿群早已消逝無蹤，我們不得不像他們那樣，日夜不息地工作，不再有歡樂的時光。」他的聲音開始哽咽，停頓良久，才繼續說：「那就只好是這樣子囉！我懂事以來，二十年間努力學習要做一個像樣的荷蘭人，一個模範基督徒，溫柔、寬厚、滿懷的愛心，就像我們的韓牧師；但是這樣的好人竟然沒有好的下場！不過我們也不會就這樣忘掉他，我這一生要盡我所能，把他的教導傳下去，讓我們的下一代能繼續以他為榜樣。但是我們同時也還要學習漢人的勤勞和堅忍，看來只有像他們那樣，沒日沒夜地勞動、心甘情願地去做土地的奴隸、變得自私、不再與人分享財物，我們才能生存下去。但是活著比什麼都還重要，您說是不是？」

看著一群小女孩在我們面前跑過去，自由自在地東奔西跳、無拘無束、又唱又笑，他說：「如果我有一天結婚，如果有一天我有了自己的小孩、我的後代，我想他們一代一代地會越來越像漢人，那本來就是無可奈何的事。但是有一點我一定要堅持，我的女兒，絕對不纏足！」

3

那一年的秋天，錦舍的艦隊占領了澎湖，隨即就來到了熱蘭遮城的外海。大多數將領都鬆了一口氣，馬上表明態度，支持錦舍繼承國姓爺的大位。少數幾位繼續反對他的人很快就被擊殺，眼看著就要分崩離析的鄭家集團又重新結合了起來。這中間為錦舍運籌帷幄的，正是我們的老朋友陳永華。他一到福爾摩沙就馬不停蹄地四處視察，十二月的時候終於來到了蔴荳。還不滿三十歲的他，早已是輔佐錦舍的重臣，也已經在鄭家集團裡扮演過許多不同的重要角色。他毫無疑問地相信，只有透過錦舍，我們才有可能繼續發展國姓爺的志業。

他蒞臨蔴荳那天，天氣意外地暖和。我們就如多年前那樣，隨意地圍坐在公廨前一棵大樟樹下的石桌旁，為這十多年來滄海桑田、天翻地覆的變化而唏嘘感嘆，也談了許多鄭家的未來、福爾摩沙的未來。他果然真是個胸懷大志、滿腹經綸的曠世奇才！他相信錦舍的使命，其實也就是他自己的使命，是要來開拓、發展此島，讓她成為他口中「海洋中華」的基地。在這「天高皇帝遠」的洞天福地，我們儘可無後顧之憂，承續鄭太師、國姓爺的未竟之志，放心地來拓展遠洋航運、貿易事業。

「福爾摩沙多年來一直是荷蘭人與中國及日本貿易的轉運站，最近也開始盛產稻米與甘蔗等等，而讓東印度公司大發利潤。現在這一切都被我們接收了，」他說：「但是這還不夠，如果我們真的要在這裡生根，我們就需要引進文化，我們需要辦學校，讓所有的人都知禮守法，安居樂業。」沒有錯，陳永華的規畫就是要把整個島的居民在一個世代的時間裡「全盤漢化」，讓此島變成中國本土之外的、自尋出路的「小中國」，一個有她的特色的中國。聽他這樣有條有理地娓娓道來，看著他那凝重的眼神、堅定的表情，感覺到他一方面如此地熱情洋溢，同時卻又那麼地冷靜踏實，我開始相信，假以時日，他必然可以將他這「世外桃源」的藍圖，付諸實現。

那一天晚上，大加弄也過來了，我們繼續閒聊了一陣子。他走後，陳永華轉過身來笑著對我說：「你看，我們甚至也毋需完全依靠從大陸來的漢人。我相信還會有許多其他的福爾摩沙人，就像這位大加弄先生，腦筋清楚，想法與我們略同。當然不完全相同，但是也差不到哪裡去了，剩下來的要怎麼協調，都還可以好好商量。」

4

再下來的那一年，我在福爾摩沙與廈門之間穿梭來回，努力尋找管道，好「潛入敵區」，去常熟與蘇珊娜她們團聚。一向來去進出如家常便飯的我，沒想到這次卻千方百計也不能得逞。那一年，荷蘭人派了十二艘巨艦，帶著包括前一年剛撤離熱蘭遮城、志在復仇的兩千名士兵，浩浩蕩蕩地來到了福爾摩沙海峽，邀請滿清政府出兵，來共同攻打福爾摩沙。第二年他們又派來了另一支實力相當的艦隊，兩者合在一起，兵力幾達四千；二十多艘船堅炮利的巨艟，在海峽間來回巡弋，幾乎把整個福爾摩沙包圍得水洩不通。滿清方面則一方面加緊造船，準備與荷方配合，同時也雷厲風行，嚴格實施遷界三十里的海禁政策，沿海一片荒蕪，我們一時失去了接應的網絡，偷渡竟變得難如登天。

對鄭氏政權來說，更麻煩的是，錦舍和他的堂叔鄭泰之間竟出現了裂痕。得知錦舍從熱蘭遮凱旋回到廈門，鄭泰居然託稱有病，在歡迎晚宴上沒有現身，又急忙把自己全家老幼婦孺，以及所有帶得動的金銀財寶，悉數裝載上船。於是乎謠言紛飛，有的說泰叔早先是反抗錦舍諸將領的後臺老闆，也有人說他已與滿清締結密約。兩個陣營之間的爾虞我詐延續了好幾個月，最後以類似福仔對付鄭聯的流血政變收場。不論真相如何，錦舍把他的泰叔剷除了，但是他這一步棋代價昂貴，泰叔的兄弟、後輩，一波接著一波地逃逸投清。事後估算起來，鄭家總共損失了一千多艘戰船和將近十萬名能征慣戰的士兵。

在這麼混亂的情況下，我真是「上天無路、入地無門」，只好垂頭喪氣地又回到蔴荳等待時機。在那裡，洋洋的喜氣沖淡了一些我心中的陰霾。在我遠去的時候，柯妮利亞與大加弄已經結婚，而且柯妮利亞也已有喜好幾個月了。他們也已經決定了嬰兒的名字：如果是男嬰，就叫安東尼，女嬰則是安東妮亞。他們全家還取了一個漢人的姓：為了紀念韓牧師，他們就此改姓為韓先生、韓太太。可惜的是，韓牧師娘在我回到蔴荳的前幾個星期過世了。不過她能親眼看到柯妮利亞找到這麼一個好的歸宿，又知道有一個新的生命，延續韓牧師的香火，想必是走得很安心的。

5

十月底我鼓起勇氣再度出發，跟著一支補給船隊跨海回去廈門，決心此番破釜沉舟，無論如何，也要衝過戰區，回到我的妻小身邊。在那裡沒有想到我居然又遇到了李科羅神父。他也跟我一樣，一直在想盡辦法，要去「彼岸」。做為國姓爺心不甘情不願的使者，他的馬尼拉之行可以說是一無所成。他硬著頭皮返航，準備面對福仔的暴怒，等著被砍頭，成為殉道者。沒想到他乘坐的船在巴士海峽不巧遇到颱風，幾度差點翻船，也差一點就被同船的華人扔下海去。船飄到了廈門，在那裡他聽到國姓爺出乎意料之外的死亡，大大地鬆了一口氣。但是鄭泰兄馬上就要他回航，再去馬尼拉修復鄭家與西班牙人之間的貿易關係。這個任務他很輕鬆地就達成了，還有餘裕去緩和西班牙人與還留在菲律賓的華人之間的緊張關係。等他又再回到廈門時，鄭泰已經不在，一向對他有敵意的錦舍把他當成是鄭泰的同路人，幸好陳永華替他說情，不然他大概早就沒命了。無論如何，他在廈門的傳教生涯是不可能再繼續下去了。

其實，即使錦舍不干涉他的傳教活動，他也沒有可能在那裡繼續待下去。面對清荷聯軍來勢洶洶的威脅，鄭軍已決定再次以退為進，撤離廈門。這是承襲多年前福仔把達素打得落花流水、一蹶不振時所用的策略。但是不管這場大戰結局如何，李神父都不可能再留在廈門。他急著要去泉州、福州，因為那裡還有許多教徒，需要他的牧領。

6

荷方的主力艦隊，包括他們最大、最新，重達四、五百噸的八艘戰艦，在總指揮官波爾特的領導下，繞過金門島的南岸，出現在金門島與烈嶼之間的海域。與此同時，由其他七艘大戰艦組成的荷蘭艦隊，在副總指揮官的指揮下，則出現在金廈海峽的北邊。這兩支艦隊，一南一北，堵住了那狹小的海峽的南北出口，把鄭軍停泊於廈門灣裡的船艦完完全全封死了。但是開戰不久，風居然就完全停住了，荷艦個個動彈不得，小巧靈活的鄭艦則沿著近岸水淺，從吃水重的荷艦不敢靠近的地方，繞過了北邊的艦隊，出乎意料地忽然就出現在後方的清方船艦面前，集中火力，猛烈轟擊。清艦被打得七零八落，不久連旗艦也被打沉了。我們後來才知道，那旗艦上載著的，正是與我們有深仇大恨的馬得功提督。馬得功十幾年來屢次侵擾金、廈，搶奪不可勝數的金銀財寶、米糧補給。這次他大概也以為勝券在握，急著趕在前面，又要開始大肆燒殺擄掠，沒有想到就此死得不明不白。陷在風平浪靜的大海裡動彈不得的荷艦，眼巴巴地看著他們的盟軍被打得落花流水，又看著鄭艦好整以暇，慢條斯理地回到有屏障的廈門灣裡，也只能在那裡乾瞪眼。

那天晚上，李神父和我偷偷地駕著一艘小漁船，划出廈門灣，往南直走，不久就看到了波爾特總指揮官的旗艦。我們打出求援的信號，幸好沒有被當作間諜船打沉。在船長室裡，我們完全沒有想到，迎面而來的不止是威儀十足的波爾特海軍上將，跟他在一起的竟是那久違了的施琅水師提督，想來他們正在討論第二天繼續攻打廈門的細節。施琅很高興意外地碰到我們，邀我們與他同船回到他的總部——位於漳州下游，九龍江出口處的海澄。

當晚施琅為了第二天的決戰十分興奮，睡不著覺，要我陪他聊天敘舊。他說，當他聽到太師過世的消息時，感覺好像失去了自己的父親，心裡五味雜陳。他又說，他很後悔一時衝動，送了密信給國姓爺。「那封信跟他不久之後的過世有關嗎？我真希望不是如此，那絕對不是我的用意。在那時候，我茫然若失，不知道還有什麼人可以瞭解我的心情。您要知道，送那封信對我來說，也是很危險的一件事。如果被朝廷發現了，我不止要丟官，恐怕連性命都難保。」

他這一席話，說得那麼誠懇，那麼感傷，讓我更相信他不是在演戲。其實，從某一個角度來看，儘管這麼多年來他們不斷地相爭相殘，施琅與福仔正就如同兄弟；我們都是一起長大的兄弟，我們的失落，也只有一起長大的人，才能瞭解。

沉默了許久之後，他長長地嘆了一口氣，說：「太師的時代過去了，國姓爺的時代也過去了，我真不知道我還在這裡做什麼？我幹嘛委屈自己去跟錦舍那乳臭未乾、不經世事的紈褲子弟對打呢？不管有我沒我，明天就是他的大限了。再下來就只剩下我一個人去繼續追逐太師以海為家的志業了。」我稍微跟他提了一下陳永華這個人，說他也是一位立志要延續太師香火的有心人，志在把他的大員、他的福爾摩沙，發展成為太師及我們大家心目中的美麗之島、以海為家的人的世外桃源。我又說有陳永華在那裡襄助錦舍，明天恐怕還是勝負未定。施琅的眼睛張大了起來，臉也亮了起來。他低聲地說：「但願如此，但願我的對手，是個高瞻遠矚的人。這樣的話，不管誰輸誰贏，結局都可以如我們所願！」

7

次日清晨我醒來的時候，施琅早已離開了他的帳篷，趕到前線指揮當天的戰事去了。他分別留給了我及李神父些許盤纏，以及蓋著提督關防的正式文書，請求沿途的地方官、守軍讓我們通行無阻，盡快到達目的地。到了城外，我與李神父珍重道別。他沿著海岸線前去泉州、福州尋找失牧已久的教徒，我則計劃從汀州進入武夷山，越過崇山峻嶺後，再順著贛江、長江，回到我夢寐已久的江南。

那是十二月的嚴冬時節，滿山遍野，皚皚白雪，常常讓人幾乎完全認不出路來。一步一步往前走，陪伴著我的常常只有自己急促的呼吸聲。許多時候，狹窄的山路覆蓋著的是融雪結成的冰片，路的一邊是懸崖，另一邊是峭壁。一步踏錯，瞬時就掉到谷底，粉身碎骨，算你幸運；如果不幸被半山腰橫長的松樹攔住，那時上不去又下不來，恐怕不是凍死就是餓死。

我完全沒有料到，從漳州到汀州的路上，竟然真的看到了那麼多，多到讓人數不勝數的土樓。它們個個都大得驚人，小的至少可以容下幾百人，大的則上千，印證蘇珊娜的童年記憶一點都沒有誇大。每每翻過一個山嶺，呈現在眼前的，就是群聚在谷底的十幾二十座形狀不一的土樓，有圓有方，甚至還有五角形、八卦形的，十分壯觀。當然，它們的存在，並不是為了讓人觀賞，完全是因為它們的實用價值。也因為如此，土樓裡的人對外來者的戒備森嚴，即便攜帶著施琅提督氣派不凡的關防文件，很多時候我還是不得其門而入，只好在牆外角落過夜，時時得提防野狗或盜匪的光顧。

我不記得攀越武夷山脈花了多少時間，但是最後我終於還是抵達山城瑞金，那個隆武皇帝差一點就到達的避難之地。到了那裡，旅行就容易了起來：我搭上了一艘小客船，順流而下，雖然經過不少急流險灘，不久還是安抵贛州——江西南部的重鎮。

8

在贛州我換搭一艘較大的客船，差不多每天停靠一站，讓乘客上下。離開贛州不久，一位托缽的和尚從一上船就一直盯著我看，滿臉狐疑、驚訝。過了好一陣子，他的臉終於綻出了開心的笑容。他雙手合十行禮，說：「我看你是認不出我了，我不怪你。」原來他就是方以智！一別將近二十年，他已從一個風流倜儻、博學多聞，名列「四公子」之首的士子，蛻變成一位剃了光頭、滿臉花白鬍鬚的走方行者。他腳上穿著的是一雙用稻草編成的芒鞋，身上穿的不再是華麗的絲綢長袍，而是粗麻布裁成的袈裟。不過，不管他的外表有多大的變化，他那放浪不拘、好惡作劇的性子，還是一下子就流露了出來。他說：「說來你也許不會相信，我現在的法號叫做無可，已經是名滿天下、徒弟無數的禪宗大師了呢！許多人千里迢迢，來聽我說法，還真的就當下大澈大悟咧！」他剛從廣州回來，行蹤隱祕。看他支支吾吾的樣子，我也就不再多問。

在船上的那四天三夜，我們除了他為什麼去廣州之外，天南地北無所不聊。他剛成了遠近馳名的青原山靜居寺的住持，打算定居在那裡，奮力寫作，將他一生的所思所學，包括他從耶穌會神父學習到的西方知識、哲理，與儒釋道思想結合，融會貫通，來討論宇宙與人心的奧祕。當他聽說我已決心舉家遠離中國這是非之地，到巴達維亞甚或荷蘭去行醫時，他送了我他剛完成的兩本書：《醫學匯通》及《刪補本草》。這兩本書再加上他多年前送我的李時珍《本草綱目》，以及從卜彌格神父那裡抄來的《中國植物志》、《中國醫藥概說》與《中國診脈祕法》，奠定了後來我在米德爾堡開業成功的基礎。

方以智在吉安下船，我們依依不捨地道別。他說：「請幫我向錢大師、柳夫人致意。我想你在那裡也許會碰到黃宗羲，如果是的話，請告訴他，我時時會想起我們以前那天真歡樂的時光。」他把頭轉了開來，默默無聲，好一陣子後才又說：「如果你找到陳子龍的墳墓，也請幫我在他墳前上香，告訴他，他的犧牲沒有白費。既使到了現在，也還是有很多有心人，明裡暗裡，在繼續做他想要做的事情。」然後他就頭也不回地走了。

9

經過長途跋涉，當我終於在三月初抵達常熟的時候，早已精疲力竭。但是一看到蘇珊娜母女，我的倦意登時全消。十四歲的瑪琳娜亭亭玉立，已經長得跟蘇珊娜一樣高了。這麼多年就這樣過去了，我們竟然能再相聚，天下還有什麼比這更美好的事呢？這不就是天主存在最大的見證了嗎？

喜極而泣，淚眼婆娑的我，不住地看著她們母女倆，心裡又是慚愧，又是感激。這幾年錢府家道中落、生計日艱，但是他們待蘇珊娜始終如一家人，待瑪琳娜更如掌上明珠，盡心調教，讓她知書達理，舉手投足，自然流露出大家閨秀的風範。他們又鼓勵她凡事實事求是，獨立思考，避免隨波逐流、人云亦云。瑪琳娜何幸而能成長在這麼豐裕瑰麗的文化環境裡，而我又何幸而能有瑪琳娜這麼秀麗靈巧的女兒！

洗盡鉛華的柳夫人，雖然已經四十六歲了，依然優雅明豔、引人注目。她問了許多關於福仔死前那段時日的問題之後，悵然若失，好幾天不見人影，但是從此也就絕口不再提及福仔、福爾摩沙島，甚或荷蘭人的任何事情了。

不久又傳來了一個壞消息：張煌言終於也認命了。他解散了他的部隊，不讓那到最後都還忠心追隨他的老兵跟他去當「田橫五百壯士」，把自己剩餘的積蓄均分給了他們，讓他們「解甲歸田」，安度餘生；帶著一位年輕的隨從，他躲到舟山群島南端一個名叫懸嶴的小荒島，在斷崖下的海灘邊結廬而居。我不相信他此舉真的是打算隱名埋姓，了此一生。他苦苦奮鬥了將近二十年，終於累了，他要等待被捕就義，堂堂皇皇地離開這人世。其實他哪裡只是在等待，他是在向滿清政府挑釁，要他們來成全他壯烈成仁的願望。清政府當然清楚他的用意，卻不急著照碼演戲，繼續假裝不知道他的行蹤。他們就這樣繼續繞著圈子，一邊希望死得轟轟烈烈，留名青史，另一邊則希望儘量隱祕，減少社會輿論的批評。滿清政府對錢大師的態度，大概也有類似的考量。他們絕對老早就知道錢大師與地下復明組織、與國姓爺軍隊之間的關係。他們故意裝糊塗，但是每隔一陣了，就總會有某個大官帶著豐厚的禮物，專程來拜訪他，向他討教，希望得到一兩幅他的書法墨寶，或是柳夫人的畫作。他們真正的目的，其實就是要讓錢大師、柳夫人知道，錢府的一動一靜，全都在他們的監視和掌控之下，錢大師等於就是被軟禁在家。

10

時局儘管險惡，春天還是說來就來；那一年的春天特別暖和，空氣也特別清新。江南遍地是花：梅花、櫻花開了又謝，然後就是爭豔的桃李、薔薇、杜鵑。每天下午，我們三個人帶著茶點果品，沿著溪流尋找幽靜清爽的草地，珍惜全家團圓的分分秒秒。分離那麼多年，我們有太多的話要講，太多的經驗、感覺、想法，需要分享。我第一次真正瞭解，所謂的「天倫之樂」是什麼意思，而那難以言喻的，圓滿無缺、別無所求、平淡單純的幸福的感覺，終身難忘。

日日夜夜受著柳夫人及錢大師薰陶調教的瑪琳娜，博覽群書自然不在話下，詩詞書畫、音律戲曲，也都開始有了一點基礎。但是我沒想到的是，她居然對天主教，對泰西的事物，也都有一些基本的理解。這自然就大半應歸功於幾年前隨著卜彌格東來後，一直在常熟宣教的魯日滿神父了。來自荷蘭東南角的魯神父除了荷語外，還嫻習法語、德語，拉丁文自然更不在話下。他到常熟後，不但主持教會大小事務，還專門開課教導學童種種課題，除了語言、宗教外，也兼及數學、天文、修辭學等等。有這樣的老師，做學生的瑪琳娜能說流利的荷語，並且對歐洲也頗有瞭解，也就不足為奇了。

當然，讓我最感到慰藉的是，我不但又能每星期日去上教堂、望彌撒，而且還能夠與家人一起分享這寶貴神聖的時光。雖然那教堂十分簡單，沒有什麼寶物神器，但是它還是給了我那難得的歸屬感，讓我覺得好像回到了我那從未曾謀面的母親的懷抱。

11

我多麼希望，我們三個人，就這樣繼續生活下去，直到地老天荒。但是世事難圓，災難到底還是排山倒海地說來就來。到了六月，錢大師本來就虛弱的身體開始急速惡化，不久就終於結束了他那漫長瑰麗的一生，與世長辭了。他這一走，錢家大小遠近的親戚族人，馬上齊聚錢府，指控柳夫人侵吞、窩藏家產，逼迫她「物歸原主」。許多謠言四處流播，繪聲繪影地傳述錢府房屋的地下，埋藏了多少金銀財寶。他們不但指控柳夫人唯一的女兒不是錢大師的種，甚至還質疑錢氏侍妾所生的唯一的兒子錢孫愛的身分，只因為柳夫人視他如己出。柳夫人竭力反擊，但是她沒有辦法清楚說明，錢府偌大的家產，都是如何消耗掉的，因為如此一來，就會殃及許多曾經、或還在進行抗清地下活動的志士。

這些滋事的族人，不分晝夜進出錢府，逼問奴僕、翻箱倒櫃，隨手帶走任何有點價值的東西。他們賴在那裡吃午飯、晚飯，喝酒聊天、打牌賭博，直到深夜。這場鬧劇最後只有由柳夫人以出人意表的壯烈行動來收場。錢大師身後第四十二天，她招集了族人，鄭重宣布，再下來的最後七天，是錢大師的「滿七」。依照佛教的說法，這七天對於錢大師的亡魂能否進入西方極樂世界，至關重要。為了讓大家能夠同心協力，幫助錢大師走這最後一程，她邀請所有族人次日一起與會；屆時她會當眾說明，讓所有人都滿意。

第二天眾人充滿期待地趕來時，一場豐盛的晚宴席已在那裡等著。第一道菜上過後，柳夫人向所有的人敬酒致歉，說她必須離席回房去結算帳本，可能需要一段時間，不能相陪。幾分鐘後，她又叫兒子孫愛進房，託他帶一封信給常熟縣令，錢大師的一位老朋友；然後她就把自己鎖在房間裡。樓下的族人們繼續興高采烈地大吃大喝，等待好消息的到來。忽然間，縣丞、典史帶著一群捕快，把錢府團團圍住。典史衝上樓去，破門而入，赫然發現身著明朝命婦盛裝的柳夫人吊死在面對繁花盛開的後花園的窗前，早已氣絕多時，回生乏術了。

柳夫人寫給縣太爺的投訴書詳細陳述錢氏族人的種種惡行，並分抄備件寄送錢大師生前的好友。族人中的幾個領頭者因此被捕，接受偵訊，案子一拖再拖，最後不了了之，但是柳夫人還是達到了她的目的。她用她的生命，保全了其實已經所剩無幾的資產，留給錢大師的後代。她也用她的死亡來讓世人知道，錢氏族人對她的不公不義。

12

這整件事對蘇珊娜是個莫大的打擊。她抑鬱憤懣、失魂落魄。不幸這時候她又染上了重感冒，更是雪上加霜。偏偏那一年晚到的梅雨季節延續了一整個月，每天陰霾濕冷，蘇珊娜病上加病，咳嗽不停，後來就發起高燒來了。我們試遍了所有的藥草方劑，但是藥石罔效，眼睜睜地看著她日益虛弱。到了最後一天的早晨，蘇珊娜的呼吸越來越急促困難，知道自己時日不多了。她把瑪琳娜和我叫到床邊，很吃力地說：「我們一家人好不容易終於團圓了，我竟又這樣無端生起這場大病，時不我與，我真是不甘心啊！但是也許這就是天主的安排吧。現在你們兩人終於在一起，可以互相照顧，我也就比較可以放心地走了。你們今後的生活會是什麼樣子呢？我想了許久，也還是想不出一個所以然來。但是有一點我是很清楚的：你們要離開這裡，越遠越好。這是個傷心之地，這個世界對女人有太多的不公不義。即便像柳夫人那樣冰雪聰明的人，一生努力，用心計較，到頭來還是沒有個好結局，更何況平凡如我們？我不知道別的國家怎樣對待女人，但是我至少知道，她們沒有強迫女人纏小腳。那裡的女人至少走路也會自在許多，這就應該可以是很大的差別了吧！」

第五章　伊甸園外

1

蘇珊娜亡故後，我大部分的時間就像一具行屍走肉，完全不記得每天到底在想什麼、做什麼。但是不論如何，我們還是辦完了她的喪事，把她埋葬在魯日滿神父教堂旁邊的墓園裡。之後我們收拾了簡單的行李，就前往上海，尋找可以帶我們去巴達維亞及荷蘭的船隻。在這等待的當中，我們也抽空去了一趟松江，尋訪陳子龍的墳墓，為方以智向他上香。到了九月，我們終於搭上了一艘走私船，一上船才發現這船的船長竟然就是我多年的好友老李。老李那時可以說已是一位道道地地的日本商人，連他的姓也已經改成了更具日本味的「入江」。這些年不見，老李也已經是五個小孩的父親，雙胞胎老大就一起在船上跟著他學習海上貿易。

我沒想到我們的船下一站停靠的居然就是福爾摩沙北端的雞籠港。原來那年稍早，清荷原本要一起渡海攻打福爾摩沙，但是清方臨時變卦，波爾特艦隊總司令氣急敗壞，不甘心在花了那麼多經費之後無功而返，可是估量了實力之後，又不敢直接攻打熱蘭遮城，於是轉攻雞籠，輕而易舉地就把少數鄭家守軍趕走，重新修建他們原從西班牙人搶來、之後增建過、數年前撤退時又炸毀掉的雞籠城，打算以此為新的轉運站，繼續經營對華貿易。但是唐商船當然不會一招即到，所以雞籠港也並沒能發揮多少轉運站的功能。漁船倒是常常因為避風的需要而入港，因此我們在港裡停留的時候，居然就遇到了一艘從蘇荳來的船。

據那艘船的船長說，柯妮利亞和大加弄過得很好；他們的教堂會眾日多，藉著查經班之類的活動，他們也繼續倡導使用新港語。因為他們的努力，福爾摩沙人漸漸知道在與漢人簽訂諸如地契租約等法律文件時，需要堅持同時使用新港文與漢文，以避免因無知而受騙。他們的一男一女兩個小孩，健康活潑、人見人愛，暗紅色的頭髮十分顯眼，大大圓圓、淺棕色的眼睛興奮的時候會變得有一點綠。雖然陰雨連綿的雞籠港與經常出大太陽的大員地區感覺起來那麼不同，到了船要離港前往巴達維亞的那天，我還是不免有些感傷，心裡想著，此去恐怕就再也見不到這個生我育我的島嶼了。這個曾經屬於鹿群與獵鹿勇士的島嶼，這個我的阿姆及她的祖先世世代代種植芋頭、小米，歡樂歌唱，來去自如的島嶼，終將從我的記憶裡逐漸褪色、逐漸淡化。想著想著，就禁不住悲從中來，心中有那麼多難以言喻的不捨。

2

再下來那麼漫長的旅程，從雞籠到巴達維亞，再從巴達維亞到荷蘭的熱蘭遮省，我幾乎沒有什麼特別的記憶。不過幸運的是，我們在巴達維亞竟然又遇到了老朋友梅氏。原來梅氏帶著他來自新港社的太太和三個出生於福爾摩沙的男孩，也準備回「老家」定居。更沒想到的是，他口中的「老家」，正就是米德爾堡。因為與他結伴同行，從未謀面的米德爾堡對我來說就不再是個虛無縹緲的地方，我對未來的感覺也就踏實了許多。

梅氏一家人對瑪琳娜的幫助更大。梅太太視瑪琳娜如己出，把她當女兒看待，愛護照顧，無所不至；瑪琳娜與梅氏的三兄弟，更是親如手足。天氣好的時候，常常可以看到他們四個人在船裡上上下下，四處遊晃；就這樣，她的荷語越來越流利，居然與土生土長的荷蘭人沒什麼兩樣了。

從梅氏口裡，我也才得知揆一棄守熱蘭遮城回到巴達維亞後的一些淒慘的遭遇。「他們指責他怯懦，說他只要再多撐半年，波爾特的支援艦隊到達之後，戰局就可以扭轉。他們甚至說他也該為普羅民遮城一開始就那麼的不堪一擊負責。諸如此類莫須有的指控，數不勝數。」訴訟、審判，一拖就是三年。這期間揆一直被軟禁在家，難得與梅氏相見。面對傅爾堡、卡烏及他們的同黨的指控抹黑，揆一毫無招架之力。最後，揆一被定了叛國重罪，判處死刑，到了最後一分鐘才得到巴達維亞總督的特赦。揆一被帶到總督府前的廣場，劊子手用行刑刀象徵性地輕輕架在他的脖子上後，才正式宣布減刑的決定。但是「死罪可免，活罪難逃」，他接著就被終身放逐到班達群島的艾依小島——那珍貴如黃金的肉豆蔻的原產地。

3

瑪琳娜和我一到達米德爾堡就馬上愛上了這個美麗迷人的港城。這城看來雖然不大，卻是熱蘭遮省的首府，整個荷蘭低地國裡實力僅次於阿姆斯特丹的貿易與造船中心，也是當年荷蘭向西班牙爭取獨立的八十年戰爭裡屢失屢得的兵家必爭之地。也許正因如此，它的城牆建得十分堅固厚實，四周總共有十二座巨大的護城稜堡。不過我們決定在那裡定居，倒不是因為城牆的堅固與稜堡的雄偉，也不完全是因為我父親來自此地，而是因為要與梅氏比鄰而居。同時，米德爾堡與天主教海港安特衛普及布魯日只有一水之隔，我們星期天只要起得早，大可以租一艘快艇，趕去那裡望彌撒，又順便吃一頓法國美食，當晚就可以回到家。

從上海一路西行的路上，我花很多時間仔細思考我「回歸祖國」之後何以維生。想來想去，我還是覺得醫藥這一行業應該最合適。從卜彌格神父和現在已是無可大師的方以智兩人那裡，我所得到的藥草知識，在歐洲，或甚至在整個世界，應該都已是數一數二。在巴達維亞等船的時候，我又趁機努力搜購了許多常用的、療效明顯的草藥，以及帶到歐洲必然大發利市的珍貴香料。我當時想，這些藥材、香料，以及回航途中在各個停靠口岸所收集的奇珍異物，一定可以讓我們的藥鋪生意興隆，名聲遠播。

我們的藥鋪果然不負所望，很快就站穩了腳步。這一部分應該是由於我們的運氣實在不錯，很快就找到了一個很好的地點。我們的店就位在城內主運河旁的大街上，距離城市的廣場只有幾步路。我們的緊鄰是一家堪稱「百年老店」的烘焙坊，街角面對東南城門的則是一家酒吧。城門外運河直通海港和造船廠，水手、商販、工人隨著這條路進進出出，沒事就去酒吧，肚子餓了去烘焙坊，有病時自然就來我們這裡。我們的生意因此蒸蒸日上，收入可觀。一年後，當年老的屋主打算搬到天氣比較暖和的胡斯鎮時，我們已經有足夠的存款，把整棟三層樓的房子買了下來，一樓當然就是店面，二樓是自己的住家，三樓和閣樓則用來儲存藥材、儀器、香料，以及我們同時也進口的高級瓷器、骨董、珍玩。隨著收藏品的日漸增多，我們逐漸把三樓前半部規劃成一個迷你博物館，開放給親朋好友及重要客戶觀賞。

整個米德爾堡那時只有三位科班出身的醫師，都剛從當時全歐最負盛名的萊頓大學畢業不久。他們好學深思、博通古今，也都很看重我們從遠方進口以及在本地栽植的藥草療效，常常介紹他們的病人來配藥。城裡另外有十多位學徒出身的外科醫師，則忙著照顧過往的水手、兵士們，為他們接骨、包紮傷口、拔牙、治療各種稀奇古怪的膿腫潰瘍，其中有許多應該都是梅毒感染引起的。他們常來跟我們買繃帶、藥膏、鉗子、骨鋸、拐杖等等，同時也來抱怨那幾位「書呆子」醫師的自大和無能，說他們都是殺人的庸醫。這些外科醫生的病人來自五湖四海，三教九流，常常帶來許多遠方傳來的消息或謠傳。因為這樣，我也才能繼續對中國、日本甚或福爾摩沙的現況，有一點瞭解。

堪值欣慰的是，瑪琳娜聰明又認真，很快就學會各種草藥的藥性、效用，方劑配製的方法，又嫻習歐式的精油、補藥酒等的製法。還不到二十歲的她，居然在許多方面已經比我還懂了，我也就樂得輕鬆，逐漸將大部分的工作轉交給她。

梅氏一家人在米德爾堡的生活也過得很好。憑他豐富的知識和經驗，梅氏很快就在市政府找到工作，監督指揮工人築路、造橋、疏通運河。他們在海灣淺水地方建造堤壩，抽乾海水，人為地、快速地把「滄海」變為「良田」。工作之餘，我們常常聚在一起，懷想那早已變樣的福爾摩沙島。住在米德爾堡的那三個貨真價實、如假包換的福爾摩沙人有時候也會來參與我們的聚會。他們很小的時候就被荷蘭軍官、牧師帶來此地，在這裡長大，有很好的工作，娶了荷蘭女子後就成了妻家的一員，行為舉止幾乎完完全全「荷化」了。這些年輕人雖然對福爾摩沙只有模糊的記憶，連新港語都講得吞吞吐吐，但是他們還是喜歡來找我們，對福爾摩沙的種種，尤其是那些鹿群和祖先獵鹿的技巧與規矩，有許多憧憬，許多想像。

梅氏的三個男孩也常常來找瑪琳娜。老大威廉沉默寡言、好學深思，從小就對植物、草藥特別有興趣，跟瑪琳娜尤其談得來。他們兩個人在運河邊租來了一小片地，就這樣種起各式各樣的藥用植物來了。不僅如此，他們還搭了一間簡單的溫室，栽種難耐荷蘭低溫氣候的熱帶藥草。威廉十六歲的時候進入萊頓大學習醫，三年後畢業回來，成為城裡的第四位正牌醫師。不久，當他來請求得到我的允許，與瑪琳娜結婚的時候，我心裡早有準備。我從來沒有要求他改信天主教，但是他們自己決定要在米德爾堡唯一的一間小天主教堂舉行儀式，爾後也常常跟我一起去望彌撒。

梅氏的另外兩個孩子比較外向好動，老二後來變成很成功的咖啡進口商，老三則進入東印度公司，成為一位商務員，經常往來於巴達維亞與米德爾堡之間，有時候也幫我進口鴉片、樟腦、桂皮、肉豆蔻，以及其他名目繁多的草藥材料，同時也常帶來遠方的消息。經由他，我們才知道，荷蘭人在占領雞籠港四年後又把它放棄掉了。他也帶來了天主教近年來遭受一連串打擊的壞消息。順治帝死後沒幾年，四位攝政大臣藉口湯若望的新曆導致一位王子葬禮時辰決定的錯誤，把那年已七十三歲、新近中風、口不能言的湯神父關入大牢，翌年判處凌遲極刑，「幸好」就在那時候華北發生大地震，北京天搖地動，他才被釋放了，但是年事已高又飽受折磨的湯神父在一年後還是過世了。失去湯神父的保護後，全國所有的外國神父都被遞解至京，再發送廣州，在那裡被拘禁了整整五年。幸好到那時候，十四歲的康熙帝已經親政。從小親近湯神父的康熙對天主教並不仇視，神父們也就才能各自回到原來的教區，重新宣教。

荷蘭人本來一直很看不起錦舍，蔑稱他為「國姓兒」，沒有想到失去了國姓爺的國姓爺軍隊，士氣依然那麼地高昂，作戰力仍然是那麼地強。當然，那是因為他們完全不知道那看來玩世不恭、散漫成性的錦舍，其實也有他精明的一面，更何況他背後還有陳永華這樣的曠世奇才。從柯妮利亞與大加弄來信的字裡行間，我可以感覺得到，福爾摩沙就如陳永華所規劃的，幾乎完全漢化了。帶著那麼一點淡淡的嘲諷與悵憾，他們說：「蔴荳人竟忽然間集體消失了。現在每個人都以能說福佬話為榮，年輕人尤其是講得字正腔圓。他們忘了怎麼獵鹿，可是種起水稻和甘薯，已經一點都不會輸給初來的漢人；種植甘蔗，提煉糖漿，也都幹得有模有樣。可惜的是，他們一有了錢，居然也去學漢人蓋起那些花花綠綠、奇形怪狀的廟宇，對著那些看似妖魔鬼怪的偶像頂禮膜拜。不過每逢節慶，他們還是習慣用檳榔、米酒去祭拜祖先，也禁不住要去評比，看到底誰家的豬公最肥、最重。可悲的是，有些人居然也開始強迫他們的女兒綁小腳了。」無論如何，從他們的信裡，我可以感覺得到，他們是多麼努力地一方面要延續韓牧師的精神、保存福爾摩沙人的語言傳統，又同時要去適應漢人的生活方式。他們那「知其不可而為之」的態度，令我悲傷、令我感動。

柯妮利亞的兩位姊姊以及家人都搬回她們的老家鹿特丹——一個欣欣向榮，努力在與米德爾堡及阿姆斯特丹競爭的新興港口。他們的先生很快就在港務局找到安定的工作，又看準了剛起步的台夫特青瓷的商機，很早就投資了幾家窯廠，大發利市。能夠毫髮無傷地逃離福爾摩沙的那場災難，回來後又適應得這麼順利，她們滿心感恩。但是她們滿腦子總還是揮不去韓牧師獨自離開熱蘭遮堡那天的身影。有時候她們忍不住反覆敘述那一天的分分秒秒，伴隨的是永遠也流不完的眼淚。然後有時連續好幾個月，她們又絕口不提任何與福爾摩沙有關的事情，好像她們那十幾年的生命，就可以那麼容易地一筆勾銷。在這樣的時候，她們麻木不仁，不知喜悲為何物，日復一日，有如機器人般地活著。她們重複地在這兩極間擺盪，看得人心疼。

4

搬到米德爾堡幾年後，有一天我在市府廣場竟然遇到了倪但理牧師，驚喜交集。原來倪牧師在巴達維亞打贏了官司、「凱旋歸國」後，先是在鄰近的菲力辛根教會任職，最近才被升調到比較大也比較重要的米德爾堡教會。那一天，他有說不完的話。「那可真是個伊甸園，不是嗎？除了好獵人頭之外，福爾摩沙人真的是個非常友善、聰明、善體人意的民族，心胸開闊，不怕學習新的事物。比起那些唯利是圖、只知道拚命工作的漢人，或是我們這些因為敬畏上帝，只得一生努力向前衝的荷蘭人來，他們也許是懶了一點，可是這是瑕不掩瑜啊！還沒跟傅爾堡那混蛋鬧翻以前，我在那裡日子可過得真愜意啊！」然後他有點沮喪地說：「現在那福爾摩沙島已經消失了，歐洲的人才開始對那個地方發生興趣，才開始在討論我們為什麼丟掉了那麼美麗的一個島嶼，才開始為我們的損失大驚小怪。都是一些馬後炮罷了，您不覺得嗎？」倪但理讓我看他所收集的，好幾期在阿姆斯特丹出版的《荷蘭信使》，以及稍早在法蘭克福出版的《歐洲每日大事記》，裡面有許多關於福爾摩沙島如何「淪陷」的報導，內容自相矛盾、錯誤連篇。較早的報導比較傾向於讚揚揆一的勇敢，有些甚至還對國姓爺反清復明的困境頗表同情。後來這些評論的基調就漸漸改變了，越來越多的文章攻擊揆一懦弱無能，甚至誣指他只懂得笛卡兒的哲學理論，連大炮要怎麼用都不知道。等而下之的，就乾脆指桑罵槐地影射，說身為瑞典人，揆一有可能是瑞典國王派來東印度公司臥底的奸細。倪但理最憤憤不平的是，傅爾堡，他心目中最重要的罪魁禍首，竟然沒有受到一點批評。

倪但理另外一個耿耿於懷的事情是，他所編輯出版的新港文／荷語雙語福音書，一直沒有得到任何人的重視。「誰還會在意這件事呢？」我問他。他說：「我們在天上的神還在意。」說著，他還眨了眨眼：「也許在我們的有生之年，我們的神又會在那裡流行起來。誰真的能說事情將來會怎麼發展呢？」當我告訴他有關柯妮利亞與大加弄的手抄本馬太福音的事時，他高興得笑到合不攏嘴。

在倪但理收集的那些報導裡，最引人注目的是關於韓牧師受難的敘述。那些報導誇張地描述韓牧師奉派入城勸降的情節，繪聲繪影地編造了一長篇他如何鼓勵城裡的人要為祖國、為信仰而奮力抵抗到底的演說。這些故事的插圖裡，畫的總是一位高大莊嚴、滿頭白髮，看起來就會馬上令人聯想到舊約裡的先知的長者，被他的兩個女兒圍繞著，其中一個緊緊地抓著他的衣袖，另外一個則倒在他的腳下，已經因痛不欲生而昏倒。倪但理看著這幅畫像時，臉上總是浮現著一副又同情又羨慕的神情。他說：「有人甚至已經在討論要把這故事編成歌劇了呢！您想，如果我當年不是那麼口無遮攔，如果我忍著不去和傅爾堡爭吵，這幅畫的主角說不定就是我了呢！」

5

又過了兩年之後，一本叫作《被遺誤的福爾摩沙》的書出版了，這書粗看不甚起眼，卻一上市就十分暢銷，洛陽紙貴。它詳細描述熱蘭遮城堡被圍將近一年的前因後果及詳細經過，對細節的的掌握、對公司內情及國姓爺部隊組織的瞭解，以及書後附加的許多原始文件，讓人無法不相信，這本書必然出自親歷其境的當事人之手。為了讓讀者對事件的背景有比較具體的掌握，作者還用了蠻多的篇幅，詳細描述福爾摩沙島的地理、氣候、物產，福爾摩沙人的文化民俗，以及荷蘭人占據福爾摩沙島三十九年的來龍去脈。

但是這當然不是一本客觀的書，作者在敘述的過程中，時常不忘夾帶許多評論，毫不客氣地指責公司的短視、吝嗇、對福爾摩沙島的疏忽，以及支援艦隊指揮官如范德蘭及卡烏之流的狂妄自大與懦弱怯戰。相反地，一碰到揆一出場，作者的語氣就全變了。這本書把揆一形塑為一個無辜的替罪羔羊，正直不屈、廉潔自持，卻得為公司背負起所有的責任。看完這本書，倪但理和我都相信它的作者絕對是揆一。但是他不是剛才從艾依島釋放回來嗎？他怎麼變出這本書來？

十年後，有一次我路過阿姆斯特丹時，剛好被朋友帶去探訪揆一。他當時剛在皇家運河旁最高級的住宅區裡買下了一棟豪宅。那豪宅原為以擅長鑄造教堂巨型銅鐘成名致富的何莫尼兄弟所建，富麗堂皇。八十歲的他，身體依然健壯矯捷，頭腦也還很清楚。他似乎對那差點就要砍掉他的頭的東印度公司不再有什麼怨恨。「我還有什麼好抱怨的呢？雖然我的家人花了好多錢，費了好多心思，才終於讓我重獲自由，但是我總算是回來了，更何況公司現在對我的兒子巴爾塔薩還蠻照顧的。他不久就要去巴達維亞，前程遠大。」我不好意思問他哪裡來的那麼多錢，買得起這樣高級的豪宅，不過如果他真如書裡所說的那樣廉潔的話，那他這本書的銷路就實在真是太好了！我問他那本書是在哪裡寫的。他笑笑地說：「誰知道那本書是誰寫的呢？不過那個作者實在深得我心。」

6

這部回憶錄寫到這裡可以說是已近尾聲了。每一天，當我一字一句把心裡想到的東西轉換到稿紙上時，我就越來越感覺到，我這短暫的一生，原來竟是那麼想像不到的充實。我何幸而能見證、參與那麼多撼動天地的歷史事件，更何幸而能結識那麼多才高八斗、熱情洋溢、不惜為他們各自的理想而赴湯蹈火的志士仁人！天下還有多少人能與衛匡國、卜彌格、李科羅諸神父論交，與天縱英才如陳子龍、方以智、錢大師、柳夫人、施琅，乃至陳永華等人同席而坐，品評人物、論古說今？普天之下，又有幾個人能在一生中親眼見證南京與熱蘭遮的圍城？有多少人真能如我這般，在那麼近的距離裡看著那輝煌不可一世的大明帝國，在還不到一代之間就如摧枯拉朽般地土崩瓦解，也見證了在那文化邊陲、海陸交接之處，一群「亡命之徒」，如何在世界海權血淋淋的傾軋鬥爭中脫穎而出，竟然占領了福爾摩沙這個婆娑之島，試圖繼續在世界霸權的夾縫中，爭取一席之地？這麼多的人與事，這麼多的驚濤駭浪，發生在我生命的前四十年裡，至今記憶猶新，歷歷在目。

我又何其幸運，能從那瞬息萬變、天崩地裂的處境裡全身而退，來到這個安靜的小角落，安度餘生，看著我的孫輩、曾孫輩成長，善用從世界各地學習來的醫藥資源，繼承我濟世救人的行業，努力讓我們周遭的人生活得好一點！能夠五十年如一日做這樣的工作，樂在其中，而且又能因此而得以溫飽，天下還有什麼比這更美好的呢？我知道我大限已近，離去的那天，隨時會來臨。但是到了那個時刻，我一定會快快樂樂地離開。

許多個日子，儘管舉步艱難，我還是掙扎著要走到城牆邊，爬上牆頭，坐在稜堡的邊緣，望著緩緩下沉的落日和滿天彩霞。每當這個時候，我總會回想起久遠以前，當我還是個小男孩的時候，看著同樣的落日餘暉，看著景色類似的海港海灣。但是那可真是好幾萬里外，數不清的日出日落之前的事了。有時，那兩個在海灘上四處遊蕩的小男孩，似乎就在眼前；他們就在那裡盡情地享受陽光的溫暖、海風的輕拂，在那裡聽著那亙古不息的濤聲，看著那互相追逐的浪花，因為有彼此為伴而心滿意足。那幅景象，對我來說，就是所謂的天堂。任何宗教、任何經書，無論描述得如何天花亂墜，如何地富麗堂皇，都遠比不上我那童年的海灘。

還有那尚未天翻地覆之前的南京，在蘇珊娜的身邊，看不完的花開花落，整個世界都那麼地色彩繽紛。

還有甚至更早的時候，住在阿姆平靜安詳的村社裡，聽著阿姆唱兒歌，聽她輕聲地說我母親有多美麗、多善良，描述她烏亮如絲的長髮，她那又圓又大的眼睛，閃爍如夏夜天空上明亮的星星。

我多麼希望蘇珊娜就在我身邊，跟我一起住在這繁花盛開，四處都是小橋流水的城鎮，一起來到這城牆上，觀看落日、觀看繁星點綴的夜空！我多麼希望福仔就在我身旁，一起在這彎彎曲曲、奇形怪狀的城牆上漫步，討論這城牆何以需要築得如此之高，如此之厚，為什麼這城需要有那麼多的稜角；想像我們活在遠古常遭維京人襲擊的時代，或是百年前與西班牙人征戰不休的年歲裡，為了守城，需要準備多少塊石頭，多少桶沸水熱油、糞便垃圾。如果蘇珊娜在這裡、如果福仔在這裡，我們就可以再一起編造故事，互相取笑，一起為故事的荒唐無稽而笑個不停。那樣的話，我的生命就真是了無遺憾了。

尾聲

永遠的鬱金香

1

一九九二年的夏天，瑪琳娜和我終於完成了彼得・鐃文回憶錄的翻譯與編輯修訂，一起回到米德爾堡去慶功。那一天風和日麗，我們帶著一大籃的食物，包括豪達奶酪、鯡魚漬、燻鮭魚、蘋果、草莓、外加兩瓶啤酒，到運河旁野餐。那又是一個難以形容的絢麗夏日；就如作者在這本書一開頭所說──夏天的米德爾堡就如伊甸園。我們斜躺在翠綠如茵的草地上，盡情享受午後溫暖的陽光。輕輕吹拂的微風，帶來一陣一陣似有似無的花香。忽然間，我的腦海裡閃過了一個念頭，「瑪琳娜！妳的姓就正是梅氏，那可並不是個很常見的荷蘭姓。妳會不會就真的是故事裡那位梅氏的後代啊？」

我們越想越有可能，也就越興奮了起來。我們因此在城裡多住了好幾個星期，到教會去找牧師、去市政府找檔案管理員。得到他們的幫助，我們調閱了許多塵封已久的資料，包括出生、結婚及埋葬的登記、營業執照、乃至不動產的買賣記錄。沒有想到，儘管經過了四個世紀以來不斷的戰亂，尤其是第二次世界大戰時德軍與盟軍的無情轟炸，戰後又經歷了那一場海水倒灌的慘劇，大部分的資料，尤其是與梅氏家族有關的資料，依然完整無缺。在一六六九年六月四日的教堂紀錄裡，我們赫然讀到這樣一則紀錄：「今日藥商彼得・鐃文先生將其獨生女瑪琳娜・鐃文小姐嫁與市政工程師梅吉・梅氏先生之長子威廉・梅氏醫師為妻。」

從瑪琳娜與威廉到我的瑪琳娜的祖父，經過了十二代。這其中，五位任職於東印度公司及荷屬東印度殖民政府，三位從事藥物、香料的進出口，其他四位則是醫師。瑪琳娜繼承自她祖父的房子就正是彼得．鐃文在一六六七年買下的那一棟。在其後的三個多世紀裡，這房子被燒毀兩次，被大水淹沒一次。很幸運的是，每次屋主都不但細心地將之重建，而且還努力保持了原先的樣貌和韻味。我們無法想像彼得的回憶錄是如何被保存下來的，但是我們越想就越是感激那些費心保護這份珍貴史料的前人。

2

這之後不久，瑪琳娜又有了一個類似的念頭。那是一個星期天早上，我們還賴在床上有一搭沒一搭地閒聊，享受彼此的體溫、氣息。瑪琳娜忽然說：「你姓韓，在華人裡並不是大姓，在所謂的熟番裡更是少見。這讓我想起回憶錄裡說柯妮利亞與大加弄決定用韓來作為他們的姓。那麼，韓牧師會不會就是你的祖先呢？」於是我們的腦子又有得忙了。但是我們去哪裡找答案呢？台灣不像米德爾堡，沒有那麼久遠的教堂資料，而且直到日本人在一八九五年占領台灣之前，那裡也不曾有詳細的戶籍與地政資料。不過我們想，也許我們還是可以從日治時代的資料裡看出一點蛛絲馬跡也說不定。

所以我們就趕緊返台，一下飛機就直奔父親族人所在的鄉公所戶政處。父親的一位高中同學剛好就在那裡工作，所以我們馬上就被引進那滿是灰塵的儲藏室。果然如我們所料，父親父母兩方的曾祖父母都登記為「熟番」，但是他的祖父母那一代卻被注記為福佬人。我們一時被搞迷糊了，不過後來請教專家，才知道這一點也不奇怪。直到最近，大部分的平埔族人都很以自己的出身背景為恥，也害怕因此而受歧視，所以也就難怪他們總是想盡辦法隱藏他們的身分。

在那段時間裡，我們常常去探訪父親的村子，也漸漸地與他的親人熟識了起來。在我離台去萊頓求學的十年間，這村子的生活條件改善了許多。村民們合組了一個合作社，把一些廢耕的田地改成魚塭，養殖的成功讓他們賺了一筆錢，用來鋪路、修築河川堤防，以免重蹈父親當年的慘劇。就在這個時候，公用水電設施，終於也延伸到了這個村落，環境衛生也進步了，豬仔雞鴨不再到處亂跑，整個地方就乾淨了許多。雖然村民還是整天嚼檳榔，他們已開始養成隨身攜帶罐子或塑膠袋的習慣，不再隨地亂吐那血紅的嚼汁了。

阿公和阿嬤都很喜歡瑪琳娜，我們也變得越來越習慣村裡的環境和節奏，有時一去就住上好幾天，享受田園生活的樂趣。一回生兩回熟，村民們漸漸地不再覺得我們礙手礙腳，跟我們在一起也越來越自在，越讓我們感受到他們熱情好客的天性。

到了六月，我們需要回萊頓做博士學位最後的報告及口試，只好依依不捨地與這個越來越喜歡的村落告別。阿嬤三番五次地叮囑，十月月圓的那一天，一定要回去參加村裡一年一度的夜祭。我們興奮地等待著這個盛典，特地提早到達，以免萬一飛機誤點，錯失這個一睹究竟的機會。那天白天一整天，村子裡大家興高采烈，熱鬧非凡，但是老實說我們有一點失望，因為那些祭祀活動，都跟一般漢人村落沒有什麼兩樣：他們一樣奉祀觀音、媽祖、五府千歲；幾個乩童輪番上陣，在鑼鼓聲陣陣催逼之下很快就為神明所附身，手持七星劍、鯊魚劍，渾身亂砍，登時血流如注，口中喃喃自語，旁邊的「桌頭」一字一句「翻譯」出來，解答疑難；廟前廣場好幾排的長桌，上面擺滿了豐盛的菜餚果品，包括好幾頭碩大無朋的豬公。到了傍晚，流水席不住地上菜，客人來來往往，川流不息。晚宴終於結束後，廣場兩邊早先搭好的戲棚開始演起對臺戲來，一邊演歌仔戲，另一邊則是布袋戲，兩邊互以擴音器拚命要把對方壓下來。凡此種種，都與一般福佬村莊的慶典節目大同小異，無非是要製造熱鬧的氣氛，由此來博取神明的歡心。

到了半夜，兩個戲棚終於都收了攤，周遭一時寂靜了起來。我們以為慶典已經結束，正準備離去，卻找不到阿嬤。不久，二十多位老少不等，打著赤腳，一身素白衣裳的女人忽然出現在廣場中央，圍成一圈，開始緩緩地舞蹈、歌唱。她們起初好像有點遲疑，有點怯生的樣子，似乎生怕踏錯了步子、唱走了調。阿嬤就站在圓圈的中央，眾人的歌聲稍有停頓，她就再重新起頭，帶領著繼續唱下去。我們完全不知道她們在唱什麼，也不知道這是什麼樣的祭神儀式；但是那悠揚婉約的歌聲，卻讓人感覺到一層深深的哀傷，讓我不由得淚流滿面。

第二天早上，我們整理好行裝，正要告別時，阿公阿嬤交給我們一個木頭盒子，裡面裝著一本看來非常古舊的書。他們說：「這是我們祖先一代一代傳下來的一本書。我們讀不懂，不知道內容是什麼。我們就只知道這很珍貴，或許是跟神明有關的書。我們已經老了，也沒有別的小孩，所以現在應該是要把這本書傳給你們的時候了。你的曾祖父有一次跟我說，他猜想這書可能是我們不知道到多少代前的祖先從荷蘭人那裡得來的。如果真的是這樣的話，那就最好不過了，因為你們也許真的就能夠瞭解這本書的意義何在。」

我們真的完全沒有辦法相信自己的眼睛：擺在我們眼前的，竟然就正是那本回憶錄裡屢屢提及的手抄本馬太福音。書的一面是前近代荷文，另一面的文字我們從沒見過，但那想必是用羅馬字母寫成的新港文。我們翻開書一看，更是震驚得說不出話來：那上面簽著的，赫然是兩個我們已然十分熟悉的人名：柯妮利亞・韓布魯克及大加弄・韓。

幾天後，在前往機場的路上，我們打開那本馬太福音的複印本，一頁一頁地翻著，興致盎然地從對照的文本裡猜測新港文字句的意涵。瑪琳娜當然總是猜得比我準；隔了一陣子，她有點累了，用手輕輕地摸著她那稍微隆起的肚子，說：「你能想像得到嗎？這裡頭的小傢伙，不管是安東尼還是安東妮亞，身體裡頭流著的是韓布魯克、梅氏、鐃文的血，再加上許多福爾摩沙人、福佬人、客家人的基因。這小傢伙真的是還沒有出生就已經是個傳奇了，我只希望他將來不至於被這些複雜的背景搞昏了頭！」

（全篇終）

十年磨一劍（後記）

首先，我需要跟作為讀者的您致謝。不管是一頁一頁地讀過、跳著翻到這裡、或是直接從後記看起（這其實也正是我自己常做的事，先看頭尾，再決定要不要繼續讀下去），我都銘感於心。同時我也要藉這個機會向您道歉。這本書裡絕大多數的情景純屬想像：我從小在台北長大，從來沒去過新化、麻豆；直到三年多前這本書的英文初稿將近完成時，我才真正見證了米德爾堡及萊頓迷人的風采；黃山、武夷山、客家土樓，至今緣慳一面；儘管特意去了幾趟台南安平，很長的一段時間我還是繼續把文獻裡的熱蘭遮城堡與熱蘭遮市鎮混在一起，對當年台江內海的深淺更是沒有概念。但是最要命的，大概是當年荷蘭三桅船與華人「戎克船」的結構。停靠舊金山漁人碼頭附近的古帆船上上下下不知走了多少次，總是「過目即忘」，永遠搞不清哪邊是船頭，哪邊是船尾。因此，這本書裡對這些事事物物有關的描述，如果有其逼真的部分，應該感謝網路上、書本裡，總是有那麼多令人驚豔的資料。

想像的空間帶來創作的自由，這在揣想歷史人物的行為動機、情緒反應及面對人生重大抉擇時的心路歷程時，尤其重要。歷史故事如果凡事拘泥於史實，變成單純的資料堆砌，就只能是索然無味的「斷爛朝報」。在另一個極端，坊間有些有關明末清初的小說、歷史劇，隨性編湊、時空倒置，有如張飛打岳飛，滿天飛之餘，當年驚心動魄的場景，都被扭曲化約為淺俗的陳腔濫調。遊走於這兩個極端之間，當代優秀、嚴謹的歷史小說作者，在儘量不改動已知事蹟的原則下，總是致力於用想像力將生命添注其間，把「活生生」的古人（不論是蓋世英雄還是尋常百姓）喚回來，讓我們分享他們的喜怒哀樂。這就正是我多年來試寫歷史小說時，為自己設想的目標。

不知道為什麼，我從小就對史地特別有興趣，喜歡想像古人、異地人的生活。不過直到一九七四年去國之前，我一心嚮往的大抵是漢唐盛世、絲綢古道。在金門當了一整年的兵，完全不知道四百多年前那裡發生了多少慘烈的戰事，對於台灣作為一個島國、以及海洋對我們的意義，更是毫無概念。來美後在異文化的衝擊之下，面對「自我認同」的危機，才真正開始認真檢視自己的歷史、文化背景。「要融入新的文化，就需要同時回首尋根」，這樣的說法是不是有其「普世性」，容或仍有爭議，但這的確是我本人來美後一直無可逃避的挑戰。在這個過程中，我逐漸發現，四百年前環繞著台灣的那個世界，竟是那麼地波濤洶湧、那麼地迷人：伴隨著鄭氏四代所代表、亦商亦盜的「海上」華人勢力茁長的，不只是「大航海時代」的開始，西式船炮、城堡、科技的傳入，也還有眾多天主教諸修會、荷蘭改革教派傳教士百年間萬里奔波，「拯救靈魂」的志業。與此同時，大量白銀從美洲、日本、歐洲流入，刺激了絲瓷生產與外銷（就如近年來「中國製造」的貨品氾濫全球），從而催生晚明絢麗的文化，助長奢靡的習俗，加速明皇朝的腐化與瓦解。更難以預想的是，建州女真（後來的滿清）從十三副盔甲起事，短短兩代之間竟帶來了中原「天崩地解」的變局。這麼多的「大趨勢」，交錯糾結在一起，互相影響、互為因果，當時身處其間的人，無由得知其全貌。即便四百年後的今天，「多元文化」的重要性幾乎已成共識，我們看待世界、敘述歷史，還是常常陷於過度簡化的、單一的框架。這本書在某一個意義上來說，可以說是我試圖擺脫框架的一個起步。但是任何敘述大概都不可能沒有框架，「多元文化」敘述的框架到底是什麼樣的面貌，應該是我餘生還需要繼續摸索、探詢的生命課題。

因為希望增進所謂的「西方人」（包括我們這些「台美人」的後代）對那一段大抵以東亞為舞台的歷史的興趣與瞭解，這本書原初以英文構思、書寫，一拖十來年，如果不是四十年老友芳明兄不斷的催促，恐怕不知道要拖到何年何月，才有可能完稿。也因為他們的鼓勵，我才有信心將之改寫為中文。去夏芳明、瑞穗夫婦來訪，正好文稿草成，趕緊交卷。兩位行家在匆促的越洋行程中及回台之後，不但撥空詳加批閱校正，又費心引介印刻初安民總編輯，讓這本書找到了理想的歸宿，樂何如之！同時需要特別致謝的好友，還有陳耀昌醫師與翁佳音教授。耀昌是我的楷模，他以行動證明，「立言」的起跑點永遠不嫌遲。佳音則是我瞭解台灣史的靠山，每次到中研院拜訪，他總是不厭其煩，熱心、細心地為我解說許多有關的「眉眉角角」。透過芳明、耀昌與佳音，我也才有機會開始結識台灣史界及文學界的俊傑之士。陳政三及東年兩兄對文稿的肯定，我由衷感謝。孫家琦、陳健瑜執行編輯、江一鯉副總編輯在編輯出版過程中盡心盡力，又包容我的「龜毛」，我深深為本書、也為自己慶幸。

回想這一生，我在不同的階段裡，何幸而總是遇到那麼多的貴人！沒有他們的支持包容，就不可能有今日繼續作夢、繼續書寫的我。這其中我最需要感謝的，正是我的終身伴侶宋文玲博士。感謝她在這麼多年裡陪我神遊古人世界、容許我馳騁於海角天涯。確信身邊總是有一位認真的讀者，是多麼幸福的一回事！她同時也是我的「終身編輯」，從英文到中文，不厭其煩地字句推敲、修刪內容。因為她的把關，我的想像才沒有太離譜、文字才沒有太散漫，我也才有可能在今天把這本書呈現於此，期望得到更多的共鳴。

主要人物介紹

虛擬人物

・**彼得・鐃文**（Pieter Nowen; 1624—1719）：本書敘述者，鄭森（成功）童年摯友，追隨左右。父為來自米德爾堡的天主教徒荷蘭戰艦外科醫生，母為福爾摩沙少女。生於新港社，六歲隨父渡海至安海，結識鄭森，一六四四年同入南京國子監，翌年回福建為隆武帝效力。隆武亡後助成功重建海上通商網絡，足跡遍及日本、安南、南中國、福爾摩沙。成功歿後帶女兒瑪琳娜徙居荷蘭米德爾堡五十餘載，成為一位成功的藥師及醫藥、香料進出口商。

・**鍾素音／蘇珊娜**（Susanna Zhong Nowen; 1625—1664）：本書敘述者之妻，柳如是從小之摯友。來自閩南一客家庄，為土匪擄掠轉賣給江南名妓徐佛，一生與柳如是相隨、互相照顧。一六五一年受洗為天主教徒，名蘇珊娜，旋與彼得成婚，翌年生女瑪琳娜。一六六四年錢謙益病歿、柳如是自殺後，亦染病而亡。

- **瑪琳娜・鍾文**（Marina Zhong Nowen; 1652—1740）：彼得與蘇珊娜之獨女，與父遷居米德爾堡後一起經營藥鋪及進出口貿易。
- **李奏**（1622—?）：彼得及鄭森在南京求學時之好友，同為國子監監生。父為來自閩南之富商。南京淪陷後與彼得及衛匡國神父由陸路南下與鄭森會合。他後來成為鄭家海外商貿的聯絡人，與長崎藝伎戀愛，終得入籍定居日本。

歷史人物

- **鄭成功**（1624—1661）：生於日本九州平戶，幼名福松，學名森，字大木，本書敘事者暱稱之為福仔。隆武帝賜姓朱名成功，儀同駙馬，世稱國姓爺。一六三〇年底離九州至安海，一六三八年入南安縣學為廩膳生，一六四四年入南京國子監為太學生，拜錢謙益為師。翌年與父執輩擁立隆武帝，受封御營中軍都督等職。隆武亡後拒隨其父降清，逐步收編鄭氏海上勢力，轉戰東南沿海十餘載，一六五九年圍攻南京功敗垂成。一六六一年進取台灣，苦戰九個月後終於驅逐荷蘭人，據有全島，卻於數月後猝逝，然鄭氏政權則在台灣一直延續至一六八三年。
- **鄭芝龍**（1604—1661）：生於福建南安安海，小名一官，天主教名尼古拉（Nicholas），十七世紀初東亞、東南亞武裝海商集團霸主，鄭成功之父。一六四五年與鄭鴻逵等擁立隆武帝於福州，翌年降清被挾持北上，此後一直軟禁於北京，一六六一年遇害。

·田川松（1602—1647）：日本九州平戶藩川內浦人，一六二三年嫁鄭芝龍，一六二四年生鄭成功，一六四五年到福建與鄭成功團聚。一六四七年清軍突襲安海，田川氏自殺。

·鄭鴻逵（1613—1657）：原名芝鳳，號羽公，鄭成功四叔，鄭芝龍弟。一六四〇年中武進士，任錦衣衛都指揮使。一六四四年任鎮江總兵、鎮海將軍。一六四五年擁立唐王朱聿鍵為隆武帝，受封定虜侯，後晉升定國公。一六四七年起與鄭成功合作抗清。一六五一年因私放清提督馬得功被迫隱居白沙。

·鄭泰（?—1663）：鄭芝龍堂姪、鄭成功堂兄，長期擔任戶官，管理財務及對外貿易。一六六三年為鄭經誘殺。

·鄭聯（?—1650）：鄭成功族兄，鄭彩之弟，隆武亡後據廈門，一六五〇年為鄭成功誘殺。

·鄭彩（?—1659）：鄭成功族兄，早年追隨鄭芝龍，一六四五年與鄭鴻逵、鄭芝龍擁立隆武帝，一六四七年受命出兵江西，旋兵敗棄逃。隆武亡後鄭彩奉魯王入福建，後與朝臣不和，血洗魯王朝廷後棄之於荒島。一六五〇年其弟鄭聯為鄭成功誘殺後，其兵權亦為所奪，被迫退隱，卒於一六五九年。

·鄭芝莞（?—1651）：鄭成功堂叔，原名芝鶴，鄭芝龍初起事時十八芝之一，排序第四，在芝虎、芝豹之後，芝鳳（鄭鴻逵）之前。一六五　年鄭成功南下廣東勤王時留守廈門，未戰先逃而被處斬。

・**施琅**（1621—1696）：福建晉江人，本名郎，降清後改為琅。早年為鄭芝龍部將，一六四六年隨之降清，轉戰兩廣。一六四九年因受排擠而叛清加入鄭成功陣營。一六五一年鄭成功手下因得罪施琅，為之所殺，鄭成功乃誅殺施琅全家，施琅得訊逃離降清，累升至水師提督，兩次領軍征台遇風不順後遭閒置，一六八一年終能復起，一六八三年攻取台灣，封靖海侯。

・**甘治士**（Georgius Candidius; 1597—1647）：台灣第一位荷蘭宣教師，在台灣的時間共有八年（一六二七至一六三一，一六三三至一六三七），生於Kirchardt, Palatinate（現德國西南），一六二一年入萊頓大學，一六二三年封立成為牧師，一六二五年抵巴達維亞，任職提那特島（Ternate），因批評長官行為不檢而被解職，改派至台灣，隨即入駐新港社向原住民宣教，並以觀察所得撰寫《台灣略記》。

・**倪但理**（Daniel Gravius; 1616—1681）：生於荷蘭的多特烈支特（Dordrecht），一六三六年入萊頓大學，一六四四年在熱蘭遮省封立為牧師後，派遣前往東印度，於次年到達巴達維亞，一六四七年受派來到台灣，駐蕭壠社，在台四年，教牧之外，亦主導翻譯福音書及教理問答，並引進牛隻。因反對牧師兼負責徵稅、審判、翻譯等行政工作，與長官傅爾堡等人不和，導致熱蘭遮城長期「政爭」，評議會經年流會。一六五一年為傅爾堡藉故軟禁四個月，罰款一千荷幣，驅逐回巴達維亞，之後纏訟三年，終於勝訴，取回罰款。回荷蘭後在熱蘭遮省任職，卒於米德爾堡。

・**韓布魯克**（Antonius Hambroek; 1607—1661）：生於鹿特丹，就讀於萊頓大學，一六三二年封立後在台夫特市任牧師。一六四七年前往東印度，隔年抵達台灣後，一直在蔴荳社任牧師，兼管大武壠社、哆囉嘓社及諸羅山一帶的宣教事務，協助倪但理翻譯福音書及教理問答，並主導規劃神學院，後設立於蕭壠。熱蘭遮圍城初降於鄭軍，五月二十四日奉派入城勸降未果，九月中第二次海戰後與五百多名荷蘭人一起受害，傳言其小女兒被鄭成功收納為妾。韓布魯克『愛國』、「殉教」事蹟初錄於揆一所著《被遺誤的台灣》，迅即廣泛傳播於歐洲，名劇作家Joannes Nomsz（1738-1803）於一七七五年將之編為歌劇，轟動一時。

・**梅氏**（Philippus Daniel Meijvan Meijensteen; ?—?）：做為荷蘭東印度公司的土地測量師，梅氏在台灣工作前後十九年，普羅民遮城陷後為鄭成功做翻譯及土地測量工作，直至熱蘭遮城投降，才隨東印度公司離開，這近十個月期間，以日記形式記載親身見聞，即為《梅氏日記》。

・**拔鬼仔**（Thomas Pedel; 1610—1661）：生於荷蘭的烏特烈支特（Utrecht），可能是英國人後裔，一六二五年加入荷蘭東印度公司赴東南亞，至遲在一六三六年即已在台，前後至少二十五年，由低階軍士逐漸攀升至全島最高軍事指揮官，緝私、征伐等，幾乎無役不與。一六五四年成為大員評議會五人議員之一，利用職權低買高賣，壓榨原住民，並私自從事貿易，結黨爭權。他在熱蘭遮城長期「政爭」中站在揆一及倪但理一面反對傅爾堡。一六六一年鄭成功攻台次日拔鬼仔領軍往北汕尾迎戰（因兒子一隻手臂遭敵砍斷，大怒，請纓前往北線尾報仇），敗績陣亡。他有三任妻子，十個子女。小兒子威廉以翻譯的身分參與鄭荷談判，後卒能舉家脫險。

・**揆一**（Frederick Coyett; 1615—1687）：生於瑞典首府斯德哥爾摩，卒於阿姆斯特丹。荷蘭東印度公司第十二任大員長官，中文史料多以「揆一王」稱之。歷任巴達維亞高級商務員、日本商館館長等職務，一六四五年出任台灣評議會議員之後，直至一六六一年多數時間在台。熱蘭遮城長期「政爭」期間與傅爾堡結怨，後在要求巴達維亞增援防範鄭軍時屢受其干擾。一六六一至一六六二年領導抵抗鄭軍圍城，終不得不投降撤離。回巴達維亞後被判叛國，終身流放艾依島（Ay）。一六七四年由家人贖回，翌年出版《被遺誤的台灣》。

・**郭懷一**（？—1652）：為漢人墾首，一六五二年因收成不好、稅務繁重及士兵在臨檢人頭稅時的各種惡行，帶領五千農民起義，隨即為荷軍及原住民盟軍所破，參與者多半壯烈成仁。

・**何斌**（Pincqua; ?—?）：又稱何廷斌，是荷據後期台灣十大頭人之一，東印度公司十分倚重的通事、商人。他繼承其父何金定（Kimtingh）從事台灣島內、東南亞（馬尼拉、越南等），以及中國、日本之間的貿易，娶越南新娘。後因與荷蘭人及其他漢商有財務糾紛，並被控暗中替鄭成功在台灣收稅而逃亡廈門，力勸鄭成功占領台灣。鄭成功攻台後期，何斌與鄭成功關係不佳，被外放他地。

・**湯若望**（Johann Adam Schall von Bell; 1591—1666）：科隆（Cologne, Koln,今屬德國）人，一六一一年在羅馬加入耶穌會，一六一八年離歐，一六二〇年抵澳門，一六二三年到北京，一六二七年被派往陝西，一六三〇年回京任職欽天監，協助徐光啟編修《崇禎曆書》，製造火炮。入清即任欽天監監正，所作曆書獲採用頒行，名《時憲曆》，受順治帝重用，尊其為「瑪法」（爺爺），封為通政使，晉一品，封贈三代。順治皇帝死後受迫害，一六六四年已中風口不能言。湯若望含冤入獄，一六六五年被判凌遲死刑，因京師地震免死，獲孝莊太皇太后特旨釋放，次年病死。

•**畢方濟**（Francesco Sambiasi; 1582—1649）：耶穌會傳教士，南義大利人，精於天文數學，一六一〇年抵達澳門，一六一三年進入北京，後去淮安、南京、無錫、上海嘉定等地傳教，曾在南京城內興建護守山聖堂，廣交名士，奉教人士之外，還包括明末四公子、阮大鋮、瞿式耜等，復與弘光、隆武有多年交情，與鄭芝龍亦有往來。一六四五年畢方濟奉弘光帝命出澳門招兵，所募三百葡兵後歸永曆。著有《靈言蠡勺》（畢方濟口授，徐光啟筆錄）、《天學略義》、《畢方濟奏摺》等。永曆帝封他為太師。

•**衛匡國**（Martino Martini; 1614—1661）：耶穌會傳教士，生於義大利特倫托（Trento）。一六四三年夏抵達澳門，旋赴杭州、南京，一六四五年南下福建途中折返浙江，受佟國器支持傳教順利。一六五〇年春訪北京，一六五一年初奉派赴羅馬為「禮儀之爭」辯護，一六五八年返華，一六六一建成杭州貞潔聖母堂後猝病過世。著有《韃靼戰紀》、《中國新地圖志》、《中國上古歷史》等。

•**卜彌格**（Michał Boym, 1612—1659）：耶穌會傳教士，生於波蘭—立陶宛王國首都利維夫（Lviv），出身祖籍匈牙利之貴族世家，父為波蘭王室御醫。一六四四年底抵澳門，一六四七年初赴海南傳教，年底經越南抵廣西永曆行在，旋奉派往陝西，一六四九至一六五〇年復回永曆朝廷。一六五一年春奉烈娜皇太后及大太監龐天壽（亞基樓；Achilles）命出使羅馬教廷求援，翌年冬抵羅馬，等待三年始得覲見教皇，回程頻受阻難，一六五九年病死中越邊界。著有《中國植物志》、《中國地圖冊》、《中國醫藥概說》及《中國診脈祕法》等。

·李科羅（Vittorio Riccio; 1621—1685）：生於義大利弗羅倫斯，為耶穌會士利瑪竇之遠親。他響應黎玉範的號召，途經西班牙及墨西哥而於一六四八年抵達菲律賓，學習閩南話並向華人傳教。一六五五年他奉派至廈門傳教，頗受鄭成功賞識支持，得以建造教堂。然於鄭成功北伐期間，因受鄭經迫害，而不得不遺棄教堂，四處躲藏。鄭成功據台後奉派至菲律賓要求馬尼拉總督納貢稱臣，由此引發西班牙軍隊與華人的緊張關係，幸賴其折衝而未造成更大傷亡。他於一六六五年初潛回泉州傳教，旋遭迫害而逃至福州，於一六六六年搭乘荷蘭戰船離閩經雞籠回馬尼拉，被西班牙當局懷疑為間諜，遭受軟禁一段時間，最後在華人區澗內安逝。

·佟國器（？—1684）：佟養性姪孫，順治皇后從弟。祖父佟養直原為明朝參將，任職遼東，後攜家遷入關內；父親佟卜年進士出身，卻因遭熊廷弼案連累而死於獄中。佟國器從小與母親避居武昌、南京，與文人如孫承宗、錢謙益及耶穌會人士多有來往。清軍下江南後，他隨即獲得重任，活躍於東南半壁。佟國器夫人早年入教，佟國器晚年亦受洗，夫婦二十年間捐款修建各處教堂、刊印經書，支持衛匡國尤其盡心盡力。

·錢謙益（1583—1664）：字受之，號牧齋，常熟人。萬曆三十八年（一六一〇年）探花，領袖文壇長達五十年，明亡前被視為東林黨魁，但宦途不順，屢遭牢獄之災。一六四一年以匹嫡之禮迎娶名妓柳如是，頗遭物議。一六四四年弘光朝時依附馬士英，次年領頭降清，為之招降江南士人，並北上仕清近一年。一六四六年稱病返鄉後開始參與地下反清復明運動，並因而兩度入獄。他先是聯絡身在永曆朝廷的瞿式耜，為之獻策；瞿氏殉國後努力策反蘇松常鎮提督馬逢知（進寶），以響應鄭成功北伐長江。錢謙益人品評價兩極，詩文、學術成就及影響力則為人稱道。

・**柳如是**（1618—1664）：本名楊愛，後改名柳隱，字如是，又稱「河東君」。浙江嘉興人，天生麗質，書畫雙絕，美豔絕倫，才氣過人，容貌為「秦淮八豔」之首。幼為江南名妓徐佛收養，後入「吳江故相」周道登家為婢，爭寵被逐，以「相府下堂妾」為標榜，獨張豔幟，自備畫舫，浪跡吳越間，曾與宋徵輿、陳子龍等名士相戀，後主動下嫁年過半百的錢謙益。一六四五年清軍陷南京城，柳如是勸錢一起投水殉國未果，拒絕與其北上。後與錢一起推動地下反清復明運動，不遺餘力。錢謙益死後因家產之事為族人所逼，自縊身亡。

・**陳子龍**（1608—1647）：南直隸松江人，字臥子，一六三七年進士。師事黃道周、徐光啟，與夏允彝、徐孚遠等人為至交，復為夏完淳之師。詩文與錢謙益、吳梅村齊名，為「雲間派」盟主。官至南京兵科給事中，因建策不見用，復懼黨禍，乞終養去。入清後屢次起兵，最終兵敗逃亡，被捕後在押解途中投河自殺。詩文之外，亦以主編《皇明經世文編》、整理徐光啟原著之《農政全書》而享盛名。陳子龍與柳如是一度相戀，於一六三五年曾短暫同居松江南樓，然終因禮教因素而分離。

・**方以智**（1611—1671）：安徽桐城人，字密之，名列明末四公子之首。崇禎十三年（一六四〇年）進士，授翰林院檢討。李自成入燕京後，方以智逃至南方，被誣指降賊，不見容於弘光及永曆朝廷，乃出家，改名弘智，字無可，人稱藥地和尚。父祖三代家學深厚，學貫中西，提倡通幾（理論建構）與質測（實地測驗）之學，凡事以實驗驗證為準則，致力於融會儒釋道及西學，著作遍及哲學、物理學、醫學、音韻學等。晚年成為禪宗聖地青原山靜居寺住持，聲名太盛遭嫉，為清廷逮捕，於押解途中自殺。

・**阮大鋮**（1587—1646）：安徽懷寧人，號圓海，萬曆四十四年（一六一六年）進士，崇禎二年，以阿附魏忠賢列於逆案，廢居回鄉。崇禎八年（一六三五年）居南京，為復社名士作《留都防亂公揭》所驅。南明弘光朝立，依附馬士英，官至兵部尚書，大肆迫害復社東林人士。清兵攻陷南京後出奔浙江，後隨方國安降清，引導清軍攻仙霞關，途中發病猝死。阮大鋮人品雖極有爭議，文采才情則無可置疑，詩詞意境清遠，更是戲曲創作的曠世奇才。

・**張煌言**（1620—1664）：號蒼水，鄞縣（今浙江寧波）人，崇禎年間舉人。一六四五年奉魯王監國於紹興，後隨魯王逃至浙閩沿海，入據舟山。一六五一年清軍攻破舟山，張煌言、張名振等人護魯王投靠閩南鄭成功。一六五四年之後，張名振數入長江，師抵南京燕子磯。一六五八及一六五九年兩度隨鄭成功北伐，鄭成功圍南京時，張煌言繼續溯游而上，直逼鄱陽湖，收復三十多個州縣。鄭成功兵敗南京城後，張煌言歷經艱險，撤回浙東，繼續抗清，極力勸阻鄭成功征台。數年後他覺知復明無望，解散軍隊，躲到舟山群島中的懸嶴島，靜待就捕赴義。

・**徐孚遠**（1599—1665）：南直隸松江人，字闇公，雲間六子之一，夏允彝、陳子龍摯友，共同在松江起義抗清，失敗後得脫入閩，隆武敗後復入浙依魯王，後往來閩、浙間，協調各處抗清軍隊。一六六二年曾移居台灣，旋遷居潮州。

・**隱元禪師**（1592—1673）：福建省福州府福清人，俗名林曾炳，法名隆崎。五歲失父，自幼立志出家，二十九歲在福清黃檗山萬福寺剃度出家，四處化緣，籌資重建萬福寺，後數任黃檗山住持。一六五四年，六十三歲之隱元率二十名弟子前往廈門，搭乘成功船至日本長崎，翌年至攝津（今大阪），一六五八年至江戶晉謁將軍德川家綱，獲賜京都附近宇治醍醐山麓地一萬坪，建寺並命名為黃檗山萬福寺。隱元所著的《黃檗清規》，影響日本禪宗甚巨，得到後水尾天皇、皇族、幕府要人、各地大名巨賈的皈依，成為日本黃檗宗的始祖。

・**弘光帝**（1607—1646）：名朱由崧，明神宗朱翊鈞之孫，明熹宗朱由校、明思宗朱由檢堂兄弟。其父福王朱常洵為神宗萬曆帝寵妃所生之三子，萬曆欲立為太子，東林黨的大臣們反對，導致萬曆幾十年不上朝，最後還是不得不於一六一四年讓朱常洵就藩洛陽。一六四一年李自成克洛陽，殺朱常洵，朱由崧出逃，流離四處，一六四四年依神宗之姪潞王至淮安，時崇禎帝死訊傳至，南京議立新帝，論序朱由崧最親，但南京重臣多為東林一派，不齒朱常洵、朱由崧父子，又懼其報復，而欲擁立潞王。時鳳陽總督馬士英在阮大鋮策劃下，聯合江北四鎮及勳臣迎立朱由崧，是為弘光帝。弘光生性闇弱，耽溺於酒色，政事悉委於馬士英、阮大鋮。馬、阮二人日以賣官鬻爵、報復私仇為事，導致南明政事萎靡，不斷發生內訌，人心離散。一六四五年五月清軍渡江後，弘光半夜出逃，不久為清兵捕捉，押送至北京，次年遇害。

・**隆武帝**（1602—1646）：名朱聿鍵，明太祖朱元璋九世孫，唐王朱桱的後裔，自幼隨失寵的父母為祖父囚禁，一六三二年繼為唐王，一六三六年違旨率軍勤王，事後被廢為庶人，幽禁於鳳陽高牆。一六四四年獲赦，改封為南陽王，封地遷至廣西平樂。南京城破後，在杭州遇鄭鴻逵，由其護送前往福建，在福州受鄭芝龍等人擁立，是為隆武帝，在位一年餘，與據浙東之魯王不合，出征計畫又屢受鄭芝龍掣肘。後鄭芝龍與清軍暗通款曲，撤守仙霞關，隆武自延平欲逃往江西，在汀州遇難。

・永曆帝（1623—1662）：名朱由榔，明思宗堂弟，父為桂端王朱常瀛，神宗第七子，一六四六年隆武亡後於肇慶稱帝，在位期間經常受制於各地軍閥，顛沛流離。其政權前期主要由李成棟等反正清將扶持，後期則仰賴張獻忠之餘部李定國、孫可望等，一度領有雲貴、兩廣、湘西、川南。後因孫李不和，局勢逆轉，一六六一年流亡緬甸，一六六二年為吳三桂捕殺。永曆稱帝之初，由澳門得到傭兵及火炮，在天主教徒焦璉（教名路加；Lucas）領導下，組成「十字架常勝軍」。大太監龐天壽也是虔誠的天主教徒，朝廷內又有瞿沙微（又名瞿安德；Andreas Koffler）、卜彌格兩神父，天主教盛行，永曆嫡母王太后（教名烈納；Helena）、妻子王皇后（教名安娜；Anna）及太子朱慈炫（教名當定；Constantine）都受洗。卜彌格更於一六五一年奉太后命赴羅馬教廷求援。

南明世系表

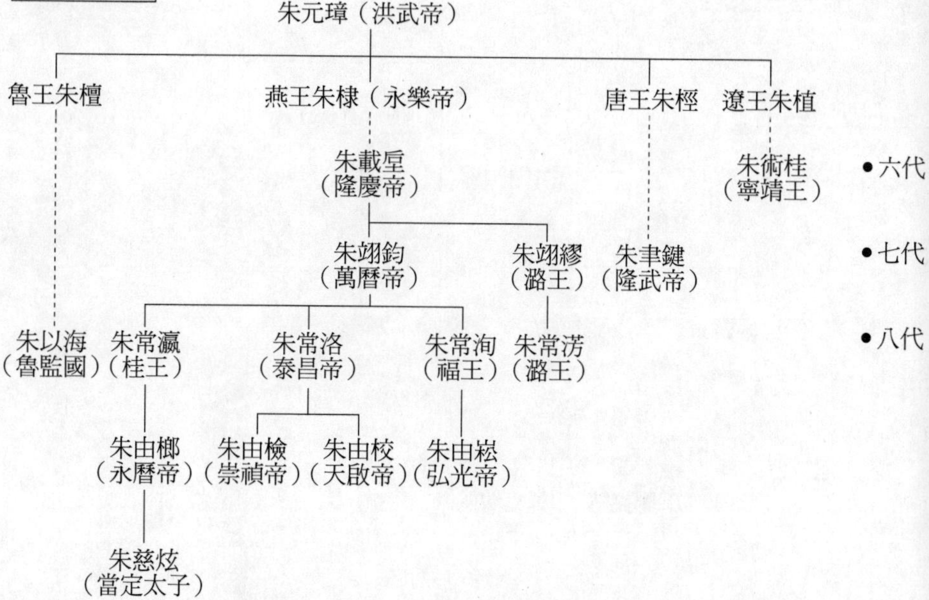

朱元璋（洪武帝）
魯王朱檀
燕王朱棣（永樂帝）
唐王朱桱
遼王朱植
朱載垕（隆慶帝）
朱術桂（寧靖王）
• 六代
朱翊鈞（萬曆帝）
朱翊鏐（潞王）
朱聿鍵（隆武帝）
• 七代
朱以海（魯監國）
朱常瀛（桂王）
朱常洛（泰昌帝）
朱常洵（福王）
朱常淓（潞王）
• 八代
朱由榔（永曆帝）
朱由檢（崇禎帝）
朱由校（天啟帝）
朱由崧（弘光帝）
朱慈炫（當定太子）

明鄭世系表

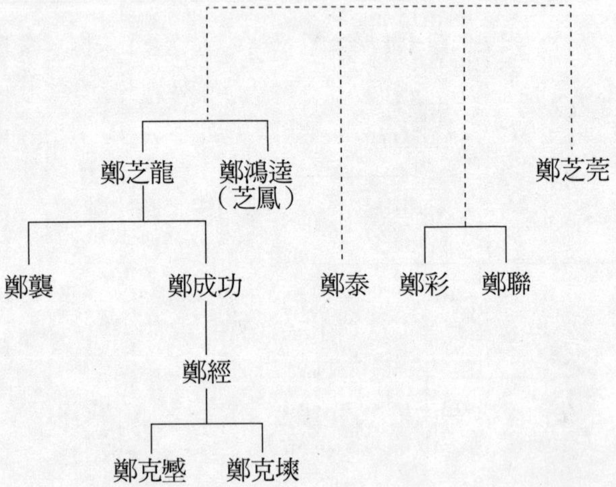

滿清世系表

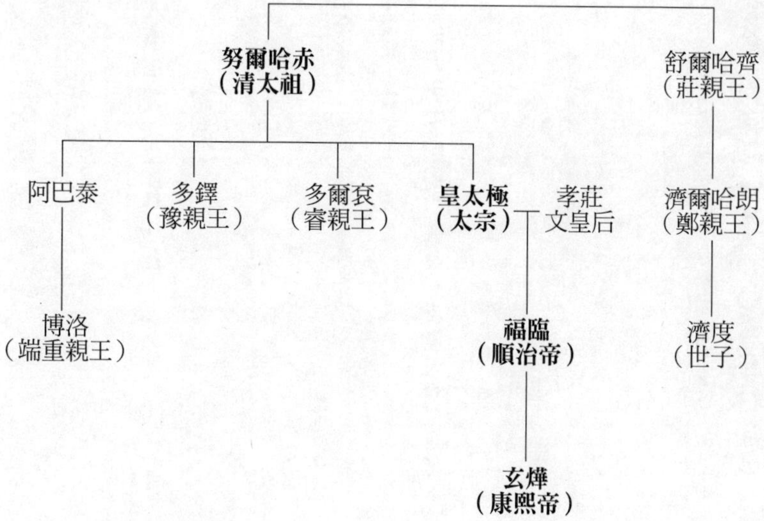
努爾哈赤
（清太祖）
舒爾哈齊
（莊親王）
阿巴泰
多鐸
（豫親王）
多爾袞
（睿親王）
皇太極
（太宗）
孝莊
文皇后
濟爾哈朗
（鄭親王）
博洛
（端重親王）
福臨
（順治帝）
濟度
（世子）
玄燁
（康熙帝）

大航海時代明清海疆大事年表（一五九五—一六六四）

一五九五　萬曆二十三年
努爾哈赤完成整合建州，邁向統一女真之路。
利瑪竇以儒服替僧服，廣交士大夫。
荷蘭郝德曼（Cornelis de Houtman）船隊首次繞道好望角抵爪哇島萬丹。

一五九六　萬曆二十四年
李時珍逝世三年，《本草綱目》正式印行。

一五九八　萬曆二十六年
利瑪竇赴北京，時值萬曆援朝之際，僅居留月餘。
荷蘭范聶克（Jacob van Neck）與韋麻郎（Wijbrand van Waerwijk）率「第二艦隊」離荷，荷蘭各大

港市紛紛成立遠洋航運公司，探索經北極及南美洲之航路。

一五九九　萬曆二十七年
范聶克率「第二艦隊」滿載香料返荷。

一六〇二　萬曆三十年
利瑪竇長居北京傳教，刊行《坤輿萬國全圖》，是第一幅出現美洲的中文地圖。
荷蘭聯合東印度公司（VOC）成立，整合原十四家公司。

一六〇三　萬曆三十一年
福建連江人陳第隨沈有容來至福爾摩沙，撰《東番記》。
徐光啟在南京受洗。
荷人韋麻郎率艦隊謀攻澳門未果。
馬尼拉的西班牙殖民者第一次大規模屠殺華人，近三萬人喪生。

一六〇四　萬曆三十二年
鄭芝龍出生。
韋麻郎進占澎湖一百三十一天並築城，後為沈有容驅逐。

一六〇五　萬曆三十三年
「東林黨」掌權，排除異己。
澳門始建城堡。
荷人將葡人驅離安汶島（Amboyna），在此建立總部。

一六〇七　萬曆三十五年
李旦由馬尼拉轉往日本平戶。
荷人獨占香料市場。

一六〇九　萬曆三十七年
日本九州薩摩番降伏琉球。
有馬晴信意圖在台灣建立對明貿易據點，與葡、西衝突。
江戶幕府首次實行禁教令。
荷人在平戶開設商館。
阿姆斯特丹銀行創立，是世界史上第一個股票交易所。

一六一〇　萬曆三十八年
錢謙益中進士，為一甲探花。
利瑪竇逝世。

義大利人耶穌會教士畢方濟（Francesco Sambiasi），耶穌會教士抵澳門。

一六一一　萬曆三十九年

南京第一座教堂建成。

一六一二　萬曆四十年

澳門城堡完工。

一六一三　萬曆四十一年

大明全國性大水災。

畢方濟入北京，後去江南傳教。

一六一五　萬曆四十三年

努爾哈赤建立八旗制度。

金尼閣（Nicolas Trigault）編輯之《利瑪竇中國札記》在歐洲出版。

一六一六　萬曆四十四年　後金天命元年

努爾哈赤創後金國。

村山等安征台失利，百餘名武士在北台灣登陸，被原住民包圍，全數被迫自殺。

南京教案（又稱南京教難）。南京禮部尚書沈榷誣指天主教傳教士與白蓮教聯手圖謀不軌，於是教堂被拆、傳教士被捕。

一六一八　萬曆四十六年　天命三年

努爾哈赤發布「七大恨」伐明，奪撫順，俘虜人畜三十萬。范仲淹後裔范文程來歸。

柳如是、宋徵輿出生。

湯若望（Johann Adam Schall von Bell）抵澳門。

荷蘭人科恩（Jan Pieterszoon Coen）受任為巴達維亞總督。

一六一九　萬曆四十七年　天命五年

薩爾滸之戰，後金大敗明軍。佟養性、佟養真投後金。

明廷首次任命熊廷弼經略遼東，穩定局勢。

荷人在巴達維亞（Batavia）築城，遷總部於此，開始積極尋找對華貿易中轉站。

一六二一　明熹宗天啟元年　天命六年

鄭芝龍投靠在澳門經商的舅父黃程，入天主教。

毛文龍襲取鎮江，生擒佟養真父子。

科恩屠殺班達島一萬五千餘人。荷蘭西印度公司成立。

一六二二　天啟二年　天命七年

鄭芝龍經馬尼拉至平戶，結識李旦。李旦好友許心素企圖壟斷福建與荷蘭人之貿易。

閹黨得勢，熊廷弼、佟卜年下獄。

錢謙益以弊案失察奪俸三月，稱疾歸。

荷人攻澳門慘敗，轉占澎湖，封鎖漳州，擄獲四千多名華人至澎湖建築城堡。

一六二三　天啟三年　天命八年

鄭芝龍與田川松結褵。

魏忠賢接管東廠，開始打擊朝中異己。

湯若望到北京，成功預測該年十月八日的月食現象。

荷蘭代表團前往廈門談判，在宴會上被囚禁，戰艦被燒毀。

一六二四　天啟四年　天命九年

鄭芝龍由平戶抵澎湖，任荷蘭通事。

鄭成功七月生，名福松。

張溥等人成立復社，以「興復古學」為號召。

明水師渡海攻克澎湖紅毛城，荷人退離澎湖，據大員，興建之後改稱熱蘭遮城的奧倫治城。

一六二五　天啟五年　天命十年

李旦病逝平戶，顏思齊卒於諸羅山，鄭芝龍繼起。
楊漣、左光斗、魏大中等被捕受刑卒，殺熊廷弼、佟卜年。
努爾哈赤建都瀋陽。
錢謙益被指為東林黨魁，削籍歸；是年生子名孫愛。

一六二六　天啟六年　天命十一年
鄭芝龍以台灣魍港（今嘉義布袋）為基地，劫掠福建及廣東數地，縱橫台海二年餘。
陝西鬧饑荒，流寇四起。
袁崇煥寧遠大捷，這是明軍首次打敗後金。
努爾哈赤卒，代善等擁立皇太極繼位。
西班牙人占領福爾摩沙島北部的雞籠。
濱田彌兵衛因貿易問題在台受荷人拘制。

一六二七　天啟七年　皇太極天聰元年
鄭芝龍大敗明俞諮皋與荷蘭聯軍，陷廈門。
寧錦大勝，袁崇煥被誣辭職。
後金首伐朝鮮。
明會推閣臣，錢謙益被控結黨遭革職。
湯若望被派往陝西。

甘治士（Gregorius Candidius）牧師抵台，入駐新港社。
濱田彌兵衛帶十六名新港社居民逃離大員，求見德川大將軍獻地未果。
新任大員長官納茨（Pieter Nuyts）兼任赴日特使，求見大將軍，亦為所拒。

一六二八　明思宗崇禎元年　天聰二年

鄭芝龍受撫，授海防遊擊，殺許心素。
鄭芝龍在廈門海域被納茨誘騙上船扣押，後以鄭鴻逵為質赴台，始得釋放。
袁崇煥復出，為兵部尚書，督師薊、遼，兼督登、萊、天津軍務。
閹黨逆案定讞。黃宗義錐擊閹黨許顯純。
西班牙人占滬尾（今淡水）。
濱田彌兵衛帶新港社民回台，劫持納茨長官，後經交換人質才將其釋放。
日本關閉荷蘭平戶商館。

一六二九　崇禎二年　天聰三年

海盜李魁奇伏誅。
袁崇煥殺毛文龍，公布毛的「十二大罪狀」。
後金始設漢軍八旗，仿製紅衣大炮，入塞南侵，包圍北京城。
袁崇煥回援，中反間計下獄。
李自成投軍不久發動兵變，加入農民軍。

錢謙益坐杖論贖，六月南歸；阮大鋮廢居回鄉。
復社成立。陳子龍與徐孚遠、夏允彝等組幾社。
納茨侵凌原住民婦女，引發麻豆溪事件，荷兵五十二人遇害。
《熱蘭遮城日誌》開始，記錄荷蘭治台的基本史料。

一六三〇　崇禎三年　天聰四年

鄭芝龍晉都督。福松至福建，取名森。
袁崇煥遭磔刑。孫元化任登、萊二州巡撫。
復社金陵大會。
張獻忠起事，自號八大王，人稱黃虎。
湯若望回京任職欽天監，編修《崇禎曆書》，製造火炮。
新港建造教堂住宅。
納茨被解職遣返巴達維亞城下獄。

一六三一　崇禎四年　天聰五年

洪承疇督陝，張獻忠就撫。
孔有德吳橋兵變，自號都元帥。
柳如是入周道登家。
道明會（Dominican）開始在福建傳教。

甘治士牧師離台。

一六三二 崇禎五年 天聰六年

孔有德破登州，擒孫元化等，後放還，被崇禎處死。

柳如是流落松江，初識陳子龍，與宋徵輿相戀。

方以智與阮大鋮交惡。

納茨被解送日本入獄，拘留三年餘。

一六三三 崇禎六年 天聰七年

料羅灣海戰，鄭芝龍大敗荷軍艦隊。

孔有德、耿仲明投後金。

李自成東渡黃河至山西，復逃至河南，被明軍包圍。

柳如是與宋徵輿決裂，與陳子龍相戀。

復社虎丘大會。

徐光啟過世。

道明會黎玉範（Juan Bautista Morales）和方濟會利安當（Antonio de Santa Maria Caballero）來華。

甘治士牧師返台。

日荷重啟貿易。

一六三四　崇禎七年　天聰八年
劉香突擊熱蘭遮城失敗。
尚可喜投後金。
洪承疇任兵部尚書，兼五省總督。李自成受困車箱峽，詐降旋叛。

一六三五　崇禎八年　天聰九年
鄭芝龍滅劉香，獨霸東洋海運。
洪承疇擊潰農民軍。農民軍東竄攻下鳳陽，掘明皇室祖墳。
柳如是與陳子龍居南園。
阮大鋮避居南京。
「中國禮儀」之爭開始。
福建教案起，艾儒略避居泉州。
日本德川幕府發布鎖國令，禁日人出入國。
荷軍擊敗蔴荳社。召開首次地方會議，「荷蘭治世」（Pax Hollandica）成形。

一六三六　崇禎九年　天聰十年　皇太極崇德元年
後金敗末代蒙古大汗林丹汗，得傳國玉璽，改國號為大清。孔有德、耿仲明、尚可喜封王。
李自成稱闖王。
錢謙益、瞿式耜遭誣。

復社桃葉渡大會。
日本禁止葡萄牙船來航，並放逐混血兒到澳門。
荷軍擊敗蕭壠社。

一六三七　崇禎十年　崇德二年
大清征服朝鮮。
張獻忠兵敗，李自成在渭南被擊潰。《天工開物》出刊。
錢謙益、瞿式耜入獄。
方以智始習醫。
陳子龍中進士。
潘國光（Francesco Brancati）抵上海，一生傳教於江南。
羅文藻與兩位方濟會神父從福建赴北京傳教，被遞捕遣送回閩。
日本驅逐葡商，禁絕天主教。
甘治士牧師再次離台。
荷人逐步侵占葡人在印度及錫蘭據點。
荷蘭爆發鬱金香投機投資狂熱，至本年市場崩盤，眾多投資者破產。

一六三八　崇禎十一年　崇德三年
鄭森入南安縣學為廩膳生。

洪承疇大破李自成。張獻忠在湖北受熊文燦招安。
錢謙益出獄；柳如是與謝三賓結識。
黃宗羲等列名公布《留都防亂揭》，阮大鋮避居牛首山。
陳子龍與徐孚遠等編輯《皇明經世文篇》。
日本鎖國令全面實施，僅容唐船及荷船出入。

一六三九　崇禎十二年　崇德四年
張獻忠復叛，轉戰四川。李自成入河南，收留饑民，軍隊發展到數萬。
陳子龍整理出版徐光啟之《農政全書》。
馬尼拉西班牙人二度大屠殺華人，戰事持續至翌年三月，二萬二千人死亡。

一六四〇　崇禎十三年　崇德五年
明錦州大敗，任承疇為薊遼總督，率軍往援，困於松山。
柳如是與謝三賓絕交，男裝初訪錢謙益。
方以智中進士、赴京。
衛匡國、瞿沙微離里斯本。

一六四一　崇禎十四年　崇德六年
鄭森奉父母命成婚。

洪承疇降清。

李自成攻陷洛陽，殺福王朱常洵。張獻忠出四川破襄陽，殺襄王。

錢謙益以匹嫡之禮與柳如是結縭芙蓉舫中，招致士大夫物議。

徐霞客卒，《徐霞客遊記》出書。

畢方濟於南京城內建造讙守山聖堂。

福爾摩沙第一次地方會議。

荷蘭商館由平戶遷至長崎出島。

一六四二　崇禎十五年　崇德七年

鄭森生子鄭經，小名錦，稱錦舍。

李自成第三次包圍開封，黃河決口，全城被淹沒，殺陝西總督。

西班牙人被荷蘭人逐出北台灣。

一六四三　崇禎十六年　崇德八年

皇太極殂，六歲之福臨立，改元順治。

李自成破潼關，占西安稱王，建國號「大順」。張獻忠克武昌，稱「大西」王。

衛匡國（Martino Martini）抵澳門、杭州。

黎玉範離華赴羅馬控訴耶穌會容許華人拜孔祭祖。

一六四四　崇禎十七年　清世祖順治元年

鄭森至南京入國子監太學，拜錢謙益為師，師為其取名大木。

鄭芝龍受封為安南伯。

李自成陷北京，亡崇禎朝，旋為吳三桂與滿清聯軍所敗，逃至陝西。

張獻忠占重慶、成都，自立為大西皇帝。

明福王即位於南京，改元弘光。

福臨入北京。多爾袞攝政。薙髮令推行一個月後暫停。

方以智逃歸江南，名列順案。

湯若望任欽天監監正。

衛匡國在南京，目睹弘光朝廷衰敗。

卜彌格（Michal Boym）抵澳門、海南。

福爾摩沙遭地震與豪雨。

一六四五　弘光元年　唐王隆武元年　順治二年

畢方濟奉弘光帝命出澳門招兵。

清兵陷南京，挾弘光帝北去。

錢謙益領頭降清，北上仕於清，柳如是拒絕北上，留居南京。

清廷再次頒行薙髮令，引起強烈抵抗及血腥鎮壓。

清以洪承疇代多鐸招撫江南。

鄭芝龍等擁立唐王，改元隆武。
黃道周出征兵敗被捕。
隆武帝召鄭森入見，賜國姓朱，名成功，封禦營中軍都督。
成功生母田川氏自日本來歸，居安平。
張國維以魯王監國紹興。
李自成在潼關復敗，遁走湖北，入武昌，復為清軍所逐，江西再敗後在湖北身亡。
衛匡國南下福建途中折返浙江，受佟國器支持，傳教順利。
黎玉範抵羅馬，說服教皇禁止華人拜孔祭祖。

一六四六　隆武二年　順治三年
清兵追殺隆武帝於汀州。
芝龍降清，被挾持赴京。
施琅隨鄭芝龍降清。
清兵攻安平，成功母田川氏自殺。
鄭彩至舟山迎監國魯王南下。
鄭成功誓師反清。
桂王朱由榔在廣東肇慶即位，改元永曆。
張獻忠戰敗身亡，李定國、孫可望等轉戰貴州、雲南。
錢謙益託辭有病求退。

瞿沙微（Andrew Wolfgang Koffler）抵澳門，領畢方濟招募之三百葡兵入歸永曆。

一六四七　南明昭宗永曆元年　順治四年

成功屯兵鼓浪嶼，合鄭彩等入海澄，與鄭鴻逵會攻泉州不克，退兵安平。

清廷以孔有德為平南大將軍，偕耿仲明、尚可喜、固山金礪等往征湖廣、兩廣。

永曆帝逃奔全州，瞿式耜自請留守桂林。

清松江提督吳勝兆叛清事洩，陳子龍被捕，投水而亡，張煌言乘隙逃脫。

錢謙益被逮，押至北京，秋季被放歸。

卜彌格從海南到澳門，前往廣西永曆朝廷。

倪但理（Daniel Gravius）抵台，入駐蕭壟社。

一六四八　永曆二年　順治五年

成功尊永曆正朔，同安得而復失。

永曆帝逃到南寧，太子出世。永曆朝皇太后、皇后、太子受洗。

金聲桓、李成棟、姜瓖反清，江西、兩廣、山西易幟。

清以譚泰為征南大將軍，洪承疇奉召返京。

柳如是海上犒師，黃毓祺等起義失敗，錢謙益囚繫白門（南京的別稱）。

卜彌格訪陝西。

韓布魯克（Anthonius Hamboeck）抵台，入駐麻荳社。

一六四九　永曆三年　順治六年

施琅、王起俸、姚國泰來歸。成功率部入廣東潮州地區，創設藤牌兵團。

金聲桓、李成棟、姜瓖相繼敗亡。

錢謙益自南都歸里。

衛匡國在杭州建造新教堂。

傅爾堡（Nicholas Verburg）就任長官。

揆一（Frederick Coyett）由長崎商館館長卸任返台，任評議會議長。

一六五〇　永曆四年　順治七年

成功誘殺鄭聯於廈門，統其軍隊，遂據金、廈兩島。

清軍以平南王、靖南王聯合數萬寇廣州，威脅到永曆帝的根據地廣西。

朱由榔逃往梧州、南寧，瞿式耜殉難桂林。

錢謙益與孫可望密使聯繫，開始遊說蘇松提督馬逢知，絳雲樓失火。

衛匡國訪北京。

畢方濟亡。卜彌格在永曆朝廷傳教。

倪但理告史諾克（Dirk Snoecq）瀆職。

一六五一　永曆五年　順治八年

成功南下廣東勤王。遭襲，斬鄭芝莞，放逐鄭鴻逵。
施琅叛逃。
孫可望派兵控制在南寧之永曆帝。
李定國收復湖南大部。
焦璉遭誘殺。
舟山失陷，張名振、張煌言、徐孚遠等護魯王避居廈門，依鄭成功。
多爾袞死。
衛匡國奉派赴羅馬為「禮儀之爭」辯護。
卜彌格受永曆皇太后之託，攜皇太后及太監龐無壽書信出使羅馬。瞿沙微遇害。
傅爾堡與揆一「政爭」惡化，倪但理遭撤職，罰款一千荷幣，逐回巴達維亞。

一六五二　永曆六年　順治九年
鄭軍圍漳州六個月，直至固山金礪來援始撤圍。
孫可望將永曆帝從廣西接到貴州南籠，更名安龍。
李定國敗孔有德、尼堪二王。孔有德自焚死，尼堪歿於陣。
張煌言及張明振五年內數入長江。
卜彌格抵羅馬，被放逐三年始獲新教皇接見。
郭懷一領導農民抗荷起義。

一六五三　永曆七年　順治十年
鄭軍重擊清將固山金礪，保住海澄及金、廈基地。
洪承疇復起，任長沙督撫，經略西南。
福爾摩沙島蝗災開始。荷人廣築普羅民遮城。

一六五四　永曆八年　順治十一年
鄭軍攻占閩南諸縣。清漳州協守劉國軒獻城授降。
清親王世子濟度授定遠大將軍，出師福建。
衛匡國在羅馬參加關於中國的「禮儀之爭」的辯論。
福爾摩沙島蝗災持續。

一六五五　永曆九年　順治十二年
清鄭和談宣告破裂。
清親王世子濟度入閩征勦。清令不准片帆下海。
李定國率軍直趨廣東，在新會戰敗撤回廣西。
卜彌格覲見教皇，得復書後立即啟程返華。
李科羅（Vittorio Riccio）抵廈門，受鄭成功賞識。
福爾摩沙島蝗災持續。

一六五六　永曆十年　順治十三年

鄭軍大敗濟度水師。

黃梧獻海澄降清。

鄭經以陳永華為師。

李定國將永曆帝救出安龍，帶到雲南。

馬逢知升蘇松常鎮提督。

荷蘭人遣使清廷要求通商。

揆一接任長官職。

鄭成功對台實施禁運、經濟封鎖。

一六五七　永曆十一年　順治十四年

鄭軍北伐，克台州，後因閩安鎮失守，回守廈門。

李定國等與孫可望大戰，敗之；孫可望降清。

濟度還北京。

清廷發動丁酉科場案，打擊仕紳。

衛匡國返華。

韓布魯克主導規劃蘇荳神學院，後設立於蕭壠。

揆一派何斌和鄭成功交涉，恢復通商，但何斌暗中替鄭成功在台灣徵稅。

一六五八　永曆十二年　順治十五年
鄭軍「鐵人部隊」成立；大軍北伐，七月在長江口遭颶風，收泊舟山，整修戰艦。
清大舉進犯雲南。清頒布禁海令。
卜彌格抵暹羅。

一六五九　永曆十三年　順治十六年
鄭軍溯長江直上，克瓜州、鎮江。圍困南京半月。後遭清軍突擊潰敗，退據廈門。
永曆帝出奔，西行至騰越；李定國磨盤山敗績；永曆帝入緬。
清軍平定雲南。
鄭成功遣蔡政往見馬逢知，錢謙益往松江晤蔡、馬。
卜彌格病死中越邊界。
李科羅受鄭經迫害。
何斌事發，被審判、罰款，負債累累。
揆一任長官。

一六六〇　永曆十四年　順治十七年
清廷遣將軍達素進攻廈門。
成功擊退達素、施琅、黃梧等來犯之清軍。
何斌至廈門，密獻地圖，建議鄭成功進取台灣。

福建嚴厲執行「遷界」令。

巴達維亞派宿將范德蘭（Johannes Van der Laan）率艦隊來援，並伺機攻打澳門。

范德蘭與揆一交惡，揆一強留下多數士兵增防，范德蘭則帶走軍官及戰艦。

一六六一　永曆十五年　順治十八年

成功艦隊進入鹿耳門水道，先克赤崁，繼圍熱蘭遮城，規劃造鎮令官兵屯墾。

吳三桂入緬，緬王獻永曆帝。

順治駕崩，第三子玄燁立，隔年改元康熙。

清廷發動通海案、江南奏銷案、莊廷鑨明史案，禍及江南仕紳萬餘人。

清廷殺鄭芝龍。

一六六二　永曆十六年　清聖祖康熙元年

揆一獻城議和，返回巴達維亞，旋遭起訴。

鄭成功派李科羅至馬尼拉招降。

鄭經與其幼弟乳母生子，鄭成功欲將之處死，但命令不被執行。

鄭成功卒，鄭經嗣位。

巴達維亞派十二艘戰艦，近二千名士兵，企圖與清軍聯手復仇。

一六六三　康熙二年

鄭經誘殺鄭泰。

魯王病死金門。

李科羅再度使菲，修復鄭家與馬尼拉之關係。

巴達維亞復派龐大艦隊（兵員合計近四千）與清軍合擊鄭軍，鄭軍初戰得勝後主動撤離金、廈。

一六六四　康熙三年

錢謙益、柳如是亡。

張煌言被捕，就義杭州。

清、荷聯軍攻台失利。

荷人復據雞籠。

延伸閱讀

中文

陳芳明：〈鄭成功與施琅：台灣歷史人物評價的反思〉，見張炎憲、李筱峰、戴寶村編：《台灣史論文精選（上）》，台北：玉山社，1996。

陳錦昌：《鄭成功的台灣時代》，台北：向日葵文化，2004。

陳寅恪：《柳如是別傳》，北京：三聯書店，2001。

程紹剛：《荷蘭人在福爾摩沙》，台北：聯經，2000。

村上直次郎（日譯）、郭輝（中譯）：《巴達維亞城日記》第一、二冊，南投：台灣省文獻會，1970。

村上直次郎（日譯）、程大學（中譯）：《巴達維亞城日記》第三冊，南投：台灣省文獻會，1990。

達飛聲（James W. Davidson）原著，陳政三譯註：《福爾摩沙島的過去與現在》，台北：國立台灣歷史博物館，南天，2014。

方豪：《中國天主教史人物傳》，香港：香港公教真理學會，1967。

甘為霖英譯、李雄揮漢譯：《荷據下的福爾摩沙》，台北：前衛，2003。

黃一農：《兩頭蛇：明末清初的第一代天主教徒》，新竹：國立清華大學出版社，2005。

江日昇：《臺灣外記》，臺灣文獻叢刊第六十，台北：台灣銀行經濟研究室，1960。
江樹生譯註：《梅氏日記：荷蘭土地測量師看鄭成功》，台北：英文漢聲，2003。
江樹生譯註：《熱蘭遮城日記》，第一-四冊，台南：台南市政府文化局，1999, 2002, 2004, 2010年。
愛德華．卡伊丹斯基（Edward Kajdansky）著，張振輝譯：《中國的使臣—卜彌格》，鄭州市：大象出版社，2001。
林昌華：《殖民背景下的宣教——十七世紀荷蘭改革宗教會的西拉雅族》http://www.ianthro.tw/p/101。
林昌華：《黃金時代：一個荷蘭船長的亞洲冒險》，台北：果實，2003。
歐陽泰（Tonio Andrade）著，陳信宏譯：《決戰熱蘭遮：歐洲與中國的第一場戰爭》，台北：時報出版，2012。
歐陽泰著，鄭維中譯：《福爾摩沙如何變成臺灣府？》台北：遠流，2007。
阮旻錫：《海上見聞錄》，《臺灣文獻叢刊第二十五》，台北：臺灣銀行經濟研究室，1958。
魏斐德著，陳蘇鎮、薄小瑩譯：《洪業——清朝開國史》，南京：江蘇人民出版社，2010。
魏特著，楊丙辰譯：《湯若望傳》，台北：商務，1949。
衛匡國著，何高濟譯：《韃靼戰紀》，北京：中華書局，2008。
翁佳音：〈地方會議，贌社，與王田——臺灣近代初期史研究筆記（一）〉，收錄於《臺灣文獻》51卷3期，2000。
吳正龍：《鄭成功與清政府間的談判》，台北：文津出版社，2000。
徐鼒：《小腆紀年附考》，北京：中華書局，1957。
楊海英：《洪承疇與明清易代研究》，北京：商務印書館，2006。
楊彥杰：《荷據時代台灣史》，台北：聯經，2000。
楊英：《從征實錄》，南投：台灣省文獻委員會，1995。
余英時：《方以智晚節考》，台北：允晨文化，1986。
余宗信：《明延平王臺灣海國紀》，台北：商務，1997。
趙伯陶：《秦淮舊夢：南明盛衰錄》，濟南：濟南出版社，2007。
鄭維中：《荷蘭時代的臺灣社會：自然法的難題與文明化的歷程》，台北：前衛，2004。

周婉窈：《海洋之子鄭成功》，https://tmantu.wordpress.com/category/學術集錦/敘事史學：海洋之子鄭成功/, retrieved December 25, 2015.

朱東潤：《陳子龍及其時代》上海：上海古籍出版社，1984。

英文

Blussé, Leonard: *Strange Company: Chinese Settlers, Mestizo Women, and the Dutch in VOC Batavia*. Dordrecht; Riverton, N.J.: Foris Publications, 1986.

Boxer, C. R: *The Christian Century in Japan, 1549-1650*. Berkeley: University of California Press, 1951.

Boxer, C. R: *The Dutch Seaborne Empire*. New York: Knopf, 1965.

Campbell, William M.. *Formosa under the Dutch: Described from Contemporary Sources*. London: Kegan Paul, Trench, Trubner, 1903.

Chiu, Hsin-Hui: The Colonial '*civilizing Process' in Dutch Formosa: 1624 – 1662*. Leiden: Brill, 2008.

Hoang Anh Tuan: *Silk for Silver: Dutch-Vietnamese Relations, 1637-1700* (Oorspronkelijk dissertatie Leiden 2006, TANAP monographs on the history of Asian-European interaction V; Leiden, Boston: Brill, 2007.

Lach, Donald F.: *Asia in the Making of Europe, Volume I - III*. Chicago: The University of Chicago Press, 1965-1993.

Mungello, David E: *The Forgotten Christians of Hangzhou*, Holonulu: University of Hawaii Press, 1994.

Spence, Jonathan D., and John E. Wills Jr., eds. *From Ming to Ch'ing: Conquest, Region, and Continuity in Seventeenth-Century China*. New Haven: Yale University Press, 1979.

Wills, John E., Jr: *Pepper, Guns, and Parleys: The Dutch East India Company and China, 1622–1681*. Cambridge, Mass.: Harvard University Press, 1974.

Zumthor, Paul (translated by Simon Watson Taylor): *Daily Life in Rembrandt's Holland*. Stanford, CA: Stanford University Press, 1994.

INK PUBLISHING

文學叢書 482

天涯海角熱蘭遮

一個荷裔福爾摩沙人的追憶

作　　者　林克明
總 編 輯　初安民
責任編輯　孫家琦　陳健瑜
美術編輯　林麗華
校　　對　孫家琦　林克明

發 行 人　張書銘
出　　版　INK印刻文學生活雜誌出版有限公司
新北市中和區建一路249號8樓
電話：02-22281626
傳眞：02-22281598
e-mail：ink.book@msa.hinet.net
網　　址　舒讀網http://www.sudu.cc

法律顧問　巨鼎博達法律事務所
施竣中律師
總 代 理　成陽出版股份有限公司
電話：03-3589000（代表號）
傳眞：03-3556521
郵政劃撥　19000691 成陽出版股份有限公司
印　　刷　海王印刷事業股份有限公司

港澳總經銷　泛華發行代理有限公司
地　　址　香港新界將軍澳工業邨駿昌街7號2樓
電　　話　(852) 2798 2220
傳　　眞　(852) 2796 5471
網　　址　www.gccd.com.hk

出版日期　2016年4月　初版
ISBN　978-986-387-076-0

定　價　420元

封面圖片：Albrecht Herport 於1662年所繪「大員鳥瞰圖」。
出自《爪哇・福爾摩沙・印度和錫蘭旅行記》（*Reise nach Java*，*Formosa*，*Vorder Indien und Ceylon*，*1657-1668*）

國家圖書館出版品預行編目資料

天涯海角熱蘭遮：一個荷裔福爾摩沙人的追憶
/林克明 著；
--初版，--新北市：INK印刻文學，
2016.04　面；　公分（文學叢書；482）
ISBN 978-986-387-076-0（平裝）
857.7　　104026338